● REC

U0528102

|◀◀ ⏸ ▶▶|

wanchao

共这晚，看浪潮，等这晚，起心潮。

著——
七小皇叔

晓潮

长江出版社
CHANGJIANGPRESS

图书在版编目（CIP）数据

晚潮 / 七小皇叔著 . — 武汉：长江出版社，
2023.12
ISBN 978-7-5492-9221-9

Ⅰ.①晚… Ⅱ.①七… Ⅲ.①长篇小说－中国－当代
Ⅳ.① I247.5

中国国家版本馆 CIP 数据核字 (2023) 第 218328 号

晚潮　七小皇叔　著
WANCHAO

出　　版	长江出版社
	（武汉解放大道 1863 号）
选题策划	欣欣向爱
市场发行	长江出版社发行部
网　　址	http://www.cjpress.cn
责任编辑	钟一丹
特约编辑	茶宿宿
封面设计	小　茜
印　　刷	长沙鸿发印务实业有限公司
版　　次	2023 年 12 月第 1 版
印　　次	2024 年 1 月第 1 次印刷
开　　本	710mm×1000mm　1/16
印　　张	20
字　　数	410 千字
书　　号	ISBN　978-7-5492-9221-9
定　　价	52.00 元

版权所有，翻版必究。如有质量问题，请联系本社退换。
电话：027-82926557（总编室） 027-82926806（市场营销部）

公子台鉴

告知相见回音，以盼

北上见告是盼

以上敬告之事尚希

以盼即惠示复音

晁新的过去，是摇摇欲坠的危房，

她时而能闻到其中腐烂的菜叶味，还有令人反胃的潲水味。

目录 · CONTENTS

第一章 旧事 · · ·
001

第二章 自由 · · ·
023

第三章 心潮 · · ·
053

第四章 同路 · ·
086

第五章 欲望 · · ·
110

目录 · CONTENTS

第六章　星光
·　·　·
139

第七章　秘密
·　·　·
166

第八章　续篇
·　·　·
195

第九章　疏离
·　·　·
222

向挽没有过去……她连危房都没有，
她在险峻的山谷中过独木桥，甚至是……走钢索。

第十章　靠岸 · · · · 249

第十一章　永远 · · · 276

Extra chapter

番外一　露营 · · · · 303

番外二　老师 · · · · 307

Wanchao

共这晚，看浪潮。

等这晚，起心潮。

第一章
旧事

"你是说……晁老师让你还钱？"

彭婉之听清楚了，但仍然很怀疑自己的耳朵。

"是。"向挽曼声道，端起桌面的水杯，以饮茶的姿态饮了一口。

此刻是新年之后她们第一次聚会，在苏唱家。

苏唱家是一个大复式，一楼是客厅，灰色调的家具搭配奶咖色的墙面，冷淡又温柔。苏唱斜坐在深灰软皮的沙发扶手上，于舟陷入沙发坐垫里，歪着身子。

于舟抱着奶白色的圆形抱枕，还不是很清醒："还什么钱？"

"她女儿，晁北，给我广播剧打赏的钱。"

向挽叹一口气，想起那天晁新将她约出去，两人坐在咖啡厅里，晁新点了一杯冰美式。

寒冬腊月，店里的暖气开得很足，晁新脱掉外面的黑色长款羽绒服，里面是质地良好的白色衬衣、黑色牛仔裤和小矮靴。

她留着长卷发，仍然成熟又有风情，睫毛却是下垂状的，显得一点漫不经心。

晁新是配音圈的大前辈，向挽的老板苏唱都曾说她很难约。

圈里对晁新的说法也是她冷傲不好接近。

合作过之后，向挽觉得她并没有那么不近人情，她会在新年时给自己发来祝福，也会顺势聊两句。

甚至彭婉之还说，从不夸人的晁新曾经两次在饭局上透话，说她的女儿十分喜欢向挽。

现在想来，也不知道这个"十分喜欢"究竟有没有咬牙切齿。

不过晁新倒并没有说让向挽还钱，只是问她，能不能找剧组商量商量，看看这笔未成年人打赏，能退多少。

说这话时，晁新把手从盛有冰美式的玻璃杯上收回来，解开左手手腕的衬衣扣子。

她有一点局促，否则不会做这个动作，向挽看出来了。

她又撩了一把长发，低声叫道："向老师。"

那部广播剧向挽有印象，是她第一部走红的作品，一个中等级别的言情 IP，而且是非商业广播剧，刚入圈的向挽是女二。

那部广播剧因为有一个打赏了六位数的富婆冲上热搜榜一，迅速红了起来，连带着向挽也进入大众视野。

向挽还以为，那个神秘富婆便是晁新的女儿，但幸好不是，她没有打赏六位数那么多。

不过也有五位数。

向挽斟酌着，声音一如既往地清甜："那部剧并非商业广播剧，我未收取一分酬劳。"

"我知道，"晁新的声音很"御姐"，嗓音调性是慵懒的，但因为她语速较快又叠加了一点清脆，"这类打赏应该都是给剧组的。"

作为前辈，需要向挽来提醒，她有一点不自然，但面上并没有表现出来，只抬手，又把领口的扣子解掉一颗。

热。

"找你是因为，不知道你和剧组还有没有联系，看看能不能商量多少退一点。因为我如果通过平台申诉，涉及未成年人打赏，也许会对剧组，对……你，有影响。"

也许还会上社会新闻。

"并且，我也不想把牌牌这事弄得太大张旗鼓。"

牌牌是晁北的小名，今年十岁。

打赏那么多，看起来是真的很喜欢向挽了。

向挽想了想，将手自桌上收回，叠到大腿处："这笔打赏应当过了一年多了，我不大好开口，只能问询一二。"

她的语调带着一种古风韵味，常常令第一次与之交谈的人感到困惑，但晁新已经习惯了。

向挽这一句话里有话，像是在问，怎么一年之后才找上门呢？

"多谢。"

"我太忙了，几个月之后才发现，"晁新皱了皱眉，"那笔钱是我之前去平台做直播 FT（Free Talk，配音员录制一些自己的感想、花絮等），几次之后累计的打赏，还没提现，被她匿名送出去了。"

不懂事的小朋友让晁新很是困扰，但向挽没忍住，笑出了声，旋即在晁新抬眼时提起手抵住唇。

"你……"

"我，"向挽立时抱歉，"不好意思，只是想起来，从前有位好友，将这种行为称作'平台的搬运工'。"

才刚赚了平台的虚拟货币，转头又送出去了，可不就是搬运工吗？

说这话的那位朋友就是现在坐在向挽面前的这一个——于舟，十八线小作者，SC工作室的老板娘，曾任向挽天下第一好的好友一职，正在被彭婠之"谋朝篡位"。

"所以她之前说她女儿喜欢你，是透风想跟你合作，然后管你要钱来着？"于舟很艰难地理解这个故事，"这啥剧情啊？"

她抬头看看苏唱，苏唱笑一声，低头回信息，不打算发表意见。

"这，"彭婠之乐了，把脚缩回来，蜷在沙发上抱着，"咋那么逗啊我说，大前辈欸，圈外不都说什么业界标杆吗？她晁新要是去找剧组问一两句，人家不得赶紧把钱给她退回来啊。"

彭婠之在三声工作室当了那么久的配导，也没跟晁新合作过，只知道她的名号如雷贯耳。

"她不好意思吧，也不想让剧组不认识的人传她那个女儿不懂事什么的。"于舟分析。

"那来找我们挽挽？我们挽挽也不好意思管剧组要钱啊。"

"她要真想把她女儿撇开，那这事就算了呗，几万块钱，对她来说应该不算什么吧？"彭婠之放低嗓音，小声问苏唱。

"不清楚。"苏唱淡淡道。

"瞧起来，这钱对她挺算什么的。"向挽摇头。

"那你打算怎么着啊？"彭婠之问她，"你总不可能真的去问剧组要吧，说你被一个未成年粉丝打赏后，家长找上门了，那不给人家长或者小孩儿的身份，剧组多半也不会搭理你。"

向挽沉吟，是很难办。

"那你就跟她直说吧，爱莫能助。理解、同情，但办不到。"于舟插话，摇了摇头。

向挽小小地叹一口气，想着那天晁新解开的袖口的扣子。

这样的人，应当甚少如此对人开口吧。

和刚接触时的样子，差太多了。

说起来，和晁新的第一次见面，要追溯到几个月之前了。

第一次见到晁新，是《帮我拍拍》广播剧合作。

那时她穿着一件贴身的白衬衣，灰色一步裙，踏着高跟鞋，摇曳生姿地走过来，衬衣的袖子堆到了小臂，胳膊上搭着灰色的小西装外套。

非常职业，又非常有"大佬"范。

她先是看向了苏唱，指尖拎着指尖握了握，说"好久不见"。

然后才转向站起身的向挽，叫了她广播剧中角色的名字："杜龄，你好呀。"

精细修剪过的野生眉，眉头挨得不是很近，显得从容又大气。向挽的眼睛很漂

亮，眼尾上翘，睫毛却往下，微微下三白，看起来有一点高傲和生人勿近，哪怕是笑起来，也没有半点灵动。

鼻子和嘴倒长得不是很出挑，但由于有这一对眼睛，大家也只用记住她的眼睛。

而晁新对向挽的第一印象，是难怪。

——难怪牌牌喜欢她。

不是听到声音，而是见到她的照片，就追星一样地喜欢上了她。

干净是她给人的第一印象，不是特别高，一米六八到一米七的样子，骨架小，看起来有点文弱。向挽长得很漂亮，但最吸睛的莫过于气质，知书达理的书卷气，笑起来明眸皓齿，眉眼弯弯，像是冻过的水葡萄，带着年纪不大的香甜，霜花儿从薄皮上透出来，暑气正盛的时候，也凉沁沁的。

凉沁沁的"葡萄"跟在她的身后，几人一起往录音室走。

这本书的作者于舟也是这部广播剧的编剧，她和配导苏唱一站在观察室的隔音玻璃外，在小棚简单地讲过剧情和人设后，就要开始录音。

晁新和向挽走进录音室，关上门，向挽先退了一小步，等晁新站定一个舒服的位置。

晁新环视一圈，问向挽："坐着还是站着？"

"我都可以，看晁老师方便。"

"站着吧，醒醒嗓。"晁新扶着墙壁，勾起腿将高跟鞋脱下，放到一边，光脚踩到地毯上。

手上还拎着外套，她有点迟疑，向挽伸出手，将外套接过来，开门递给外面的于舟。

向挽垂眸扫一眼她的脚腕，和外头八卦的于舟交换了一个眼神。

"大佬"都是有点小习惯的——于舟抖着眉毛这么告诉她。

向挽"扑哧"一笑，站到晁新的旁边，保持差不多一个拳头的距离，然后两人对着麦克风，戴上耳机，清了清嗓子。

耳机里传来苏唱的声音："能听到吗？"

两人齐齐转头，对着玻璃外面比了个"OK"的手势。

"《帮我拍拍》广播剧，第二期第一幕。"

苏唱示意录音师准备录音，并轻声打了板，以完整的标题给这段录音命名。

向挽有些紧张，因为在密闭的空间里，她能轻易地闻到晁新身上淡淡的香水味。

现代的香水和古时候的香粉不一样，香粉制成香囊后依旧能让人闻到粉质，像蓓蕾被采摘时抖搂下来的花粉。而香水是湿漉漉的，带着有备而来的调制，前中后调各不相同，像是演绎了一场阶段齐整的"请君入瓮"。

向挽对现代的香水没有研究，但她闻出晁新用的是果香，仿佛有佛手，还有罗勒。

倒不完全是因为她的香味，还有她看剧本时严肃的嘴唇，上齿咬一下下唇，又很快地放开，与此同时眉心就皱起来了，好像她认真时必须折磨一下她的五官。

头一次跟业界顶端的大佬合作，向挽的忐忑不言自明，她又转头看一眼于舟。

于舟也随着她的目光看向晁新。

晁新的手叉在腰上，衬衣的领口就被拉开了一点，她仿佛有些热，把落在领口的卷发抛到脑后，然后冷淡的眼神瞥过来："开始吧。"

啧，气场真的很强。

《帮我拍拍》是一个现代科幻题材的"小甜饼"，主角是许之之和杜龄，许之之是一个少女"社畜"，而杜龄则是从未来世界穿越过来的，声线偏"御姐"。

向挽和晁新这组搭配，可能很多人都会猜，少女许之之是向挽配音，但恰恰相反，她选择了杜龄。

整个广播剧的节奏很快，因此向挽和晁新的第一次合作，就面临巨大挑战。

相识一个月后的午后，杜龄坐在卧室，感受自己体内的变化，许之之推门进来，她惊讶地抽了一口气。

剧本上的字从二人眼里滑过，向挽对着麦克风，轻轻地提了一口气。

"停。"苏唱打断她，"太刻意，放松一点。"

向挽点头，等苏唱侧脸对录音师说"重来"之后，又收整了一下情绪，低呼一声。

她听见耳机里传来轻笑，转头，苏唱双手撑着控制台，微微笑了。

"有一点，宫斗剧了。"她委婉地说。

于舟也乐了，刚才向挽的那一声，像无辜宫女撞见皇后和王爷的奸情。

向挽有些懊恼，鼓着腮帮子吹气，眼前一晃，一根手指从身旁伸过来，在她鼻端前方点了点。

"靠近这里。"晁新说。

向挽扫她一眼，依言站定。

然后忽然腰间一紧，她本能地吸了口气。

晁新将搂住她的手放开："就是这个感觉。"

哒——

于舟在外面看得目不转睛，大佬带飞，是这样的吗？

苏唱没有在意，只点点头："对，这样很对，不用太刻意，气息收一点。"

向挽吸了吸鼻翼，舌尖在嘴唇内侧轻轻一扫，颔首："知道了。"

她反手撑住自己的腰，在开始录音之后，稍微揉了一把，然后吐出一股不过分的气息。

"好。"苏唱示意可以接着说词。

但向挽搁在腰间的手没有再拿下去,好像是在防备着下一次突然袭击。

杜龄分化的部分是向挽一个人录的,苏唱和于舟一起帮她调了几次。晁新没有戏份,坐在一旁光脚跷着二郎腿看剧本,偶尔撩一回头发,抬眼看看向挽的状态。

好不容易将痛苦而压抑的一段戏录完,下一幕就是许之之帮杜龄缓解痛苦。

向挽也很专业,毕竟不是第一次录这类戏,很自然地就给了几个喘息。

但晁新摇了摇头,示意她停下。

"我会是这个节奏。"晁新放下剧本,举起手,在身前竖起来,轻轻地拍掌心。

"啪、啪、啪。"

"所以你的喘息要跟着我的节奏来。"

"我拍到你时,你最好给到一个压抑的喉音,从这儿出来。"晁新冷淡地微合眼眸看着她,食指指尖从自己的锁骨处往上推,经过脖颈,直到下巴。

"我手抬起来时,你再给到一个类似换气的气息,要快。"

像鱼儿浮出水面,享受一秒的窒息,又迫不及待地要潜下去。

耳机里,苏唱的轻音接话:"这段戏我大概会保留二十秒,最后五秒我需要一个 ending。"

"杜龄向来隐忍,"向挽拿着剧本询问导演和编剧,"是否一个鼻腔音哼出来便好了?"

"差不多。"苏唱点头。

向挽示意可以开始,在喉头憋了三两秒,然后嘴唇放松,一声短促又留有余韵的轻叹从鼻腔和唇齿间溢出来。

唔……于舟鸡皮疙瘩都起来了。

过了一会儿,听苏唱说:"晁老师,可以进词了。"

于舟看过去,见晁新停了三四秒,才把目光从剧本上抬起来,眨了两下眼,低低说:"好。"

第一天的录制很顺利,不过晁新不开夜场,每天下午五点准时收工,要去接她女儿放学。

这点之前签合同时就提前打好招呼了,苏唱自然也没有意见,正好于舟想让她调整一下作息,因此几个人连饭也没约,就准点下班。

苏唱开车把向挽送到新新家园,向挽和二人告别。

向挽背了一个小双肩包,先在门口的小摊儿上买了两把菜,心里盘算着家里还有没有挂面,还够不够吃一顿。

来这里已经一年多了,也许久没有想起当初衣来伸手饭来张口的日子了,像是重生一样。

回到家，先把电视开上，这是她在于舟家养成的习惯，然后拿起门口的猫粮下楼，给小区的流浪猫添饭。

电视没有关，这样她回到家的时候，就像有人在等着她一样。

小区的绿化不太好，也就一个小小的花园，枝丫稀稀拉拉的，都挡不住流浪猫的身影，好在现在还不太冷，向挽总在想，入了冬它们该怎么办，又要躲去哪里。

花台的边缘藏着两个不锈钢碗，向挽把猫粮倒进其中一个，又打开自己的背包，拿出一瓶没喝完的矿泉水，倒在水盆里。

胆子最大的橘猫一下子蹿了过来，拖着肥硕的身体埋头吃食，旁边还有它的好兄弟小白，它俩经常靠在一起取暖。不过小白的胆子小，通常要向挽退到几米之外，才竖着耳朵，东张西望地走过来。

它的后腿一瘸一拐的，好像被人伤害过。

向挽捏了捏矿泉水，仰头饮一口，用投喂流浪猫的水源救济自己。

再上楼回家，楼道的声控灯又不怎么灵了，"滋啦滋啦"地闪得和鬼片没有什么两样，向挽凭着记忆，快速走了两步，掏出钥匙开门。

"咔嗒"一声关上门，她把包和外套挂在玄关处的衣架上，然后去洗手。

洗完手，也不大饿了，决定啃一个苹果，就也顺手洗了。

想起于舟说，苹果的营养都在皮上，吃苹果不带皮，等于白吃。

于舟说最后两个字的语调很俏皮，望着向挽的眼神像在说什么暗语。

她又想起了于舟，在从苏唱的车下来半小时之后。

"咔嚓"一声，苹果脆到不行，咬下去仿佛耳脆骨都被嚼了两下，向挽瞟一眼电视，又翻了翻茶几上的书。

不出意外，明年九月，她就可以入学了。在这之前，她还需要攒一点钱。

她现在收入还可以，但也没有太多积蓄，尤其是过了年，她还想给赵女士买一个按摩椅。

赵女士是于舟的母亲，因为之前她曾经借住在于舟家里，赵女士对她视如己出，关怀备至。而且，刚来到这里时，她一直花的是于舟的钱，她现在如果想要还给于舟，于舟必定是不肯要的，但若是她还礼给赵女士，就更名正言顺些。

很久没有这么早下班，她有一点不适应，天都还没黑，天边还有依依不舍的晚霞，向挽趴在窗台，透过不太大的窗户往外看，很漂亮，美中不足的是，窗户上有房东装的纱帘，老式的，并不能推拉，因此有些影响她欣赏美景。

手机响起来，是四人小群"恭喜发财"里的苏唱。

苏唱："@向挽，你通过一下好友申请。"

向挽仔细一看，微信通讯录界面，"新的朋友"的地方果然有一个红色图标，

她点开，一个黑灰夹杂着丝缕白线的头像，备注是："我是晁新。"

向挽赶紧通过，还没打招呼，那边就发了个语音过来。

"向老师，你好。"

晁新的声音很多变，从五六岁的男孩到七八十的老妪，她都能轻松驾驭，她出名在于出色的业务能力，并非华丽独特的声线。或许对于她们这样深耕影视圈的职业配音演员来说，声线不过于出众，才能够在保持悦耳的情况下贴近各式各样演员的脸。

晁新配过几个称得上家喻户晓的角色，2015年的时候，她才二十四岁，配音的两部现象级大热剧同时播出，一部民国剧，一部仙侠剧，一部剧里她是弱质纤纤的十八岁女学生，另一部剧里她是神挡杀神佛挡杀佛的九重天上神颤鬼惧的女战神。

晁新的配音情绪饱满，很大程度上给演员的演绎锦上添花，两部剧大爆后，她也一炮而红。当时她的公司趁势捧她，一堆营销号发布了许多原音和配音对比的花絮视频，将她的配音功力展现得淋漓尽致。

正好那时候赶上综艺改革，要求综艺节目多做正能量、有意义的主题，不要太过于炒作明星效应。

而配音演员这类"幕后英雄"便是当时的审核环境下绝佳的主题。

因为既可以用大热影视剧作噱头，"×××的御用配音"这类 $title$（标题）也能够吸引一定眼球，又不算过于给明星偶像加热，还能上个价值，倡导一下多多关注幕后辛苦的"无名之辈"。

因此那一年，晁新作为新生代配音演员的代表，一连上了五个大型综艺。

也就是在那一年，她名声大噪，一跃成为"提及配音便知晁新"这样的标杆型人物。

三年后，她与当时的公司解约，成了自由人。

晁新的履历，基本上入行的人都知道个七七八八，而且很简单，没有什么有争议或者值得探究的地方，说白了，就是她红得一目了然。

大多数观众还是比较熟悉晁新在剧里的声线，但此刻向挽听着她的本音，不是很能和晁新配过的角色联系起来。

她的本音并不清亮，声线比一般的青年配音演员略低，隐隐的沙哑给这份声音添了一点欲念。

"晁老师，有什么事吗？"向挽打字回复她。

"你的那个录音，能不能发我一份？"晁新的声音很轻，电话那边有一点凳子拖拉的声音。

向挽入行的时间不长，还在学习阶段，但接的项目已经不少了。为了不拖后腿，她跟剧组申请，每次录音的时候自己用iPad把当场的表现录下来，回家再听一听，看看有没有进步的空间。

由于会录到晁新的干音，她自然也提前征求过晁新的意见。

因此晁新提到这份录音时，向挽很快便反应了过来。

"可以。不过在 iPad 里，它现在没电了，我不确定录到了哪一场，我需要充一会儿电，再导出来发给晁老师。"向挽用语音回复，慢吞吞的。

"不着急。"晁新说。

"先去吃饭吧，晚点再发，我等你。"

"咻"的一下，又来一条语音消息。语气冷淡，但结尾是"我等你"。

向挽回了"好"，小跑过去找到书包，翻出 iPad，蹲下充上电，等了两三秒，待充电的标志亮起来，向挽才直起身，想了想，仍旧不大饿，但身上有点黏，于是她决定先去洗澡。

哗啦啦的水声和雾气里，她对着朦胧的镜子，描绘里面唇红齿白的剪影。

像触摸即将浮出水面的小美人鱼。

擦干身体换上衣服，把包裹着头发的浴帽摘下来。尾端有点湿，她把头发拨到一边，靠在床头看书。

书上的英文歪歪扭扭的，她正在恶补英语，英语是她目前学习过程中遇到的最大的难关。

时针轻轻转动，书本从她手上滑下来，跌到床上，被窗外的晚风一吹，哗啦啦地翻了两页。

小区里乍然响起狗叫，向挽瞬间惊醒，蹙着眉头按了下手机，竟然已经凌晨一点过了。

她有些慌张，忙跣着拖鞋散着头发跑到客厅，把录音从 iPad 里导出来，略微犹豫地给晁新发过去。

"不好意思，久等了，我方才不小心睡着了。"她说。

"没关系，收到，谢谢。"晁新回得很快，是打字，可能怕吵醒牌牌。

向挽不晓得该说什么了。

三秒后，晁新发来一句："晚安。"

她于是也回复："晚安。"

这便是她和晁新初遇的头一天，除了睡过头，并没有任何异常。

晁新没有说她要录音是做什么，大概也是想听一听自己的表现，毕竟她此前没有配过这类题材的广播剧。

《帮我拍拍》中没什么大场景，通常就是两个人的对手戏，因此录制得非常快。这部剧是一季完结，两个人的合作期不算长，但由于每天晚上要录音，晁新和向挽也会顺势聊几句，维持了一个不温不火的状态。

第一次私下见面，是在春节。

大年初一的江城庙会上，彭婉之带着向挽去看打铁水。

天刚刚擦黑，打铁水的艺人就要收摊儿了，因此花火也燃得不是很尽兴。它们没有在最好的时辰绽放，还未学会"绚烂"两个字要如何书写。

向挽的双手插在兜里，转过身，看了一眼地上不甘心的火星子，再抬头，看见不远处的晁新。

晁新也是先看了看地上的火苗，然后掀起眼皮，和向挽四目相对。

向挽笑着打招呼："晁老师。"

然后将目光放到一旁的小姑娘身上。

应该就是牌牌，十来岁的年纪，长得不是很高，很白，像是贫血的那种白，又瘦，不过脸上还有一点未退去的婴儿肥，眼睛乌溜溜的，大极了，此刻下巴埋进围巾里，齐刘海把眉毛遮住，看上去一双眼睛像占了她半边脸。

她牵着晁新的手，看见向挽，跃跃欲试地想要过去。

小腿刚打了个圈儿，又被晁新风轻云淡地拎了回去。

小姑娘不高兴，恨恨地望着晁新，晁新伸手把两边的散发撩到后面去，走过去："向挽，彭导。"

她穿着长款的黑色羽绒服，没有任何设计，直盖到小腿，款式很朴素，但衬得她的一对眼睛更顾盼生辉。

晁新换上了平底鞋，向挽才发现她的个子比自己略低一点，但相差不大，相差大的是她和在工作室时截然不同的气质——她今天没化妆，素面朝天的，没有那么盛气凌人了，不过能发现眼角下方、颧骨上方一颗清晰的小痣。很有风情，如果不是平时用遮瑕和粉底掩盖，她的眼睛能再诱惑三分。

向挽站定没动，等她到跟前，然后低头对牌牌一笑："是牌牌吗？"

声音不自觉地变小，温柔了很多。

牌牌反而扭捏起来，握着晁新的手都出了汗，蹭着小雪地靴的脚往后一撤，藏了半个身子到晁新腿后，红着脸说："是的，我叫作牌牌，我妈爱打麻将，给我起的小名。"

"欸！"晁新蹙眉，轻轻晃了晃她的手。

很不必这样自报家门。

向挽莞尔，彭婉之也乐了："原来晁老师爱打麻将啊？那以后咱们可以约啊。"

"你们……也打吗？"晁新的话尾递给了向挽。

"我不会，我几个朋友很是精通。"

"你不要用精通来形容打麻将好不好，好奇怪。"彭婉之不满意。

"不是有人说自个儿是江城牌界的泰斗吗？"向挽的眼神自彭婉之绕到晁新脸

上，话里有话，"哦，原话并非如此，说是江城牌界的晁新。"

彭婳之自夸自己在牌界的地位，堪比晁新之于配音圈。

晁新眉心一动，望着偏头含笑的向挽。

她的夸赞很不经意，不过是顺带说了一个事实，但听起来比任何一次恭维都要让人心里熨帖。

彭婳之清了清嗓子，尴尬了，低头问牌牌："在这儿站着冷不冷啊？要不，咱们去喝点东西？"

"我不要。"牌牌拖着小哑嗓说。

"我就是寒暄一下，你咋这么不给面子啊？"彭婳之笑出声。

"我妈说要带我去套圈儿。"

牌牌的脚又在地面支了一个小半圆，盯着地面说："向老师去吗？"

彭婳之问向挽："想去吗？"

"何为套圈儿？"向挽问。

"得，看看去吧。"

四人转了个弯，往广场的另一头去，晁新拉着牌牌走在前面，牌牌时不时跳一两步，回头看后面的向挽。彭婳之和向挽并肩走着，直打哈欠。

到了一个套圈儿的摊上，晁新掏出手机付了钱，拿了二十个圈儿，一半分给牌牌，另一半拎在手里，走过来递给向挽和彭婳之："要玩吗？"

"不不不，我没有准头，"彭婳之摆摆手，"挽挽，你玩吗？"

"我不会，瞧着便好。"

晁新点点头，又回去和牌牌站到一起，开始套地上的毛绒玩具。

向挽看了两眼，就知道是怎么回事了，不大有兴致，只揣着兜站在一旁，牌牌偶然快要成功了，会转过头用小鹿眼看看她，向挽便也笑笑以作鼓励。

"迷妹儿啊这是。"彭婳之抱着胳膊，摇头。

说话间晁新套到了一个，几个围观的老爷们儿开始起哄，摊主把竹圈钩回，拾起被套住的"小猪吉祥"递给晁新。

晁新挑挑眉，示意欢呼雀跃的牌牌抱着。

小姑娘有"猪"万事吉，圈也不套了，把自己手里的悉数上交，期盼晁新再给她来一个。

晁新一扬手，在几个大爷的"哎哟"声中，又是一个"小猪吉祥"。

她拿到手，蹲下，给牌牌拍了拍裤子上的灰，然后略略偏了偏头。

牌牌眯起月牙眼，抱着"小猪吉祥"，扭扭捏捏地朝向挽走来。

"向老师，我有一个了。"她的小哑嗓和她的身高一样低，耳朵都红了。

仿佛很不会赠人礼物，只说自己已经有一个了，然后把第二个递给向挽，也没说送给她。

向挽抬头，看一眼晁新，晁新挽了挽耳发，在整理自己手头的竹圈。

"谢谢牌牌。"向挽接过来，揉了揉小猪的头。

牌牌不好意思了，也揉了揉自己怀里小猪的头。

眼见向挽有点尴尬，彭婠之拍了拍牌牌的小猪，问她："我呢？彭姐姐没有吗？"

"我只有两个。"牌牌说。

"让你妈再给我套一个。"彭婠之小声说。

"妈！"牌牌扭头喊，"彭姐姐也要一个，让你给她套！"

晁新一怔，冷淡的眸子瞥过来。

彭婠之恨不得捂住牌牌的嘴，一口气从胸腔上来，干笑着说："没有没有没有，我开玩笑的！晁老师，我开玩笑的。"

这小姑娘，对着向挽细声细气的，跟自己说完话，怎么转头就开号呢。

送走这尊小佛，彭婠之从她蹦蹦跳跳的背影里将眼神收回，胳膊肘推推向挽："看到没，只给你套，不给我，贼奇怪，你说，晁老师不会特欣赏你，想挖你吧？"

遗憾的是，彭婠之这次的预感出了错，晁新不是欣赏向挽，更不是想挖向挽，而是想找她要钱。

由于晁新没有处理这种事情的经验，她想，也许和向挽做亲近一些的朋友，会比较好开口。但更遗憾的是，晁新从来就不知道该怎么跟人做朋友。

这个开局过于离谱，让"久经沙场"的彭婠之也久久回不过神来。

新年局上的几个人聊了一下，也没有好的应对方式，最终结果是证明了苏唱第一次做的红烧牛肉有点难吃。

回到家，向挽就开始着手处理这件事，先是在QQ群里翻找了一下当时的剧组群。群里上一次有人说话已经是去年十月份了，跟大家兴致勃勃地说了一下追剧数，但没有人回复她。

在做这部剧的时候，所有人都是为爱发电，根本没想到会火，也没想到会有这样大数额的打赏。

剧组拿到打赏的时候有点蒙，但由于没签合同，导演也不知道该怎么分配这笔钱，按什么比例呢？这些人赏是冲着谁打的呢？

按戏份分配？男女主男女配乃至龙套都要考虑到？那么，又应该给作者、导演、后期和宣传多少比例呢？

这个问题有点棘手，最终剧组内部商量了一下，给作者以及几位重要剧组SC（指参与广播的工作人员和配音演员）各送了一台配置很好的电脑，主役（指广播剧中主要角色的配音演员）和协役（指广播剧中辅助主要角色的配音演员）加送了一套录音设备，然后再邀请作者和几个在江城的 SC 吃了庆功宴，组织一个小小的周边游，就算把收益处理妥当了。

因此，向挽再清楚不过，剧组不太可能把这笔打赏退出来了。

于是她关掉群聊，放下手机，又看了一会儿书。

仍旧心烦意乱，她想起了牌牌。

拿起手机，点开晁新的头像，斟酌着发了个信息过去："晁老师，我能去看看牌牌吗？"

受人之托如果不能尽人之事，那便早一点告知对方，最好是登门说明，再给牌牌带一件小礼物，并且跟她说，以后不要再花妈妈的钱来打赏了，姐姐也不需要。

过了半小时，晁新才回复："今天周六，牌牌在家补习，我过去接你？"

向挽回复："好。"

向挽其实没想到就在今天，来不及买礼物，她将之前工作室年会抽到的 switch 套装带上。她实在不会玩游戏，也不感兴趣，因此也没有拆过。

看时间差不多，向挽简单梳了个马尾，穿上牛角扣大衣，一圈圈缠上围巾，又拿了一双手套，穿着平底的雪地靴，到楼下等晁新。

已经快开春了，但还是很冷，向挽背着双肩包，先蹲在花台边看了看流浪猫，大橘和小白已经不见了，但猫粮和清水还是每天都在少，它们应该找到了别的容身之所。

走到小区门口，脚有点僵，向挽轻跺了两下。晁新的车停在路边，悄无声息，没打灯也没按喇叭，好像笃定向挽会认得。

银色的 S 级轿车，内饰是岩浆灰，她好像特别偏爱黑白灰色系。

向挽走过去，要开后座的车门，但晁新探身过来，给她将副驾驶的门打开。

"到前面来。"

向挽有些犹豫，向来好学的她还去网络上搜索过，听说副驾驶有一些含义，是另一半的专属位置。

据传，若是不相干的人坐了副驾驶，还会被正宫打出去。

于是她有一点羞涩，站在后排，低声说："不大好。"

晁新莫名地看她一眼，上车仿佛被这小姑娘摆出了上花轿的架势。

"坐后面，你是想让我当司机吗？"她双手叠在方向盘上，轻轻搭着手腕。

"嗯？"向挽不明所以。

"上车吧。"晁新又说。

向挽不想在街边纠缠，于是从善如流地开了侧边车门，坐稳了系上安全带。

双手置于大腿上，正襟危坐，跟个空姐似的。

晁新冷淡一瞥，笑一小下，然后打了方向盘往家里去。

车上的空调打得很足，将向挽的脸烘得热乎乎的，向挽将围巾摘下来，决意直接跟晁新说："晁老师，我今儿想了一下，那笔打赏恐怕是要不回来了。"

晁新静静地听她一五一十地把个中因由讲清楚，然后叹了一口气，说："我也早想到了，只是几万块也不是小数目，所以还是想试一试，没关系，还是谢谢你。"

向挽扫一眼车内的中控，还有精致的内饰，抿了抿唇，没说话。

轿车缓缓驶入一片住宅用地，两边都是绿化，非常安静，街道上没什么行人，车辆也不过三两辆，往右飞速掠过的是两个别墅区，开到高大的正门前晁新放缓速度，喷泉无声地涌动，她在花丛垒成的小转盘处绕了一圈，直接下入地库。

向挽瞥了一眼，这个小区叫作恒湖国际。

在地库停好下车，晁新从后备厢拎出一箱牛奶，把平底鞋脱在后备厢里，换上一双黑色红底高跟鞋，一边按下车钥匙锁车，一边跟向挽说："走吧。"

两人进楼道等电梯，光洁的大理石包裹着电梯门，连地库通道的瓷砖都一尘不染。

向挽蹙眉，不动声色地看了晁新一眼。

上到十七楼，一梯两户，晁新按下指纹，开锁。

明亮宽敞的客厅一览无余，格局和于舟家有些像，仍然是客厅、餐厅，连着一个长长的通道，卧室和书房还有多功能室分列在通道两旁。

向挽听于舟显摆过，说在江城，这种过道一般是豪宅标配，因为江城房价高，很多紧凑的刚需户型根本不会把这十几二十万用在过道的几平方米上。他们宁愿多出小半个房间。

晁新的房子，很显然，不算豪宅，因为和苏唱的比，无论是小区还是装修都有一定差距，但……也算高端房产了。

向挽换了鞋走进去，晁新把牛奶放到桌上，又顺手把手腕上的发绳撸下来把散开的长卷发束起，随手指了指沙发让向挽坐，然后她放轻脚步穿过过道，走到最里面倒数第二个房间，支一个小缝看一眼，用气声说了几句话。

再轻手轻脚地关门，回到客厅。

先是洗了个手，再把冰箱里的水果端出来，用厨房用纸吸干葡萄上的水，一颗颗摘下来，盛进盘子里，放到向挽面前。

"刚从冰箱里拿出来，有点凉，等一会儿再吃吧。"

"晁老师客气了。"向挽曼声道。

说完她又浅浅呼出一口气，看一眼头上的水晶吊灯。

她实在很困惑，并且表现在了脸上。

晁新仔细地剪着葡萄枝，眼神仍旧很冷淡，不过嘴角提起来，有点温婉地笑了："这是学区房，为了牌牌上江大附小买的，而且离江城一中和江大都很近，以后上学方便。

"买它，几乎花光了我所有的积蓄，哦，还有那辆车。

"江大附小要面试，牌牌是单亲家庭，我……学历也不高，只能在我的工作和个人财产上加码。"

她很坦诚，但好像也不习惯这样坦诚。

向挽不大懂小学入学流程，但还是点了点头。

"养孩子很费钱的，"晁新小声说，"你也看到了，牌牌周六也不能休息，今天是她的外教课。"

向挽眼神动了动，往过道里看去。

"那几万块，我本来想提现出来给她买古琴的家教课的，她说，后年的毕业晚会，她想上台表演古琴。"

向挽沉默了一下，挺不好意思，把包里的 switch 拿出来，放到茶几上。

"打赏一事，帮不上忙，实在抱歉，我给牌牌带了个小礼物，她若是喜欢，便收下。"

她望着晁新淡淡的眉头，风华正茂的年纪，保养得又好，看上去也没有因为生育而比于舟、苏唱她们老，但她的话题里，每一样都是孩子。

向挽有了一点点探索欲，孩子的父亲在哪里？她才三十三岁，为什么就独自带了一个十岁的小女孩？

晁新看一眼游戏机，又看一眼向挽，眼帘往下搭了搭，她说："不用了，牌牌现在也不怎么玩游戏，你不要破费了。"

晁新知道向挽很为难，本来打扰对方就已经很抱歉，那天开了口之后，她也一直在想这件事。

她想着请向挽来，给她做顿饭，也好对之前的唐突有所表示。

说话间外教走了出来，微胖的三十岁左右的女老师，金黄的卷发扎成一个低马尾，用尚算标准的中文跟晁新打了招呼，说下次依然这个时间，然后就轻车熟路地准备开门出去。

晁新还是站了起来，挡着门将她送出去。刚合上门锁，正要回头跟向挽说话，听见过道里响起拖鞋懒懒地趿拉着走过的声音。

一个小姑娘仰头闭着眼，拉长受尽磋磨的嗓子说："妈——晁新——小姨——我要吃冰棍儿！"

向挽的心"咯噔"一跳，和晁新对视。

小姨？

停顿三秒后，牌牌"嗷"的一声尖叫，把自己用发箍别上去的齐刘海薅下来，再把穿着睡衣的身子往墙壁上一贴，借着过道挡着点儿，露出半个脑袋："向……向老师。"

被固定了小半天的刘海不听话地翘在脑袋上，像两个巨大的飞蛾。

向挽"扑哧"一声笑了："小牌牌。"

贴心地加了一个"小"字，暗含"她仍旧很可爱"的意思。

牌牌给晁新使了个眼色，缩回去，晁新上前，被牌牌拉着手腕一把拽进卫生间。

"妈——我没洗脸！"门里传来牌牌克制的哀号。

然后是水流的声音，牌牌一边洗一边接着哭："妈——我没洗脸！"

晁新的轻笑也很清晰，她压低嗓子说："卫生间的隔音不大好。"

向挽忍不住笑出声，里头的水流声乍然停了，小姑娘的哭泣在喉咙里压着，小猫似的叫了一声。

门一开，晁新先出来了，袖子撸起来，手上有一点水，但牌牌仍旧在里面磨蹭，仿佛要再做一会儿心理建设。

向挽听到了牌牌叫晁新小姨，但她和晁新的关系，还没有到能够直接过问的地步。

晁新反手在大腿处抹了一把，把裙子将平，然后坐在沙发上，跟向挽说："今天晚上有空吗？"

"有。"

"之前拜托你那件事，我挺不好意思的，你要是没有安排，晚上留下来吃饭吧。"

见向挽迟疑，她又道："我做饭，还可以。"

向挽莞尔一笑，恭敬不如从命。

"想吃什么？"晁新微微俯身，胳膊搭在交叠的大腿上，又拉开距离，抬起手腕看了一眼细细的手表，"家里好像没吃的了，要下楼买菜。不过不远，楼下超市就有。"

"我去买，你陪牌牌玩一会儿？"她的语气很轻柔，但略带下三白的眼神仍旧很冷淡，说着，抬手把电视打开。

向挽看一眼紧闭的卫生间门，那里面关着一位少女支离破碎的自尊心。

她于是温婉道："我同你一起下去吧。"

卫生间里传来一道急促的短音，里面的人欲言又止。

晁新瞥一眼，起身拿起外套："走吧。"

这两个字刻意放大了声量，很快门里响起第二声短促的哀鸣。

"晁新！"

晁新正在拿包，卫生间却打开一个缝，不见少女的脸，只听见一个气声。

晁新垂了垂眼睫毛，摇曳生姿地走过去，靠在墙壁。

牌牌的声音像是从喉头挤出来的，怕玄关处的向挽听见："你跟我抢向老师！"

"我用得着跟你抢？"晁新抄着手，长卷发扫过脸颊，语气冷漠，"她本来就是我的搭档。"

"啊……你……"牌牌幼小的心灵受到了极大的伤害。

"刘海再弄点水，压一压。"晁新伸手，给她把门带上。

向挽套着围巾，看晁新走过来，眼里带着一点笑。

"你很爱逗她。"她等着晁新换鞋，温声说。

晁新却叹了一口气，等大门关了，两人走到楼道，才说："她小时候挺不开心的，也没什么喜欢的东西，所以打赏的事虽然让我为难，也没有太责怪她。"

"晁北小时候都不怎么说话，身体也不好，豆芽菜似的，调养了那么久，还是贫血。

"现在会犟嘴，好多了。"

说着又看一眼向挽："刚才开玩笑，你别介意。"

向挽摇头，眉眼弯弯："杜龄本就是许之之的搭档，没有错。"

晁新就着电梯的暖光看着她，觉得她的眼睛很不一样，好像比都市里的人清澈很多，没有受到过什么污染的样子。像她第一眼见到褓褓里的牌牌，不过婴儿的眼白泛着蓝色，向挽的底色很清晰。

到了傍晚，超市的人渐渐多起来，晁新和向挽推了一辆小推车，在蔬菜区和肉类区慢慢逛。

"爱吃牛肉还是猪肉？"

晁新在敞开的保鲜区停下，小臂搭着推车的扶手。

"牛肉。"

向挽想了想。因为于舟爱吃牛肉，她们平常在家除了排骨，很少买猪肉。

"水煮牛肉，A；红烧牛肉，B。"

向挽笑了："A。"

晁新点点头，挑了一块递给生鲜区域的售货员："麻烦切片。"

"豆芽打底，A；生菜打底，B。"

晁新接过保鲜袋里的牛肉，推着推车往前走。

向挽继续做选择题："B。"

"哇哦。"晁新小小地挑了下眉。

"怎么？"

"做这个选择的不太多。"她偏头提了下嘴角。

泪痣因为这稍纵即逝的笑，生动了一些。

走到蔬菜区，晁新停下，手探进后脑勺，拨了拨卷发，然后靠在一旁，示意向挽上前："选一棵。"

然后她将右脚的脚后跟自高跟鞋里抬起来，脚踝靠着左脚，偷懒。

向挽眼神往下，抿唇一笑，转脸挑选蔬菜，过了几秒，柔声问："既然难受，怎么又总要穿呢？"

想起在地下车库，晁新连上楼都要换上高跟鞋。

晁新耷拉着慵懒的眼皮："喜欢比人高一些的感觉。"

不喜欢仰人鼻息，不喜欢抬头，喜欢低头，喜欢俯瞰。

向挽抬眼看她，但晁新又低下头，打开了手机。

再回到家时，卫生间的门已经开了，二人把几个购物袋一起拿到厨房，晁新打开冰箱，分门别类地放进去，牛肉就着保鲜袋泡出了血水。她又掏了几个鸡蛋，放到流理台上，又蹲下把葱姜蒜等配菜拿出来，一一切好。

一系列动作做完，她有点热，举着刚抓完淀粉的手，让向挽帮忙把她的袖子翻上去，向挽上前，擦过她莹白的小臂，仔细地翻着衣袖。

然后晁新又伸了伸脖子，本能地要探手去再解开一颗领口，手腕往里缩了缩，想起来自己手脏，又没动。

向挽蕙质兰心，捕捉到她的动作，看一眼她静默的眼神，问："要解开吗？"

"嗯。"一声懒音。

向挽抬手，食指拇指一动，干脆利落地解开了锁骨下方的扣子。胸前已经有几粒细汗了。

"谢谢。"晁新侧过身子，躬身继续给肉片上淀粉。

向挽见没什么好帮忙的，晁新又不爱说话，便洗了手退出去。牌牌坐在客厅，大人样地跷着二郎腿，听见她出来，吸了几口气，然后略微羞涩地转过来："向老师，请坐。"

向挽抬手掩了掩胸口："你……"

这……

她为难地转头，看向晁新。

晁新瞥到她的眼神，举着沾满淀粉的手出来，定睛一看，气息一乱，笑了。

牌牌的脸白得有一点过分，嘴红得有一点过分，睫毛膏糊了一点在眼下，像是粘了几个小小的蚊蝇。

"不适合你。"晁新蹙了蹙眉头，右肩一顶，苦笑。

"你看出来啦？"牌牌苦着脸，不敢看向挽。

她低头，右手捂着脸，嘟囔："我给你发微信了呀，问你我可以用哪一个，你没有回我。"

晁新摇头笑，散发滑过脸颊，很痒，她本能地伸手撩开，手上的淀粉沾到脸上。

向挽一怔，随即双肩一颤，眼角更弯了些。

向来冷傲的晁新脸上沾了点淀粉，显出些许笨拙和幼稚，和晁北也没什么两样。

晁新在向挽的瞳孔里看见自己的倒影，又见她笑得欢，没忍住伸手在她鼻尖点了一下，像之前逗牌牌一样。

向挽愣住，晁新也愣了。

"……抱歉。"她说。

向挽放低视线，往自己鼻尖看，然后垂着眼帘又笑了。

她很爱笑，但很多时候是得体而疏离的，和向挽认识了几个月，这是晁新第一次见她真心实意地欢愉，真正像一个二十出头的小姑娘了。

饭菜上桌，淋着热油的水煮牛肉，清香四溢的玉米排骨汤，酸爽开胃的糖醋藕片还有一个凉拌豇豆和清炒时蔬。

晁新不太懂得怎么跟人做朋友，但她其实误打误撞地选择了非常有效的一种，因为在家里做饭，一起吃完然后洗碗，是最家常最容易迅速拉近人与人距离的方式。

将玉米排骨汤端上来时，向挽自然而然地伸手把餐垫挪过来，正如她以前所养成的习惯。

"你和你爸妈一起住吗？"晁新问。

"没有，"向挽低头摆着碗筷，"我没有父母。"

晁新一怔："不好意思。"

"没事。"

有了这番对话，两人之间的气氛就有点尴尬，因为晁新后知后觉地想起来，她在声音盛典上听到过向挽的领奖词，说，她是一个流浪汉。

那段领奖词说得非常好，晁新总会在深夜里突如其来地想到一两句。

但她不如向挽有文化，不大记得完整的，也没有再去搜过。

流浪汉怎么会有这样的书卷气呢？流浪汉又怎么会有一双明媚动人的眼睛呢？流浪汉应该和自己一样，对周遭不感兴趣，甚至偶尔对世界厌恶。笑，不是因为喜悦，是因为"应该"。哭？晁新从来不哭。

她招呼卸妆的牌牌出来吃饭，动作间背后的发绳断了，头发散下来。晁新回头一看，蹲下将其捡起来，裹了几根头发扔到垃圾桶里，然后想了想，家里没有多余的发绳了，随手拆了一根一次性筷子，扬手拧髻，把头发绾在脑后。

碎发耷拉一两缕在脸畔，野性十足，向挽又想起她脱了高跟鞋的样子。

牌牌磨磨蹭蹭地出来，又和向挽打了招呼，很规矩地坐在左手边。

经过一番折腾，她已经没力气作妖了，羞赧也少了一点，决定当一个温婉冷酷的小大人。

晁新先伸手拿碗，给向挽盛了一碗汤。

"试试咸淡，不行我再去加点盐。"

向挽双手接过，抿一口："正好。"

晁新点头，又探手示意牌牌递碗。

牌牌却别扭起来，因为以前第一碗都是给她的。

"我自己来。"她噘着嘴说。

向挽睁了睁眼，晁新见怪不怪："不理她。"

又用公筷给向挽夹了一块排骨。

哪有醋还两头吃的，莫名其妙。

晁新做饭真的很好吃，比于舟和赵女士还要好，火候适中，咸淡也适中，尤其是她的玉米排骨汤，玉米的清甜仿佛陷入了肉里，但不腻，一点都不腻，排骨上肉筋都炖得很烂，轻咬一口就脱下来了。

向挽吃得很满足，鼻尖沁出细细密密的薄汗，更像个水葡萄了。

晁新发现这小姑娘挺有意思，因为她吃饭很虔诚，慢条斯理地，拿筷子之前还要起个范儿，擦拭嘴角时只捏着纸巾的一个角，跟宫廷剧里似的。

而且，明明吃排骨的时候眼神都亮了，但下一筷子却给了不大感冒的凉拌豇豆。

于是晁新抬手，又给她夹了一块小排。

小姑娘的眼神又亮了。

晁新抬起手背，抵住嘴唇，轻轻清了清嗓子，但是一对眼睛微微眯起来，笑得略带风情。

大概是到人家家里做客，不好意思吧，她想。

吃过饭，时间也不早了，牌牌自告奋勇洗碗，原本想在向挽面前表现一番，谁知道她不省心的娘没有接收到她的信号，只说："那你洗吧，我把向老师送回去。"

牌牌难以置信地张大嘴，水流哗哗哗冲着手上洗洁精的泡沫。

晁新一边给向挽递衣服，一边蹙眉提醒她："浪费水。"

向挽招招手，说了"再见"，就和晁新一起出门了。

昼夜温差大，晚上更冷一些，连在地库都能感到呼呼的刺骨的风。晁新一边解锁，打开车门，一边按住手机发语音："哎，姜哥，不好意思，刚看到您的消息，我一会儿就把账号发过去，谢谢姜哥。"

她在入座时说了这么一句，说得很轻，言语里也很客气。

向挽等她说完，放下手机，才关上车门，怕关门的声音打扰到她。

贴心的举动让晁新望着她笑了笑，在导航里调出路线："现在不堵，大概四十分钟，如果累了可以把座椅往后调，躺一下。"

意思是不用坐得这么笔挺。

但向挽不习惯在旁人面前躺着，摇了摇头。

车子驶向地面，到达第一个路口的红绿灯时，向挽开了口："古琴，我也会。"

"嗯？"晁新抛了个尾音，没转头。

"若你不嫌弃，我可以帮牌牌补课。"

晁新的鼻息一动："谢谢，但是不必了，打赏的事你没有责任。"

"并非无偿。"向挽摇头，眼神在前挡风玻璃的折射下隐隐流光。

晁新这才看了她一眼。

"我在补习英文，但口语不大好，总是闹笑话，我想，同牌牌一起上外教课。"

还有一点她没说，其实苏唱也可以给她请外教，但金发碧眼的人她有点害怕，自己单独对着，总不大敢张口。

但向挽觉得如今是个好机会，既能帮晁新省下一笔钱，自己也得偿所愿，是双赢。

"我的古琴造诣十分高，好极了，非常好。"她不晓得应如何推销自己，便侧过身子，认真地说。

晁新笑了，有说自己造诣很高的吗？

"是吗？"她轻轻问。

"是，我自荐。"向挽用了第一次问彭娴之要角色时的词。

晁新润了润嘴唇，又一次觉得她有些意思，外表看起来大家闺秀，不熟悉的时候也落落大方的，但多聊了几句，发现她有一点笨拙，和这个世界格格不入的笨拙。

恰好，晁新特别喜欢跟这个世界格格不入的人。

她心里说了"成交"，但不自觉地又多跟了一句，想要再听一听她的回答。

"古琴一对一，外教一对二，还是蹭听，那么古琴的课时费应该比外教贵一些，你吃亏了。"

"那么，"向挽沉吟，"晁老师做饭给我吃。"

晁新觉得自己今天想笑的次数有点多，通常来说，一般人只会不计较，客气两句，双方就不再推辞了，但向挽认真地说，请你给我做饭吃。

好像真的在思考自己吃不吃亏。

晁新呼出一口气，抬手把落在胸前的头发拨到后面去。

向挽的家和恒湖国际离得比较远，一来一回，再到家时已经接近一个半小时了。牌牌很乖巧，早早地就洗漱完毕，换了睡衣躺在床上，不过还没睡，跷着双腿玩手机。

晁新先敲了敲门，听到拿腔作调的一声"请进"后，才拧门进去。

"今天是花木兰？"她看着牌牌给自己编的小辫子，发绳上有一朵黄色的花。

"你好幼稚，"牌牌用小哑嗓鄙视她，"今天是向老师的女友粉。"

美滋滋的，甜蜜蜜的。

"你才四年级。"晁新拨着头发提醒她。

"我们班有谈恋爱的了，你知道吗？那个胖子。"牌牌放下手机，兴致勃勃地爬过来，睡裙盖过她的小腿。

"他给我后桌上课传字条来着，我是中转站，他俩课间请我吃烤肠。"

少女的娇音嗲嗲的。

"都是淀粉，青春期吃多了，以后你也变胖子。"晃新说。

牌牌哀鸣一声。

晃新到床尾坐下："两个消息，一个好消息，一个……"

"好消息。"

"你的女友向老师，以后周六给你上古琴课。"

"天啊。"牌牌惊呼一大口气，搂住晃新的脖子，感动地看着她，觉得她是天底下最好的家长。

片刻又收回手，咬指甲，大眼忽闪忽闪的："坏消息呢？"

"外教课她跟你一起听，以后有人盯着你认真听讲了。"

牌牌哼哼唧唧地笑，小奶音："也不算很坏，可以可以。"

但她突然又很警觉："小姨，我问你。"

"嗯？"晃新站起来，给她收拾书桌。

"你想恋爱了吗？"

晃新装着铅笔盒："我对这些没兴趣。"

"哈，那就好。"牌牌长舒一口气。

过了会儿又说："是不是带着我这个拖油瓶，不太好找呀？"

"拖油瓶，谁说的？"晃新把铅笔盒盖上。

"电视里演的。"

"有没有你，我都没兴趣。"晃新把语文书拿开，下面是牌牌摊开的日记本。

她本能地要合上，眼睛却比手快。

青涩的字迹这样写道：

我终于又见到她了，还一起吃了饭，没有我想象中温柔，可比上次见还要漂亮得多，我想要她叫我晃北，可她叫了我牌牌……

晃新轻轻吸一口气，把日记本合上。

写得很情真意切，但牌牌从来就不是什么向挽的女友粉，晃新知道。

"早点睡。"

第二章
自由

说定之后，向挽就开启了当古琴老师的新副本，原本晁新说来接她，但向挽觉得太麻烦，还是决定自己挤地铁。

每次地铁关门，开始启动，她望着黑漆漆的车窗倒映出的自己的脸，总觉得很恍惚。直到挤出车门，才松了一口气。

现代社会，连有一立方米独享的空气，都算是奢侈。

所以她也想念自己曾经的古琴，来到这里一两年了，一直没有机会像之前一样闲云野鹤、琴音绕梁。

向挽请求晁新给了她一个月时间准备，因为现在的琴谱是减字谱和五线谱混合使用，减字谱和她以前的古琴谱区别不大，不过五线谱就需要从头再来，好在这个并不复杂，对着标准音数几个位，几天下来她便记住了。

又找了一些教习古琴的视频，摸索了一套简易的入门方法，备上几本教材，正式开始教师生涯。

上门几次之后，向挽发现晁新真的不算忙碌，比自己还要闲散些，周六基本上都在家陪着她们补习，然后精心准备一餐晚饭。

所以向挽在想，坊间传闻她很难约，不知道是不是她空出时间照顾牌牌的缘故。

但很快，向挽推翻了这个猜测。

因为在五月底的一次课后晚餐时，晁新一边夹宫保鸡丁，一边问她："你平时直播吗？"

"不直播。"向挽道。

"嗯。"晁新埋头送了一口米饭。

原本以为只是偶然一提，没想到她又说："我还以为，你们这样的，都会直播。"

"你们这样的"意思是，向挽和苏唱这样的。

接触下来，向挽发现晁新和她们确实是有区别的，圈里会把大佬们无形分为两类，一类有地位和知名度，如晁新；一类有流量和死忠粉，如苏唱。

最直观的区别可能在于，回家和七大姑八大姨讲起来的时候，她们不认识晁新，但会知道——哦，那个呀，配《青鹤》的女主角，是吧？哦，这个动画片是她配的呀，那我要去买票看看的。

而说起苏唱，小辈们会说——我老婆还有人不知道吗？《神战之巅》里的索菲娅，氪了七十八次金才抽到她隐藏语音的新皮，她最近那个广播剧你听了吗？播放破亿，上热搜了，"苏"死我得了。

更明显一点的区别就是，苏唱在一次生日直播中屡次强调不要刷礼物之后，单平台分到的打赏可能都有六位数，而晁新的几万块，需要在几次FT中攒出来。

晁新接下《帮我拍拍》这部广播剧的消息在论坛刷了几天屏，听众意外也不意外，因为最后他们这样调侃——金主爸爸给得实在太多了。

其实只是正常价，晁新知道。

她接这部戏一是因为向挽打赏的事，二是广播剧的酬劳确实比她配一部同样集数同等工作量的电视剧要高。

晁新是一个不善于交际的人。

苏唱相反，好像在所有圈子她都能游刃有余。她能在影视圈配上贺岁档，在广播剧圈成为顶流，还在游戏圈有一席之地，几乎所有国民游戏的大热角色都有她献声，她不用改声线，听众就喜欢她清贵得没有代餐的嗓子。

晁新没有多少游戏圈的资源，可能她并不华丽的声线不太适合二次元，也可能她的地位在那里，游戏公司觉得性价比不太高。

他们更喜欢用有流量的新生代。

因此这次和苏唱合作，她并非没有私心，想了解"另一类人"的发展模式，也想观察这条截然不同的路是怎么开拓的。

苏唱结束自由人生涯的消息在圈里传开时，晁新一直想去看一看她带的"萝卜"。

"萝卜"是行里的"黑话"，指的是背靠知名工作室的新人，向挽就是苏唱工作室里长势最好的一棵小萝卜。

"你们工作室，我方便了解一下，是怎么招人的吗？"晁新端着饭碗的底部，有点迟疑地问向挽。

"我和老板是在三声工作室的培训班认识的，那时候她是我的导师，我因为学历问题没有和三声签约，老板找到我，签下了我。"向挽说。

"至于其他几位，我不晓得。"

"嗯。"晁新抿了抿嘴角。

"怎么想起来问这个？"向挽好奇。

"我妈也想开工作室。"牌牌在座椅上左右摇晃。

"晁老师解约后，不是一直都是自由人吗？"向挽蹙眉。

晁新呼出一口气："圈里有风声，说影视新规今年会下达，除外籍演员外，不提倡配音了。"

而且由于她的角色大爆已有几年，许多影视剧找到她配音，任她再会变换声线，也不过就一副嗓子，听众过于熟悉，隐隐有听腻了的趋势。

时不时会在她新剧预告的评论里说，很出戏。

这些零星的评论是隐藏在晁新稳固地位下的冰山，只有真正航行的她才知道，自己已然快要触礁。

但她除了配音，什么也不会。

是想要转做声音团队，接一些对白指导或者配音导演之类的工作。因为现在影视同期声不多，为了赶戏，剧组多半不会现场收音，所以哪怕是影视演员使用原音，也需要后期补录，那么声音团队就十分必要，并不会随着配音新规的下达而不被需要。

只是，这样的工作，晁新一个人接不下来。

建立一个工作室谈何容易，哪怕她晁新是块金字招牌，也需要拉投资，更何况她想要绝对控制权，她不喜欢被投资人掌握的感觉。

因此她在筹钱，可能还需要借一点。

每个月的房贷有三万多，车贷一万多，花钱如流水。

想到这里，她又有一点出汗了，但她什么也没说，习惯性地咬了咬后牙，又风轻云淡地问向挽："今天的菜不合胃口吗？看你没有吃多少。"

"没有，我过来之前买了个面包，因此不大饿。"

"晁老师若想知道工作室的事情，我替你问问老板。"她又说。

晁新欲言又止，一会儿才说："好。"

第二天彭婙之约她们四个喝咖啡，找了个安静的角落，在二楼。

向挽侧坐着，身体斜对着树影摇曳的落地窗，手指放在咖啡杯的底部，慢条斯理地说了这件事。

彭婙之食指绕着长卷发，半躺在沙发里，红唇一张："晁老师开工作室？圈里没听说她在拉投资啊，她全资？"

向挽摇头，软声道："接触下来，我觉得，晁老师并非像你想的那样富裕。"

说话时她娟秀的眉尖小小堆起。

彭婙之瞄她一眼："你干吗，怎么我听出了一丢丢心疼呢？好像还有点跟我唱反调的意思？"

她丈二和尚摸不着头脑，咋了，去教了几次琴，就站晁新那边了？

这小孩儿，野得很，跟谁走得近，就跟谁玩得好，她可算是看出来了。

向挽垂下眼尾，没理她。

哟，这态度，彭婙之酸了："你要看不过去，让苏唱投她呗。"

手往对面一指，好像在说，喏，现成的冤大头。

"彭导。"于舟小声叫她，摇摇头。

闻到火药味了。

彭婠之其实就是有点吃醋，向挽最近出来玩儿的时间不多，有空闲都上课去了，而且她说"并非你想的那样"，好像在记着上次彭婠之说几万块对晁新来说不算什么的话。

彭婠之最烦人翻旧账了。

也最烦人总觉得她是本地人，家境又还不错，不知道人间疾苦。

谁不是自己一个棚一个棚跑出来的啊。

她往后一躺，小勺子扔在咖啡杯旁边，清脆一声响。

妈耶，于舟手足无措："这是干吗啊？"

话赶话怎么就到这份上了呢？

"挽挽肯定是你这头的啊，"和平使者于舟又上线了，"咱们什么关系啊，再说晁老师我们确实也不了解，可能真的有什么难处。"

"她目前应该不大好过。"苏唱轻声道，但点到即止，不打算背后议论别人的处境。

晁新和之前的公司解约，是因为那个公司拿着她当招牌去拉投资让人投项目，结果又说她忙接不了，搪塞过去。好几次，连晁新都不知道。

解约闹得不大愉快，她的投资应该也不太好拉，这些事以前苏唱也无从得知，现在开了工作室，会跟一些投资方打交道，才隐隐有听说。

彭婠之不清楚，也情有可原。

听苏唱这么说，心知有内情，彭婠之的神色软下来，拿起勺子把玩，扭着头找了个台阶："也不知道她这次配了广播剧，对这个有没有兴趣，我这儿也有几部剧，还没邀到主役呢。"

晁新的名气太大，不敢随意去拉，资历在那儿，她也不好下手导。谁导谁还不一定呢。

向挽瞧她一眼。

彭婠之没看她。

"回头我问问。"向挽对着彭婠之说。

"我不会敲吗？"彭婠之嘴硬。

"你忙，我替你分忧呀。"向挽笑道。

嗽，彭婠之嗤笑一声，小丫头片子。

等了一周，再次上门，向挽照例教完古琴，剩下半节外教课没听，和晁新一起下楼买菜。

这个超市向挽已经有些熟了，她自顾自地走到一个货架上挑西红柿。

拿起一个红彤彤的果子时，她想起彭妧之骂她，吃几顿饭就跟谁玩儿，觉得有些道理。

她真的爱吃饭极了。

揉了揉腰身，有些圆滚了。

这可不是个好迹象。

于是她对晁新说："晁老师，今儿不吃番茄丸子了，好吗？"

"嗯？"晁新正拿着一把芹菜，"怎么？上上周你说好吃的。"

"今日想吃清淡些。"向挽眨眨眼。

又蹙眉，小声说："可牌牌在长身体。"

晁新三两下明白过来，冷淡的杏眼瞥了瞥她，又看一眼她的腰腹："胖了？"

两个字只做了个口型，根本没发声。

向挽叹气："往日里我晚上也就吃个果子，如今每周一餐大鱼大肉，又吃得晚，总觉得第二日起来，下巴都抵住了。"

晁新笑了，偏头装模作样地看她下巴："我看看。"

逗小孩儿似的。

向挽扬了扬脖子："有吗？"有双下巴吗？

晁新垂着脖子，侧脸看她："你咽一下。"

向挽的喉部自上而下滑动。

原本只是笑一笑她，她这么听话，晁新反而有点愣了，不知道该怎么接，于是直起身子，高跟鞋的脚尖翘起来，鞋跟儿在地上点两下，转头把手指搭在新鲜的黄瓜上："好像没有。"

"噢。"向挽放心了，收起比蔬菜更鲜嫩的脸蛋，拨了拨头发，她捻开保鲜袋，精心挑选西红柿，"工作室的事，我替你问过苏唱了，她说组一个工作室，成本不高，主要看工作室的规模，办公室的选址、地段还有大小，若是声音团队，一般要有自己的棚，那么录音室的个数及设备会占投资的大头，苗子需要自己找，若是资金不大充裕的话，备一位相熟的可兼任录音师的演员，其余的配音演员可以考虑非全约，单签部头约，编剧和后期不必签约，按项目约人即可。"

其实在业内多年，也有一定人脉，这些事晁新多半都知道，只是如果自己要着手构建，把流程梳理下来，还是需要耗费不少精力。

"苏唱说，其实开工作室也就是运转一个公司，和其他所有行业一样，最重要的是客源。从前你是自由人，单接项目签个人约，和团队承接一个项目是不同的，从前是旁人邀你，往后是你的团队要抢项目。

"因此和播放平台、出品方、投资方、IP方，甚至部分个人版权的头部作者

搞好关系，都是必要的，否则旁人未必能想到你。

"好 IP 大项目很难拿，池子就那么大，蛋糕人人都想吃。"向挽将西红柿一个个放入保鲜袋。

她说得很委婉，晁新不太爱交际的习惯，可能对她工作室的发展没有太大益处。

其实光靠个人能触到的天花板晁新已然收入囊中，但想要深耕行业，长期可持续发展，还需要培养新人。

晁新认真听着，小小叹一口气："谢谢。"

然后她又问："既然不想吃丸子，那么西红柿蛋汤？"

"好。"向挽甜津津地笑。

晁新眯了眯眼，看一眼她容易让人晃神的笑容，低头把她手里的保鲜袋接过来，缓声问："为什么帮我？"

向挽忖了忖，道："两年前，我初到江城，借住在一位朋友家，她事无巨细地帮助我。"

"是……彭婉之？"晁新猜测。

向挽又撕了一个保鲜袋，要把芹菜装上。

"苏唱？"

向挽把芹菜套进袋子里。

"于舟？"

向挽停下，又拎着袋子的边缘，让芹菜落下去："是。"

她拎着袋子的动作空落落的，眼神也是，晁新的心跳也空了一拍，于是她问："怎么这个反应？你们……"

晁新太少跟朋友打交道了，不大懂得游刃有余地掌握进退，如果是别人，可能就不再问了，但向挽遇到的是晁新。

"闹掰了。"向挽点头。

"嗯？"

"我和她，闹翻了。"

晁新挑眉，微张了张嘴，舌尖在口腔里一顶，又缩回来。

"可是……"

向挽看到晁新被琥珀色包裹的瞳孔缩了缩，上下打量自己，有些困惑："怎么？"

晁新舔舔嘴唇："我和于舟合作过，她人不错。"

晁新悠悠地点了点头，手搭在货架上，迅速弹钢琴一样点着指尖。

这下换向挽困惑了，她皱着眉头认真地望着她，斟酌措辞："所以晁老师的意思是，我不应当同她闹翻？我与她闹翻，是我的错？"

"我没有这个意思。"晁新忙说，声音都大了几分。

"你有。"向挽咬了咬嘴唇。

从未见大前辈晁新如此慌乱过，哪怕她仍旧面色如常，但声音工作者，如果没有特殊情况，不会允许声音出现瑕疵。

晁新紧闭嘴唇，以气带声，"嗯"一下，然后说："别人的事，我向来不会多做评判。"

"我只是，有一点惊讶，因为你，看起来，也挺温和的。"她低声说。

"看起来？"向挽又蹙起眉头了，眼神再逼进一步，向来乖巧的她露出了既探究又微恼的神色，像灵魂里有一个复苏的小兽。

晁新张了张嘴，又浅浅"咝"一声。

向挽没再逼问，垂下眼帘，抿住嘴角转身要去生鲜区。

晁新挑了挑眉头，正在想要怎么给她道歉，却见她转身要走，于是抬手握住她的手腕："挽挽。"

她有点着急，想说自己不是那个意思，又听向挽的朋友都是这样叫她，想要显得亲近，但仿佛有些……用力过猛。

向挽目不转睛地看着她，看她成熟的长卷发，看她职业得一丝不苟的贴身衬衣，看她拧着手推车把手的指头，看她像红酒杯一样时常摇曳的高跟鞋。

向挽突然头一偏，狡黠地笑了。

晁新将手收回来，搭在推车上："向挽。"

她用那把家喻户晓的嗓音连名带姓地叫向挽，冷淡的神情又恢复了，不过叫完她勾了勾嘴角，这个小动作仿佛将向挽和别的陌生人划了条线。

足够让眼前人知道，自己不是真的漠然。

向挽这姑娘有点腹黑，她看出来了。不过她也不大抗拒向挽这么跟她开玩笑。

向挽噙着暖融融的笑意，低下头去把推车里的蔬果摆好："我同她不曾闹翻，也并非白开这个玩笑，因着彭导说她手头有一个双女主的项目，关于要好的朋友断交后和好的，我替她问，晁老师是否有兴趣。"

进退有度，下一秒就转到了工作上，小姑娘对尺度的拿捏让晁新刮目相看，也让她很舒服。

晁新把眼神自向挽身上收回："把邀剧邮件发我邮箱吧，我先看看人设、故事和班底。"

"好。"

"所以吃丸子，还是西红柿蛋汤，你还没告诉我。"这话其实之前问过，但不知道为什么，晁新当时就忘了。

"丸子。"

向挽施施然转身，背影翩翩然。

一个月风平浪静地过去，晃新以为牌牌的琴艺应该小有所成，但牌牌艰难地告诉她，她脱粉了。

牌牌的求学之路异常老实，课后没有怎么对向挽发花痴，也没再念叨自己是女友粉了，晃新以为她醉心钻研，"改邪归正"，但她在几个月后告诉晃新，她脱粉了。

在一个阳光明媚的周五，牌牌提前下了课后班，回到家，在逐渐浓郁的饭香味中，端起茶几上的水杯一饮而尽。

"小姨，我跟你打个商量呗，我的古琴课，能不能停了？"小哑嗓被水润了，但仍旧不够。

"为什么？"晃新把鱼端上蒸锅，没太当回事。

"我受不了了。"牌牌反跨坐在椅子上，手扒拉着椅背。

"嗯？"

"你是不知道啊，向老师……"牌牌犹豫了一下，然后就开始倒豆子。

"一开始吧，她还正常，就坐着教琴，指法琴谱什么的，也挺耐心的。"

"从第三周开始。"牌牌走到晃新身边，压低嗓子，用讲悬疑剧的语气。

"她就太不对劲了。"她摇头。

"不对劲？"晃新皱眉。

"有一天我跷二郎腿，脚搭着晃悠，她不高兴，她说我不尊重她，还很认真地跟我说，'一日为师终身为父'，让我把她当爹。"

"她这么说的，"牌牌清了清嗓子，"喀……嗯，我既做了你师父，你合该听我的，行事不可叛逆，要尊师重道。"

文绉绉的嗓子抑扬顿挫，牌牌快哭了，怼着晃新说："你知道吗？跟小龙女似的。"

晃新难以置信，但想一想，嘴角又隐隐扬了起来。

"第五周，她拿着我的透明尺子，当戒尺，背在手后面来回逛，我弹错一个，她就让我伸手，打我板子。"牌牌的气声扩到最大，哭腔上线了。

"我跟她说这是体罚！这是体罚！"

"她说，听不懂！"

牌牌气到失语，抹了一把眼泪，想再倒点水喝。

晃新安慰她："向老师……不像体罚的人吧。"

看起来挺温柔的。

"救大命！你们都被她外表给骗了！"牌牌真的落泪了，握紧小拳头委屈地揉着眼睛，"第八周，她让我背《师说》。"

她哭哭啼啼地哑着小奶音："我学个古琴，还要背《师说》，我才十岁啊……"

嗓子哆哆嗦嗦的，颤音颤了半天。

没有等来她想象中的温暖的怀抱，她听到了一声抑制不住的抽气声，然后她红着眼睛抬头，看见晁新背对着她，双手撑在水池边缘，肩膀一起一伏，最后高频地抖起来。

她在笑，而且在大笑。

"晁新，你真的太过分了。"牌牌狠狠用手背擦掉眼泪，再也不相信这个世界了。

"我一定会离家出走的，我一定会。"她哭得很伤心，抽抽搭搭地说。

"别。"那个颤抖的背影，分了一口气给她，从嗓子里挤出了这个字，还带着笑。

晁新伸手撑住额头，在牌牌呜呜呜的哭声中，又有气无力地再补了一声："别。"

"我……我跟她说一说。"声调变形了。

"你……噗……你先出去。"

牌牌"哇"的一声号，涨红脸，涕泗横流地往外走。

嘴巴都哭干了，她一边挤眼泪一边给自己倒水。

等两人平静下来，相顾无言地吃了一顿饭，然后晁新给向挽打电话。

"喂，挽挽。"

她从上个月，就开始叫她挽挽。

向挽那边好像在洗碗，用头夹着手机："晁老师，怎么了？"

"嗯，"晁新不太习惯说谎，抬手稍稍捂住嘴，"明天牌牌学校有事，课程就取消吧。"

"好。"向挽记住了，脑子里在盘算明天的时间做点什么。

晁新却没挂电话，可能因为临时变动有点不好意思，便问她："你明天有什么安排吗？"

"我……大概要去约一下中介。"

"中介？"

"我九月入学，如今六月了，恰好房子到期，我不想续了。"向挽把手清洗完，擦干，拿着手机往客厅走。

晁新听着她轻巧的拖鞋声，等她坐在沙发上，才问："怎么不想续了？"

"我开学要去江大念书，但我不想住宿舍，因为我还有工作，时常夜里回去，恐怕会打扰室友休息，并且我还时常客串一些非棚录的剧，偶尔在家录几个音，宿舍的环境不大方便。

"我这房子又离江大太远，若是坐地铁，得要一个来小时，还要换乘三次。"

江大在晁新家附近，她知道距离，上次自己开车送向挽，单程花了四十多分钟。

"那你是打算，在江大附近租一间房吗？"

"是。不过……"向挽有点迟疑。

"江大附近，房租很高。"晁新这么说。

向挽和晁新相处很舒服，因为她不善交际，通常直来直往，不会有太多欲言又止的时候，也不会考虑向挽是不是拮据，要不要给她留面子什么的。

"是，"于是向挽也从善如流地说，"我是成人自考，学费没有教育补贴，已然是一笔不小的数目，如今我囊中确实羞涩，或许，我可以同人合租。"

晁新那边笑了，停了一会儿，好像是去倒了一杯水。

然后在细细的水流声中说："跟人合租，不如住我家。"

向挽知道，恒湖国际是为牌牌买的学区房，由于离江大附小很近，所以隔江大也就两条街，并且晁新家有装了隔音棉的小型录音室，甚至还有小小的拟音室，向挽去看过，还挺感兴趣的。

晁新家的环境很适合上学，也很适合录音。

再加上她如今做牌牌的家教，又一起上外教课，也方便很多。

但……一切都过于顺水推舟，她有点过意不去，似乎欠了太多人情。

向挽对于这种顺滑得好似"上天安排"或者说"打瞌睡遇到枕头"的机遇其实不大会犹豫，就像当初接受苏唱和于舟的帮助一样。

只是她从于舟家里搬出来时，经历了一个后劲十足的脱敏过程，她不大想再和朋友住在一起了。

她也有劣根性，因为她在这个世界就是飘萍，她太容易贪恋家庭的温暖了，她害怕，怕经历了自以为稳固的热闹之后，又要被迫分离。

她甚至连猫都不敢养。

听向挽一直没说话，晁新又说："不是白让你住的，你可以按你现在房租的价格，或者以你合租的预算给我房租，我也……"

她也补贴一点房贷。

房子买得大，因为这个小区就没有小户型，但因为带着牌牌，她也不方便把空着的卧室租给陌生人。

因此，向挽如果住进来，算是一举两得。

向挽听出了她的言下之意，晁新的语气，像极了向挽说用古琴课换外教课一样。

她们都同样需要钱。

向挽说："我想一想，或者，我先去周边的小区瞧一瞧。"

"那，我陪你，正好明天我没事。"晁新说。

"嗯。"

"明天想上午去，还是下午去？"

"上午吧，我想多看一点。"

"那我……"晁新又抬起手腕，习惯性地看了看表，其实不需要，她只是思考时间的时候有这么一个下意识的动作。

"那我九点半到你家楼下，你提前把中介约好。"

"好，谢谢晁老师。"

"客气。"晁新笑了笑，向挽帮了她不少，彭婉之那部广播剧她接了，而且知道是向挽牵的线。所以该说谢谢的是自己。

"早点睡，明天见。"晁新又说。

"好，明天见。"

第二天向挽起了个大早，把家里简单收拾了一下，擦餐桌时想起刚搬来时，几个小伙伴坐在这里一起吃开伙饭。

那时于舟还特意带了一袋米。

拿起手机，向挽在群里发了一个消息："我要去看房了。"

没人回，都没起。

她笑了笑，收拾好自己的小书包，贴心地带上遮阳伞，拿了两瓶矿泉水，还有小半瓶防晒霜，想起晁新的高跟鞋，她又从药箱里翻找出几片创可贴。

向挽随身带的东西总是很多，所以双肩包对她来说更为方便。

穿上鹅黄色的吊带连衣裙，配上可以防晒的小白开衫，她锁好门，往楼下走去。

照例看了看流浪猫，天气见热，大橘又长肥了，可瘸腿的小白已经好一段日子没见，向挽安慰自己，一定是被好人家接走了。

出小区门，一看时间才九点十分，向挽决定去给自己和晁老师买一份早餐，可刚抬头，就看见晁新的车停在路边。

不知道什么时候到的，但她也没有催自己。

向挽小跑过去，车里却没人，正要四处张望，转头见晁新从一旁的小卖部走出来，仍旧是白衬衣灰色的长西裤，裸色高跟鞋，不同的是她今天编了一个松松的鱼骨辫，搭在一侧，看起来很飒。

她依旧露着小臂，拿着两瓶矿泉水。

看见向挽，晁新迈步走过来："这么早？"

"晁老师更早。"向挽笑得很乖巧。

"我以为会堵车，就提前出门了，没想到每个路口都是绿灯。"晁新笑了笑，然后扬扬手里的矿泉水，"冰的，A；不冰的，B。"

"C。"

"嗯？"

"我也带了。"

"两瓶。"向挽看着她说。

晁新耸了耸左肩，偏头笑了："那放车上喝吧。"

她把两瓶水抱着，腾出一只手来掏兜里的车钥匙。

"但我没买早餐。"向挽说。

晁新打开副驾驶的车门，先躬身把矿泉水放进去，然后直起身子，关门："没有自己做早饭的习惯吗？"

"有时会煮一个鸡蛋。"

一个人的早餐不好做，多了吃不下，少了又很简陋。

"那走吧，我刚看旁边有一个肯德基，吃吗？"晁新问她。

"嗯，我十分喜欢吃肯德基。"

晁新跟着她往右手边走，台阶下方有水，晁新伸手拉了她一把，低头看着脚下："一般我只听小孩儿说喜欢吃肯德基，大人都该吃腻了吧。"

"我未曾腻，"向挽摇头，"以前我未吃过这样的炸鸡。"

向挽的声音软软糯糯的，令晁新心神一动，想起她"流浪汉"的身世来。

于是晁新低声说："我以前也没吃过。"

见都没见过。

以前刚来大城市，广告看多了，想装成不是第一次进去，结果跟肯德基的店员说，来一份麦乐鸡。

这种话晁新从来没对人说过，因为她不习惯回头看，但向挽流浪过，跟以前的自己好像也没有什么区别。

两人靠到柜台前，向挽眯着眼睛看广告牌，很熟练地点了几样，听晁新说："再点个皮蛋瘦肉粥吧，他家的粥好喝。"

"我亦觉着好喝，可我向来喝不了几口。"

"点吧，剩下的我喝。"

向挽心头一跳，转头看晁新。

晁新动了动眼帘，也觉得不太妥当。

"我只是……"不想浪费，而且以前牌牌还挺小的时候，两人一起吃饭，有时牌牌吃了两口就不吃了，晁新觉得很可惜，就接过来继续吃。

她又没控制住交朋友的界限。有一点懊恼。

向挽有点迟疑，气氛凝固了，晁新说："算了，不点了，我刚看了，应该够了。"

"好。"向挽说。

怕晁新多心，她又挑了个别的问题："咱们吃了再上车吗？"

"看你，"晁新靠着等餐台，拨了拨辫子，"如果约的时间来不及，你车上吃也行。"

"车上吃，有味道。"向挽细语说。

晁新的车挺贵的，看上去也很讲究。

晁新伸手，接过纸袋子："我不在意这个，走吧，车上吃。"

车里的空调依旧打得很舒服，晁新给副驾驶车窗开了个小缝，怕车里闷，薯饼什么的又太油腻，给向挽那边换换气。

她真的很会照顾人，和她看起来冷傲的外表一点都不一样。

车子匀速行驶，向挽小心地打开包装，避免弄脏车里，然后把餐垫垫上，小口小口地吃。

吃独食其实不太好意思，虽然晁新说她出门前吃过了。

但向挽还是礼貌性地问了一句："晁老师要吃一点吗？或者，喝一点？冰豆浆我从前喝过，很香甜，这一杯还没拆。"

晁新扫她一眼，双手握着方向盘："没手。"

没说不喝，说的是没手。

向挽想了想，把手里的炊饼放下，拆了一根吸管插进豆浆里，然后递到她嘴边。

晁新张嘴，含住，小小地吸了一口，喉咙一动，咽下去，说："好喝，谢谢。"

晁新吐出的气息还带着豆浆清凉的奶香。她端着豆浆，有点不知道如何是好，晁新只喝了一口，剩下的大半杯在自己手里，自己接着喝也不大好。

她很为难，于是看一眼晁新，又把豆浆递过去。

晁新冷淡的眸子看着杵得直愣愣的吸管，怔了怔，然后礼貌性地低头又喝了一口。

"谢谢。"

仍然是这句。

第三次递过来时，她先是咽了咽喉头，然后看向挽一眼，再在她的目光中张嘴，吸一大口，最后点点头。

等红绿灯时，余光瞥见向挽又要抬手，晁新笑了："挽挽。"

这声喊得有点无奈。

"啊？"

"不喝了。"晁新小声说，摇摇头。

向挽没有投喂过，掌握不好这门技术，只为难地蹙着眉头，忖了忖，还是问出口："那我端着？"

有一点委屈，她的炊饼还没吃完。

"噢，"晁新失笑，"你可以放这边。"伸手按下中央扶手区的按钮，能够置放没喝完饮料的区域显露出来。

向挽放下，舒服了，继续捧起炊饼，不慌不忙地吃完，再收拾了一下妆容，就要到小区了。这个小区离江大大概十五分钟，是中介根据向挽的预算推的，从驶进这条路，晁新的感觉就不太好，路很窄，规划得也很差，两边小商贩很多，有的从

店门口摆出摊位来，甚至侵占了一点行车道。

两旁的自行车和电动车停得乱七八糟，越往里走，尖锐的鸣笛声越多。

晁新什么地方都住过，扫一眼就知道这块的治安不好。

甚至在大白天，她都能料到小区门口两旁的路灯是坏的，要穿过一条小道才能到小区。这种小道不起眼，通常市容市貌那块不会管，小区开发商也没有财大气粗到管理公共区域。

二十来岁时，也就跟向挽这么大，她在一条类似的小道上被抢过包，耳环被从耳朵上硬生生拉下来，至今仍有不明显的疤，后来她就再也不留耳洞了。

但她什么也没说，看向挽好像还能接受的样子。

车停在路口，她俩要走过去，晁新习惯性地打开后备厢，要换上开车前脱下来的高跟鞋，而且她觉得之前那双裸色的不太搭，她要换一双香槟色的。

但向挽在一旁说：“今儿要走不少路，就穿平底鞋吧。”

她低头看一眼：“你这鞋也很好看。”

晁新犹豫。

又听向挽俏皮地笑道：“晁老师不喜欢低人一等，可若是不小心摔了，便不止低一等了。”

晁新瞥她，然后把高跟鞋放了回去。

两人沿着坑坑洼洼有积水的小道往小区大门去，向挽突然问：“晁老师很喜欢衬衣吗？”

还以为她原本只在工作时穿得这么职业，没想到私下出来看房，也是如此。

记得冬天她也是一件长羽绒服，里面藏着衬衣和牛仔裤。

“不，”晁新没有波澜地合了合眸子，“只是我，土。”

“土？”向挽要疑心自个儿的现代汉语又不大好了，“土”这个字和晁老师半点关系都没有。

“我不太会打扮。”

有人赞过她穿衬衣好看，这就是她的安全区了。

她的确能够将衬衣穿得禁欲又风情万种，举手投足之间女人味十足，的确很适合。

不过……

向挽抿唇笑了笑。

“怎么？”

“晁老师穿衬衣十分好看。”向挽说，“但是今日……”

她抬眸，把目光投向候在小区门口的房产经纪人身上。

除了胸前有个吊牌，跟晁新穿得也没什么两样，此刻正一脸警惕地盯着晁新，估计把她认成了撬客户的同行。

"姐，这么早，辛苦了吧，怎么过来的？姐今天不上班吗？姐给你买了瓶水，挺热的吧？"小王比网上还要热情洋溢，一溜小跑过来，把冒着凉气的冰红茶递给向挽。

然后喜气洋洋地站到晁新面前，把她隔开。

向挽矜持地一笑："谢谢，不必了，我带水了，我朋友开车带我来的。"

她说着，拉了拉晁新。

"哦，两位姐一起来的？那姐您喝吗？"小王又把冰红茶递给晁新。

晁新眼神冷淡懒怠地摇了摇头。

她在不熟的人面前，又是这样一副"大佬"相，向挽觉得很有意思。

"走吧姐，租户我已经约好了，咱们直接上门就行，这家的租户还挺好说话的。姐您不知道，很多租户啊都不让这么早看房的，这家租户人都好，以后您住进去，摩擦也少。"小王领着她们迈过小区的铁门。

晁新不动声色地打量，就一栋楼，没有什么绿化，原本规划为小花坛的地方堆了自行车，杂七杂八的，有好些都生锈了，看起来没人骑，但是物业也没有清理。

物业，0 分。

向挽也仰头看了看："就这一栋楼吗？"

"对啊姐，看起来比照片上新点哈？照片上当时外墙脱落，现在在修补了。一栋楼好啊，方便，进门儿就是单元楼，您要下楼买个东西，吃个饭什么的，还有拿快递，可方便了。你看我们进来的地方，那个什么烤串店、火锅店还有 711，都有，挺齐全的。"

小王拦着自动回弹的单元门，等她俩进去。他也有点纳闷，就这两位大姐的气质，怎么看都不像要租这个地方的。

楼道里采光不好，大早上就黑乎乎的了，别说大白墙，直接就是水泥面，还贴着很多小广告，好在电梯是有的，绿色门，装得挺随意的。

和一般的小区设置安全通道似的楼道不一样，这个小区的楼道就在电梯前面，水泥台阶，黑色的扶手。

楼道，0 分。

晁新冷眼看着，没作声。

"我给姐介绍一下哈，咱们这是塔楼，一梯八户，左边进去四户，右边进去四户，其实也不算挤，但是跟姐说实话，早高峰的时候赶着上班儿，咱还是稍微提前点。咱要租的这户呢，在六楼。"

小王说着，等两人进了电梯之后，自己也站进去，按下六楼。

"原始格局是两室一厅，现在改成了三室，卫生间和厨房是公用的，现在两间房已经租出去了，咱要住的这个是次卧，合租的都是女生，而且都是从我手里租的，都是附近的大学生啊白领什么的，人群您绝对放心。"

说着话，就到了门口，堆了几个垃圾袋。

这类合租的现在都是电子门锁，小王掏出手机，打开微信聊天记录，翻找到密码，输入开门。

向挽有些迟疑，问他："没有鞋套吗？"

之前看房，中介都随身准备鞋套。

"啊不用不用，这户不用。"小王说。

一打开门，异味扑面而来，向挽这才知道，小王说的不用是什么意思。

因为客厅也被改作了一间房，而且是用深蓝色的帘子隔开，帘子拉得紧紧的，卧室的门也紧闭，客厅只剩一个狭窄的过道，根本不能称之为客厅。

向挽脸都白了，迟迟没有反应。

手腕一凉，晁新拉住她，说："别进去了，走吧。"

说完领着她，转头往外走。

这样的房子晁新住过，但刚才看着向挽错愕的样子，觉得她不该住。

哪怕她从前流浪过，也不该住。

一颗水灵灵的小葡萄，怎么能滚在泥里呢？

小王追出来，关了门，紧了紧自己双肩包的背带，讪笑："是乱了点哈，但是性价比高，姐您如果预算再高一点的话，咱们的选择余地也大一点。隔壁那个翠拢苑就很好，没有隔断，都是一人一间，物业啊环境都很好，就是价格稍高点。"

"你还准备了几套房？图给我看一下。"晁新站在楼道里说。

小王掏出手机："姐约了这几套。"

晁新嗤笑一声："你照片上和这个是一套房吗？"

"确实是这套房，只是当时客厅还没隔断，而且现在租户没起，稍微暗点，等开了灯就不一样了。"小王说。

"如果都是这个样子，那另外几套也不用看了。"晁新没问向挽，替她做了决定。

向挽碰了碰她的手背，但没表现出异议。

小王想了想，说："有一套是有客厅的，小区也比这个好点，每个月贵五百，姐考虑吗？"

向挽忖了忖，道："去瞧瞧。"

就在邻街的小区，小王要带着她们过去，但向挽的手机响了，她拿起来一看，是于舟。

于是她跟两人打了个招呼，走到一边接电话。

晁新让小王把手机给她，自己再找找周边的房源。

"喂？"向挽迈上台阶，走到上半层的平台上，这里有一个小小的窗户。

"怎么回事？你说你看房去了？"于舟的声音有点困，好像刚醒。

"对。"向挽把自己要入学的事，以及顾虑又说了一遍。

"那你怎么不叫我呢？"于舟有点急了，"现在看房多坑啊，你在群里说，不是私聊我，那彭导也没陪你去吧？你一个人？"

那头隐约传来苏唱清冷的嗓音，轻轻的："她在哪儿？"

"你在哪儿，挽挽？"于舟又问。

向挽往后看一眼："晁老师陪着我呢。"

"什么？"于舟没太听清。

"晁老师，晁新。"向挽细声说。

"她？"于舟"唑"一声，然后转头跟苏唱说，"她好像说，晁新陪着她。"

"嗯？"连苏唱也疑心听错了。

"是晁新吧？"于舟把免提开了，又大声问她。

向挽笑了："是。晁老师离江大近，这边比较熟悉，我拜托她陪我看一看，免得你们担心呀。"

"哦，你这话听起来还挺有良心是吧。"于舟面无表情地说。

"那你要找房子的消息，她先知道咯？"她好像起床了，拖鞋吧嗒吧嗒的。

"是。"

"呵呵。"阴阳怪气完，她蹲下逗小奶牛，"我也想跟你一起去看房。"

"大概要看完了，都不大合适。"向挽说。

"那你咋办？"

"你说，我住晁老师家，合适吗？"向挽沉吟。

那头倒吸一口凉气。

"首先啊，挽挽，合不合适放一边，那是人家的房子，首先咱们得考虑人家同不同意。"于舟苦口婆心地跟她讲道理，"住进去和当家教，是两回事啊，回头你别把人家吓着了，兼职也没了。"

向挽顿了两三秒："她邀请我的。"

沉默，长长久久的沉默。

然后她听见于舟用小小的声音问苏唱："我醒了吗？"

"醒了吧，"苏唱轻声说，"大概。"

"向挽说晁新让向挽住她家。"

"听见了。"

"你的反应呢？"

"还不错。"

"哈？"

"本来工作室可以给她住房补贴，但既然这样，也不错。"苏唱说。

哈，你想的就是这个？于舟无语了。

"资本家。"

于舟骂骂咧咧地挂了电话，向挽也含笑收了手机，然后背着光踏下台阶，朝晁新走过去："抱歉，久等了。"

"姐，"小王赶紧上前一步，"那个房我刚跟租户约好了，在家呢，咱现在过去？"

慵懒的晁新这次站得很直，想来是附近没有地方可靠的缘故。

"嗯，那还是去瞧瞧吧。"

其实向挽心里已经有了计较，但她想矜持一下。

小王兴高采烈，向挽心里很过意不去，磨磨蹭蹭地走到后面，没再看小王。

出了小区，走到主路口，小王看着路边解锁的车灯闪了闪，又看一眼把车钥匙拎手里的晁新，有三秒没回过神来。

他抓耳挠腮的，突然在想这是不是总部搞的神秘访客，来调查他的服务，或者富家女体验生活？

小王坐在后排，闻着车里淡淡的清香和高级皮革的味道，如坐针毡。抓了两把头发，汗就下来了。他赶紧掏出纸巾擦了擦，攥在手里，怕纸屑掉下去。

没等他做好心理建设，就到了隔壁的咏江二期，小王当先下车，撑了一把伞，等着从驾驶座钻出来的晁新。

晁新撩起眼皮瞥他一眼："谢谢。"

妈呀，真的很大佬，越看越大佬。

于是小王的脚步又殷勤了一些，给晁新支着伞，随着她慢悠悠的眼神介绍周边的配套："姐，这附近有个大型商超，然后那头那个建筑您看见了吗，就是购物中心，刚建好，在招商了，以后都是奢侈品入驻，据说要打造成四里屯儿那样。然后再过一条街规划了一个三甲医院，反正这个房子别的我不敢说，等购物中心和医院起来了，翻一半绝对没问题。"

"租房。"晁新冷冷地提醒他。

"哦对对对，"小王装模作样地拍一把自己的脑门，"租房也很方便，以后实惠的也是租户。"

"您再看看这个小区是不是比刚才好多了，就在主路旁边，没有那小道了，完了后面有个小花园儿，虽然不大，但也挺干净的。"

"她租。"晁新又说。

小王被痰卡住，打了个嗝，然后把伞柄往前送了送："姐要不您自己打着，我包里还有一把，我去给向姐打着。"

晁新受不了了："她二十。"

喊姐就算了，还向姐。

小王这下汗流浃背，胳肢窝都湿了。如果这真的是同事说过的"神秘客"调查，那他估计已经完犊子了吧。

向挽将自己的马尾顺了顺，柔声问："进去吗？"

"啊，进进进，这个小区有门禁哈，我去跟门卫说一声。"小王小跑过去，但刚走近，门卫看见他胸前的牌子，就顺手给开了门。

小王很无语，跟保安打过很多次招呼了，下次如果客人在附近，进人要搞得严一点，这脸色还半死不活的，一点精气神都没有。

但他的小表情没有被两人注意到。"大佬"又反手拨了拨自己的鱼骨辫，风姿绰约地迈入大门。

小王找的房子是在右手边第二栋，确实要好一些了，楼道起码上了腻子，虽然还有一些自行车胎的蹭痕，以及开锁师傅的电话号码。

可能是快到饭点，几个外卖小哥在等电梯，还有几个穿着睡衣的大妈拎着几把菜，已经将不大的电梯厅挤得满满当当。

电梯门响，小王眼疾手快，当先把电梯门拦住，然后让晁新和向挽赶紧进去。

晁新被挤到了一个角落，向挽原本在她身前，被她拉了一把，转身面对着她站着。

后面的人陆陆续续上来，还拎着菜和食盒，电梯拥挤而有油腻的味道，让向挽蹙了蹙眉头。

晁新想跟向挽换个位置，但很快就塞满了人，两人都动弹不了。

一声闷闷的气息，向挽仿佛被顶了一下，往晁新处靠过来，手艰难地抬起，撑在胳膊旁边，保证自己不被挤得贴上去。

晁新往电梯角落再靠了靠，伸手帮向挽挡了挡身后的男人。电梯一动，向挽再次被往里挤，晁新的手被一挤，就不大能再支出距离。

然后她看电梯面板一眼，对向挽说："五楼就有人下，你先靠着我。"

"嗯。"

真漫长，甚至感觉这部老式电梯连开合的反应都很慢。因为晁新能清楚地听见，电梯停稳后，自己的心脏跳到七八下，耳朵里才有轨道骨碌碌的声响。

上了五楼，一个外卖小哥下了，电梯陡然轻松，两人都站直了身体。

被挤过几秒的胳膊好像还有肌肉记忆，那一块比别的地方热一点点。

晁新盯着上升的数字，感受着电梯的空间越来越宽松，心跳的间隙也越来越宽松。

十八楼，她轻轻咽了咽喉头，向挽撇头看她一眼，然后轻声说："到了。"

"嗯。"

小王带着两人下去，正要开门，晁新突然说："你进去看看吧，我，打个电话。"她的眼神垂在楼梯口，冷漠又慵懒。

向挽点头，然后和小王一起进去，转身时见晁新在自己裤子右侧的兜里动了动手指。

这一户是要好不少，至少客厅是亮堂的，没拉窗帘，小沙发和茶几在阳光下一览无余，茶几上有几个外卖盒子，还没扔，门口一排长长短短的鞋，男鞋女鞋都有，甚至有的只剩一只。

"男女混住吗？"向挽问。

"租的都是女孩儿，但是人家要带男朋友回来，那室友要是没意见，我们肯定也不会说什么。"小王小声说，又问，"姐一个人住吗？"

向挽没答她，看了一眼路由器闪亮的标志，然后转头拧开厨房的门。

"他们应该都不用厨房的，谈的时候都说了，煤气费都不用交。"小王说。

但向挽看着地上爬出来的蟑螂，小小呼出一口气。

"算了吧。"向挽轻声说。

小王也不知道说什么了，这蟑螂吓退过几个意向租户了，也清过，但始终清不干净，不知道这厨房之前干吗了。

好在向挽看着文文弱弱的，却没有尖叫，只是镇定地关上了厨房的门。

因此卧室也就没再看了，向挽跟小王说自己再考虑考虑，今天就到这儿了。

小王很失落，但也很快就给自己打了"鸡血"，一边领着她出去，一边说："姐，我大概知道您的需求了，我再给您找几个干净的房源，要有了，我第一时间联系您。"

"多谢。"

向挽走出房门，本能地就先找晁新的身影。

但楼道很安静，没有听见电话声，她跟小王道别，说自己等晁新，让他先下楼。

小王很有眼力见儿，寒暄了几声就按下电梯，然后指指一旁安全通道的门，说："应该在楼道里打电话呢，你去那里面找找。"

"好。"向挽颔首，曼步往里去，推开奶白色的自动回弹门，但仍旧没有任何声音。

楼道很暗，只有隐隐交错的黄光和指示牌的绿光，又很安静，仿佛能听见脚步声的回响。

向挽没有出声，听见下方有衣物摩擦的声音，便大着胆子往下走，然后她在十七楼的楼梯上，看见晁新靠着墙壁，在吸烟。

仍旧是挽着袖子，领口的扣子又被打开了几颗，揉在墙上的鱼骨辫被碾开了一点点，发丝落在她的耳畔，烟盒在左手，拇指把盖子翻开又按紧，女士香烟在右手，细细的、白白的，零星的火星随着她的吞吐明明灭灭。

她微合着眼，头抵着墙壁，拉长脖颈，很是放纵地缓缓吐出薄雾。

然后脸颊那颗痣就活了。

向挽身边的朋友都不抽烟，连最叛逆的彭�之也不，她没想到圈里冷傲出了名的晁新会抽烟。

抽烟其实对职业影响倒不大，因为她们是专业的配音演员，懂得喉咙的肌肉控制，但为了保持最好的状态，通常她们都不抽。

更何况是晁新呢。

不过向挽向来细心，第二次下车时她就发现晁新的口袋里鼓了一个小方块，应该是她顺便带下来的，只是她没有往烟盒上猜。

"晁老师。"向挽叫她。

晁新睁开眼，睥了她一眼，没有慌，仿佛也没想过遮掩，只把烟放下来，食指轻敲，熟练地弹了弹烟灰，说："出去吧，这里有烟味。外面等我。"

声音被熏得有点哑，但更迷人了。

但向挽没走，反而又下了几步台阶，软声道："认识晁老师这么久了，不知道有抽烟的习惯。"

"因为牌牌在家，很少抽了。"

晁新有点倦，她小小地打了个哈欠，然后说："刚看到车里还剩一两根的样子，我就想顺便抽了。"

不过，原本没打算这么快抽。

她至少可以忍到陪向挽看完房。

但不知道为什么，从电梯间出来，就是想。

可能是因为这些环境，让她闪回了一下，以前的日子吧。

向挽看着她，骄傲却又有不明显的落寞，可能是被昏暗的灯光衬的。

她捋了捋裙子，坐在楼梯上，就着灯光望向晁新。

向挽突然对晁新产生了稀有的探索欲。

她从来都以近似旁观者的身份浏览这个世界，很少有想与人产生关联的时候，更遑论是想要了解一个人的过去。

如果说过去，没有人比向挽的过去更荒诞了。因此，所有人的过去，在她眼里，都不值一提。

哦，除了于舟的那一笔，曾让她长夜难眠的"过去"。

但晁新很奇特，她既高高在上，又仿佛曾经低作污泥；她既冷漠傲人，又细心

得像照顾人是她的本能；她既有钱，又贫穷；既受人尊敬，又不善交际；既有女人味，又偶然释放出野性。

她站在行业的顶端，又时常展露出她的厌弃。

她是一个，矛盾到十分……十分迷人的女人。

难怪圈里既对她敬而远之，又从不放弃寻求跟她合作的机会。

但向挽什么也没说，就静静地陪晁新抽完了两支烟。

然后晁新把绕着烟味的手递给她，要把她拉起来。

"晁老师，"向挽却没动，看了一眼她的手，又看看她的脸，"我们合租吧。"

向挽终于知道晁新的最后一样特质是什么，是孤独，是挣扎，是好像在求助一样的微弱信号。

一如自己深夜醒来，恍惚得不知道今夕何夕的感觉。

"往后，我可以陪你抽烟。瞒着牌牌。"她说。

晁新觉得有点好笑，这是头一个，发现了她吸烟，却没有劝她注意身体的人。

"我很懂得克己知礼，并无不良嗜好，不会给晁老师带来不便。"向挽认真地说。

"待我再有能力一些，能租上好一些的房子，我是要搬出去的。"她又打了预防针，"晁老师若是觉得与我相处不睦，也尽管直言，万不可因着抹不开面子，委屈了自己和牌牌。"

晁新把辫子拆开，重新绑紧一些，听她说完，才点头。

"行。不过你说起牌牌，有件事我得跟你说，你以后教她，可能……得转变一下方法。"

"嗯？"向挽抬头，不解。

晁新笑了笑："她说你，有点严厉。"

"严厉？"向挽细忖，欲言又止。

"说你……"晁新依旧靠着墙壁，耷拉着眼皮看她，"打她手心。"

"我并未用力。"向挽说。

"可是打手心是体罚，现在不许这样的。"

和她们小时候不一样了，那时候她读二小，体育课和数学课是一个老师，回答不上问题就让学生站上一节课，是很常见的事情。

老师也会拿粉笔丢同学的头，教辅工具也时常落在学生的屁股上，当面念学生的成绩和答案，甚至领着同学们哄堂大笑，还会时常调侃几个差生的家庭。

晁新当时就是重点被"关照"的学生之一，有一次课后受邀去打群架，说赢了能给她五毛钱，晁新没有打过群架，她听说有钱，就背着书包去了后山。

这场架没打起来，就被人告了密，所有人抵死不认，只有晁新说，是叫我去打群架。

然后站了两堂课。

后来她就没有什么朋友了，因为她"不安全"。

再后来，她也不想交朋友了。

向挽摸了摸自己的小腿，仰头望着她认真说："可我幼时练琴，先生都是如此教导我的。严师出高徒，便是这个道理。"

她略微娇甜的嗓音在楼道里嗡嗡回荡，像加了混响一样。

"你幼时？"晁新皱眉，"你，不是从小……"

向挽抿了抿嘴角："我家道中落了。"

怪不得。怪不得她气质这么好，教养十足的样子。

"那你小时候，应该家境特别好吧？"

和晁新这样的，是天壤之别。

向挽拢了拢自己的衣服，偏头笑了："不过现在，险些和蟑螂做邻居。"

晁新睁眼："刚才那屋子里有蟑螂？"

"嗯。"

"有尖叫吗？"晁新微微一笑。

"没有。"向挽摇头。

"我就说，没有听到。"

"在这楼道，也能听到吗？若听到，又怎么样？"

"冲上去救你啊。"晁新懒懒地开玩笑。

向挽有些热，将自己的袖口捋起来："举着烟救我？"

"不是，"晁新闭闭眼，动一动僵硬的脖子，"抽根烟醒醒神，好打架。"

打……架？和蟑螂？

"晁老师……"向挽由下自上打量她，难以置信。

"骗你的。"晁新凉凉的眼睛略微弯起来，笑着拉起她。

她有点不太会逗趣，好像效果确实不大好，面前的小姑娘没有听出她的幽默感。

"走吧。"

向挽被她牵着走出楼道，乍见光亮，仿佛从黑洞里出来，再一看手机，彭婉之在群里炸了，向挽好笑，赶紧回了个电话。

然后约着彭婉之、于舟、苏唱一起吃午饭。

"晁老师，一起吧？"她轻轻捂着话筒，扭头问晁新。

"嗯。"

给牌牌发了个微信，让她起床后点外卖自己解决，晁新接着就驱车，和向挽一起去阜新路的海底捞。

选的地方离苏唱家较近，但由于她半路去接上了彭婉之，因此两边是差不多时间到的。

晁新到时，苏唱她们刚停好车，于舟眼尖，透过前挡风玻璃看到了向挽，然后伸手示意晁新，苏唱的车后面就有一个车位。

晁新点点头，在空位里熟练地停好车。

彭婠之今天的卷发束了一半，看上去跟个侠女似的，尤其是抱着胳膊站在树下，向挽觉得她臂弯里应该有把剑。

苏唱的头发又剪短了，成了两年前初遇时的锁骨发，依然一边掖在耳后，一边垂在脸侧，于舟还是普通白T恤和九分牛仔裤，拉着苏唱的手，在回编辑的信息。

苏唱见晁新二人过来，点头打打招呼，捏捏于舟的手，示意她该进去了。

于舟也不抬头，习惯性地被她拉着，不管东南西北抬脚就走，跟牵了只懵懵懂懂的小猫似的。

向挽与晁新并肩跟在身后，刚迈上台阶，向挽被彭婠之一拽，退后两步。

晁新侧了侧头，又回身继续前行。

彭婠之"哼"向挽一声，起了个范儿，才开始八卦："那是她的车？"

"是。"

"你知道多少钱吗？"

"不大清楚。"

"400L，2024款一百三十万起，最低配。"

向挽平静地回视她，见彭婠之快要参毛了，才张张嘴，以气带声："哇哦！"

然后彭婠之就真的参毛了："你跟我说她穷？"

你……你因为一个开一百三十万车的人说我"何不食肉糜"！

"是。"

不想吃了，彭婠之被伤到了。

向挽见她脸都青了，于是帮忙解释一句："家家有本难念的经。"

"是，"彭婠之气笑了，摇头往上走，"我的经也不过就是看上了一辆二十万的摩托买不起而已。"

然后她还在向挽的安排下，以为自己用一部广播剧"接济"了开400L的晁大前辈。

向挽叹气，随她拾级而上。

由于苏唱提前订过位，他们五人被服务生带着，穿过满满当当的等位人群，往包厢走去。

于舟很不满意："吃海底捞不等位有什么灵魂呢？"

"海底捞的奥义在于海底捞吗？"她转脸对向挽，"不是在于做个美甲喝点酸梅汤吃点哈密瓜和妙脆角然后就饱了，接着跟朋友说等好累哦不等了，我们还是看

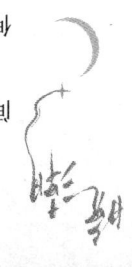

电影去吧。不是吗？"

向挽掀唇一笑："说得不错。"

晁新懒怠地看她一眼，又看一眼于舟，挑了挑眉。

彭姵之跟上来，卷翘的发尾一晃一晃的："那我们看什么电影去啊？"

于舟说："大电影看腻了。"

"那你想看小的？"彭姵之乐了。

"你有吗？"于舟悄悄使了个眼色。

"哎呀八大芹菜你可真是被放久了啊，"彭姵之拉开凳子，"黄得要命。"

于舟摇头："芹菜变黄也可能是缺少肥料呢。"

一旁的苏唱拿起 iPad 点单，勾着嘴角笑了笑。

向挽也莞尔，见晁新抬手拨了拨辫子，便看她一眼，晁新也对上她的眼神，又饱含深意地轻轻点头。

向挽低下头，摆弄了一下筷子。

"哎，"对面的彭姵之喊她，"咋不说话？看房看得怎么样啊？"

尾音又递给了晁新。

"环境都不好，我同晁老师说过了，暂时同她合租。"向挽道。

彭姵之想说什么，却突然打了个嗝，闭着嘴唇望着她，又打了一个。

向挽"扑哧"一笑："喝点茶。"

彭姵之长叹一口气，用"你可长点心吧"的眼神瞪了向挽一眼，又问："跟晁老师合租，晁老师家离江大近吗？你上学方不方便啊？"

"挺近的。"向挽说。

晁新终于出了话："在恒湖国际。"

彭姵之跷着二郎腿，差点没坐住。

她第一次听说，住恒湖国际的需要跟人合租，心里颠三倒四地冷笑了八百遍。

本来多嘴不太好，但这是向挽的事，她有一点关心则乱，于是彭姵之犹豫了一下，很委婉地问出口："是我知道的那个恒湖国际吗？江大南路那个，晁老师怎么会租在那儿呢？"

"我买的。"

彭姵之脑仁有点疼了，但还是笑靥如花："晁老师很有实力啊，以前我姑住那隔壁，听说都是大户型，高低得一千多万呢。"

晁新不习惯别人面前讨论自己的身家，也非常敏锐地感觉到了彭姵之对合租这事的不信任，但她不打算解释。

当年她上了几个大综艺，娱乐圈还没有限薪令，自己赶上娱乐圈"发大水"的时候，通过参加综艺拿到了不少酬劳，并都按规定交税。

047

但她不懂得怎么理财，就悉数拿去全款买了一套房，前几年房市起飞，她成了站在风口上的猪，资产翻了倍。

再后来备着牌牌入学，她把房子卖了，作为首付买了这套学区房，还贷款买了车，用杠杆（此处指一种金融投资策略）给自己的身家增值，好在入学面试里加大筹码。

由于还贷的压力，她的确过得不能太奢侈，再加上流动资金不足，不够开个人独资的工作室，但客观地说，她算不得捉襟见肘。

只是，她比较习惯节俭，也习惯储蓄，因为她没有安全感，想要更高的抗风险能力。

她总是在想，如果有一天，自己或者牌牌得了大病，该怎么样撑过去。

毕竟她们相依为命。

晁新没说话，食指抹了抹手机上的灰。

还是向挽柔声道："晁老师的确有能力，心地也十分好，若不是有她帮忙，我恐怕只能挤隔断了。"

晁新看她一眼，很少在众人面前听到这么诚挚又温软的称赞，而且不是恭维的那种。

她有点不自在，自己哪能担得起"心地好"这个词。

如果人的心脏是一片田地的话，她的这一块，贫瘠得要命。

结不出什么好果子。

"唉。"彭婉之叹气，女大不中留，这么快就胳膊肘往外拐了。

"我这儿你也能住啊，只要你不嫌弃跟我妈住一起。"她嘟嘟囔囔地说。

"嗯？东西都到了？"于舟本来捧着脸看她们说话，见推进来一个小车，瞳孔"地震"。

"你也不叫我们，自己点完了？"她转头质问苏唱。

苏唱很无辜，轻轻说："她们在商量房子。

"你在看热闹八卦。"

言下之意是，没有任何人有工夫。

"那你也该……"于舟讪讪地，"出于尊重，是吧？"

"算了，"何必在意这些细节，她站起来示意彭婉之把菜递给她，"赶紧下吧，饿死了。"

晁新又看一眼张弛有度的苏唱，永远云淡风轻地笑着，永远运筹帷幄，好像她生来就不需要考虑得体不得体，好像无论她做什么，都笃定所有人会原谅她。

相貌、家世、事业、爱情，无一不圆满。

神爱世人，偏爱苏唱。

有时候，晁新莫名觉得，自己和小十三岁的向挽，是一类人。

而苏唱是她们这类人的相反数。

她难以形容这种感觉。

具体点说，就是她还在为工作室劳心劳神，可别人的萝卜已经长势喜人；向挽还在为找房子奔波，而苏唱生来就在罗马。

突然就有那么一点，对向挽感同身受。

她捞了一筷子肥牛片，想了想，先放到向挽的碗里，为刚才自己擅自给向挽塑造小可怜形象而道歉。

在她家吃饭时，晁新也时常给向挽夹菜，所以向挽没有推拒，直接就吃了。

彭婉之一面摇头一面隐隐翻了个白眼，用绝望的表情对着于舟。

于舟觉得很好笑，压着眉毛回了个"少安毋躁"的暗语。

"苏唱！"彭婉之见于舟油盐不进，突然喊一声，"你要死啊！"

"？"

"你组织聚餐，你一句话不说？"

"是……我组织的吗？"苏唱把筷子收回来，手腕抵着桌沿，轻声确认。

"你们剧组聚餐啊！《帮我拍拍》！快上线了，你忘了？一个，你的主役，另一个，你的主役，你，配导，你边上那个，编剧。"

彭婉之一个个点萝卜。

"是吗？"苏唱蹙眉。不是彭婉之说，向挽要搬家了，咱们得出来聚聚吗？

"我不管，你说两句啊，你不组织，你点什么菜啊？"

"那……"苏唱偏了偏头，"什么时候搬家？"

"你回去和瑶瑶对一下安排，定一个我们都没事的时候吧，去帮你打包。"

还是和上次一样。

彭婉之刚觉得离谱，又听苏唱含笑对上晁新，问她："晁老师，方便吗？"

这话很高级，是在试探晁新的态度，假如晁新不让向挽的朋友上门，那就不是一个正常的合租。

彭婉之在心里给苏唱鼓了鼓掌。

连于舟也停下来，擦了擦嘴角，等答案。

"当然。"晁新点头，"既然是合租，也是挽挽的家，她的朋友当然可以随时来做客，不用问我。"

她知道苏唱想问的是什么，因此回答得很完整，自己做好了将屋子的使用权让渡一半的准备，并不是收留了一位小朋友。

向挽沉吟："我尽量找个工作日，趁牌牌还在上课的时候搬完，免得打扰她。"

晁新看她一眼，又垂下睫毛。

吃完饭，向挽要和苏唱她们一起回家，因为现在住的地方和苏唱家顺路。

于是几人在火锅店门口道别，说好了搬家时再约，晁新带着一身火锅味坐进车里，没急着发动，先吹了一下空调。

然后她打开车载收音机，听了两首歌。

又想抽烟了，但车上已经没有了，她定了定神，准备开车回家，但突然瞥到后排，有向挽的背包。

坐在副驾时，向挽因为要吃早餐，觉得抱着包不方便，就随手扔在了后排。

然后就忘了。

晁新想了想，刚刚自己应该是听完了三首歌，距离苏唱她们出发不到十五分钟，她可以打电话给向挽，让她们在路边等一下，或者约定一个地方，自己送过去。

但她没有。

她在导航里调出了向挽家的地址。

晚上九点零三分，向挽从小超市里出来，买了点牛奶和明天早上吃的面包，结账时又问了问小超市的老板娘，之前的猫粮还进货不进货了。

老板娘说："就你一个人买，我进啥啊，你不如直接去网上买，还能给你送家里。"

"那好，我也要搬家了。"向挽说。

"你要搬啦？"老板娘给她装着袋子。

"嗯，我要念书去了。"

"哎呀，大有前途啊。"老板娘不走心地客套。

"谢谢。"但是向挽很认真地致谢。

拎着购物袋出来，她正想看看小区门口还有没有卖小菜的，却看到了晁新的车。

不太有看错的可能，因为晁新银色的车实在太显眼了。

向挽有点诧异，走过去敲了敲车窗。

晁新把副驾驶的车窗按下来："你怎么在外面？"

"你包忘拿了。"她又说。

她透过车窗看弯着腰的向挽，像从画框里看她。

车里的音乐此刻正播到一首英文歌，叫作 *More and More.*

向挽扶着车门，偏头看她："那你怎么过来了？发现时便可以给我打电话。"

晁新摇头："我不喜欢跟人打电话说，你等我。"

她喜欢自己将所有的准备都做好，然后听着音乐等别人。

像早上那样。

向挽失笑，有些不能理解晁新的怪癖。

但这不是怪癖，可能是心理阴影，怕有人满怀希望地等待，而自己失约的心理阴影。晁新没有多说，下车把包拿出来，递给向挽："上去吧，早点睡。"

"辛苦晁老师了，晚安。"

"晚安。"

晁新收回手，坐回车内，打了起步的转向灯，然后消失在车流里。

她开得很快，到家里还不到十点。

牌牌没有睡觉，用睡裙裹着自己曲起的膝盖，一边吃泡椒凤爪，一边看日剧。

"呀，约会回来了呀。"牌牌抄起手，像个小大人一样阴阳怪气。

晁新嗤笑一声，没理她，很疲惫。

"你没感觉到一点羞愧吗？晁新新，你让一个正在长身体的小女孩儿独自在家，吃了两顿外卖。"

"你知道吗？"牌牌撑着额头，在电视机五光十色的光亮中戚戚然望着她，"地沟油对智商的损伤是不可逆的，如果我下次语文只考了 81.6 分，那也是你的原因。"

"所以已经有一门考了 81.6 了吗？"

晁新把包扔在沙发上。

"你怎么知道？"

"精确到小数点后一位了。"晁新很疲惫，"赶紧拿出来吧，我签字。"

"我不敢。"牌牌抱着抱枕，很害怕。

"嗯？"

"事出反常必有妖，你这么好说话，我害怕。"小哑嗓又带着委屈。

晁新笑一声，坐到她旁边："是有一件小事，想要通知你。"

"可以不通知我吗？"牌牌捂住耳朵。

晁新伸手，把她的右手拿下来，她的小手糯糯的，已经很瘦了，可手背上还有几个窝。

晁新说："向老师要来我们家住了，合租。"

牌牌的五官都分散了，她不敢相信自己的耳朵："这就是你跟她谈判的结果？"

嘴一瘪，又要哭了。说好的停掉古琴课呢？不仅没停，以后还要朝夕相处？

"停。"晁新皱眉，把她的眼泪吓回去，"我跟她说过了，她以后不会这么严厉了。"

"可是我的天塌了。"牌牌喃喃说。

"理由呢？理由是什么？"她抱着最后一丝希望。

晁新沉沉叹一口气："有些事，我也不想瞒你，你已经大了。"

"哈？"小奶音又弯弯曲曲的，禁不住吓了。

"可能你也有预感，为什么我要让我同事来教你，以外教课做交换，每周还要给她做饭。"

"因为我们家，"晁新抬眼看她，"很穷。"

"真……真的？"牌牌死死抿住嘴。

"嗯。"

"那，向老师，很有钱，是不是？"可以接济她这一穷二白的母女，对吗？

"对。"

牌牌无意识地让脑袋轻颤，努力挣了将近一分钟，才从电视剧里下了结论，用怕被抓的语气，悄悄说："你欠债了？"

晁新眼风一闪，差点破功。

"倒也，没有。"

"小姨，"她拉着晁新的衣角，怯生生说，"咱们穷是穷一点，但我老师说，要穷得有骨气。要不，咱们换个小点的房子，或者你把我课外班都停掉吧，我不要表演古琴了。"

戏过了，真把小女孩吓着了，晁新无奈地笑了笑，揽住她："想什么呢，只是她给我房租。我们的卧室空着也是空着，对不对？"

"真的？"

"嗯，只要你乖一点，可以跟不太熟的人一起住。"

"我很乖的。"牌牌看着她，眼神闪闪。

"乖的小朋友可以得到一颗糖，所以，乖的晁牌牌可以去夏令营。"晁新说。

"夏令营？"眼睛更亮了。

"你不是一直在看去美国的那个夏令营的海报吗？你老师也跟我说了，下下周考完试放暑假就出发，快到截止日期了，我就给报了。"

"那个很贵。"牌牌小声说。

晁新点她的鼻子："所以你喜欢，也不告诉我啊？"

"其实也没有很喜欢呀。"牌牌低头，搅着睡裙上的小花。

"噢，可是你刚刚说到夏令营的时候，声音都飘了。"晁新笑她。

"去睡吧，早点睡，气色好，出去玩的时候，拍好看的照片给我，好不好？"

"嗯。"牌牌乖巧地点头。

这样刚好，晁新想，向挽搬进来之后也可以适应适应，毕竟她可能不大习惯与多人同住，尤其其中一个还是小朋友。

第三章
心潮

《帮我拍拍》定档在七月六日，星期六，小暑。

而向挽搬家的日子定在前一天。

在这之前，她和晁新有一搭没一搭地聊天，说说家里有什么，她需要添置什么带过去之类的。

也和四人小团体有一搭没一搭地聊天，彭婉之和她打了几次深夜电话，听她不透露隐私地说了一些晁新的状况，知道她是个不错的人，带小朋友也很不容易，对晁新的莫名敌意就少了很多。

六月底，晁新将牌牌送去学校，在操场会合后，把行李贴好姓名牌交给老师，然后蹲下来，牌牌抱住她的脖子。

像以前任何一次短暂分别那样，牌牌又咿咿呀呀地委屈起来，搂着她就想哭。

很舍不得。

晁新也是，不过她拍了拍牌牌的腰，说："玩得开心。"

晁新又小小声叫了一句："小姨，你要记得想念我，我给你写信，我的小乌龟你要记得每天让它爬到'高地'上晒太阳，总在水里泡着，脚脚会烂掉。"

"知道了。但写信不用了，二十天就回来了。"晁新笑，然后悄悄说，"我刚看到，你喜欢的那个数学小天才也报名了。"

牌牌突然就娇娇的了。

送走牌牌，晁新有一点不适应，回家把她的房间整理了一遍，衣服该洗的都洗了。随即又去向挽的房间，里里外外打扫一遍，各个角落、连窗台的缝隙都用消毒水擦过，然后把衣柜里的乳胶床垫拿出来，铺上，又盖上新买的褥子。

不确定向挽会不会带床垫褥子之类的过来，如果带过来，再把铺上的给撤了吧。

周六十点过，门铃就响了，晁新去开门，几人带着向挽的行李，大包小包地等在门口。

晁新蹲下身，把固定住另一侧小门板的插销打开，这样搬东西更方便些。

然后几个姑娘合力把向挽的东西搬进去，先运到客厅，问了向挽住哪间房，再一样样收拾到房间，于舟用空出的袋子把垃圾装了，放到门外。

向挽的东西不多，整理了一个小时就差不多了，但即便时间不长，几人早起干活也是腰酸背痛，在沙发上"葛优躺"。

晁新收拾着茶几上的小零碎，问她们："喝点饮料吗？"

因为牌牌，冰箱里常备饮料，虽然她平常不怎么让牌牌喝。

"有咖啡吗？"虽然到了别人家里，彭婠之也不太客气，她昨天大夜场，回到家都三点过了，实在很困。

"没有，不过楼下有Costa，点外卖吗？"

"我来吧，我知道她们想喝什么。"于舟拿起手机，"晁老师呢？你喜欢什么？"晁新本来想说不用了，但顿了顿，说："拿铁，温的，谢谢。"

咖啡店就在楼下，很快就到了，几人稍做休息，又喝了咖啡，很快就神采奕奕，于舟刷了会儿微博，一看已经十一点过了，便说去外面吃饭。

但晁新说："在家里吃吧，我听向挽说，之前搬家，你们一起做了开伙饭。"

"我可以做。我做饭，还可以。"她仍然是这么一句。

其实这个屋子一直有人住，当然用不着什么开伙，但既然晁老师提议，其他人自然也没有意见。

向挽也说："晁老师做饭很好吃的。"不只是还可以。

于舟望着她，邪恶地笑："我怎么听出了一点，与有荣焉呢？"

因为向挽的语言立场很奇怪，好像她和晁新是一边的，现在在把她介绍给朋友。这种微妙的氛围感让晁新的唇角也带了不明显的弧度，又有一点不自在，因为她从来没有类似的体验。

一位熟稔的朋友，把她的优点自然而然地告诉不太熟的朋友。

"不过……今天我们上门打扰，还让晁老师辛苦多不好意思，"于舟拍了拍沙发，跟彭婠之说，"我们做吧？"

又对上向挽："你以后可以经常吃晁老师做的饭，可不定什么时候能吃到我们的了。我劝你珍惜眼前的机会。"

"好，珍惜。那……厨房你用？"向挽莞尔，看了看晁新。

晁新点头："嗯，这边穿过去就是，菜都在冰箱里，冷冻室有牛腱子肉、里脊还有梅花肉，你们看看还想吃什么，我下楼去买。"

她说着，领着几人进去，打开冰箱让她们看。

于舟扫一眼就知道："够了，够了，晁老师，你这冰箱里的东西真的好丰富啊。"

而且分门别类地，还自己备了储物格和密封箱。

于舟特别羡慕冰箱整洁的人，太会过日子了。

于舟又看了看案板和炊具的位置，然后又问了围裙她可以用吗，得到允许之后她将墙上的围裙解下来，套上，走到苏唱面前，把背露给她，苏唱伸手，熟练地帮她系腰带。

然后就走到一旁，开了水龙头洗手，准备打下手。

"哟，"彭婉之一边拿食材一边揶揄她，"你这真是洗心革面重新做人了。"

几个小年轻热热闹闹的，先开火将厨房暖起来。

晁新靠在门边看了会儿，仔细回忆上一回有这样氛围是什么时候。

想不起来了。

她不想再看，走到一旁的柜子前，打开上方的柜门，偏头挑选酒杯。

她想稍后她们应该会喝点酒，或者饮料什么的，洗几个杯子备着。

但拿不定主意，是拿玻璃杯好，还是红酒杯好。

身后的向挽探手，用食指指了指右边的几个高脚杯："这几个好看。"

她轻言细语地说，清音落在晁新的耳畔。她说完，就撤开，没有再多停留一秒，晁新伸手把那几个杯子拿下来："你怎么知道我在选杯子？"

"看到了。"

那头她的挚友很热闹，但她看到晁新了。

晁新放下杯子，撩了撩头发，说："我们下楼买点水果吧。"

两人一起下楼，买了点西瓜葡萄和一点橘子，再回来时她们的饭已经做得差不多了，晁新过去拿盘子帮忙装盘，厨房里却只剩彭婉之一个人。

"她们呢？"向挽问。

"上厕所。"

等苏唱和于舟出来，几人准备开席，于舟今天话不是很多，低头默不作声地倒酒，苏唱把酒瓶接过去，替她倒完剩下几杯。

四杯，够了，苏唱开车不喝。

送走几位友人，已经快晚上了，晁新和向挽都有些微醺，但没到醉的程度，两个人很清醒地打扫了房间。

晁新一边用吸尘器清理地毯，一边看着向挽蹲在门口，把垃圾袋打上一个结，喝了酒她的反应要慢一些，动作也更精细了。

晁新总是觉得向挽的动作很赏心悦目，好像一举一动是从画上抠下来的。

她看了会儿向挽装垃圾，又看她因为热，把手绕到自己脑后，想把长发拨到一边。

"哎！"晁新低声叫她，手刚弄了垃圾，"脏。"

向挽有点晕，看向她的眼神也慢半拍。

晁新看了看自己的手，才刚拿上吸尘器的扶手，于是她把吸尘器靠在一边，从自己手腕上解下一根发绳，走过去，俯身把向挽的长发捉起来，小鱼似的在手间穿梭两下，扎成一个简单的马尾。

发丝痒酥酥的，向挽缩了缩肩膀。

"你这样子，我觉得我像牌牌。"她仰头看着她，明眸皓齿地笑。

"牌牌七岁就可以自己梳头发了。"晁新靠在门边，低头说。

"那……牌牌几岁起身时，不用小姨拉？"向挽歪了歪脑袋，眼神虚虚地笑着。

晁新也笑了，伸出右手。

向挽拉住，借了点力站起来。

有点踉跄，但很快又稳住了。

"有些晕了，我去洗个澡。"向挽的声音有一点娇。

"嗯，"晁新带她去浴室，"你以后用我主卧的这个卫生间吧，客卫的牌牌用，因为她……有点便秘，早上会用挺长时间的卫生间，而且不喜欢人打扰。"

她说着，低低地笑起来，声音有点哑。

向挽很喜欢听她提到牌牌的样子，不经意的宠溺，和在外时一点都不一样。

看着向挽拿了沐浴用品，把她送进主卫，看她有条不紊地打开水龙头，晁新才离开，自己也觉得身上腻得慌，于是朝客卫去。

向挽洗澡向来很慢，因为她喜欢对着镜子画小美人鱼。

擦着头发出来，晁新坐在沙发上看电影。客厅的大灯关了，只剩下吊顶上的氛围灯，斜斜打在她的头顶上方。

她把剩下的酒放在茶几上，没有拿杯子，因为酒瓶里只剩浅浅的一层了，她打算就着瓶口喝掉。

看到向挽出来，她先是在昏暗的灯光下眯了眯眼，眼神在向挽的胸口处停了两三秒，才回到她脸上。

"你……没穿内衣吗？"她问。

向挽穿了一套肉粉色的棉质睡衣，走过来时胸前轻轻颤了颤。

同为女人，很明显。

向挽有些惊讶，因为她走近，闻到了淡淡的沐浴露的香气，晁新的头发也绾起了，发尾微湿，所以她才发现，晁新已经洗过澡了，只是换了一身干净的白衬衣和西裤，里里外外都穿得很规整。

"晁老师……"她坐在旁边，沙发稍稍凹陷进去，在想着措辞，"和牌牌，日常的习惯，是在家里要穿戴整齐吗？"

她想了想，如果她们习惯这样，那自己以后出现在公共区域，也穿得得体些。

"不，没有。"晁新轻轻偏了偏头，又做了一下舌尖顶口腔的小动作。

"我只是，怕你不习惯。"

向挽被水蒸气滋润过的眉睫很生动，笑起来也水溶溶的，她说："怎么晁老师在自个儿家里反倒拘谨起来了？

"我从前和人住过，十分随意的。"

"若我来了，给晁老师带来不便，那我便过意不去了。"她诚恳地说。

晁新"嗯"一声，起身："我去换衣服。"

听她的脚步声消失，向挽拿起遥控器，贴心地按下暂停，等她出来继续看。

不过几分钟，主卧的门开了又被带上，晁新换了一身奶白色的睡裙，款式简单，但由于洗过几次，领口有些大，好在她有海藻一样的卷发，能够将若隐若现的肩颈遮得七七八八。

向挽看一眼，她这回，也没有穿内衣。

但晁新走出来时，觉得很不自在，明明向挽只是端坐在沙发上，含着甜津津的笑。

但她觉得自己像被剥光了，在被向挽的目光审视。

但她终归是要克服的，毕竟是自己提出的合租。她也想让向挽尽量自在一点。

好在灯光不亮，能够遮掩一点她不那么自在的目光。

她坐到沙发上，还是原来的位置，靠着沙发扶手。

"晁老师有些不适应。"向挽靠在另一边的扶手，细声说。

晁新承认："这些年，的确没有跟成年人合住过。"

说完两人都笑了，晁新看看向挽，向挽也看着她。破冰一样，忽然就没那么尴尬了。

向挽伸手，按下遥控器，给她将电影继续播放。

晁新拎起酒瓶子，找了个舒服的姿势侧靠着，小腿提上来，交叠着放在沙发上，莹白又纤细。喝一口酒时，她的脚踝蹭了蹭，几口下去，就有些泛红了。

向挽抬腕，撩了撩自己的长发。

看了一会儿电影，晁新又问："明天广播剧就开播了，是吗？"

"对，明天晚上八点，第一期。"

晁新放下空酒瓶："你第一次听到自己主役的广播剧时，是什么感觉？"

向挽想了想："有些羞耻，不大好意思，觉得不太像自个儿的声音，但是，又很激动。"

晁新笑了笑。

"那晁老师呢？"向挽也问，"头一回听到自个儿的作品，想了什么？"

"我先听的demo（样片），那时候想的是，"晁新把乱发拨到脑后，"合同里写，录制完后三个月内给我打钱，我算算日子，应该是哪一天。"

她笑了，懒洋洋的，眼神和她脸上的痣一样，让人一眼就能看见，却又觉得它们从未对你坦诚过。

"如今应当不同。"向挽缓声回她。

"是不一样了，现在我的合同都要求预付。"晁新开了个玩笑。

向挽说："还有，当时晁老师一个人听，如今有许多人在期待晁老师的每一部作品。"

"是吗？"

"是，或许还会有十分喜欢我们的声音的朋友，在某一个角落，今日也没有休息，和我们一样，在想明日广播剧上线的事。"

"我好像，没有想过这些。"

她跟听众或者说粉丝之间的关联很薄弱，连营业都很少，想起来转一转，想不起来就不转，她不在乎网络上有没有人关心她，因为她也不怎么关心这个网络。

"有的，"向挽拿起手机，"我去微博上搜一搜晁新，或者晁老师，一定有许多人在表示期待。嗯……兴许还会有，我同你的CP（网络用语，指组合）粉。"

她莞尔一笑，已然很熟悉网络生态的样子。她每部剧官宣之后，网上都会提前出现CP粉开超话，不过是人数多与少的区别。

剧火了，或者CP感足一点，互动多一点，超话人数就多一点，也有冷门的CP，有时候甚至就是自己去别人的直播间打了个招呼，然后就有十来个网友，守着一个外人看来匪夷所思的超话，每天坚持打卡。

这些是于舟告诉她的，她偶尔也看一看，觉得挺有意思。

"我看看，"晁新靠过来，看她的手机屏幕，"我和你的CP名叫什么？"

"不晓得，应当叫挽新？"沐浴露的香气混着酒香，很迷人，向挽享受着这点香味，打字搜了搜。

"为什么是挽新？"

"通常来讲，看起来强势的一方会在前面。"向挽很有礼貌地解释。

"我们俩，你怎么可能看起来强势？"晁新蹙眉，转过脸盯着她。

"除了苏唱，其余CP，我好似都是在前面。"向挽有些不好意思。

"苏唱？"

"是，我最火的一个CP，叫作唱挽。苏唱的唱，向挽的挽。"

"等等，我捋一下，"晁新的眉头越皱越紧，又撩了一把头发，"你的意思是，你和别人的CP当中，所有人都觉得你比较强势，而大家又认为苏唱强势过你。"

"大概如此。"

"看来，"晁新笑了，"我还是不了解你。"

以及看起来温温柔柔却被人认为尤其强势的苏唱，还有在圈内这些"人设"的规则。

向挽收起手机："我歇息去了，晁老师早点睡。"

"嗯，晚安。"

"晚安。"

醒来的晁新，有一点懊恼。

她好像……昨天表现得不是很好。

合租的第一天，因为穿内衣的事扭扭捏捏，又在室友面前说，根本不了解对方。

好像没有想清楚要合租的，反而是率先提出合租的晁新。

也不知道，向挽会不会误会。

处理人际关系是晁新的大弱项，昨天的"无内衣局"坦诚相见得猝不及防，再加上酒精的关系，她不大能思考了。

向挽大概很快会发现，自己的性格并没有很好。晁新这样想。

她看了看表，早上七点过，为了方便向挽进来用卫生间，她没有关房门。虽然现在牌牌在国外，她们可以一人用一个，但想着之后还是要习惯的，晁新就提前适应不关房门的生活。

但她睡得异常的好，很奇怪。

简单洗漱之后，晁新起床做早饭，不知道向挽喜欢吃什么样的，于是用手机给她发了条微信："想吃什么？"

没回复，她大概还没起来。

于是晁新就熬了小米粥，煮上两个鸡蛋，冰箱里还有自己腌制的咸菜，一会儿装盘就行。

忙活完毕，晁新回到卧室，想再睡个回笼觉，微信回了几个消息，掀开被子躺上去，却发现里面有个人。

暖暖的，软软的，侧卧在另一个枕头上，背对着她，长发横跨了两个枕头的间隙，侵占了一点这边的空间。

晁新坐起来，看了看自己这边的地上，又看了看另一边，有向挽的粉色拖鞋，按拖鞋的朝向和胡乱摆放的程度来看，应该是刚刚自己做饭的时候，向挽起夜，从洗手间出来，迷迷糊糊的没有清醒，看到空无一人的床，就躺了上来。

以前牌牌也做过这样的事，图方便来她主卧上厕所，然后就钻进被窝抱着晁新不撒手。

后来晁新就锁门了。

她觉得有点好笑，小姑娘的习惯也是一样一样的。

给向挽盖了盖被子，晁新轻手轻脚地下床，然后拿着手机来到客厅，盘腿坐在沙发上。

小声回了几个消息，没什么事情做，她打开微博，开始搜索"晁新"。

其实也没有很多消息，大概是一些剧的官宣，还有点评她参与一些影视剧的配音情况。

她想了想，又输入了"晁老师"。

按昨天向挽的操作，点击了"实时"。

大致内容差不多，再往上滑时，显示有一条新发的消息，她顺手就点开了。

——噬哈噬哈，晁老师你真的很会喘，老婆么么，么么么，亲晕你。

晁新心头一紧，想要举报这样的猥琐男，锁着眉头点进她的微博主页，性别一栏却填的是"女"。

于是她有点犹豫，又继续往下翻她的微博。是个女大学生，上传过学生证，还抱怨过食堂的饭难吃。

但隔三岔五就有一条："我如果娶不到潮辛我人生还有什么意义。"

"潮辛"是特意用的同音字，可能是怕被搜到。

——如果性感是一种罪的话，潮辛你已经被我判处终身监禁了，怎么能有个女的光是预告里的几句话就让我反复晕厥。

预告？晁新想了想，最近的预告，也就是这个广播剧。

原来，现在网络上的小姑娘，表达喜欢，是这样的吗？

她又不大能理解了。

看了眼时间，快九点了，她犹豫着走到门口，轻轻敲了敲门。

没反应，她又喊了一声："向挽。"

床上的人低低发出"嗯"的懒音。

晁新走过去："起床了。"

向挽这才翻身转过来，睁眼，带着一点生理性的眼泪，望着她，然后说："晁老师，抱歉，我有些犯懒，请允许我再赖床十分钟。"

向挽很克制地说完，又栽进枕头里。

晁新坐在床边，情不自禁笑出声。

她很乖，很可爱，越接触越觉得。

和牌牌是不一样的可爱，牌牌会让晁新想要拍拍她的小身板，跟她说太阳晒屁股了，不起来的小孩儿会被大灰狼第一个吃掉。

而向挽……让人想要温柔地跟她说，那就再睡一会儿。

晁新给她关上房门。打扫了会儿房间，就听到细碎的拖鞋声，晁新正穿着家居服，跪在地上清理茶几下方的地毯。

正要抬头打招呼，却听向挽说："晁老师，你早上玩微博了吗？"

语气有点凝重，和刚才犯懒的嗓音天壤之别。

"是。"晁新站起身来。

"你手滑了，关注了一个……"向挽看着四人微信小群里的截图，难以置信。

不会是……晁新心头一跳，但还是镇定地打开微博，果然，自己的首页出现了一点不堪入目的东西。

好在她这样的非流量型 CV，关注个谁也不会迅速引发讨论，还是于舟今天想作为原作者去和主役互关，才发现了异常。

晁新立马取关，私信箱里出现了对方发来的道歉："对不起！晁老师！！！真的很对不起！！！无意冒犯！！！我只是特别特别喜欢您，我太口无遮拦，晁老师请您原谅我，真的对不起！！！"

连发了好几条，还有几个崩溃大哭的表情包。晁新从未处理过类似的事件，重点是这位网友的精神状况好像不大好，所以她皱着眉头，一时不知道回什么。

向挽靠过来，说："你回以微笑便好。"

然后她伸出手指，点开表情，替晁新把"呵呵"的表情包发过去。

这样高雅又不失礼仪，显得很大度。

这表情……晁新神色复杂地看她一眼："你以前，跟粉丝都发这个吗？"

"偶尔发。"向挽说。

"然后呢？"

"效果甚好，通常她们会改过自新，不会再找我了。"

晁新很怀疑，这个表情现在是属于阴阳怪气的范畴吧？但既然向挽发了，她就什么也没说。

见晁新处理完，向挽才说："抱歉，方才睡了你的床，我还不大熟悉，我再记一记。"

"没事。饭做好了，去吃吧。"

向挽双手合十，闭眼，做了个感恩的动作。

黑色的长发柔顺地包裹着她，两边掖在耳后，露出一整个素净的脸，衬得她虔诚的动作，好像在等待一个亲吻。

然后她勾了勾嘴角，转身去盛饭。

晁新突然想起多年前，看《西游降魔篇》电影的时候，女主角说："女孩子闭上眼就是要你亲她啊。"

但当时她想的是，那位女演员的咬字和重音很独特，听起来挺有韵味的。

多年以后，她才突然反刍一般记起这句话。

晁新收回思绪，决定去晾衣服，今天应该是太闲了，晃神的时候有点多。

《帮我拍拍》上线两期，口碑还不错，晁新的表现得到了较高的认可，她跟向挽声音的 CP 感不错，尤其是她使用了少女音，出乎很多人的意料。

于是她的微博突然涌入了不少广播剧圈的粉丝，和她之前的粉丝生态很不一样。

以前她的粉丝，会正正经经在超话整理很多作品，主要是总结和收录的工作，

或者时不时分享一篇对于作品的点评和感想，或者在超话里随手发一点生活的照片。

而新吸引过来的粉丝，她们热烈、直接、奔放，会时常在晁新微博下面开玩笑。

有时是"姐，你是我唯一的姐"，有时是"我上来就一个嗨，老婆"，有时是"老公你说话啊，老公"，有时是"早上晚上中午都很好，新宝"。

对她的称呼千变万化。

而这期间，晁新和向挽过着有条不紊的小日子，买买菜做做饭，闲了在家里抱着零食看一部电影，向挽不太有耐心，通常看着看着就开始玩手机，然后再抬头问晁新，演到哪里了。

这个习惯是从前在于舟家里养成的，因为于舟习惯把所有的情节都提前给她剧透。

于是晁新的归纳总结和讲故事能力有了显著提高。

当然，不太能和作者比。

偶尔录音时间能碰到一起的时候，晁新也会开车带向挽一程，或者顺路过去接她，然后两个人逛逛超市。

向挽的厨艺也大有进步，起码红烧牛肉做得比苏唱好吃了。

《帮我拍拍》广播剧第二期上线后，晁新和向挽一起认真地看了剧评，然后两人坐在晁新家的录音棚里，录制编剧新写好给听众的福利——杜龄和许之之的晚安铃声。

这是向挽第一次使用晁新的设备，虽然是坐在电脑前录制，但音质特别好，不输真正的录音棚。

晁新先录完，然后坐在向挽身后的摇椅上翻着一本书。

"怎么还不睡？等着我从天而降到你家吗？"向挽笑了笑，"别想了，没可能的，早点睡，也许能在梦里见哦，大家……晚安。"

最后两个字像沉船一样潜入夜里，让人听了便觉得一定有好梦。

晁新抬眼看她，她点了点软件中的停止录制键，然后按格式存好，连同晁新的，一起发给苏唱。

"好了。"向挽关了电脑，从人体工学椅上转过来，示意她们俩可以出去了。

但晁新却没动，坐在躺椅上，脑袋稍稍支着。

因为她们俩是洗过澡过来录音的，此刻晁新的头发还半干，搭在她的睡裙上，晕染了一小块。

"怎么了？"向挽看出她有事，也坐了回去。

二人面对面，四目相对。

晁新说："我看很多听众想让我开直播。"

但她不太有经验。

"之前直播都是参加FT，有主持人掌控流程，还会事先收集听众的提问，然后跟我敲过问题。"

"如果是个人直播，"晁新有点为难，"我担心会冷场。"

向挽明白过来，脚一踮，椅子朝她滑过去几步，停在她身前。

"个人直播我做过几次，晁老师有什么想要知道的吗？"她笑吟吟的。

"平台的流程我知道，大概是没有什么问题，但我不大会应对粉丝之间及时的交互。"尤其是涌入了一批新粉。

虽然她之前参加过综艺，但都是竞演类的，或是做选手，或是做评委，都是与专业相关的，并且备采之类的访谈，也有提前给到提纲。

她有点担心，纯粹的 *Free Talk*，她不太能控住场。

"那，我可以陪晁老师播一场。"向挽想了想，偏头说。

晁新摇头："这样吧，你对我提问，模拟一下，我试试。"

如果自己不能适应，双人直播也不是很好的办法，总不能让向挽一个人讲话。

向挽点头："好。"

于是她坐正了身子，摆出了小主持人的架势，但晁新依旧懒怠地歪着，光裸的小腿斜放在躺椅上，又习惯性地蹭了蹭脚踝。

向挽弯了弯眼角，两手一拍，轻轻打个板，然后用清甜的少女音说："晁老师，晚上好。"

"我是弹幕，我就是弹幕。"她又认真地解释了一句。

晁新看着她水灵灵的双眼，笑了："好，你是弹幕。"

"那我要一直盯着你吗？"她对着向挽的嘴唇，挑了挑眉。

"嗯，是该一直盯着弹幕。"

这一句声音有点低，有点缓慢，说完润了润嘴唇。

晁新点点头，示意知道了。

向挽抽了抽鼻翼，忽然觉得录音室的温度有些高。

"你还没有回应我。"她小声说。

"什么？"

"我说了，晁老师，晚上好。"

"哦，晚上好。"晁新带着笑说，把手搭在膝盖上。

向挽忖了忖："会有很多个晚上好，像这样：晚上好，晚上好，晚上好，晁老师晚上好。"

她变换了几个声线，甚至有粗粗的壮汉音。

晁新没忍住想笑，但又藏进了眼里，仍然点点头，说："晚上好。"

"晁老师，吃饭了吗？"向挽也有点疲了，右手搭在椅子扶手上。

"吃过了。"

"吃的什么？"

"笋干烧排骨。"

这个菜是向挽做的，于是她带着私心问："好吃吗？"

"还不错。"

向挽满意了，终于回归正题："晁老师怎么想起来开直播？"

"嗯……因为有小朋友说，想听。"她的声音有点沉，向挽在想，通过直播软件的美化，应该会更有韵味一些。

"晁老师今天听剧了吗？"直播的话题就是这样没有逻辑，无厘头式的。

"还没有，没来得及，你们觉得好听吗？"

向挽赞赏地点点头，知道抛问题了，知道跟弹幕互动了。

于是她咬了咬嘴唇，开始例行吹"彩虹屁"："超级！好听！晁老师，你是我的神。"

晁新没忍住，"扑哧"笑出声，向挽有点委屈："她们真的会这样说。"

"嗯，好。"

向挽见她不是很信任自己，决意问一点剧目相关的："晁老师，怎么想起来配广播剧呢？"

晁新停了两秒："因为钱。"

"不能这样说。"向挽蹙眉。

"那……"

"可以说，你很喜欢广播剧这个形式，或者说，剧本的故事打动了你，或者说，很想和某个人合作。"

"哦，想跟向挽合作。"然后要钱。

向挽摇头："你最好说苏唱。"

"为什么？"

向挽悄悄说："她粉丝会来给你送礼物。"

苏唱粉丝很有钱，而且对合作伙伴很友好，这是彭婉之背地里告诉她的。

晁新清了清嗓子："不大好。"

"好像是。"其实向挽直播的经验也不多。

于是两人商量了一下，决定这题跳过。

"晁老师，你对许之之这个人物怎么看？"向挽抬手撑着额角，细声问她。

"许之之这个人非常有意思，她虽然看起来胆小，实际上很勇敢，很有责任心，也非常善良，虽然自己说自己是一个没有本事的'社畜'，但她都没有发现，她一直在救济别人。她帮助无依无靠的杜龄，让她在现代社会找到了一个家，她是我非常非常喜欢的那类人。她像草木灰下的火种。"

草木灰下的火种……向挽没有想过这个形容，但特别地恰如其分。

她深深看了晁新一眼，虽然晁新口口声声说为了钱，但她谈起角色来滔滔不绝，而且能看出来，她有认真理解并共情人物。

"那么，晁老师在配这个人物时，做了哪些设计呢？"

"首先是声线，我设计了一个二十岁左右偏少女的声线，但为了跟合作演员有CP感，也让听众更好地区分我俩的声音，我稍稍保持了一点颗粒感。

"其次，为了贴合比较生活化口语化的台词，我比较少使用鼻腔共鸣，减少华丽感，尽量让自己'说人话'，因为它整体是一个比较悬浮的开端，所以需要非常扎实而且略偏白嗓的演绎，会更让听众有信念感，会更让他们相信这个故事。

"然后这个人物的性格特质上，我做了一点点小设计，就是她说谎或者着急的时候，语速会加快，尾音会飘一点，"晁新笑了笑，"因为可能刚开始的时候，听众觉得她有点丧，听起来对话的节奏感不是太强，所以我需要在对白上调整节奏，让互动张弛有度一点。"

她自顾自地说着，手指在膝盖上轻敲，她的皮肤很敏感，轻易就红了。

于是她又揉了揉，然后手顺着小腿下去，搭到纤细的脚踝上。

说完了，她等着向挽的下一句。

但向挽抿了抿唇，玲珑剔透的明眸抬起来，撑着太阳穴的指关节伸直，用指腹支着，然后慢条斯理地说："想睡你。"

晁新的心口猛然一缩，瞳孔和小腿也是，她诧异地挑起眉头，好一会儿都没放下去。

向挽又想了想，五官依然天真而诚挚，但她的嘴唇开合，用纯如初雪的嗓音说："我能和晁老师在一起吗？"

盯着她，又一句："想爬晁老师的床。"

晁新张了张嘴唇，不知道向挽一句又一句，到底是弹幕，还是别的。

不过向挽没有让她疑惑太久，又笑了，叹一口气："一些评论，是会这样的。"

"晁老师，"她认真地说，"和粉丝距离近，是一把双刃剑，它时常让你觉得温暖，但偶尔也会尖锐地冒犯，它不发生在任何逻辑里，可能你刚听了两句晚上好，便突然出现这样的词汇，甚至是一些我说不出来的词汇。"

"我并非刻意吓你，只是若你当真想要与网友互动，无论是直播还是微博，可能都得做好收到各种反馈的准备。"

晁新平缓地呼出一口气，直视她："这类骚扰，你收到过吗？"

"很多，"向挽轻轻摇头，"私信箱里，很多。"

因为她名声不大好，又配游戏和言情广播剧，各年龄段的、各类听众都有。

晁新用吐出一口烟的唇形释放了心头的一些情绪，然后她点头："知道了，谢谢。"

"就到这里吧，早点睡。"

她站起身来，裙摆拂过她的双腿。

互相道了晚安，两人就各自回了房，晁新想了想，把门关上，但没锁。

后半夜，晁新被热醒，伸手开灯，发现没电了。

她不确定是电用完了还是停电，或者跳闸了，应该不会是停电，没有收到小区物业的通知。

于是她拿出手机，先买了五百块钱的电，然后走出门看了看电闸，没有跳闸，应该是电用完了，一会儿到账后就能继续用了。

于是她又开着手机的手电筒，回到家里，掩上门，往主卧走去。

经过次卧，门开了，向挽站在门口，披着头发，轻声问她："怎么了？"

"怎么没睡？"晁新走过去，站到她面前。

向挽也贪凉，睡衣扣子解开几颗，向挽说："睡不着。"

说完她将长发拨到一边。

黑夜将听觉放大，两个人能听到彼此的呼吸。

"睡不着，就出来找人啊？"她问向挽。声音很有磁性，从前这样的话她问过怕黑的牌牌，但这次的语调是平稳的。

向挽看着她如瀑的长卷发，透过隐约的光线，她能看见晁新锁骨上细细的汗珠。

于是她问："晁老师，你热吗？"

"被热醒的。"晁新说，"家里没电了，不过，一会儿就来了。"

"要多久？"

"半小时？"根据经验，深夜充值通常不会那么快。

"那，我给你扇扇子。"向挽转头，从床边拿过来一把圆扇。

晁新觉得有些好笑，从没见过二十出头的姑娘，出入都有空调，竟然还贴身备着小扇。这什么年代的习惯啊？

不过放在向挽身上，就不是很惊讶，她总觉得向挽又年轻，又古旧。

不是老气横秋的古旧，是像上了年纪的古董，散发着岁月的光晕。

暖风一浪一浪，拍在她和向挽的胸前，带起酥酥麻麻的发丝，晁新觉得痒，便也学着向挽将头发拨到一边，肩膀动了动，睡衣领口滑下来。

向挽探手，以扇柄抵住领口滑落的趋势。

晁新看她一眼，向挽微微用力，以扇骨牵着衣领，缓缓往上提，然后晁新的肌肤就又红了。

晁新伸手，自己将衣领拎起来："谢谢。"

"啪。"

灯光大亮，叮叮几声空调待机的声响，冰箱又嗡嗡运转起来。

向挽眯了眯眼，收回手，将乍现的光华纳入眼中，然后老神在在地给自己摇小扇，兰花指，皓白腕，像一个倚在门边的古代小姐。

晁新站直身体："来电了，睡吧。"

说着就要转身，向挽也很是矜持地扭头，扶住门把手，想要关门。

但下一秒，她回过头，轻声说："晁老师，握个手吧。"

"什么？"晁新蹙眉。

向挽偏头，目不转睛地看着她。

晁新伸出手，向挽轻轻牵住，在指尖掂了掂，蜻蜓点水一样，然后她说："好了。"

"晚安。"

晁新收回手，感到莫名，但她没有多探寻，耸耸肩将空调再打低一些，就躺上了床。

过了三天，牌牌回来了。

晁新开车去机场接她，向挽也一起。晁新特意买了一束花，因为牌牌很想当大明星，享受一下被接机的感觉。

她们到得有点晚，在出口没等一会儿，夏令营的小学生就成群结队地出来了，牌牌飞奔在最前面，黑了两个度，小小的身躯背着大大的包，张开双臂跑过来。

"妈——！"

当牌牌跟她撞了个满怀的时候，晁新笑了，扶着她站好，一个指头撑住她的肩膀："别靠近我。"

"为什么？"牌牌很委屈。

"你坐了好久的飞机，很臭。"

牌牌闻闻自己的胳膊，又想哭了，久别重逢，怎么能说一个冰清玉洁的小姑娘臭？！

吸了吸鼻子，这才想起来跟一旁的向挽打招呼："向老师。"

这一声有礼有节，还有点怯生生的。

心里已经在回忆《师说》的第一句了。

但向挽很温柔，盘着丸子头，跟她说："欢迎回来，小牌牌。"

轻声细语，一如初见，牌牌的心突然就软了。

"抱着。"晁新把向日葵递给她，"我去跟老师说一声，就不跟着队伍走了，咱们直接回家。"

"好。"

牌牌抱着花，看晁新走到一边，突然觉得分别二十天，自己的小姨不大一样了。

于是她仰着小脸问向挽："向老师，你在家住得好吗？"

"挺好的。"向挽莞尔。

"晁新新有欺负你吗？"

"欺负？"

"她会规定你一周才能吃一次巧克力，一个月只能喝一罐冰可乐吗？"牌牌好奇。

"不会。"向挽摇头。

牌牌嘴一瘪，手里的向日葵也不香了。

"请问，我的卧室，还是我的卧室吗？"小奶音糯糯的。

向挽不明白："为何这样问？"

"我的卧室朝南，当时挑两个卧室时，晁新说我这个更好，我还以为，她要给你住了。"

"我自然是住空着的那一间，怎会将你的给我呢？"

"因为，"牌牌想起欠债一说，但也不好明讲，"你是对我们家，很重要的客人。"

能够用房租，接济她们母女。

"很重要的客人？"向挽心跳漏了半拍，看一眼迈步走过来的晁新，身姿摇曳，风情万种。

"谁说的？"她看着晁新，低声问牌牌。

"晁新说的，我还以为，她会将你捧在手心。"

"捧在……手心？"向挽蹙眉，对着牌牌眨了眨眼。

牌牌咬唇，偏头思索，表达珍重是这样讲的吧？放假前看的《花季少女》里，反正有这句话。

牌牌肯定地点点头，然后过去吊在晁新推的行李车上。

"回家！"她兴高采烈地攀着行李车，滑行了两三步。

牌牌叽叽喳喳说了一路的见闻，又谈起那个数学小天才，她说出去一趟发现他并不怎么样，吃薯片的时候不记得问同路的女生要不要吃，还是那个英语神童好一点，用零花钱给她买了一个冰激凌。他们住楼上楼下，夜晚互相打电话。

"不过我是不会早恋的。"牌牌说。

"既然郎情妾意，为何不一试风月呢？"向挽坐在副驾驶，稍稍侧头问她。

郎情妾意什么鬼……牌牌的脸色很艰难，但还是说："我太小了，不行。"

"不小，"向挽摇头，"十岁，可以定亲了。"

牌牌猛烈地咳嗽起来，晁新也踩了踩刹车。

向挽瞥晁新一眼，又矜持地看外面的风景。

牌牌忍不住了，抱住晁新的靠背，在她耳边说："小姨，向老师像是哪个村里来的。"

声音很小，但向挽还是听见了，平静地看她。

"别乱说。"晁新低声回。

"真的，十岁在村里只能当童养媳。"

晁新清了清嗓子，示意她别再说了。

向挽却来劲了，坐正身体："并非童养媳，正儿八经过定完聘，便是许了人家了，再将养几年，父母跟前尽一尽孝心，小则十四五，大则十七八，便可过门完婚。"

"别说了，"牌牌无处安放的小手很害臊，"你怕是要被抓。"

"我……"

晁新又清了清嗓子："可能，习俗不太一样。"

"是不一样。"向挽琢磨道。

"不过这些话，以后你别在别人面前说。"

"那么晁老师呢？"向挽问。

"我什么？"

"晁老师认为，什么年龄，谈情说爱，最为合适？"

牌牌支起耳朵。

晁新笑一声："遇到对的人，就合适吧。"说完，手指捏了捏方向盘。

牌牌左看看晁新，右看看向挽，往后面一瘫，说："反正三十几和二十几不咋适合。"

晁新冷淡的眼神敛了敛，向挽好奇，转头问她："何出此言？"

牌牌短短的食指在自己和晁新之间来回晃，又在自己和向挽之间来回晃，偏着头，耳朵快要贴近肩膀："你要跟她那么大的合适，那这么说，那咱俩也很合适。"

"20 减 10 等于 10，33 减 20 等于 13。"

她说。

"13 大于 10。"她又说。

晁新抿唇一笑，向挽展眉："我几时说过，是咱们三人了？"

"我就打个比方。"牌牌拖着小哑嗓说。

这里也没有别人了呀，她就浅浅算个数。

前面晁新发了话："你没成年。"

"啊？"

"所以跟谁都不合适。"

牌牌皱起小眉头，气鼓鼓的跟河豚一样："那你合适呀？你合适怎么不找呀

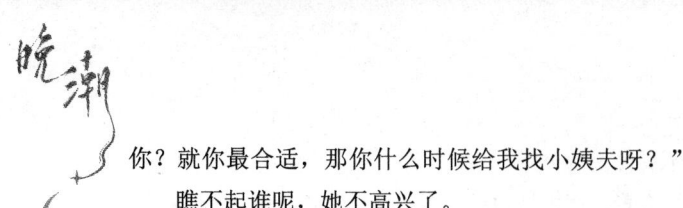

你？就你最合适，那你什么时候给我找小姨夫呀？"

瞧不起谁呢，她不高兴了。

晁新轻颤着笑出声，向挽也忍俊不禁，听晁新说："对不起，你很厉害。"

"哼。"

牌牌气了一路，到家都没再理她，直到晁新简单收拾了，和向挽一起下厨做饭，牌牌才进来巡视一圈，看到打成馅儿的肉泥，眼睛亮了，不动声色地靠过去，问向挽："向老师，这个是做什么的呀？"

"我不晓得，我不会。"向挽摇头。

牌牌对她抖抖眉毛，示意她帮忙向晁新打听打听。

"你自个儿问她。"

"冷战呢。"牌牌噘嘴，"有的大人不哄一哄小朋友，小朋友是不会原谅她的。"

晁新低头洗菜："那如果冬瓜丸子汤说想要小朋友尝一尝，小朋友会赏脸吗？"

"嗯……"牌牌装模作样地想了想，但小尾巴已经翘起来了，奶声奶气的，"小朋友觉得，西红柿丸子汤酸酸咸咸更好喝。"

晁新点头："嗯，正好你向老师也喜欢喝西红柿丸子汤。"

说完她就去冰箱里拿西红柿。

向挽接过她手中冰凉的西红柿，说："我来吧，我来切。"

"小心，"晁新把刀递给她，"西红柿软，不好按，上次你切的时候，看得我很担心。"

向挽抿唇，素手按住西红柿，一刀下去，汁液就出来了，果子变得软软的，不大好掌握。

她轻轻问："上次你一直看着吗？"

没用"晁老师"了，用了一个"你"。

"嗯，怕你不会切。"晁新仍然望着她手的动作，"不说话了，专心点，当心手。"

两人细言碎语，装在夕阳西下的暮色里，像是耳语。

牌牌受不了了，大叫一声。

"？"晁新转头。

"我觉得你们好肉麻……"她含含糊糊地皱着眉头控诉。

"不可以在别人切东西的时候突然大叫，晁北。"晁新双手反撑着台面，叫了她的大名，严肃地告诉她。

牌牌最怕她这样子，立马怂了，像个小鹌鹑，垂着手说："我不叫了。"

"那你承认你俩肉麻吗？"她委屈地说。

晁新笑了笑，逗她："我不否认。"

牌牌哀号一声，假哭着出门，她觉得一切都变了，家里发生了翻天覆地的变化。

她不是晁新生命中最重要的女人了。她为了向挽凶自己，还不要脸地承认她俩肉麻。

"晁新，你好过分。"牌牌不太敢大声，只等拐过了弯才带着哭腔说。

她才走了二十天呀。

向挽听着外头的动静，弯了弯眼角。

等饭菜端上桌，吃了两口，牌牌又好了，又开始继续说夏令营的趣事。两个大人认真地听她科普自己拿到的锦旗含金量有多高，在饭桌上坐到了快八点，她心里就很舒服了，尤其是向挽很有好奇心，总是问这问那，牌牌很喜欢当解答员，很快就觉得向挽住进来是不错的安排。

她觉得自己和向老师有一点亲了。

洗好碗，三人坐在沙发上看电视。

"你上次要看的《末代皇帝》，我给你找到了。"晁新坐在牌牌左边，把遥控器递给牌牌右边的向挽。

被牌牌截和。

"看《贫穷小姐妹》。"牌牌说。

"《末代皇帝》。"

"《神探佩吉》。"

晁新没接话，按下播放键，《末代皇帝》开始了。

牌牌抖着嘴唇坐在中间，觉得自己被欺辱得血肉模糊。她觉得自己就不该回来，因为时差的关系，她这会儿还晕着，不过是强撑罢了。

直挺挺地坐着，两个大人躺在沙发上，在她身后侧着头跟对方聊天。

"后天你有安排吗？"晁新问。

"没有。"

"那跟我们一起去游乐园吧。"

我们？牌牌的"天线"被猛地打了一下。

"明天让牌牌休息，调整时差，我订后天的票。"晁新又说。

"好。"向挽笑道。

牌牌也往后一躺，隔在俩人中间，欣慰地拉着晁新的手："我有一点感动。

"你们看《末代皇帝》吧，我去洗澡睡觉了。"

牌牌雀跃地站起来，头也不太晕了。

牌牌一整夜没怎么睡着，第二天早上八点被强行叫起来，让她不能睡，起来活动活动，向挽也差不多时间起床，简单刷牙洗脸之后，就打车去上班了。

这场是彭娴之主役的一个言情广播剧，向挽是客串，饰演男主的妹妹，没有几幕戏，因此下午六点多向挽就结束工作了。

回来的路上给晁新打了个电话，想着明天要去游乐园，两人是不是要一起去超市买点吃的。她没有去过这样的地方，不晓得能不能带进去。

但晁新却没接。

过了会儿给她回过来，问她："下班了？"

"嗯，没想到这样早，吃过饭了吗？"

如果晁新她们吃过了，她就自己在外面随便点碗面。

"我提前做了饭，牌牌已经吃了，不过剩了不少，你如果想吃的话，回去热一热。"

向挽敏锐地捕捉到"牌牌已经吃了"这个关键信息。

于是她问："你呢？"

"我今晚，有饭局。"晁新说。

"饭局？"

晁新几乎不应酬，从住过来到今天，这是第一次听她说有饭局。

"嗯，我那个工作室要选址，网上看了一些办公室都很贵，一个朋友介绍说有个开发商，可以折扣价把他们的商住楼租给我，我看了下，地段和面积都很合适，也可以让我大装大改，"晁新顿了顿，"今晚约吃饭，谈一谈。"

她的话有一点疲惫，可能，还有一点点厌恶。

"那你会早些回来吗？我想着，明儿若是要去乐游园的话，需得早些出发。"向挽说。

"游乐园。"晁新笑了笑。

一笑，电话那头的空气就活络了。

"抱歉，游乐园。"向挽从善如流地更正。

"我尽量。"晁新懒着嗓子说。

"好的，那我挂了，拜拜。"

"拜拜。"

挂断电话没多久，就到了小区，向挽上楼开门，见牌牌坐在沙发上打盹儿。

"不要睡。"向挽清甜的嗓音悄悄叫她。

牌牌迷迷糊糊的，好像还以为晁新回来了，揉着眼睛，张口就叫了声："妈。"

向挽"扑哧"笑了，摇头："牌牌。"

"哦，向老师。"牌牌清醒了，对着她肿着眼皮子笑。

"现下太早了，你撑到八九点再睡。"向挽想起晁新的嘱咐。

"那咱们打会儿牌吧，我实在受不了了。"牌牌直打哈欠。

"我不会。"

"向老师……您未免过于无趣了。"游戏也不会打，跟她说周子奇的李白特别厉害，向老师反问她周子奇背得出李白的多少诗。

"我，"平常向挽不会理会，但今天她问了一句，"很无趣吗？"

好像是有一些，不大受欢迎。

牌牌见向挽往心里去了，忙说："没有，其实，我小姨更无趣。"

她小声地说，还转了两下眼珠，给自己加"隔墙有耳"的戏。

"你小姨不无趣，"向挽摇头，认真说，"她配音很厉害，很有经验，时常教导我、提点我，她对人物的理解和处理也很细致，她是一个十分有魅力的人。"

牌牌苦着脸看着她，这就是你一个财大气粗的金主要借着租房住到我们家的理由？之前还处心积虑来当自己的老师，也不收钱，就说蹭外教课和蹭饭，现在她明白了，不就是想多在小姨家待一会儿吗？

"是，"牌牌低头攥着手，做出一个拮据的租户的样子，"还很漂亮。"

"做饭也十分好吃，家务井井有条，是个很会生活的女子。"向挽又说。

"是，"牌牌瞄她一眼，"还很漂亮。"

向挽觉得牌牌的眼神有点奇怪，但也没多想，只当是小姑娘执拗的称赞，便点头接口道："是，很漂亮。"

完了呀，牌牌在心里拍了自己的脑门一把。忽然觉得很悲怆，她看看时间："八点二十了，向老师。"

"嗯，洗澡睡吧，明儿早起。"向挽理理她裙子上的小花。

"向老师晚安。"

"晚安。"

翻了两页书，再在群里和于舟她们聊了一会儿，已经快十一点了，向挽正想着晁新怎么还没回来，刚要发个微信，就接到了晁新的电话。

她的声音很冷，冷到像是在冬天，说话也很干脆，没有往常的懒音。

她问："睡了吗？"

"没有。"

"方便来接我一下吗？"说这话时，她先稍稍出了一个气息。

向挽听出了不对劲："你在哪儿？"

不自觉地放低了嗓音。

"城北路33号，皇庭KTV，我在门口等你。"晁新像是吞咽了一口，又说，"打车过来，停路边，让他别走。"

挂了电话，向挽飞快地脱了家居服跑到门口，把衣架上的T恤和牛仔裤一套，拿起手机和钱包就出了门。

半夜叫车很快，在小区门口等了大概一分钟，车就到了，向挽钻进去，关门的声音有点急："师傅，麻烦快一些。"

打车 APP 上显示要十五分钟，路况良好，向挽盯着那个小车的图标，看它像蜗牛一样爬过城市交错纵横的道路。

城北路是灯红酒绿的夜场，酒吧和 KTV 聚集，震耳欲聋的歌声从黑漆漆的洞口一般的门脸里钻出来，同样钻出来的还有五光十色的霓虹灯，以及偶尔几个红着脸夹着烟的中年男人，勾肩搭背地拉长嗓音，对着唯唯诺诺的小弟大声吹嘘。

不远处的台阶上还有几个把烟头按在地上的青年男女，搂着搂着开始接吻……

台阶另一边的暗巷口，一个醉汉躺在地上，光着膀子，几乎要窒息地呕吐。

有路过的人看不下去，帮他翻了个身，然后他就趴着吐，总算不会被自己的呕吐物噎死。

晁新就站在台阶的右手边，穿着非常职业的白衬衣和西裤，头发稍稍有点乱，脸也漫上粉色，但她站得很笔挺。

哪怕高跟鞋的鞋跟像钉子一样钻着她的脚跟，哪怕她的膝盖已经软得有一点打战，哪怕她睁眼闭眼之间，霓虹灯已经模糊成一片。

但她知道她必须表现得镇定而有理智，如果她在这里睡着了，不出十分钟，可能就会有伪装的好心人上前，然后"捡尸"。

好一点，她会在某一个被子上都有顽渍的廉价宾馆醒来；坏一点，她可能会被脱光了扔在某个洗手间。

她的呼吸很粗重，她清楚地知道，自己被灌了很多、很多酒。

嘈杂的世界里，突然有"砰"的一声响，像是给她混乱的灵台来了一棍子，模糊的视线也清晰了一些。

然后她就看见一个和周遭的混浊格格不入的姑娘，穿着简单的白 T，素净的头发披散着，从车上下来，径直小跑到她面前。

"晁老师。"

向挽的声音，太好听了，难怪她红得那么快，难怪，她是 SC 工作室的活招牌。

晁新握住她的手，血管里的酒精像是被渡了过去，又像是蒸发了，她能感到自己的体温在急速下降，让她打了个冷战。

向挽扶住她的肩膀，抱住她，两人一起往车上去。

"师傅，回恒湖国际。"向挽左手搂着晁新，右手关了门，然后给她捋了捋散在脸畔的头发。

晁新没有靠在向挽身上，而是习惯性地往后仰着头，美人筋也晕染上了粉色，下颌和脖子的曲线很漂亮，配合她起伏略大的呼吸，就更漂亮了。

她闭着眼，因为车辆的起步而皱了皱眉，又很快地放开，脸上的痣平整了，却因为酒气而更活色生香了。

她坐得很中正，唯独右手一直攥着向挽，死死地捏住，不怕她痛似的。

需要用一点力，才能把隐隐的颤抖释放出去。

向挽怕她睡过去，一会儿不好弄上楼，于是跟她说话："不是吃饭吗，怎么一个人站在 KTV 门口？"

"吃了饭唱 K 去了，我喝太多了，说上厕所，跑了。"晁新的声音仍然很冷，本来媚态毕露的眼神也很冷。

向挽心里又是紧又是酸，想要说点什么，却讲不出来，最终道："好，快到了，你别睡。"

"我不睡。"晁新望着她，有气无力地笑了笑，"我不睡。"

很快到了小区，晁新的行动还是较为利落，两人相携着上了电梯，开门一片漆黑，家里很安静，牌牌应该已经睡熟了。

不想吵醒牌牌，于是向挽就没开灯。

晁新扶着墙壁换鞋，脚触到拖鞋的时候，她稳了稳身形，轻声问向挽："到家了吗？"

"到家了。"向挽蹲下，把她的高跟鞋摆到一旁。

"嗯。"晁新点点头，茫然地看了一圈家里的摆设，然后往卧室去。

进了屋，轻轻关上门，向挽才开了一盏小台灯，边弯腰给她把手机的电充上，边说："睡衣在床上，你换了吧，不必洗澡了，直接歇着，明儿再洗。"

她刻意把动作放缓些，背对着晁新。

晁新"嗯"一声，坐在床边，先是换了裤子，然后套上睡衣的两个袖子，然后，就没了动静。

向挽转头看，发现晁新低着头，衣服的两边敞开一个小缝，她将衣领拉拢，想要把扣子扣上，却怎么也用不上力。

向挽叹一口气，走到她面前，蹲下，伸手给她将扣子一颗颗系上。

"好了，睡吧。"

晁新想要往后躺，可一动，脑子就天旋地转，她弯曲着手臂将自己的身体撑起来，难耐地仰了仰脖子，舒出一口气。

她想吸烟，好想吸烟。

向挽俯下身，将她轻柔地放到床上，晁新又喘了两口气，然后呼吸渐渐平缓。

她闭上眼，意识还在挣扎，又问向挽："我到家了吗？"

"到了，到家了。"向挽低声对她说。

晁新蹙眉，伸手往下摸索，摸到自己裤子的边缘，又口齿清晰地问："裤子，穿着吗？"

"穿着。"

"里面呢？"

"穿着。"

"晁新。"向挽小声叫她的名字，安抚她。

过了一两分钟，晁新把手抽出来，点点头，稳了稳思绪，一会儿才睁开眼，说："没事了，去睡吧。"

向挽却没动，她皱着眉头，没忍住，问出了口："你……经历过什么吗？"

"没有，"晁新呼出一口气，笑了，"我就是……有点怕。"

没有经历过，但是听说过，她没有依靠，她有点怕。

向挽也松了一口气，背后的冷汗细细密密地冒出来。

她也害怕了。

醉意最混乱的时候过去，晁新的汗也发出来了，说："没事，挽挽。"

"谢谢你。"

向挽抿着唇，坐在床边，看着地上发了好一会儿呆，然后抬手给晁新拉了拉被子，说："我去睡了。"

"明天见。"晁新说。

宿醉的人醒得早，才六点过，晁新就没有睡意了。

然而醒得更早的是向挽，听到晁新略微呻吟的动静，就推门进来，她眼下有淡淡乌青。

晁新坐起来："这么早？"

向挽没答，发了短促的一个鼻音。昨夜她难得地失眠，房门也没关，给晁新的房间门也只是掩了一小半，凝神听着这边的动静。

怕晁新睡不好，又担心晁新吐。

凌晨四点，她打开手机搜索"宿醉的人应该吃些什么"，五点，起床小火熬一锅小米粥，六点，翻箱倒柜找蜂蜜。

六点十五，晁新醒了，向挽将蜂蜜水端进来。

"多喝水，最好将这杯喝完。"向挽把玻璃杯放到床头。

晁新用指关节压了压山根处，抬手把水杯拿起来，手有点没力气，第一下不太稳。

于是向挽坐到床边，伸手接过来，送到她唇边，略微倾斜。

温热的触感漫上来，晁新没急着喝，只抬眼看了看向挽，然后抿了一口。

向挽怕她呛到，于是去厨房找了根吸管，像之前投喂豆浆那样端着，看她喝。

晁新的嘴角被她压了压，又抿住，但冷漠的眼睛有了温度，睫毛顺从地垂下来，吸一口，轻轻呼吸两下，再吸一口，没怎么说话。

很乖巧。尤其是卷发乱了一些，衬着她苍白的脸，像牌牌床头的洋娃娃。

但她的温顺只在垂眼的时候，喝了两口，眼帘掀起来，又以姐姐的姿态看向挽："不喝了。"

"还有小米粥、白水蛋，我听人说，还可以点一杯黑咖啡，但不晓得你是否喜欢。"

"不用。"晁新摇头，掀开被子就要下床。

"别起来。"

"收拾收拾，不然晚了。"一动作，头就有点晕，像脑仁被剥离了，在头骨里一直晃。

"不去了。"向挽细声说。

"不去了？"晁新皱眉，反问。

"嗯，牌牌的时差没倒过来，昨儿两三点醒了两回，在客厅找糖吃。这会子估计刚睡着。"

晁新想了想，直视她："所以你，昨天两三点也没睡。"

向挽没说话。

"怎么不睡啊？"晁新哑着嗓子，用软一些的语调，又问她。

向挽叹气："怕你吐。"

晁新直勾勾地望着她，宿醉不是头一回，但是第一次，有人因为担心她彻夜难眠。

"向挽。"她缓慢地眨着眼，叫她。

她想问，这是朋友的感觉吗？心里有些涨。

向挽略侧了侧头，看着她。

晁新也将脑袋往左一偏，看她卷翘的睫毛、规整的五官、被她咬过而略略泛红的下唇角。

阳光很单薄，只从窗帘缝隙里透出来一点，屋子里是夜，外面是攻城略地的清晨。

她清清嗓子，端起水杯，咬着吸管继续喝，熨帖一些了，她才又说："票不能退。"

三个人要一千多，也挺可惜的。价格不是很贵，但如果平白浪费，她就有一点心疼。

"等你舒服了，我再订票。"向挽温言道。

晁新还想再说要不看看牌牌的状况。

但向挽轻轻地说："我说的。"

这句话很奇怪，明明她的声音很低，神情也是小姑娘的神情，但她说得十分骄矜，带着天皇贵胄一般不容置喙的笃定。

077

像是……一个锦衣玉食的官家小姐。

晁新虚了虚眼神，又开始想，她到底是什么人？过去是什么样的？为什么有这么多让人一眼难窥的矛盾感？

而向挽也在观察她，略红的锁骨、不近人情的眼神、温软的话语、不愿多言的时常密封的唇线，像皑皑白雪里一根将熄未熄的柴。

"那……"晁新开了口。

"喝点小米粥，我去端。"

向挽说完，转身去了厨房。

再回来时，手里一个小瓷碗，还拿了小勺。

一圈圈搅着，凉得差不多，但向挽没有递给晁新的意思。

晁新看着她的手腕，笑了："要喂我啊？"

懒音又回来了，只是声音还有些沙哑。

向挽没说话，小瓷勺抵到晁新面前。

晁新笑着点点头，不再推拒地吃下去。

三十几年了，没有人喂过她，很小的时候她妈也许喂过，但她已经不记得了。自己出来之后，有次在医院，她请了护工，术后第二天，一动伤口就疼，护工拿着拖把问她："要喂吗？"

她说不用，只麻烦护工帮她把病床摇起来，然后自己端起旁边的白粥。

吃了两口，又好奇："你怎么知道准备这些解酒的东西？"

向挽的别扭突如其来，不太想让晁新知道自己夜半难寐上网搜索，于是说："从前于舟说的。"

"所以，"晁新下垂的睫毛扇了扇，视线落在床铺上，又落在向挽的眼睛里，"你之前也这样照顾她？"

"没有，"向挽摇头，"只是听说。"

"哦。"

"你昨儿跑了，那合作怎么说？"向挽问她。

"多半没戏了。"

不是多半，是肯定。

"我还是自己找吧，"晁新嚼着小米，思考，"或者远一点也还行，租在南台那边，那里有科技园政策扶持，租金不是很高。"

"那你下回若要看房，带我去。"向挽道。

晁新又笑了："带你去干吗？"顿了顿，低低添一句，"我下次又不会喝酒了。"

"你陪我找过房子，我也陪你一回。"

向挽的逻辑很通顺，晁新点点头："有道理。"

"再吃一碗。"向挽放下勺子。

"不吃了，吃不下了。"

"那你睡会儿。"向挽抽出纸巾递给她。

"嗯，一会儿牌牌起来……"

"我跟她说。"

"好，谢谢。"

门一关，向挽的脚步声逐渐消失。

晁新没有睡太久，十来点又醒了，起床先是看了看牌牌的卧室门，然后又看一眼向挽的，空无一人。

她抚着脖颈走出去，看见向挽躺在客厅落地窗前的躺椅上。

腿蜷着，侧着脸，睡着了。

晁新没有叫她，躺到一旁的沙发上，打开手机，又不知道做什么，想了想，戴上耳机听一听广播剧的第二期。

没听太久，晁新将剧集关掉，退出 APP，"咔嗒"一声轻响，向挽的眉心动了动。

在沙发上小心翼翼地翻了两次身，后脑勺碾过如墨的发丝，晁新睡不着，又将手机拿起来。

这次她想了想向挽之前的话，输入了"挽新"。

但向挽猜错了，她和晁新的 CP 名字不叫挽新，叫作挽晁。

共这晚，看浪潮，等这晚，起心潮。

晁新盯着 CP 超话的这一句简介看了又看，然后又点开她和向挽的 CP 图。

有合成的她俩的真人照片，也有网友绘制的卡通图。

点开一条回复很多的长微博，是该博主写的一个小故事，里面的晁新和向挽陌生又熟悉。

她对着手机，开始出神。

耳边却贴过来一个声音，向挽认真地看着她的手机屏幕，然后说："你在看我。"

"咔嚓"一声响，拇指一动，晁新把手机锁屏。

"醒了？"

"嗯。"

晁新坐起来，发丝让她有点痒。

向挽也坐直身体，黏腻的后背有点痒。她刚才睁眼，看见晁新躺在沙发上，专心致志地看着手机，正想叫她，却在内容里看到了"向挽"两个字。

门锁响动，牌牌揉着眼睛吧嗒吧嗒踩着拖鞋出来，吸着鼻子问："晁新，怎么没叫我呀，我是不是起晚了？"

"我们今天不去了。"晁新说。

"不去了？为什么呀？"牌牌没太反应过来。

向挽说："晁老师身体有些不舒服，而且你头也还晕着，是不是？"

看着走路都晃晃悠悠的。

牌牌狠狠眨两下眼，坐到沙发上，眼巴巴地望着晁新："你怎么不舒服啦？"

一字一顿的，很乖巧。

"没事，昨天喝了点酒。"

"一点酒怎么会不舒服呢？"牌牌脱了鞋缩到沙发上，小胳膊搂着她，钻进她怀里。

晁新笑了，思索着说："可能，是假酒。"

"天哪，那你要不要去医院呀？"牌牌又困了，蹭着她的颈窝，喃喃道。

向挽看一眼挂在晁新身上的牌牌，莞尔一笑，退开身子坐到躺椅上。

晁新也看了一眼向挽，牌牌很少这样撒娇，她有点不好意思。

于是拍了拍牌牌的小腰："怎么在沙发上赖床？要被人看笑话了。"后半句低声说的。

"可是你这里真的很舒服，好香呀。"牌牌不撒手，埋着头又是一阵乱蹭。

向挽反过身趴着，半边脸埋在胳膊里，水灵灵的双眸落在晁新纤细洁白的手上，又落在她被牌牌说"很香"的颈窝。

"怎么了？"晁新听着牌牌渐渐均匀的呼吸，转头看着向挽，怎么一直盯着自己？

"没什么。"向挽把头埋下去。

"睡着了，我把她抱进去。"晁新起来，横抱起牌牌，把她安放在卧室的床上。

揉着发酸的胳膊，晁新走过来跟向挽说："我先去洗个澡，你想想中午想吃什么，我给你做。"

昨天向挽照顾了她一晚上，挺不好意思的。

"好。"

晁新呼出一口气，好像因为休息得不大好，胸口还是惝惝地有点疼。她打算下午再在家里睡半天。

洗完澡出来，见牌牌卧室的门没关牢，想要去给她拉上，免得一会儿做饭的动静吵到她。

一靠近，却听到她在里面用夸张的气声说："对，没错，我妈喝假酒了。

"仇珊珊，我妈喝假酒了。

"你知道吗？骆玉，我妈喝假酒了。

"不去游乐园了，因为我妈喝假酒了。

"你妈喝过假酒吗？

"我妈喝过。

"还活着。"

…………

喝了"假酒"的晁新休息了几天，在一个星期四，她们三个终于出发去游乐园。

游乐园里人山人海。向挽有一点点"恐人症"，走到门口已经后悔了，然而牌牌从看到大门开始就双手作枕，贴在脸边，含情脉脉地看着入口处的卡通人物。

——像是找回了失散多年的亲人。

检票进门，牌牌目标很明确，先是要去买纪念品的摊位上买一个带着小角的发箍，然后再到入园的花坛处去照相，戴着她的小墨镜，牵着波点红裙，一定像个小公主。

于是晁新被拉着，几人在摊位前站定，牌牌兴致勃勃地挑，向挽看了看价签。

近二百元一个发箍……她觉得有点贵。

晁新看一眼她，说："你也挑一个？"

"我是大人了。"向挽说。

"大人也戴的。"晁新示意她看向旁边嘻嘻哈哈的小青年。

"怎么都戴呢？"向挽好奇，"戴上这个，有什么讲究吗？"

"会变公主。"牌牌煞有介事地说。

"变公主？"向挽心神一动。

是……能穿越回古代吗？

"嗯，在逃公主呀，你不知道呀？"牌牌娇声娇气。

"我不知道。"古书记载的公主，头上不长角。

"那，"向挽又看看晁新，"晁老师戴吗？"

"我……"

"大人也戴的。"向挽的嘴角隐隐带笑。以彼之道还施彼身。

晁新也笑了，跟店主说："三个，谢谢。"

向挽把长发拨到脑后，虔诚地戴上，兰花指微微翘起来，像在插簪子。向挽完全误解了这个东西，她真的以为这是冠冕，公主郡主在特定场合才能佩戴的，她想，难怪这样贵。

晁新被她郑重其事的模样逗乐了，自己把头发随意地一撩，别上去固定住。

向挽戴完，目不转睛地盯着晁新，晁新问她："怎么？"

"有一些可爱。"

和平时的晁老师不像，尤其是她今天也穿着简约的白T和黑色牛仔裤，看起来青春洋溢，除了那颗痣还有一点傲慢，其余的，特别平易近人。

"喂！"牌牌插到她俩中间，抬头左右看，"我最可爱好吗？"

"好的，牌牌公主。"晁新低头摸摸小人儿的蝴蝶结。

牌牌乐了，花蝴蝶一样牵着裙子跑到花坛前，把她的太阳花小墨镜戴上，先拍了一张很酷的单人照，又拉着向挽要合照。

和晁新拍太多了，她有点嫌弃了。

向挽被她拉着站在中央，牌牌牵起自己一边的裙子，然后让向挽也牵着自己的裙子，朝向另一边。

旁边有围观的人还等着拍照，向挽很不好意思，小声说："我比个姿势好不好？不牵裙子了，我是大人了。"

"可这是我设计的，我想要发给骆玉看。"牌牌有点失望。

"我有一个特别好的动作，拍出来很……拉风的。"

"好。"

向挽颔首，看着晁新的手机，吸了口气，两手一拍，右手举起来，食指朝天，笑眯眯地说了一句："好耶！"

如花的笑靥凝固在手机里，旁边是侧头惊恐的牌牌。

拍照的晁新放下手机，直起身子，笑到不能自已。

五指稍稍捂着脸，手根抵着嘴唇，将有些失控的五官藏在掌心。

"我还有，"向挽牵着牌牌走过来，"今儿咱们没备着丝巾，很可惜，若是有的话，将其敞开，双手撑在头顶，两腿交叉，神情高贵，也十分惹眼。"

牌牌都要哭了："你跟谁学的啊？"

"我的干娘，赵青霞女士。"向挽说。

前一个姿势是和于舟学的，后一个由于舟的妈妈传授。

"晁新，你救救我。"牌牌拉着晁新的衣摆。

晁新反手用手背抵着嘴唇，没再看向挽，只笑着说："走吧。"

向挽从不知道，游乐园这样折腾人，仿佛是来体验排队的，通常要排上一个来小时，才能玩到一个项目。项目也就五分钟、十分钟，然后就被牌牌拉着奔到下一个排队处。

她很怀疑，小朋友根本没有享受项目的欢愉，而是在"集卡"。

玩了三四个，她就有些站不动了，牌牌也是，在队伍里靠在晁新身上，搂着她的腰。

向挽平时录音爱坐着，站得不多，她有些筋疲力尽，靠着栏杆，把左脚竖起来解解压，又把右脚竖起来。

"栏杆脏。"晁新抚着蔫蔫儿的牌牌的头，跟向挽说，"要不，你也靠着我？"

向挽忖了忖，拉着她的手腕。

晁新有点不自然，随着人流走了走，又说："可以挽着我。"

她看前排的很多女孩子和闺密都是这样的。

于是向挽又贴过去，站了一会儿，身子一沉，将头轻轻放在她的肩上。

也跟前排的女孩子差不多。

向挽被暑气熏着，有些难耐地合眼，人流涌动，前面出现了一块空隙，晁新要提步，向挽却没动，于是晁新把手抽出来，轻揉了揉她的头，像之前唤醒幼小的牌牌一样。

示意她该往前排了。

向挽被晁新拉着向前方走。

向挽紧紧攥住她的手臂，加大了点力度。

然后晁新笑了："不困了？"

手上有劲儿了。

"嗯。"向挽站直，探头看了看，快到海盗船了。

一个不起眼的小船，看上去没什么惊险的，和旁的项目比起来，一点也不刺激，可上头的人惊声尖叫，向挽左看右看，也不过就是晃来晃去。

并没有像旁的设施那样，将头放在脚下，将人悬在空中。

那样的项目，她是万不敢去的，向挽有个弱点，就是十分惜小命。

于是她神态轻松地坐上去，再次确认，也不见安全带什么的，只让人抓着前排的栏杆，看起来，实在是个小玩乐。

吭哧吭哧巨大的链条拉扯的声响，海盗船缓缓启动。

晁新嘱咐牌牌拉好了，又确认了一下向挽的姿势。

尾部逐渐上升，已经有零星的尖叫，牌牌也皱着脸，从喉咙里发出哨音。

向挽眨了眨眼，海盗船在最高点停下，身子腾空，失重感纷至沓来。

尖叫声响彻云霄。

晁新没叫，只咬着后牙，闭了闭眼。

她原以为会听见向挽的叫声，但没有，只有右耳牌牌杀猪一般的哭喊，和左耳失聪一样的静默。

再度上爬时，她看了向挽一眼。

向挽很镇定，手规规矩矩地扶着栏杆，面色如常，还是坐得跟空姐似的。

小姑娘胆子挺大，晁新讶异地挑了挑眉。

从海盗船下来，牌牌已是涕泗横流，咧着嘴大哭了十来秒，又乐了，说："哈哈哈哈好刺激呀。"

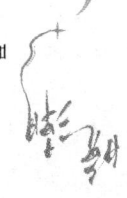

晁新笑一声，觉得小姑娘表演变脸更刺激。

走到阴凉处，向挽都没再说话，只拉着晁新，脚步越放越慢。

晁新看她的脸白得吓人，神色也凝重，便停下问她："你没事吧？"

向挽摇头："我不过是在思考。"

声音有点抖。

"思考什么？"

"人类为何要这样作践自己。"她强撑着说完，腿一软，便要瘫下去。

晁新和牌牌忙扶住她，把她挪到一旁的座椅上，向挽心如死灰地靠着晁新，抖着手想要掏个绢子顺顺心脏，却陡然发觉没有。

突然就委屈了。

她实在是不晓得，这个"人间炼狱"，为何会叫乐园。

晁新又心疼，又好笑，抱住她，让牌牌去买瓶水，特意嘱咐了要常温的。

向挽缓了好一会儿，才把木然的思绪转回来，晁新突然问她："你到底是从哪里来的？"

太奇异了，说话的腔调、面对新鲜事物的反应，在屋外，比在屋内，更奇异一些。

晁新又问："怎么害怕了，都不知道尖叫呢？"

"尖叫，有用吗？"

"有的，玩这样的东西，就是让你释放压力，肆无忌惮地吼出来，叫出来，哭出来，就不难受了。"

"是吗？"向挽虚弱地喘着气。

"是，要不要再去试一次？"

"我不会哭出来。"

"为什么？"

"我一个人久了，不大喜欢哭。"

晁新一时不知道该说什么了。

向挽在这一次的游玩当中，将她与世界格格不入的独特展现得淋漓尽致，旁的小姑娘兴高采烈地排队叫嚷着要看超绝可爱的小绵羊人偶，排到向挽，她招呼了两句，人偶热情洋溢地回以比画，向挽皱眉，然后转头跟晁新说："是个哑的。"

身后的大妈一口水喷了出来。

还体现在，她能接受偶然路过的一个两个玩偶，可到了夜场巡游，她望着成群结队的玩偶人，吓得唇舌紧闭，迟迟不敢动弹。

她有点害怕，像是到了怪物的地盘。

旁人很惊喜地招呼，如数家珍地说着它们的名字，可她一个都不认得。

直到烟花秀开始，她仰脸望着，和牌牌一大一小同步惊呼，晁新靠在一旁的栏杆处，笑得疲倦又安宁。

对向挽来说，去游乐场也是不完满但还算美妙的回忆。

向挽这个姑娘很神奇，哪怕有许许多多的不好，但只要有一点好，在她日后的回忆里，就渐渐都是这点好。

那日的烟花秀就很好，不止一点。

第四章
同路

八月初，向挽和晁新的工作都告一段落，迎来了小小的假期。

向挽信守承诺，和晁新一起去看办公室。

南台科技园很远，两人开了近一个半小时的车才到，南二环堵得要命，拥挤的时候，一公里要开二十分钟。

南城也比北边规划得要差一点，曾听人说北边上风上水，南城水质差，吃起来很硬，但晁新不懂其中有什么区别，她感觉不出水的软硬来。

因此除了略微七横八错的街道，乱跨的立交桥，南城对她来说，不算太差。

天底下房产经纪人大概都一个样，这次是个小姑娘，三伏天里穿着套装，甚至还套上了深色西服外套，扣子系得一丝不苟。

但她比小王专业很多，可能是专攻商业地产的缘故。

上来先是展示了自己的工作证，然后将打印出来的户型图和价格递给晁新："晁女士，咱们今天是提前约了两个，一个在品充大厦，纯办公楼，还有一个是商住两用楼，信湾国际，性价比稍微高一点，就是里面会有一些住户，大堂可能更类似酒店一点，办公氛围就没有那么浓。"

言下之意晁新听明白了，第一个贵，她也在网上了解了一下价格，纯办公楼是按平方米算，每平方米每天四元，如果要租一百平方米的办公室，一个月大概是一万二。

而商住楼是整体出租，信湾国际是复式，楼上楼下加起来大概有一百四十平方米，租金是每月八千。

不过，性价比高意味着很多小公司甚至个体户会开在这里，一般来说，会有很多美容院。

晁新想了想，说："先去看信湾国际吧。"

本来就是冲着低价来南台科技园的，她当然希望办公楼的花费能够更少一些。

信湾国际就在门店的后方，看着挺高端的一栋楼，外立面闪闪发光，门口还有保安和停车的门童，有些像高端公寓和酒店的结合体。

大堂是金碧辉煌的简欧风格，虽然以为会鱼龙混杂，但实际上大堂出入的人并不多，看起来治安还不错。

乘电梯上去，出租的办公室是在顶楼，三十一层。

房产经纪小朱在复古风的电梯里跟她们说："这套房子特别好，因为是顶楼，从二层上去之后还有一个阁楼，挺矮的，住不了人，但是您要用来办公，放一些办公用品什么的，我觉得也特别合适，从阁楼出去是一个大露台。

"如果是用来居住，晾个被子什么的也还行，这上面好像不让种花。如果是办公，比如您办公室有男性职员什么的，用来做个吸烟区，也不错。"

小朱领着她们出电梯，往楼道里走，笑着说："我是挺喜欢露台的，有时候我站在高的地方，俯瞰这个城市吧，就觉得自己特有动力。"

向挽看她一眼，小朱很会说话，也很懂得目标客户的心理，不仅句句为办公的实用性考虑，最后还说，可以俯瞰南城，对于想要创业力争上游的人来说，心理上挺有诱惑力。

楼道有点暗，像是酒店的走廊，和酒店一样铺了地毯，应该是有保洁每日打扫。

沿着走廊往里走，果然有一些美容院、祛痘机构还有小传媒公司的牌子。

按了密码，打开房门，豁然开朗。

大大的明亮的落地窗，精致整洁的精装修，空空如也没有任何摆设和家具，就显得区域特别大。

小朱"啪啪"两下，把所有的灯都打开，又贴心地开了空调。

"楼下本来是客厅、餐厅、开放式厨房、卫生间和一个小卧室，但上一家租户也是用来办公的，您看这个开放式厨房这边她就用来做了一个茶歇区，放一点零食、咖啡、饮水机什么的，打印机也可以放在这里，就可以充分利用起来了。

"卫生间这个大厦都是精装修，都是一样的，您看这个客厅，特别大，用来当会客厅也好，如果您用来做开放型的办公区也好，都是很合适的，大概可以放下八组工位。

"楼下的这个小卧室呢，一般我会建议用来做会议和接待室，这里摆会议桌的话，配上这个落地窗，就特别显专业。"

向挽看一眼晁新，她没说话，只在认真看，但向挽知道，她挺满意的。

"咱们去楼上看看吧？"小朱笑着说，"楼上是四个房间，我不知道您这边是什么用途，但是高管和不同部门的办公区域可以设置在楼上，楼上还有两个卫生间。"

晁新终于开了口："你这个，让大装吗？"

"楼上我们恐怕要改成录音棚。"向挽柔声道。

"这个应该是没有问题的，只是不租了之后，您的那些设备要拆除，而且墙体变化得还原。格局上如果要动的话，您得事先告诉我们，我们跟房主报备，也要找物业拿动工许可证，因为承重墙是不能拆的，这个您也知道。"

晁新点头："格局我们不动。"

向挽看她一眼，刚刚自己嘴快说了"我们"，晁新却也顺嘴接下去了。

自己是 SC 工作室的，哪里来的"我们"？

小朱挺高兴的，觉得进展很顺利，领着她们上二楼，简单看了下房间，又带着她们打开阁楼，往楼顶去。

刚迈出腿，小朱的电话就响了，她看一眼联系人，跟晁新说："姐，你们先在这个楼顶看看，我这儿有个重要的电话，得接一下。"

"没事，你忙。"

小朱回身，接着电话下了一楼。

很开阔的一个大露台，虽然是水泥面，什么也没有，看起来也不太有人来，但小朱说得不错，从钢筋铁骨钻出来，站到城市的高处，望着高高矮矮的楼房和远远的天际线，还有阵阵凉风，突然就不那么压抑了。

二人并肩站在边缘，面前是古铜色的栏杆。

向挽问她："怎么样？"

"我挺喜欢的。"晁新悠了悠脑袋。

"我猜也是。"

"楼下我大概会用来做休闲区，见客户什么的，楼上两个录音棚就够了，另外一个做我的办公室，还有一个房间……摆张床吧。"

这里离家里实在太远，如果工作得太晚，她就不回去了。

向挽颔首。

"不过我最喜欢这个露台。"

"因为可以抽烟吗？"向挽狡黠地笑着，方才小朱提到吸烟区的时候，向挽便勾了勾嘴角。

"不，"晁新笑了，抿抿唇，"很幼稚的。"

"哦？"她一说幼稚，向挽反而来了兴趣。

晁新深呼一口气，又咽了咽喉头，一会儿才说："我小时候，家里挺穷的。"

她不太习惯这个开场，所以顿了顿，舔了舔嘴唇。

"所以我到了初中才第一次看电影。我记得很清楚，还是那种录影带，你这么小，肯定没见过。我跑到镇上的录像厅里去看，只看了五分钟，是一部老片，《泰坦尼克号》。"

那五分钟对她来说是什么呢？是光怪陆离，是光影之下的另一个世界，是金发碧眼，是豪华邮轮，是一个比电视要大很多倍的荧幕，更是她第一次听到，配音。

译制片的配音给人的印象总是很深刻，他们用声音将对一个小孩儿来说完全陌生的影像，变得熟悉而生动。

他们是重新讲故事的人。

"那五分钟我挺赚的，正好看的是经典片段，就那个 *You jump, I jump*。"晁新的声音很温柔，这两句英文被她念得唇齿生香。

"所以每次站到这种迎风的地方，我都有一种幼稚的情结，想闭上眼睛，张开手臂，想要，自由。"

她说着，果真仰起头，闭了闭眼。

只是手臂没有放开，依旧搭在栏杆上。

世界在她的声音中安静了几秒。

随后就是呼呼的风声。接着向挽从身后抱住她，低声问她："是这样吗？"

这个电影，她也看过，蓝光修复版，用电视看的。

晁新微微张开双唇："向挽。"

向挽放开她，背靠着栏杆，望着地面两人的影子。向挽眨了眨眼，用清甜得仿佛不谙世事的声音，对她说："有一样事，我想要告诉你。"

"什么？"

"我一直不敢同别人住，因为我十分容易依赖人。"

向挽吸了一口气，很坦白："我同你合租之前说过，我从前和于舟住在一起，后来我便想着永远不分开。然而再好的朋友，也不大可能永远腻在一处，因此，我给她带来了一些困扰。"

"后来，我便搬出来了。"她咬咬嘴角。

"我需得向你坦白，同你住的时日，我十分舒服，晁老师也对我很好，因此我又有一些想要依靠晁老师了。"向挽蹙眉。

"所有人都同我说，要做个独立的姑娘，可我总是做不到。"

她的眉头越锁越紧，陷入了自我怀疑。

晁新听她这么说，也将视线放低，用舌尖顶顶口腔，手指空落落的，想要摸烟盒，身上又没有烟盒。

"我思来想去，还是想坦白地同晁老师说，我不晓得你介不介意，如果你……觉得我太过亲近，让你不适，我也可尽快搬出去。"

说了出来，向挽既轻松，又不轻松。

晁新抬眼，看她，又冷又媚的双眸一睐："这算什么问题？"

"嗯？"

"人都是情感动物，合得来，做朋友，再正常不过了。"

向挽笑了笑："我以为，晁老师这样的，不大愿意同人做朋友。"

"我是不太喜欢，但跟你做朋友，还挺舒服的。"晁新说。

也许，她也一个人太久了，可能是时候交个朋友了。

小朱回来时，只看见了沉默的两个人。

晁新跟小朱说："另一个我们就不看了，我今天付定金，你看看怎么签约呢？我好像没有带身份证。"

小朱皱眉，很抱歉："姐，刚那个电话就是房东打来的，她说她不租了，通过物业联系了一个租户，人订金都交了。

"我跟她说了半天，我说没有中介始终不靠谱，劝了半天，您也看见我打了那么久电话，但房主觉得租给物业介绍的挺好的，我们也没办法。"

她叹一口气。

晁新笑了笑，说："没事，那，再看看吧。"

"那办公楼那个还看吗？"小朱赶紧问。

晁新摇头："今天有点累了，改天吧。"

说着她和向挽，还有失落的小朱一起下楼，三人在门店前分别，然后去旁边商场的地下车库取车。

晁新有点遗憾，向挽知道。

因为她们俩在露台上已经幻想过怎么装修这个房子了，所有东西一旦承载了幻想，意义就不一样了。

晁新打开驾驶座的车门，向挽站在副驾驶边上，问她："想要抽烟吗？"

晁新扶着门框，笑笑："没有烟了。"

向挽抿唇想了想："那我做晁老师的烟。"

"嗯？"晁新有些好笑，"怎么做？"

"晁老师想抽烟，是想要安慰，我也可以安慰你。"

晁新抬手，指头在门框上敲，神色软了下来："怎么安慰我呢？你要说，还有差不多的房子吗？"

"也许没有差不多的房子，"向挽老实道，"许多东西，没有了便是没有了。"

"只是生活总会用许多形式提醒我们，一件事尚未准备好，因此我想，缓一缓再租，说不定更合适。"

晁新望着她，慢悠悠地扬起嘴角，然后深深吸了一口气。

向挽露出好奇的神色。

"向挽牌烟抽完了，可以上车了。"晁新说。

"好。"

晁新低头顺势在后座换了鞋，然后两人回到前排，晁新发动车子，从地库开出去。

街边又是人间好光景，小贩和行人都恪尽职守，像每天固定穿梭的NPC，向挽忽然觉得有一点神奇，那么多匆匆而过的面孔，每个人都有自己的故事，究竟是谁规定的，自己要与其中的这一个、这一些产生关联呢？

回到家，低落的心情被牌牌一吵，三两下又散了，两人洗手做羹汤，而后各自工作，最后互道晚安。

临近九月，向挽开始忙着入学的事情，晁新也忙于再找合适的办公室，而牌牌放暑假一直在家，三人的生活忙碌而拥挤。

八月底，广播剧接近尾声，由于反响不错，主办方邀请二人到锦城参加线下活动。

锦城就在江城的邻市，比江城稍小一些，由于江城的活动报审程序比较复杂，这种中小型活动多半会放在较为好拿批文的锦城。

由于离得很近，晁新是开车去的，向挽怕她无聊会困，便在车上给她娓娓道来一些线下活动的注意事项。

然而由于她的语调过于舒缓，声音又动听，活生生让晁新听困了。

她笑了笑，说：“线下活动我参加过，而且，参加过很多。”

向挽这才意识到，晁新是前辈，而且是大前辈，自己多少有些班门弄斧了。

“抱歉。”她软声说。

看她端坐着，粉面桃腮的样子，晁新心里一动，但拣了别的话说：“等你入学，要不要去考个驾照？”

“我没有车。”向挽不好意思地说。

“开我的。”

向挽看她一眼：“可我二人同行，时常都是你带我。”

“有时我也会累啊。”晁新用略低哑的声音说，尾音收回时，也回视向挽。

向挽突然意识到晁新在对她提要求，不是一味地得体包容，而是对她说——有时我也累，想要你来开。

这个发现让她心里面有一点舒服，虽然也没有很多。

但她莫名直觉，晁新从未对人说过这样近似于示弱的话。

向挽忖了忖，她不喜欢做车夫，但若是晁新累，她也可以当一回。她其实很喜欢被人依靠，哪怕自己并没有意识到，可能因为，从前根本没有机会。

于是她说：“那你替我报班，我不大懂应该报什么样的。”

“好。”晁新又笑了笑，看着前方的路。

主办方给两人开了房间，是相邻的，于是到了酒店之后，她们就没急着回各自的房间，而是把行李都放在了晁新的屋子里，上了厕所简单整理一下，就出门去吃饭。

吃的酒店的自助餐，晁新一边用叉子吃切好块的西瓜，一边打字回消息。

向挽夹了一点面：“怎么到了锦城，反倒比在江城还忙碌些，都没有工夫吃饭了。”

晁新放下手机，在酒店水晶吊灯的光影下，琥珀色的瞳孔有一点璀璨："这次过来，我还有一点别的事，正好见一个客户。"

"客户？"

"嗯。是一个投资短剧的出品人，我不知道你了解短剧吗。"

"知道，但没怎么看过。"

晁新吃一口糕点，吞下去，才说："短剧现在市场挺好的，之前的虽然比较下沉，但现在的观众都适应快餐文化，短平快的节奏更容易让他们能够挤出碎片时间来享受。短剧每期就三五分钟，节奏很快，通常也会是一些比较有爽点的剧本，所以有很大一批受众，用他们的话来说，挺上头的。"

"嗯。"向挽认真听着，不过她不大明白，这跟晁新有什么关系呢？

"前几年在短剧领域试水的班底不是很专业，但蛋糕做起来之后，资方看到这一块的市场，也纷纷想要入场。但选择一多，竞争就大，这两年能够火起来的短剧，制作已经很精良了，不仅是题材、特效、表演，还有……配音。"

晁新挑了个眉头，向挽明白了。

竖屏短剧的审核标准和宽屏长剧不一样，它允许配音，而且时长短，台词很重要，专业配音演员的参与，会给短剧增色不少。

"这个客户手里有五六个短剧项目，而且故事和班底都挺不错的，导演也很知名，他想找我去做配导，负责声音团队。"

不过短剧市场起来之后，想必也会逐渐地向长剧审核靠拢，更加规范化，所以未必能长效发展，但如果能抓住这两年的风口，也不失为一个机会。

晁新是这么想的。

"但你的工作室，还没有建好。"向挽道。

"如果能谈下来，先码人，棚的话，租你们的啊。"晁新笑了。

"所以，我也是在替老板谈合作了？"向挽莞尔，俏皮一笑。

"是，所以有折扣价吗？"晁新问她。

"除非，"向挽撑着额头，"让我同你一起去见客户。"

晁新眯了眯眼："我这次不会被灌酒了。"

她知道向挽在担心什么。

"我长长见识，不可以吗？"向挽偏了偏头。

"可以，向老师肯赏脸，他赚了。"晁新点头，"明晚八点，线下活动之后，你 OK 吗？"

"没问题。"

晁新低头尝一口饮料，右手解锁手机，给对方发微信。

休整半日，晚上和主办方对了一下流程，两人早早地就准备休息了，为了轻装简行，只带了一套旅行装的护肤品，想着可以共用。

所以向挽在晁新的房间洗完澡，穿着睡衣再到自己房间。

第二天简单吃了早饭，两人换了衣服，来到现场。

晁新是第一次真正地体会到向挽这类"流量"CV的人气，大半个场子都举着她的手幅和海报，穿着蓝色的会服，甚至还有人把用她名字做的小Logo贴在自己脸上。

后台准备时晁新瞥一眼，然后偏头问向挽："向阿夕，是你吗？"

"是。"向挽对着那个手幅，挑眉笑了笑。

粉丝很热情地打招呼。

晁新又看一眼，自己竟然也有手幅，以前她的粉丝都不太会做这些应援物。

她眯了眯眼，手幅上写着："晁新我老婆。"

她愣了愣，以前她们那时候，口号还是什么"××自由飞，××永相随"。

再扫一扫，手里没开麦的话筒一偏，侧头跟向挽说："一些人穿着你的蓝色会服，但是举我的牌子。"

"CP粉。"向挽说。

果然，她们稍稍靠近了些，小姑娘们就"嗷"地尖叫起来。

晁新吓了一小跳，有点不好意思，抬手用食指关节蹭了蹭额头。

又是"嗷"的一声。

晁新难以理解了，用眼神询问向挽。

向挽平静道："她们认为，你在我面前娇羞了。"

离谱，晁新笑着摇摇头，轻抬高跟鞋，往旁边站了站。

"娇羞被起哄后避嫌，"向挽叹气，用网友的语气娇娇地说，"实在是太好嗑了。"

晁新难以置信，这看似端庄大方波澜不惊的小姑娘，怎么能懂这么多的？

其实懂得也不多，但参加了几次线下活动，被"调戏"了几回，向挽就明白了。

被这样一闹，晁新上台时就很配合地带着隐笑，和她之前参加电影路演时大佬的样子很是不同，当然，在CP粉的眼里，这份不同，是源于身边的人。

哪怕她们的互动十分专业，并没有出格的，但出格的，是晁新的笑意。

见面会时长不长，在舞台上进行过互动之后，有现场贩售周边的环节，晁新和向挽坐在展台前，和购买了门票和周边的听众握手并签名。

晁新埋头唰唰签字，然后双手递过去，眼神冷淡地点点头。

向挽则时不时甜津津地笑一下，握手偶尔还会说："多谢支持。"

截然不同的反应却让粉丝觉得很有意思，有排了第二次队的CP粉从队伍里探出脑袋，跟身后的人感叹："今天我就随了这栋大宅子，再把自己绑树上给她俩助兴。"

向挽签着签着，突然发现旁边镇定自若的大前辈肩膀一塌，抬手，纤长的五指捂住嘴，又在鼻端蹭了蹭，放下来时，嘴角有未散的笑意。

"笑什么？"向挽一边签字，一边问她。

"笑我，听力太好了。"晁新抿抿唇。

向挽不明所以，略瞟一眼，又正回头，专心致志地给眼前的人道谢。

再过了三五个，一个胖乎乎的小手递过来一张纪念的透卡，晁新面无表情地签了，写第二个字时头也没抬，问她："绑哪棵树？"

"啊？"没想到晁新还要出声的，小姑娘吓呆了。

语气像是从外环飘过来的。

晁新没再说话，把透卡递给她。

"谢……谢谢晁老师。"小姑娘有点结巴。

向挽莞尔，又看晁新一眼："你吓着她了。"

晁新一瞄那位小姑娘的背影，说："我开玩笑。"

好吧，又失败了。

结束了一天的工作，二人都很疲惫了，于是回酒店洗了个澡，换身干净的衣服。

晁新穿了不那么正经的白衬衫，丝质的，领口有不规则的系带垂下来，搭着腰封的黑色阔腿裤，仍旧踩着她喜欢的经典款红底鞋。

向挽也换了香槟色的小西服，化了淡妆，头发披着。

两人开车来到离酒店不远的一家云南菜餐厅，装修看着很上档次，店员也穿着傣族的服饰，仿佛久候多时，见到两位小姐，就径直引领进了包厢。

称得上巨大的红木桌，中间非常夸张地堆了鲜花，一瓶茅台，一瓶向挽认不得名字的干红，还有一瓶于舟家过年喝的轩尼诗，放在中央，还有一个空空的醒酒器和流线型的白酒杯。

这便是……晁新说的，不喝酒了。

向挽甜美可人地笑了笑，但轻掠过晁新的眼神有些意味深长。

桌子那么大，原本以为人要来得满满当当，但其实也就晁新的朋友——一个平台方的 IP 采购负责人，小谭。

还有今天做东的制片人胡总。

胡总看着很儒雅，并不是向挽想象中肥头大耳的样子，很清瘦，戴着眼镜，看上去挺养生的，手上还有一个手串儿。

她特意看了胡总的皮带，没有大 Logo。

——这是苏唱教给她的小 tips（窍门，建议），要和客户打交道，看男性先看表，如果不懂表，就看皮带。

以及上桌先看酒，一般来说，酒的档次可以大致代表宴席的档次，以此推断主人的重视程度。

然而胡总的这一餐家常得令人意外，因为除了他右手边的助理之外，又进来了带着小儿子的老婆，和他的小舅子、大舅子。

小男孩儿往桌上一抱，三四岁的样子，爬着就要去抓花。

向挽和晁新坐在胡总旁边，客套地打招呼。

过了会儿，又进来一个十三四岁扎马尾的姑娘，微胖，对着胡总喊爸，对着小男孩儿的妈喊周姨。

晁新有点头疼。

菜品次第上来，酒席也正酣，胡总没有催太多酒，因为是家庭聚餐，甚至说让晁新随意就好，如果不能喝，可以喝饮料。

"胡总，"见吃得差不多，晁新放下纸巾，起了话题，"之前说的短剧，您这边对配音有什么想法吗？"

"这个我不懂，你们是专业的，你看着来就好了，我嘛，就全权交给你了。"胡总笑着说，脸因为酒气有点上头。

晁新笑了笑，说："感谢信任。"

"我确实是没有什么要求，小晁，啊，我这个人很随意的，我就是想要有大腕儿，一线的大腕儿，你们配音圈的大腕儿你比我知道，"胡总顿了顿，好像被酒精扰得断了思绪，抬头皱着眉，张两回嘴，才说，"甭管一句词，两句词，你都给我用腕儿。"

说话时小儿子爬过来，抓他的鲍鱼盅，他挑着眉头把盖子递给儿子玩，逗他："是吧？要腕儿。"

大舅子、小舅子都笑起来，晁新抿抿唇，眼神淡淡的。

她不高兴了，向挽知道。

可能在很多人眼里，砸钱请CV出一两句声，是很正常的事，但对于在意的人来说，一个可有可无的角色，不管合适不合适，只为了集邮一样砌光环，把人码进去，其实有一点不太被尊重。

按理说，晁新现阶段接项目应该优先考虑回报率，而不是别的，但她此刻沉默了。

"哎，"胡总抬起头，喊对面的大女儿，"你不是喜欢那个什么明星吗？周什么的，老给他配音那个，咱让晁老师找来。"

他伸出一根手指头："我让你也去剧里露个脸，你要谁给你配？配穿越王妃那个，还是那个什么青的女神仙？"

"青鹤，"小谭说，"就是咱们晁老师配的。"

"我这记性，"胡总笑着埋汰自己一句，"小晁啊，你这个剧是真火啊，我妈，

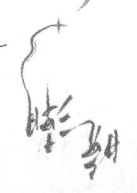

七十多了，"他比起两根手指头，"还喜欢你这个角色。"

食指又往晁新跟前一指，脸上挂着赏识的笑。

向挽轻呼出一口气。

"来来来，"胡总伸手，把大女儿招呼过来，"你来给晁老师敬酒，以后你要是红了，晁老师也是你的御用。"

小姑娘没动："我又不会演戏。"

大舅子带着口音说："现在哪个需要会演戏哟，我看他们都说一二三四五，要是都会演戏了，要他们配音的干什么哟？"

"是哈？一二三四五。"他转头跟自己的亲妹子说。

"还是有些要背的，要是一直说一二三四五，怕还是要被看出来哟？晁老师。"周姨一边抱着儿子喂饭，一边朝晁新处探了探身子。

"有没得哟？是不是那些演员都不背台词哟？"她感兴趣，眨巴眼睛看着晁新。

"没有，还是背的。"晁新说。舌尖再一次顶了顶口腔。

小舅子点了根烟，眯眼抽一口："那你们怕不是天天作法喊他们不要背哟，都会了，找你们干什么呢？"

他觉得自己有点幽默，抖着肩膀笑起来。

"作法，我看你是要去作法。"大舅子说他。

小谭也笑起来。

晁新撩了撩头发，没作声。向挽也没说话，第一次遇到这种状况，她做好了挡酒的准备，却没有做好其他的准备。

尤其是，她突然想到了当年自己第一次参加线下活动的事。

无助又无力。只是当时在台上，现在在酒桌里。

"晁老师不爱说话。"周姨瞥她一眼，笑着把目光对上胡总，"还以为配音演员都很健谈哈？"

"配音演员，为何要爱说话呢？"向挽柔声问。

周姨这才看向向挽，这位小姐从进来时就没怎么发言，此刻出声，才发现她的声音如烟似雾，置于雪上。

席间的躁动仿佛霎时便静了一秒。

周姨缩回脖子，找补："那嘴皮子至少要溜嘛，老师你，们练不练绕口令什么的哟？"

"练。"向挽说。

"老师表演一个可以不嘛，我们弟弟最喜欢听绕口令了，是不是，弟弟？"她把儿子抱起来，搂着腰身逗他。

小儿子被逗得咯咯大笑，奶声奶气地说："唠口令！"

"绕口令。"周姨纠正他。

他很吃力地学舌。

"哎，表演啥绕口令哟。"娃带久了，人都幼稚了。小舅子嫌弃完，突然眼神一亮，伸出手来，手背朝上悬在席间，轻往下按了按："晁老师不是配女神仙的吗？年年都在放，那个声音火得很，好多人学着配音哟。"

"晁老师用那个女神仙的声音，跟我们讲两句，怎么样嘛？"他兴致勃勃地撸了撸表带。

"不方便。"晁新说。

"噢哟，说话嘛，有什么不方便的，就是表演表演，我们合作，也要看表演的呀，是吧？老胡。"周姨觉得她很不会做人，细细的眉头皱了起来，语调也提高三分。

向挽看她，手还是随性地搭在筷子上，但耳背已经渐渐红了。

见她不想说话，向挽蹙眉，解释："那是我们的工作，要有环境和状态的。"

"那平常表演一两句也不行？"大舅子不信，"我看你们上节目，都是主持人说来就来的喽，也没有说要什么环境嘛。"

他觉得，这两个看起来很傲的小丫头，就是不给面子。

冷哼一声，收了电视台的钱，就不管什么环境不环境，工作不工作了哈？也不过就是出个声，有好大个不得了的嘛？从进门就摆谱。

晁新站起身来，拿起包，说了句"不好意思"，就撂下众人，带着向挽走了。

大家面面相觑，胡总锁着眉头看一眼小谭，小谭忙追出来，要拉晁新的手："姐。"

"姐，饭还是要吃完嘛？合不合作以后再谈。"小谭没拉上，撵在后面。

"回去吧，谢谢你。"晁新呼出一口气，轻言细语地说。

但她的声音越是轻，小谭越知道，没戏了。

于是也不追了，在餐厅门口，看着晁新上了车。

在后排坐了会儿，晁新叫了代驾，代驾过来大概要十五分钟。

这十五分钟里，她望着车窗外闪烁的霓虹灯，一言不发。

直到代驾上车，直到回酒店，她也没有再说话。

停好车，上楼，两人默不作声地并肩走到酒店的角落，晁新撩了撩卷发，掏出房卡开门，向挽也跟了进去，要在她的房间里洗漱。

在行李箱里翻找明天要换的衣服，拿出来，摊到沙发上，然后向挽就没动，坐在一旁，看着晁新。

晁新接了个电话。

应该是牌牌打来的，她的回答很温柔，隐隐带笑。

"嗯，我刚回酒店，之前在吃饭。

"那你有没有认真吃饭啊？

"没喝酒，我没有喝酒，你听我讲话，很正常，对不对？

"早点睡，我明天就回来了。

"知道，后天要家访，我会表现很好的。

"你当然可以相信我。

"好了，晚安。"

挂断电话，她把手机放在床上，然后坐在床沿，望着浴室的隔断发呆。

向挽走过去，走到她面前，看她抬起头来，看起来没什么精神了，睫毛下垂着，很突然地，便洞察到了晃新的逞强。

她一定是一个很不习惯示弱的人，连对着牌牌的伪装都熟练得让人心疼。

如果不是向挽与她同住，恐怕根本不会一次又一次感受到晃新的无助。

她蹲到晃新面前，用上一次的语气问她："晃老师，想抽烟吗？"

不谙世事，天真单纯，但带着难以察觉的悲悯，像小心翼翼地渡过几个泥潭时，来到一样狼狈的同路人面前，问她："你需要换一件衣裳吗？"

晃新定定望着她，嘴角一勾，有些自嘲："这次，恐怕一根烟也不够。"

她不习惯跟人说自己的挫败，但她也只是一个再普通不过的人，时间不断推着她往前走，行将就木的事业在后方被她拖拽，而生机勃勃的牌牌在前方肆意奔跑。

她也想姿态漂亮、不疾不徐地体验这段人生路。

但生活，从来没有给她体面的机会。

向挽想了想，说："不要紧，一根烟不够，那便两根。"

她坐到晃新身边，用缓慢的语气说："幸好我当年不会抽烟，否则，我恐怕也要变成烟鬼了。"

话里有话，晃新看向她。

"我同你说一个秘密，你此刻想听吗？"向挽问。

"你说。"

"我是从许久之前来的，久到我的世界同如今全然不同。我说话的样子与旁人不一样，我在此处也没有爹娘。"

她没有任何关于之前的记忆，从病床上醒来时，脑子里只有一个模糊的印象，好像自己已经活了很久很久。

但没有人相信她，都当她是怪物。

她曾经十分茫然，十分无助，她跟晃新一样，也不说。

"我也有许多爱而不得的憾事，也曾想为什么，为什么偏偏是我。

"但我的朋友告诉我，这个世界便是如此，没有为何发生，只有发生，与不发生。

"我们不能去深究，只能去体验，如此，才能好好地活下去。"

"晁老师，你明白吗？"向挽轻轻止住话语，温柔地看着她。

晁新其实和向挽是一类人，她们都有蓬勃的生命力，哪怕她们并不热爱这个世界。

晁新眼下的泪痣动了动，抿住双唇，看一眼向挽。

她听见向挽说，这个世界并不好，可是，我们可以是同路人。

第二天一大早，收拾完毕，两人退了房，拿了行李，便要出发回江城。

酒店外边竟然等了三五个粉丝，没有穿会服，也没有拿手幅，但从她俩拉着行李箱出来，便一直看着，想上前又不敢的样子。

晁新瞥一眼，转头和向挽办理退房手续。

眼神过于冷漠，也没停驻半秒，让久候的粉丝心里有点凉。

但过了会儿，她竟然拉着箱子走过来，没有任何开场白，就问："要签名吗？"

高跟红唇，几位粉丝一时没回过神来。

"要。"还是后排的一位小姑娘先递了本子。

晁新接过来，低头认真地签。

向挽也来到身后，笑眯眯地跟几位小姑娘打招呼。

她们也亲切地叫她"挽挽"。

"这么早便来了，等很久了吗？"她温声问。

"没有没有，我们刚在附近吃了羊肉粉，正好溜达过来，想着等一会儿，就碰上了。我们不是专门来的，不是那种……"

"我知道，我上回见过你。"向挽笑吟吟的，"你给我的信里面有一本画册，是不是？"

"对对对，你还记得啊？"对面的人很惊喜。

"当然了，画得很好。"

"你要喜欢，我之后再给你画。"

向挽接过晁新签过名的本子，认真说："我很喜欢，但你也不要耽误你的学习和工作。"

"不耽误的，我们都是课余时间来看你们。"

"那便好了，待我回江城，我也要入学了。"向挽笑道。

"是吗？你读什么啊？"

"我念考古。"向挽把笔和本子递给她们。

"考古！这么高端！"她们非常惊讶，七嘴八舌。

"对呀，你们时常说'考古'我，我也去考古别人。"向挽俏皮地说了再见，和晁新一起上车。

粉丝们依依不舍地说了拜拜，还操心地嘱咐她好好学习。

向挽的笑意直到开出了酒店停车场还未歇，晁新转头看她一眼："你和她们相处得挺好的。"

"是吗？"

是。顾盼神飞，言笑晏晏。晁新点头："比和我好。"

"比和我好……"

向挽想了几分钟这句话的意思，但她不是埋在心里的人，于是径直便问出口："你不开心？"

晁新笑了："没有。"

"只是觉得……"她叹了口气，"我是不是挺难相处的？"

不懂玩笑，也不太能表示出亲近，唯一试着亲近的人是向挽，因为她好像和自己一样，冒失。

冒失，她喜欢这个词。

"不难相处，和你相处，比我和大部分人都要舒服。"

因为晁新很包容，她的经历令她能承受的下限很低，好像只要你进入她的包围圈，你就做什么都可以。

向挽和晁新相处，也十分舒服，但她现在不说，只叫了一句："晁老师。"

"怎么？"

"中午粥粥她们约我吃饭，你去吗？"

"邀请我了吗？"

"没有。晁老师去吗？"

"那你邀请我一下。"

"我为何要邀请你？"

"你这么说，不是想让我陪你去吗？"难道她会错意了？

"我只是尊重你，敬重你。"

晁新不知道想起了什么，胳膊肘搭在车门上，悠悠然笑了。

"怎么？"向挽看着她。

"其实你不想让我去，但想让我开车送你，所以礼貌一下，是吗？"

"我哪里有想这些？"向挽讶异。

"因为我刚想起来，那是粥粥约你的。"

"那又如何？"

"你不喜欢于舟？"向挽困惑，于舟性格随和又好相处，认识的人几乎没有不喜欢她。

"没有。作者大大，我也很……尊重。"

"尊重那便去吧,我邀请你。"向挽坐直身体,给于舟发语音,"**粥粥**,我将晁老师带过来,请问是否方便?"

于舟也回了个语音,先就笑了:"你别告诉我她现在就在你旁边,然后你当着人家的面问我啊。"

"你怎知?"

"你别告诉我,你把我语音也公放给她听了啊。"

"确实如此。"

"那你问我问个屁啊!你们几点到?"

向挽看一眼晁新,晁新示意她看向导航。

"还有四十分钟到江城,你将地址发来,我们直接过去。"

等了一两分钟,看一眼手机,对晁新说:"体育北路仙牛品潮汕牛肉火锅,有劳。"

又把她当车夫了,晁新看她一眼,改了目的地。

仙牛品不大,两层楼,苏唱几人已经到了,坐在二楼的角落里,彭婠之在百无聊赖地玩手机,一撩眼皮子,看到向挽和晁新拾级而上,翩翩然转过扶梯转角。

向挽先看到彭婠之,浅笑着打招呼,晁新也点了点头。

几人寒暄着入座,于舟拉着苏唱也坐到一边。

"从锦城回来的吗?"于舟问。

"嗯。"向挽答。

"晁老师开的车啊?累不累?"

"还好。"晁新说,想了想,又添一句,"不到两小时就到了。"

晁新主动补话,于舟有点惊讶,更微妙的是,上次向挽带晁新来,行动间还对她颇为照料,可能是想着跟几个朋友不太熟。

但这次,她俩互相都没看对方,向挽笑吟吟地跟于舟说话,晁新低头拨了拨自己的头发。

怎么看也不像是刚一起短途旅行回来的。

她还记得,上次彭婠之和向挽出去了一趟,两人熟得要死吧?

"点好锅底了吗?"于舟问又在看菜单的苏唱。

"牛丸锅,还是清水锅?"这回知道问别人的意见了。

"清水锅吧,想吃什么再下。"于舟看一圈,"你们觉得呢?"

"我没意见啊。"彭婠之划拉手机。

晁新正要说话,听向挽说了一声"好",于是闭嘴,拨了拨筷子。

于舟给向挽发微信:"你俩咋了?

"吵架了?"

101

向挽不玩手机，于舟装腔作势地咳嗽两声，向挽才在眼神暗示下拿起来，慢悠悠打开。晁新不咸不淡地瞥了一眼。

向挽伸出食指，打字回复："未曾吵架。她只是，尊重你。"

于舟皱着眉头看了一眼晁新，晁新的眼神一顿。

于舟赶紧又埋下头："这，合作完这么久了，突然尊重我啊？"

她有点扭捏了，感觉自己的发型梳得不是很好，也不知道晁老师有没有在盯着她看。

右脸有颗痘，也忘了遮瑕。于是她抬手，掩饰性地摸了摸鼻子。

苏唱侧脸看她，突然一脸娇羞的样子，很古怪，凑近看看她俩聊天，顿了两三秒，然后也抬头，上下打量晁新。

晁新挤了挤眉，卷发和神情一样懒洋洋的。

向挽："嗯，她因着尊重你，才来赴约的。"

其实于舟一直就是晁老师的粉丝，向挽这么说，她脸突然就红了，手放在旁边扇了扇，才打字回复："她跟你说的啊？"

向挽："嗯。"

"嘛呢？不说话。"彭娴之突然抬头，被这席间的安静震惊了。

"点菜。"苏唱把菜单递给她。

"哦。"彭娴之接过来，低下头。

又安静了，于舟觉得有点尴尬，于是交叠两手放在二郎腿的左侧，突然拿话点对面的晁新："晁老师。"

"嗯？"

于舟提了一口气："其实我这篇写得不是很好，我那个《神龛》写得更好，那个是剧情流，挺炫的还。"

晁新微张嘴，轻轻"哦"一声，点头。

向挽抬手抵唇，忽然便弯着眼睛笑了。

晁新明白过来，小丫头使坏是吧，目光凉津津地在向挽身上绕一圈。

向挽微鼓了鼓腮帮子，只拿眼角看她。

晁新勾起嘴角笑了笑，将眼神收回来。

只是这坏使的，是想逗白月光于舟呢，还是想跟自己这个新任"车夫"开个玩笑呢？晁新不确定。

于是她润润嘴唇，温声问于舟："怎么突然提这个？"

"就是，"于舟其实很羞耻于给人推荐自己的文，"晁老师感兴趣的话，可以去看看。"

"你想要我去看吗？"

"呦……"彭婳之抬头，我这是听到了什么？

看一眼苏唱，苏唱云淡风轻，将二郎腿换了一边。

彭婳之不懂了，她决定把晁新列为"本世纪彭婳之最不懂得的女人TOP1"。

"因……因为，"于舟看一眼苏唱和彭婳之，"挽挽说，晁老师好像对我的小说，还挺感兴趣的。"

"噢。"晁新瞥了瞥向挽，原来如此。

"因为很喜欢《拍拍》的剧本，所以去看了原著。"晁新解释说。

"是吗？"于舟还是有点荣幸。

"嗯，尤其喜欢杜龄。"晁新垂着冷淡的睫毛说。

杜龄是向挽配音的角色。

彭婳之又抬头，飞快地眨眼，她没感觉错的话，这一分钟是打了一圈弧线球，活生生夸了两个人？

苏唱没有任何反应，彭婳之又看向向挽，向挽却一反平时大家闺秀的状态，日常挂着的三分笑没了，低头看着自己手腕上的血管。

怎么好像，不太高兴了？

天哪，这顿饭好像那个什么，鸿门宴啊，怎么各个心怀鬼胎的？

向挽有情绪，晁新的眼神却好像活了起来，坐姿也松散了，塌了小半边肩。

"婳之。"苏唱叹一口气。

"啊？"

"点好了吗？"

"啊这……"彭婳之把菜单递出去，随便一比画，"你们谁来吧，我不爱吃牛肉。"

"？"于舟接过来，难以置信地望着她，不爱吃牛肉，还提议来吃潮汕火锅？涮小肥羊啊？

柜台旁边的服务员已经瞟她们第三次了，五个看起来挺正常的姑娘，菜单转了一圈，看菜看了十五分钟。

于舟受不了这份怀疑的眼神，神速地点好菜，下了单，然后招呼服务员，把iPad递回去。

跟送出了个手雷似的。

"那个，我去给你打调料，你还是吃海鲜汁是吧？"于舟站起来，问苏唱。

"嗯，我跟你一起。"苏唱也起身，往后撤了撤凳子。

"我也去。"彭婳之跟上。

晁新看一眼向挽，向挽低头把纸巾当手帕，叠成小兔子的形状。

"不去吗？"她问向挽。

"一会子再去。"这会儿人多，小料台挤。

"嗯。"

"你不去吗？"向挽拎着小兔子的耳朵。

"和你一起吧。"晁新往那边看了看。

"嗯。"

两个"嗯"结束各自的话头，然后都没再讲。

晁新看着向挽叠好的小兔子，偏了偏头："送我吗？"

"为何送你？"向挽也很喜欢。

"可爱。"

"可爱便要给你吗？"

"那你再帮我叠一个。"

"打调料去。"向挽见她们回来，站起身。

晁新也扶着桌沿站起来，于舟跟她们说："快去吧，那边有调制小料的示意图，跟着那个调，应该挺好吃的，挽挽，你少放点小米辣啊，那个很辣。"

"晓得了。"

晁新捋了捋袖子，发现向挽一边搭着于舟的话，一边将手里的小兔子轻轻地放在了自己的筷子旁边。

看起来是没有情绪了，晁新笑了笑，跟在她身后往小料区去。

两人端着小料回来，彭婉之清清嗓子，三人神色如常地布菜。

吃了几口，对菜品发表了下简单的评价，苏唱用纸巾擦擦嘴，谈起正事。

"几号报到？"她问向挽。

"九月十号。"

苏唱点点头："你的资料寄到工作室了，一会儿你带回去。"

学校寄过来的，应该是入学注意事项之类的。向挽点头。

"晁老师九月有安排吗？"苏唱又问。

"怎么？"

苏唱轻轻地笑了："我的工作室要办一个培训班，想邀请晁老师做导师。"

"导师？"

于舟有些惊讶，晁新从来没做过讲师吧？不过听说她们这行就是这样的，常碰面的就总邀着，苏唱请晁新也不奇怪。

何况这是苏唱工作室第一次开班授课，如果有晁新压阵，很能提档次。

"晁老师有兴趣吗？"苏唱问。

"为什么找我？我不太会讲课。"晁新说。

苏唱笑着叹一口气："晁老师应该要帮我培养一点'小萝卜'。因为……"

"现在长得最好的一棵，万一被挖走了呢？"她意味深长地说。

哇，彭婠之对苏唱的敬佩之情再一次油然而生，总是波澜不惊地将军。

"放心，挖不动。"晁新也笑了，但两人都没看"当事萝卜"向挽。

"当事萝卜"向挽在吃白萝卜。

于舟又感觉自己是个鹌鹑了，这就是大佬对话的气场吗？

"那等下把简介发晁老师邮箱。"

"好。"

吃过饭，于舟她们又提议去 KTV 唱歌。

很久没去 KTV 了，彭婠之很兴奋，向挽之前只去过一次，还是剧组聚会，她坐在昏暗的角落玩手机，对这项玩乐印象不是很好。

彭婠之提前定了位，领着几个姐妹直奔 702 包厢，还是一样的黑漆漆，从楼道里就能听见各类鬼哭狼嚎。

坐到长长的沙发上，向挽又习惯性地缩在拐角，但这回不是一个人，晁新自然而然落座旁边。

彭婠之是麦霸，扭着小裙子就霸占了点歌台的位置，熟练地按下十几首，在第一首前奏起来时招手要了麦克风，一边跟着唱，一边继续点。

点了两三页，她暂时满意，站起来，在上一句和下一句的间隙中说："快去点啊，可以把我的插了。"

但没人动，于舟每次吃完饭就犯困，缩在沙发上，看着巨大屏幕里的 MV，眼皮子打架。

苏唱轻拍她的肩膀，提醒她注意，彭婠之要开始号了。

"我像是一个你可有可无的影子，和寂寞交换着悲伤的心事！

"对爱无计可施，这无味的日子，眼泪是唯一的奢侈！"

于舟一哆嗦，瞬间清醒过来。

晁新也吓了一跳，把卷发薅到一旁，侧脸看她。

几人看着彭婠之从《可惜不是你》唱到《倒带》，又从《后来》唱到《安静》。一边唱一边拿盘旁边的酒当水灌，润润喉。

润着润着，她唱歌的声音就哽咽了，然后在唱到"我却得到你，安慰的淘汰"时泣不成声。

晁新看看她，又以眼神询问苏唱。

苏唱俯身拎起桌面的小支啤酒，抿着嘴轻啄一口："常规操作。"

封心锁爱的女人，背后都是累累伤痕。

——这话是第一次唱 K 时，彭婠之抱着她的头一边哭一边说的。

晁新呼出一口气，和向挽对视一眼，向挽抿抿嘴角明眸皓齿地笑，仿佛觉得很有意思。

　　KTV 的光线很有心机，只足够你看清眼前的人，而眼睛是天然的聚光灯，收纳摇曳生辉的光影，令你不由自主地与她对视。

　　晁新伸手拿了一支酒，缓慢地倒入杯中，又颇有耐心地从冰桶里夹出冰块，一颗、两颗，放置完全，低手端起来，递给向挽。

　　然后如法炮制，给自己也来了一杯。

　　在彭婳之的号啕大哭中，在于舟的昏昏欲睡中，在苏唱的扭脸关切中，晁新将胳膊搭在向挽身后的沙发靠背上，侧坐身子跷着二郎腿，和向挽轻轻碰一杯。

　　"你敬我？"向挽笑着问她。

　　晁新摇头："你敬我。"

　　"为何？"

　　"因为喝完这杯，我要去唱首歌。"晁新抬腕，抿一口。

　　"你唱歌，我敬你做什么？"

　　晁新想了想："能听到我唱歌的人不多。"

　　向挽也忖了忖，弯眼："那，在座诸位，都要敬你不成？"

　　"就你。"

　　"什么说法？"

　　晁新未答，撇开身子，抬手点了一首歌，然后将它切到下一首。

　　彭婳之唱累了，梨花带雨地望着陌生的前奏晁了神，然后问："这谁的？"

　　"我。"晁新说着，走到屏幕前方，靠坐在茶几边缘，另一手还端着酒。

　　向挽望着她的侧影，白衬衣被捋起的袖口皱了，像是被踩躏过，前胸的扣子和衣料抚弄出蜿蜒的曲线，下方仍是包裹着身段的一步裙，此刻她一腿支在前方，一腿略微弯曲在后，描画也勾勒不出如此恰到好处的躯体。

　　向挽突然觉得自己每回洗澡时描绘的小美人鱼有了实体，它美丽的惑人的尾巴，就是这条丰润又纤细的贴身一步裙，晁新还有海藻一样的长发，深潭珠宝一样的眼眸。

　　美人鱼将光裸的胳膊攀上船沿，洗净了脸上的妆面，在价值连城的头发的簇拥中，开始唱歌。

　　向挽突然明白过来，为什么只有她需要敬酒。

　　因为只有自己，曾经和晁新一起，在夜晚的车窗内外，听过几十秒。

　　是那首 *More and More.*

So many things I try to say to you
Then I don't feel too well

Get so close and then I bail

…………

I need you more and more

Baby one-and-done

Simply not enough

I need you more and more

原本是男生的调，衬她略微低沉的嗓音最好。她的头跟着节奏微微点动，偶尔喝上一口酒。她在唱歌的间隙将头发撩上去，又有一点浪漫。

向挽蓦地发觉了晁新不同于其余几位好友的吸引力，她穿着更严谨，但她的灵魂更不羁，偶尔会露出一种“我什么都可以做”的对抗世界一般的尖角，这类情绪不会出现在家境良好的彭姠之身上，也不会出现在小太阳于舟身上。

和苏唱的“可以做一切”也不一样，苏唱是底气，晁新是叛逆。

正如她唱这首歌，究竟想了什么，还是没想什么，她不打算同任何人交代。

放下话筒，她在于舟捧场的鼓掌声中笑了笑，端着酒坐回来。

晁新没再和向挽说话，甚至没有耷拉着眼皮问她一句“好不好听”。

回到家时已经月影西沉，牌牌和晁新发过微信后，在沙发上睡着了，茶几上还有一些外卖盒子和一小袋打开的零食，晁新有点心疼，上前抱起她，要放到卧室去。

牌牌半梦半醒，喃喃问她：“小姨，你回来了？”

“嗯，去屋里睡。”晁新哄她。

“不是说九点回来吗？”牌牌委屈，到了九点十分还没听见晁新进门，她就撑不住了。

“晚了二十分钟，有点堵车，不好意思。”晁新低低说，然后将她放在床上。

“没关系，我原谅你。”牌牌的声音渐渐弱下去。

晁新把她的小猪吉祥放到她怀里，给牌牌抱着，然后站起身来，甩了甩酸痛的胳膊。

真的快是大姑娘了，抱不动了。

轻手轻脚地退出去，又和向挽说了几句话，各自将行李箱拖去房间，准备早些洗澡睡觉。

由于牌牌睡了，向挽就用了客卫，洗去一天的疲劳，又带着酒意，还以为很快就会入睡，但却越躺越清醒。

于是向挽起来，把白天收到的入学通知文件拆开，就着月光看了会儿，然后再回到床上。

日上三竿，向挽才醒来，房间里已经没人了。

她洗漱出来时，晁新和牌牌已经围坐在餐桌旁吃饭。

晁新把鸡蛋在桌上一磕，掌心控着滚了滚，跟她说："起来了？"

牌牌咬着筷子，古灵精怪地望着她："早上看向老师房间没人，刚好像是从主卧出来的。"

怀疑的眼神毫不遮掩。

"昨天向老师上完卫生间，走错房了。"晁新剥着鸡蛋。

"那你俩一起睡的？"牌牌咬一口蒸饺，腮帮子鼓鼓囊囊的，像个小仓鼠。

"没有，我去向老师房里睡了。"

牌牌想了想，虽然向老师房门敞着，但那时晁新已经起来在做早餐了，确实不好说她昨天睡在哪里。

向挽拉开凳子坐下，晁新把剥好的鸡蛋递给牌牌，又用湿纸巾擦了手，拿起旁边的小碗，给向挽盛半碗小米粥。

"怎么会走错房间呢？"小仓鼠不依不饶，一边嚼一边说。

"很奇怪吗？"晁新没什么表情，放下碗，"你以前不也是吗？"

"我那时候小呀，才八岁。"

"哦，现在已经不是八九岁的小孩子了，是吧？"晁新把筷子递给向挽。

牌牌娇娇地"哼"一声，说："你别看不起我，至少，你合租这个事情，我觉得你不如我呢。"

何出此言？向挽用小勺搅着粥，看她。

晁新又拿了一个鸡蛋，细心剥起来。

"你想让我一个人用卫生间，你想的办法，就是把你房间门开着，让向老师进去，"牌牌好笑，"你不知道把主卧给我呀？"

然后晁新和向老师用客卫，两间卧室，也互不打扰了呀。

她得意地在凳子上左右晃。

晁新皱皱眉，她确实没想过搬卧室的问题，从根本上来说，她不觉得敞着门是件大事。

她记得之前住校的时候，八个人一间，上下铺，卫生间是在楼道里公用的。室友除了在床边拉一道帘子，别的什么阻隔也没有，晁新连帘子也懒得拉，换衣服稍微侧身对着墙，光洁的背部一览无余。

所以自然而然就让向挽用她房间的卫生间，她看一眼向挽，好像也没有搬卧室的必要。

她把鸡蛋拿在手里，在碗边轻轻一晃，眼神询问向挽要不要放进碗里。

向挽点头，晁新手里的鸡蛋轻轻滑入小米粥中。

"现在不用搬了，向老师要去住校了。"晁新一边擦着手，一边说。

"啊？"牌牌张大嘴。

向挽莞尔一笑："舍不得我吗？"

"一点点。"牌牌坦白地说。

"就一点点？"向挽故作失望。

牌牌有点慌，但她也实在拿不出来了，毕竟也没有住多久，但又不想向老师伤心，于是她说："再问小姨借一点点。"

晁新抬眸，喝一口小米粥。

"晁新，借我一点。"牌牌说。

"借什么？"装作没听清。

"借对向老师的不舍得。"

"你怎么知道我有？"晁新弯着嘴角。

"那你有吗？"牌牌鼻子有点痒，抓了一把。

晁新低头喝粥："可以借给你，不止一点点。"

牌牌献宝似的看着向挽，向挽咬了咬上扬的嘴角。

再吃两口，晁新放下勺子，抬眼看她："之前说为了录音方便，才在这儿租，现在虽然被通知住校，但应该不是封闭的，你没课的时候，也可以过来，录音、吃饭。"

"周末能回来吗？"她又问。

"应当可以。"

"嗯，家里离得近，回来也方便，要我接你的话就提前发微信。"

"不必接我，不过两条街，我走回来便是。"她软声说。

"嗯，"晁新挑眉，话里有话地点点头，"还是比小朋友厉害。"

"喂！"牌牌夵毛了，"你说哪个小朋友呢！"

"大声讲话的小朋友。"

"生气了。"牌牌双手抱胸。

"气饱了？"晁新伸手，"那我收拾碗筷了。"

牌牌气鼓鼓地走开，气鼓鼓地打开电视，气鼓鼓地看《贫穷小姐妹》，三分钟后，气鼓鼓地咯咯笑起来。

向挽把含笑的眼神收回来，专心吃早餐。

晁新没动，胳膊搭在桌边，安静地等着她。

向挽突然想起自己一个人住的时候，房子虽然比现在这个大很多，但她会开着电视，装作家里有人的样子。

大概以后再也不用装了，它会一直有人吧？大概。

第五章
欲望

临近开学，晁新陪向挽去买了一些入学和军训需要的东西，防晒霜都塞了三四支，向挽投桃报李，陪晁新挑了点休闲的衣服。

她身材真的很好，丰润的弧度很美，但胳膊和腰又很纤细，连穿普通的贴身T恤，都显得十分诱人。

入学的前一天，晁新接到了中介小朱的电话，说之前那个办公室，同户型顶楼又出了一套，租金每个月还低二百，问她考虑不考虑。

晁新看了看照片，当即说定下来。

然后给向挽看了看聊天记录里的图，向挽很开心。

有一种，一切都好像要到正轨的开心。

开学日，晁新和向挽拉着行李箱，到了江大，晁新的车很引人注目，停在街边惹得几个人多看了两眼，猜测向挽是不是哪家的娇小姐。

江大的自考生和统考的普通新生是一起入学报名的，只不过分在不同的班级，上公共课也在一起，除了专业课分配的师资有一点不同，其余的包括宿舍及公共教学区域都没有任何区分。

历史学系考古专业本身就比较冷门，更遑论是成人高考，很多考生会选择就业相对宽泛的专业，因此向挽的专业这一级就一个班，二十二个人。

晁新经常路过江大，只觉得校门很气派，但还没怎么进来过。莺啼柳绿的时节，学校的绿化用最好的面容迎接了朝气蓬勃的新生。

进了大门是一条银杏大道，如今还是树影斑驳的绿荫，两旁堆了一点树叶，晁新一边走，一边跟向挽说："等真正到了秋天，这里很漂亮的，金灿灿的，我在网上看到过照片，你到时候也可以拍拍照。"

细碎的阳光洒在她的卷发上，令成熟退化显露出一些青涩。

向挽问她："你来帮我拍？"

"有时间的话，可以啊。"

晁新的睫毛上也盛了阳光。

然后她看着来来往往的新生和陪同他们的父母，有点恍惚。

"在想什么？"向挽问。

"在想，"她笑了笑，"我们真的差挺多的啊。"

高跟鞋踩在零星的碎叶上，都显得有一点不合时宜。

知道向挽还有很美很长的一生，但真正到了这个属于她的象牙塔，看着林立的教学楼、灰调的高级的图书馆，还有一看上去就知道里面有先进实验设备的综合大楼，食堂好像有四五个，旁边还配有咖啡厅。右边是一个小花园，人工湖波光粼粼，反射得一旁第二教学楼的楼梯都一尘不染，看上去很宽、很高……向挽的未来一下子就具象化了。

晁新没有说话，向挽开了口："想起从前的校园时光了吗？"

晁新摇头："我之前上的大专，学校没这么好，挺小的，我还在郊区，不在本部。

"后来我一边报配音班，一边考专升本，考上了，但只在本部待了不到一学期，就出去跑活了。我们学校那时候，对专升本的学生管得不严，我经常在外面跑，回来再在楼道里补课。"

所以晁新对大学的印象没有那么深，没有当时接了几个活，赚了一百还是两百。

就记得当时学校食堂的饭挺便宜的，两块钱可以打半荤一素一两饭。

她说的关于"专升本"的，向挽听不大懂，便也没有搭话。

晁新顿了顿步子，看一眼前方，说："就这儿吧？"

新生报到处，每个专业几个红布台子，学长学姐和辅导员坐在后面引导新来的学生填表。

她们排了一会儿队，没多久就到了。

"考古 2024 级的哈？"辅导员确认。

"是的。向挽。"

辅导员在名单上找，然后要了她的录取通知书看一眼，把名单给她："这儿签个名。"

向挽俯身签名，晁新把递过来的通知书收好。

辅导员又抽出一张表："填一下你的基本信息，学费线上交了吗？没交的话，填完后拿着去一食堂旁边的财务室交费。"

向挽捉着笔，仔细地填，填到最后的紧急联系人处，她愣了愣，轻声问："这个是……"

"填你爸妈，直系亲属。"

"我没有爸妈。"

辅导员一怔，说："亲戚什么的也行，监护人，有吗？户口上哪儿的？或者你最亲近最熟悉的朋友也行，有紧急状况能找到你就行。"

户口……向挽捕捉到这个关键词。

晁新正想说，要不要填她的，反正离得近。刚低头，却见向挽毫不犹豫地在紧急联系人一栏填上了"于舟"两个字。

后面是于舟的电话号码。

晁新就站在她身边，特意空出今天的工作陪她入学，她还听见向挽和于舟她们打电话，说"不用来，晁老师陪我"，然而填最重要的联系人时，她填了于舟。

晁新忽然就觉得，她自以为的，她和向挽两个人，是与这个世界格格不入的同路人，这件事并不是那么可靠。

向挽还有很多其他的朋友，她还有很多更谈得来的同学。

晁新安静地看她填完表，又问她："学费交了吗？"

向挽摇头，于是晁新问了问食堂的所在地，和向挽一起拉着行李箱去食堂旁边交费。

"信用卡刷不了。"财务老师坐在黑色办公桌后，从眼镜里看一眼向挽。

"那我用微信或支付宝。"向挽拿出手机。

"那你之前应该线上交，我这里只刷卡。"老师说。

向挽有点为难，她只带了这张卡，后面的还在排队。

"刷我的。"晁新拿出钱包，找卡。

"我姐姐的可以吗？"向挽问，因为她不确定是不是要本人的银行卡，听说统考新生是统一寄了银行卡，可以直接从里面扣款，但她们自考的没有。

听到"姐姐"二字，晁新的眼神一顿。

"可以的。"老师接过去，在 POS 机上刷了卡，然后开收据给向挽。

拿着收据走出来，向挽细心地收好了，就要在门口的侧前方给晁新转钱："微信还是支付宝？"

晁新没动。

"你将二维码发我。"向挽又说。

晁新终于抬头，眯眼问她："这么着急吗？"

就这么着急吗？站在没有任何遮挡的屋前，站在太阳底下，头上都冒汗了，眉头也不堪光照地皱起来，然后就要掏出手机立马给她转钱。

"我……"向挽眨眨眼，不明白晁新为什么突然就烦躁了。

"不是着急，今日事有点多，又有些繁杂，我怕忘了。"她耐心地解释。

"忘了，又怎么样呢？"晁新的卷发别在耳后，微微偏出头，问她。

向挽一怔，她看到晁新头上也冒汗了，想起她们第一回喝咖啡的冬天，晁新为了几万块，很为难地跟她周旋。

她刚才刷了晁新一万二，就很想赶紧转给她，怕自己抛诸脑后，而晁新碍着两人的关系，事后又不好开口了。

不欠她的，才好心安理得地跟她讨东西，两人才好继续舒舒服服地相处，不是吗？

向挽有点拿不准了，于是收了手机，试探地软声说："那不着急，咱们先规整别的，这会子日头有点烈，是不是？站着不大舒服的。"

她的目光往下，晁新还穿着高跟鞋。她又有点懊恼了，实在是不该站在这里，仓促地处理事情，还人来人往的。

是挺难堪的。

于是两人又往宿舍楼去。

现在大学的宿舍楼都修得挺好了，二三十楼，跟高层酒店似的，楼下还有带喷泉的小花园。

大堂也明亮干净，穿着制服的宿管阿姨坐在小隔间内，门厅两侧还有两位女性安保人员。

由于今天是报到日，管理相对宽松一些，没有做登记，只看了看向挽的学生卡，就让她们进楼了。晁新、向挽和其余新生一起等电梯，一旁的都是学生家长。女宿舍楼，男性家长不得进入，于是陪同的都是妈妈们，都在很细致地嘱咐注意事项。

晁新和向挽沉默得有一点格格不入。

向挽的宿舍是1618，出了电梯往右走，经过辅导员宿舍的第二间，门是开着的，已经有一个同学的东西在里面了，不过不见人，只有行李和一个盆放在桌上。

晁新打量这个宿舍，环境还不错，带落地窗的阳台，六人间，不过这间宿舍只住五个人。上床下桌，每人一个衣柜和一个收纳柜，每个宿舍配有卫生间，晁新推门看了看，只是卫生间，没有淋浴，好像也没有热水。

最怕热的晁新又特意向上看，有空调，比她们那时候好多了。

她想起当年只有电扇的宿舍，吹过来的风都像是滚烫的，她睡在凉席上，跟在蒸笼里没什么两样。

她的皮肤一直很敏感，甚至被热出了痱子，还去买了小孩儿用的痱子粉。

看一眼细皮嫩肉的向挽，她可能从来就不知道痱子是什么东西。

先按照标签找到向挽的床位，把行李推进桌子底下，让出过道来，然后晁新扫一眼空空如也的架子床，迅速判断："买床垫、褥子、三个盆，一个洗脸，一个洗脚，一个……"

她有点尴尬，对上向挽的眼神，知道她懂："那个要用热水勤烫着，好好消毒。

"柜子买两个密码锁，床帘先不买，我怕你闷，你睡睡看有没有必要，有的话自己量一下尺寸。

"刚出门看了眼，热水应该是在楼道里的大盥洗室里，买两个热水壶打水，备着点，万一水卡没钱了，也有得用。"

毛巾床单什么的，都带的家里的，比在学校现买要好。

"哈喽。"门口走进来一个中长发高挑的女生，笑着打招呼。

"你好。"向挽也眉眼弯弯。

经过向挽的床位，她瞟一眼标签："向挽？"

"是。"

"谭小柏。"她也指指自己的标签。

向挽欠身看了看，颔首以示记住，又看她已经打好水了，便问她："你一个人来报到的吗？"

"我妈来看了一眼，走了，床什么我都会铺，她没啥好担心的。"谭小柏又问，"本地人？"

"嗯。"

"你……姐陪你来的？"说到"姐"的时候有点犹豫，晁新怀疑她是不是想说保养得挺好的"妈"。

幸好晁新和向挽长得一点都不像，不像到连说姐妹都牵强。

向挽看一眼晁新："是。"

谭小柏笑笑，坐在凳子上擦桌子，两条白花花的大腿在阳光底下明晃晃的。

T恤热裤，看着就很青春，和向挽一样。

晁新润了润嘴唇，问她："你的壶是自己带的吗？"

"楼下买的，楼底下南边就有个小超市，盆啊壶什么的都有。"

向挽转头："那咱们也下楼买吧？"

"嗯。"

踏着高跟鞋，晁新摇曳生姿地往外走，撩了撩头发。

买好东西，又大包小包地拎上楼，铺好床把日用品摆到桌子上，又陆续来了几个室友。

很会打扮的大美女娄萍萍，戴着眼镜的学霸刘伊，还有年龄最大已经二十七的"老大"罗梦。

小姑娘们说两句就混熟了，娄萍萍很会活跃气氛，老妈在上面铺床，她坐在椅子上叽叽喳喳地问了一圈年龄，给几位排个长幼。

听到她们惊呼一个人来的罗梦年纪大，尊称"老大"，晁新有一点扎心。

按理说她并不是一个很在意自己年龄的人，这些都是她的经历，并且她并没有辜负自己年轮一样刻上印记的岁月。

无论是从事业的高度，还是从成熟的风韵。

扎心的可能在于，她如此具体地被展示了向挽真正的同龄人是什么样的。

不是三十多岁的苏唱、彭娴之，也不是二十七岁的于舟。

收拾完毕，两人已经是一身汗了，向挽和晁新来到食堂旁边的咖啡厅，坐着吹空调，喝冰拿铁。向挽咬着吸管，右手捧着脸颊，问望着窗外发呆的晁新："在想什么？"

冷气打得很足，可晁新还是有点热，拎着衬衣的领口扇了扇风，眼神收回来："没什么。"她只是很突然地，想起了自己忙于生存的大学时光。

和向挽不一样，和所有人都不一样。

晁新望着窗外来来往往的大学生们，觉得热闹，但也觉得吵。

她不想让自己突如其来的低潮影响向挽，尤其是影响她对于新生活的希望。

所以她没有多说话。

坐了会儿，向挽收到苏唱的消息。

苏唱说她们忙完了，接上于舟，过来找她吃饭，看看她的学校。

"等她们过来，咱们一起吃饭，吃食堂呢还是看看附近的餐厅？"向挽嘻着笑问她。

然而晁新伸手看了看表："你们吃吧，我坐一会儿就回去，还有工作。"

向挽一愣，这好像是晁新少有的拒绝。稀有到，自己仿佛都忘了她还有很多工作，还需要预约时间。

向挽有些失落，但她很懂事，于是点头说："好，一会儿我送你上车。"

心里滞滞的，有一点不想那么快和晁新分开。

但晁新的表情漫不经心，好像真的很累了。

喝完咖啡，不到五点，晁新见没什么事，准备走了。

向挽把她送到路边，站在路肩上，看着她打开后备厢，习惯性地换鞋。

换完鞋，晁新比站在高处的向挽又矮了一些，她靠在车边，跟向挽说："走了，有事给我打电话。"

向挽没有很乖巧地道别，而是望着她。柔顺的长发漆黑如墨，衬得脸跟锦缎一样，可能是累了一天的缘故，她的神色有点疲惫，以至于不能很好地遮掩眼神里的一点点不开心。

而敏感的晁新也没有再说什么，只是坐回驾驶座，按下车窗跟她嘱咐一句："回去吧。"

顿了顿，又说："好好照顾自己啊。"

很寻常的一句嘱咐，但怎么好像听出了短时间不会见面的意味。

向挽很失落，这下是真的很失落，跟她点点头说了拜拜，就转身独自往校园里走。

车子启动，缓缓滑过校门口，晁新分了一半的眼风，瞥两秒向挽的背影，又觉得不忍心。

两条街的距离，开车也不过就是起步和减速，但晁新想了很多。

她一个人孤独太久了，没有朋友，没有几个说得上话的人，更谈不上什么知己。

这段时间和向挽的相处，几乎要让她以为，向挽是她的知己。

她们俩一起在这个世界跌跌撞撞，一起自我救赎。

但向挽的校园生活，让她猛然清醒。向挽才二十出头，跟自己这个历经千帆的人一点都不一样，她的未来太美好了，是晁新根本不能想象的。

她们，根本就不是一类人。

晁新锁车，上楼，开门，牌牌仍旧在家里看《贫穷小姐妹》。

见到她，牌牌光着脚噔噔噔噔地跑过来，一边看她的挂包，一边斟酌着道歉："我中午用微波炉热饭，不小心碎了一个碗，我怕我受伤你担心，就没有收拾。"

话说得很妙，怕晁新担心。

晁新笑了笑。

牌牌仰着小脸，眨巴眼睛看着她，左看看，右看看，开了口："你要是不高兴，可以骂我，然后盯着我，我现在就去弄好。

"恶狠狠一点也没有关系。"

晁新看了她两三秒，然后蹲下来，抱住她瘦弱的腰，蓄力一样深呼吸一口，再站起来，说："我来吧，你看电视去。"

牌牌跟在她身后转悠，暂时抛弃了《贫穷小姐妹》。

又是和之前一模一样的日子，和絮絮叨叨的牌牌一起相依为命。很习惯，也很有安全感。

五点半，江大的校园仍旧骄阳似火。

于舟她们把车停在校园外，进去略微逛一圈，看了看向挽的宿舍，就已经热得不行了，于是没有再去挤食堂，而是开车到了晁新家附近，一家日料店。

"晁老师真不来啊？要不再打个电话问问？"点好菜，于舟双手撑着脸，问对面卡座里的向挽。

很方便啊，这么近。

向挽摇头："她有工作。"

之后就没有说话。

一顿饭吃得挺安静，可能被太阳烤了一会儿都有点蔫儿，苏唱和彭婠之偶尔说说录音的事，于舟吃着吃着就开始拿手机刷微博八卦。

"你那个剧宣了欸，你不去转发营业吗？"她扒拉着手机，问向挽。

向挽没回答。

"挽挽？"

"嗯?"回过神来,伸出筷子夹一块三文鱼刺身。

"她不对劲。"彭婳之和于舟对视一眼,下结论。

"怎么了啊?上学不开心吗?"于舟循循善诱。

"吵架了吧?"彭婳之心直口快,"那谁又没来,这谁又心不在焉的。"

向挽咬一口馥郁的鱼肉,脂香四溢。

"真假?"于舟动动鼻子,很难想象她俩吵架。

"我只是在思索。"向挽慢条斯理地说。

"想什么?说来听听。"于舟放下筷子,在桌子底下拉着苏唱的左手,转她指头上的素圈儿。

"我总觉得,晁老师对我,有些忽冷忽热。"向挽思索着说。

"忽冷忽热?怎么说?"于舟问。

"这些时日的相处,她十分照顾我,我总觉得,我同她应当是朋友了,今儿她还特意陪我开学。可方才分别时,她好似又不大想搭理我,"向挽叹气,"不晓得我哪里做得不妥帖,让晁老师生气了。"

彭婳之眨眼:"你还能不妥帖啊?我看你别想太多,可能人就是累了。"

"你有什么想法,就直接跟晁老师说吧,两个人相处最重要的是沟通,你俩又合租了那么长时间,没什么不能摆开来谈的,而且,晁老师看起来也不像那种很小气的人。"于舟劝她。

向挽记下,暗自点头。

恒湖国际。

照顾作息良好的小朋友还是挺省心的,牌牌雷打不动九点睡觉,给她关好门,晁新也洗好澡,躺在床上看书。

翻两页书,又瞟一眼床头柜上的手机,看看有没有亮。

很奇怪,明明之前也不是天天跟向挽腻在一起,也有自己一个人在家的时候,今天才分开几个小时,就觉得挺久了。

可能是分开的时候,情绪不太对,有点担心,又可能是到了一个新的环境,有一点操心。

但向挽还有那么多朋友呢,现在应该也还在聚吧,也不见得能轮得到她操心。

又翻一页,隐约却听到门锁的动静。配音导演都有一副好耳朵,因为要用来辨别声音和情绪里的瑕疵。

入行多年的晁新也不例外,很快地捕捉到了异常。

于是她穿上拖鞋,往门口走去。

过道不长也不短,从主卧到门口也就十几秒,但晁新的心神有点晃,以前她听到这样的声音，是立时戒备的紧张和警惕，现在她听到这样的声音，竟然有一点点期待。

因为多了一个可能性。

转过去，在门厅果然见到了向挽。

她穿着白天那身衣服，头发扎起来了，胡乱梳了个马尾，抵着门口换鞋，见到她，抿抿唇，柔声说："想着牌牌应当睡了，我便没有敲门。"

"你本来也不用敲门啊。"晁新软软地笑了笑。

"怎么回来了？"又问她，"东西忘带了吗？"

"不是，我回来洗澡。"向挽蹲下，把鞋拢好，然后站起身来，看着她。

"学校现在洗不了吗？"晁新抬手，挠了挠有点痒的耳垂。

向挽摇头："澡堂是每层的公共澡堂，没有隔间，还可能多人共浴，我……不大适应。"

越说越小声，半是真，半是假。

确实不适应和那么多陌生的姑娘坦诚相见，恐怕需要做一下心理建设。

晁新往主卧走，示意她进来，免得一直在客厅说话，吵醒牌牌。

等关好了门，晁新坐在床上，又问："那你之后怎么洗澡？"

向挽忖了忖："我克服克服，但今日，委实不想。"

明白了，确实刚搬过去，还在适应期，保留一点小别扭，也不是不能理解。

晁新点头："去洗吧，东西没带回来，用我的就行。洗手台下面的柜子里还有一次性内裤。"

"嗯。"向挽去自己的房间，找了干净的衣服，然后进了浴室。

晁新依然靠在床头，翻书，看一眼时间，已经快十点了，向挽的宿舍好像是十一点半宵禁，想要提醒她快一点，刚住校就晚归好像不太好，但里面的水流声哗哗的，应该也听不到她的声音。

向挽这次洗得不慢，十五分钟左右就出来了，头发还湿着，把干发帽摘了，偏着头用毛巾细细地擦。

晁新坐在床边，脚挨着地，原本要起来送她，见她洗了头，想着可能还得擦干一些，于是就没再动。

向挽穿着宽宽大大的 T 恤走过来，下身没穿。

晁新问她："裤子呢？"

"一会儿走的时候，再套上外面穿的短裤。"

晁新没再说话，手背有点痒，她挠了挠。

向挽把擦头的毛巾扔到一旁，歪头，眼神仍旧很清澈，声音也是："你今儿不开心了？"

发尾还在滴水，晕染在前胸，白色的T恤透明了一小块。

"没有。"晁新的声音惯常地略哑。

"那咱们聊一聊。"向挽说。

然而晁新拒绝了："很累，挽挽。"

向挽的脸上也有浅色的云霞，但她大胆地悄声说："那日咱们参加了漫展，去了酒局，身心俱疲，回到酒店，晁老师也同我谈心了。"

不过是借口。向挽向来是聪明的姑娘，更何况，她在意晁新这个朋友。

这话说得有一点落寞，但并没有抱怨，更多的是不解。

"晁老师今日不是累，是冷淡，我有哪里做得不妥当，你同我说。"她咬了咬下唇，有些委屈。

向挽的眼神让晁新很心疼，说："不是冷淡，挽挽。"

"只是，今天送你去上学，我觉得，"晁新为难地"啧"了一下，很难措辞，"一想到你才刚上大学，而我已经摸爬滚打那么多年了，就觉得，我们差距太大了，不是一路人。"

"之前我们是通过工作认识的，我总把你当同事，但今天一路陪着你，我才发现，你即将经历的这些事，对我来说，已经过去太久太久了。"

她也有一点难过，之前和向挽抱团取暖的时候，她以为和周围格格不入的是她们两个。

但现在向挽的世界，也让她丧失了参与感，让她觉得，自己像个外人。

她想说，她有一点没有安全感，但她不习惯示弱，尤其是在向挽面前。

"你是觉得，我年纪小，不理解你，对吗？"向挽目不转睛地看着她，声音仍旧很软，同羽毛似的，但脸上的委屈没有了，也没有其他的表情。

晁新没有再回答，只是帮她把仍然滴水的头发收拾起来，轻声说："我给你吹头，好不好？"

向挽没应声。

晁新让她坐在床边，然后从浴室里找出吹风机，插到床头柜的插座上，嗡嗡作响的热风中，一只手轻轻抚摸她的头发，弄散她打湿的长发。

湿润而略硬的发尾打在向挽的脸上，有微弱的疼痛感。

尽管晁新已经很温柔。

有吹风机的声音代替语言，两人便都没有再讲话，向挽端坐在床畔，出神，等晁新把吹风机放下，她才回过神来。

T恤还是湿的，向挽站起身，在自己的房间找了一条短裤，穿上，又把T恤脱了，穿上内衣再另外套了一件。

晁新看她神情安然，又看一眼手机，已经快十一点了，便说："你等我，我换件衣服，送你回去。"

"不用了，"向挽说，看晁新愣了愣，她又解释一句，"若送了我，你也要自个儿回来，折腾太晚，这里到学校很方便，穿过街便有校区保安，很安全。"

于是晁新也没有再坚持，只跟着她到电梯口，想要送她出小区。

电梯很快就来了，但向挽没急着进去，伸手按着下行键，将它抵住，然后才望着电梯门下的缝隙，说："那日我同你说，我是从许久许久之前来的。

"可你如今说，我太小了。"

她自顾自说完，放开按钮，进了电梯，抬头直视有点无措的晁新。

"所以你，根本就未曾相信我，对吗？"

等了两三秒，没有听到回答，轨道轻响，电梯门关上，向挽无声地笑了笑。

向挽举重若轻地呼出一口气，垂头。

但电梯没有下行，它被门外的人一按，开了。

晁新伸手按着按钮："今晚可以留下来吗？"

向挽抬眼看她，没动弹。

"有话想问你，很重要。"晁新仍旧让电梯门敞着，尽管它发出了停留过久的低鸣声。

向挽出来，晁新松开按钮，拉着她穿过过道，开门，然后径直进了主卧。

小心地把门关上，晁新让她坐上床，自己也踢掉拖鞋，屈腿坐在她对面。

宽大的睡裙敞着领口，弯曲的长发别在耳后，落地灯不太亮，也就比 KTV 好一些，只够她们看到彼此。

"什么话？"向挽嗓子细细的，带着一点矜持。

"你说你是从很久之前来的，我当时没有不相信，因为我当时的想法是，无论你从哪里来，是什么样的人，我都想和你做朋友。

"但我有一点抱歉，因为我确实没有如你所想的那么重视这件事，所以之后，这么长的时间，我都没有细想。

"对不起。"

晁新第一次说"对不起"，有点低哑，但带着罕见的清亮，还有一点紧张，眉头稍稍堆起来，好像她不习惯做这种事。

向挽不想承认，自己很快就原谅晁新了，甚至在"对"字都没有出来的时候。

因为她见过太多逃避、太多敷衍了，晁新摆了一个郑重其事的开头，她就想要原谅晁新了。

她咬咬嘴唇，望着晁新，像在自己心里舀水，一点点把委屈舀出来，可是动弹它的那一下，最是起波澜，所以反而她的脸色，不像之前控制得那么好。

"我想问你的是，你是从哪里来的？"晁新认真地看着她。

看了看她的脸、肩膀、手臂和撑在床上的指尖。

"我不确定。"向挽说。

所有人都当她是疯了，或者病了，没有一个人郑重其事地问过她，到底是从哪里来的，有什么样的过去。

甚至有人嘲笑她讲话的调调，有人背后议论她没有父母。

"大约距现在有一千多年，"向挽说，"我比你大许多许多岁。"

讲明来历的时候，还不忘控诉之前晁新的胡思乱想，虽然被她骄矜的语言藏得很隐蔽，但晁新发现了，而且，又被她可爱到了。

"那你是……妖怪？

"修仙？

"还是……吃长生不老药了？"

晁新望着她水灵灵的杏仁眼，开始好奇。眼前人的眼睛像小鹿，又像藏了一点桃花的精魄。

向挽气息一动，撑不住笑出声，又极快地收好，绷着严肃的面容，问她："我哪里像妖怪了？"

"我会吃了你吗？"她探探脑袋，伸着纤细的脖子，软声质问她。

晁新动了动嘴角。

"我是人，同你一样，一年一岁，生老病死。"向挽望着素净的被单，细语道。

"那，你是怎么来的呢？"

"我不晓得，醒来时在医院，后来于舟收留了我。"

"所以……"晁新想到了一件重要的事，"你从来没有流浪过。"

"没有。"

"只是当时要落户，我没有旁的理由解释来历，便写了'流浪'，当作黑户建立户籍了。"

"你户口落在……"晁新拢了拢眼帘，心一动。

"于舟家。"

刚才说完的话，嘴唇还没有闭上，就隐约有上扬的弧度，晁新望着她，慢悠悠地、克制地封闭好唇线，心里只有四个字——原来如此。

原来那个紧急联系人，是这个原因。

阴霾一下好像就散了七八分，连带什么年龄和社会背景的顾虑都被连根带走，晁新觉得自己有点幼稚，而且是从未尝试过的幼稚。

那种因为一个人细小的行为而郁郁寡欢，又因为她一句几个字的解释，雨过天晴的幼稚。

"那你脑子里，关于你之前的记忆，是什么样的？"

"我，"向挽扬了扬眉头，也扬了扬下巴，嘴角似笑非笑，"我是丞相家的小姐，我叫作向阿夕。"

"有点骄傲。"晁新笑着说。

她缓慢地眨着眼睛，像是在看万花筒，眨一下，就将万花筒转一下，在脑海里拼凑出一个古代的向挽，华服美人，明艳不可方物。

原来在那场颁奖礼上，她觉得那身汉服特别衬她，将她衬得让当夜星河都失色，并不是自己的错觉。

原来向挽性格最深处的娇纵和掌控欲，也并不是她的错觉。

相反，她真正了解向挽。

这个发现让晁新的心像被温水荡着，很暖和，很舒适。

"我是新元二十四年生人，过来时年十八，父亲向余，乃当朝左相，母亲向华氏，高宗昭华公主之嫡女，长兄向丕，时任监盐史、御史大夫，二哥名唤向勤，我离开时，他还在军中。

"我与二哥感情最好，可他总吓唬我，我早前同你说，要与牌牌一道上外教课，就是因着二哥对我说，蛮子会吃人的。

"我还有一个姨娘生的小妹，才八岁，不过玉雪可爱，十分机灵，你见了，也一定喜欢。"

向挽一边回忆，一边仔细地缓慢地说。

眼波明明灭灭，好像在用微弱的力量，将晁新与她的过去建立联系。

晁新很恍惚，因为面前这位姑娘，在煞有介事地向她介绍一些埋在历史尘埃里的人，在她的话里活生生的，像就在某个不大远的家乡，哪天如果晁新想要去拜访，就可以被向挽领进门，和他们吃上一桌酒。

可向挽把他们描绘得越是鲜活，晁新越是心酸，从前的丰富，毫不留情地揭露了向挽如今的一无所有。

她很难想象，向挽是怎样茫然又孤苦地在这里生活。

她一定很害怕吧。

晁新伸手，握住向挽的指尖。向挽的食指还在被单上无意识地挠啊挠，然后她抬眼问晁新："你真的相信吗？"

弱弱的，甚至带了一点祈求的意味。

"我记住了，你父亲、母亲、大哥、二哥，还有一个很可爱的小妹，我这次真的记住了。"晁新没有回答相信还是不相信，但她这样说。

"你相信了，"向挽轻声说，"我瞧见你心疼我了。"

她的眼睛里闪动微弱的晶莹，这是她第二次想哭，可她也不懂为什么，上次想哭是撕心裂肺，这一回，明明没有发生什么，她们只是平静地说了一番话。

晁新明白了，向挽是有很好的未来，但同样也是令人无法真正安心的未来。

她胡乱说的，向挽没有过去，竟然是真的。

很多时候，我们每个人都站在经历垒成的高台上，"过去"便是我们面向未来的支撑，有的叫作原生家庭的温暖，有的叫作成长过程中的善意，有人的过去是琼楼玉宇，能够送他们直至九重天，扶摇上青云。

晁新的过去，是摇摇欲坠的危房，她时而能闻到其中腐烂的菜叶味，还有令人反胃的潲水味。

而向挽，她连危房都没有，她在险峻的山谷中过独木桥，甚至是……走钢索。

也许旁边会有相同高度的好友，时不时伸手拉她一把，稳住左右摇晃的身形，但她没有遇到真正意义上，想要接她去往稍微安全一些的平台的人。

"那，"晁新的思绪被打断，因为猛然被一个挺要紧的问题戳了一下，"你想找到你的过去吗？"

"我不晓得怎样找。

"因而我想学考古，我想要考研，然后进博物馆，不晓得，能不能找到我的过去。还有我大哥、二哥的，不晓得有没有小妹的，还有我要好的李姐姐，也不知道……她许了哪户人家呢？"

向挽偏着头，柔软地、轻声细语地说着她微小的私心。

晁新沉浸地听着，点头以示自己懂得。

"同你讲这许多，我耳朵有些热，明儿起来，会不会后悔呀？"向挽摸一摸自己的耳朵，拿不准了。

"后悔也晚了，我都听进去了。"

"所以你晓得了。"

"晓得什么？"晁新也不由自主拣了她的用词。

"你好没有道理。"

"我……"

"你自以为与我将来不同，便将我推开，可我比你不确定上一千倍、一万倍，却未曾似你这般，瞻前顾后，举棋不定。"

向挽瞄她一眼："你故作洒脱，却未必洒脱。"

"对不起。"晁新诚恳道。

她想和向挽做朋友，失落于向挽并不是她想象中的知己，却没想过，自己要怎么去了解向挽。

向挽略低头："你脸红了。"

"晁老师是从未对人道过歉，因此脸红了？"她觉得十分有意思。

晁新不置可否地撩一把头发，按下手机，语气自然："不早了，睡吧，明天我送你去学校。"

第二日，向挽很早便醒转过来，她下床，穿好衣服，洗漱完毕，盘了个丸子头。

晁新还没醒，牌牌的房门也紧闭，向挽去了厨房，拿出三个鸡蛋煎上，又切了一小罐午餐肉，另热了一个平底锅，将午餐肉也双面煎到略微发焦。

身后有脚步声，晁新懒洋洋地过来，看到她在忙碌，笑了笑，反手也把头发束起："这么早？"

"牌牌起了吗？"

"还没，明天也要开学了，今天让她多睡会儿。"

晁新说着，把抽油烟机打开。

"怎么还不会用啊？"

"总是忘。"向挽把鸡蛋夹起来。

晁新靠在一边，低声笑："你们那儿没有，对吧？"

像在说一个心照不宣的秘密。

自从坦白之后，她和向挽之间的关系更近一些了，浅层的探索欲被满足，但更深层的细枝末节的疑问逐渐面世。或许也不能称之为疑问，就想多熟悉一些，想向挽跟她多说一些。

最好比她所有的朋友，都知道得多。

向挽指指一旁关了火的灶台："你将午餐肉盛出来。"

晁新看一眼，碟子她备好了，锅铲也在向挽手里，她却不想干了，要让自己接手。

"三分钟热度。"晁新笑笑接过来。

晁新装完盘，向挽拿上碗筷，两人往餐厅走。

"我突然想到，你应该没有打过什么疫苗吧？"晁新一边摆桌，一边问她。

"没有。"

"我有一点担心。"晁新说。

"怎么？"

"你之前在家，或者说工作环境，都相对封闭，人不多。但校园这种集体生活，食堂、澡堂、军训什么的，人群聚集，你没打任何疫苗，是不是有点危险？"

晁新也不太清楚，只是牌牌前几年学校总组织打疫苗，她就自然而然地对向挽惦记上了这事。

"会有何病？"

"不是很确定，我帮你问问吧，看是不是可以补打什么的，可能需要先去查抗体。"

晁新一边说，一边吃，又给向挽倒了一杯牛奶。

看看时间，九点十分。

"得吃快点，我记得你十点好像有新生入学讲座。"

向挽心里有点暖："昨儿扫了一眼，你便记这么清。"

"牌牌开学都是我送的，比较有经验。"晁新喝一口温水。

但向挽不搭话了，咬着唇角看着她。

晁新挑挑眉，意料之中地笑起来："赌气的样子，也有一点像牌牌。"

向挽恼了，微眯眼睛，腮帮子也鼓了一点。

"越看越像。"

"不吃了，"向挽放下筷子，"我自个儿去。"

"不要我陪？"

"不必。"

晁新点头："那我再吃两口，一会儿收拾完去上班。"

"上班？"向挽蹙眉，"你昨儿说要陪我去，怎还会有工作呢？"

"因为你很独立，我现在又空下来了，准备去新工作室看看。"

嘴角隐隐挂笑。

向挽站在一旁，幽幽看着她，倒是不急了。

"你若再气我。"

然后她自上而下地、极其缓慢地扫了晁新一眼。

晁新挪开目光，清清嗓子，站起来："吃好了，我去江大逛逛。"

向挽笑出声，顶着唇边的"小括号"问她："去江大做什么？"

"绿化好，消消食。"

果然是消食一般地轧马路，走到江大时九点三十五，向挽不打算回宿舍，两人直接往二教学楼的底层报告厅去。

晁新今天穿了 T 恤和牛仔裤，运动鞋，又梳了个松散的鱼骨辫，妆只薄薄描了一层，看上去像个惹眼的学姐。

学姐把学妹送到教学楼前，树荫处有一排自行车，一些背着书包的学生早早地来自习室占座，晁新停下步子，示意向挽进去。

上了一个台阶，向挽又转过来："晚上，一起吃饭？"

"你要想的话，中午也行。"她笑了，很近嘛。

"嗯……晚上吧，中午我和同学熟悉熟悉。"向挽往后勾腿，倒退着迈了一步。

"好，晚上见。"

"晚上见。"

还没走到校门口，向挽的微信就过来了。

发了个表情，一只小狗缓慢经过。

晁新笑笑，回复："好好听讲。"

收起手机，突然觉得风停云净，整个世界很清晰，像动漫里勾出的线条一样。

晁新站在路边买杯果汁，然后看了会儿人来人往，头一次觉得人多了也不是很吵，他们好像也各有各的开心。

回去给牌牌做好早餐和午餐，晁新去工作室看了一下。合约签了三年，季付，押一付三，其实里面还什么都没有，也没有必要过来一趟，但她就是想。

在房间里待了一会儿，把各个水龙头都打开看看冷热水是否正常，然后又开灯、关灯、再开灯。

她盯着一楼屋顶垂吊下来的灯盏，在白天并不是很亮，但她看了好一会儿。又走了走楼梯，仔细看看台面是不是需要翻新，最好是不要，听说楼梯还挺不容易弄的。

走了一圈，大致心里有数，她带上门，下楼开车回家。

原本想要约装修队，但装录音棚有点特殊，她想想，要不要托向挽问问苏唱。其实也可以问别人，但她有一点想要通过向挽。

四点半，看时间差不多，晁新开车往江大去，工作日有点堵，到了江大正好快六点，晁新一边发微信一边走到向挽的宿舍楼下，等她。

向挽很快回复，晁新把手机收起来，站在小花园的侧面，看宿舍楼里走下来的小姑娘们，有的穿着睡衣下楼拿外卖，有的三三两两挽着手去食堂，还有的打扮得挺精神，拖拖拉拉地走出来，然后看到楼下花园里等着的男朋友，又快步赶两下。

等习惯了的男孩在低头玩手机，然后女孩儿便会走过去，有的"嘿"一下叫他，有的直接攀上他的手。

偶尔也有心领神会的时候，那个人一出现，等待的人便抬起头，两人相视一笑。

晁新不由自主地在想，向挽下来时会是什么表情，又会不会换衣服。

她果然换了衣服，穿着绿色系的印花连衣裙，墨发雪肤，春情脉脉。

俏生生地站到她面前，打招呼："晁老师。"

"你这样叫，很容易让我觉得我在这个学校教书。"晁新抱着胳膊看着她。

向挽笑吟吟的。

晁新偏头："走吧，去哪儿吃？"

向挽跟上去："去一食堂，我带卡了，想试试打饭。"

"中午没吃食堂吗？"

"中午室友们说想吃麻辣香锅，所以去川味食堂了。她们说江大的麻辣香锅很是出名，非吃不可。"

"事实呢？"

"啊，"向挽叹一口气，"远不及你做的。"

晁新笑着挤了挤眉心："我有做过麻辣香锅吗？"

"我是拿它同西红柿丸子汤比。"

好吧，还带跨品类的。

"今天怎么样？"晁新又问她。

"上午新生大会后，有人在报告厅门口等我，问我是不是那个向挽，我说是的，她问能不能给她签个名，我签了，她高兴极了，且主动同我说，她不会声张的。

"下午开了四十分钟班会，老师说明儿选班委，你说，我报名吗？"

"想报就报啊。"

"你从前在班里，是否谋求'一官半职'？"

她的形容让晁新觉得好笑，摇头："没有。"

"那我也不了，做个平民，便罢了。"

向挽有一点屈居人下的不甘心，但就一点点，晁新一笑就散了。

"下课顺道去办了网卡，不会设置，隔壁 1623 的学姐来帮我调的。"

"学姐？"晁新看她一眼。

向挽莞尔："帮我们宿舍都调了。"

"哦。"

只是好奇，向挽怎么突然就认识学姐了，倒没有别的意思。

"上网后便加了班级群，但无人说话，我便去学校论坛看了看，加了几个新生群，我也不晓得为什么要加，加了便想退了。"向挽乐了，笑得明眸皓齿的。

"但未来得及退，因为谭小柏和娄萍萍吵架了。"她神秘兮兮地说。

"啊？"晁新挑起眉头。

"谭小柏说，娄萍萍晾一排干了的衣服在阳台，挡着她的光，若不是湿的，本不必要晾。娄萍萍却说，她这几件连衣裙压箱子里都皱了，要抻一抻，宿舍却没有衣架。"

"你这么八卦啊？"晁新轻声笑她，以前向挽好像对别人的事也不感兴趣，很少听她提。

向挽摇头："她们吵着吵着，叫我评理。"

"那你怎么评的？"

"我说我朋友来了，我得下楼了。"

根本不打算评理。晁新听着她清甜的嗓音，事无巨细地交代着，好像把自己从前缺失或者说遗漏的校园生活，又重新过了一遍。

她察觉到了一种类似于补偿感的心理，好像很多年前趴在楼道熬夜补课的小晁新，此刻也一起漫步在校园，从容不迫地、闲散舒适地再活一遍。

有些东西我们总以为错过就不会再有，也以为带着时间印记的失去，永远都补不回来，但有一天，它也许会以你从未想过的方式，没有什么仪式感、也并不惊天

127

动地地，悄悄还给你。

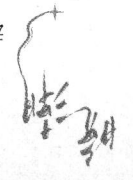

走到一食堂门口，人很多，向挽看一眼攒动的人头，就有点恐惧，晁新看出来了，仰头往上边看看，说："六楼有三食堂，人少一点，去吗？"

大概很多同学都懒得爬楼，往上走的人少。

向挽点头，两人一前一后爬楼梯。三食堂果然不挤了，窗口的人也没几个，打饭的阿姨还在柜台后有一搭没一搭聊天。

晁新走近了看价牌，原来三食堂要贵一些，难怪。

和其他的食堂一样，窗口处放着几个不锈钢盆，里面装满各式各样的家常菜，宫保鸡丁、鱼香肉丝、地三鲜、西红柿炒鸡蛋什么的，热气腾腾，一旁的大勺蠢蠢欲动。

柜台后的阿姨还有空招呼她们，拿起餐盘，执勺问："同学，来点什么？"

"都能要吗？"向挽问。

她没见过这样的，从前在三声工作室念培训班，也都是点菜或者自助餐。

"那可不，你想吃啥都能给你打。"阿姨笑了，可能看她有点可爱。

向挽看了看，抬眸："那，每样来点？"

阿姨愣了，晁新也愣了。

但到底是食堂阿姨久经沙场，跟她确认："每样半份哈？"

"嗯。"向挽点头。

"不是，"晁新连忙阻止，"吃不了那么多。"

突然庆幸，是自己第一次陪她来打饭。

"挽挽，你挑三个想吃的菜，就够了。"晁新跟她说。

"哦，"向挽从善如流地颔首，"宫保鸡丁、豆角烧排骨，还有这个，有劳。"

阿姨熟练地颠勺，晁新又给自己点了一荤一素，一两米饭，两人刷了卡，走到塑料桌椅前坐下。

"你看，是不是够吃了？"晁新问她。

"原来是定份例的，我若要八样菜，每样也是这么多，是不是？"向挽勤学善问。

"对。"

"晓得了。"

晁新起身，又给她打了一碗汤："这个是免费的，各个食堂应该都有，自己去盛就行。"

向挽点头，认真地吃饭。

晁新跟她说了去工作室的事，然后说："下次你见到苏唱，帮我问问她找的哪个装修公司，好不好？"

向挽偏头想想："她近来去工作室不多，明儿我没课，你若也没什么安排，咱们把她约出来聊。"

"行。"

向挽说着，便在微信群发消息。

聊了两三句，她抬头："粥粥说，要不明天去她们家聚会，她做饭给咱们吃。"

"可以。"

吃完饭，天色已经暗下来，晁新送向挽回宿舍。

两人慢悠悠地在林荫道里走着，速度最快的也不过就是丁零零的自行车，有人穿着运动装要去操场跑步，也有人拎着四分之一的西瓜，吃着冰棍儿从小卖部出来。

向挽被用签子穿起来的哈密瓜块吸引了目光，走到小卖部，逛了会儿。

零食都没什么新鲜的，但她见许多学长学姐熟练地从冰柜里拿绿豆沙冰，便也跟过去排队。

拿了两杯，又拣了两根吸管，走到收银台刷一卡通付钱，然后把其中一杯递给晁新。

"太晚了。"这么晚吃甜食，又这么凉，晁新本能地想拒绝。

"尝一尝，这样多人排队，想必很好喝。"

晁新接过来，没急着喝："你把我当你同学啊？"

"？"

"我这个年纪，肠胃没有那么好了，晚上吃冰容易肠胃感冒。"

"哦。"向挽没想到这层，伸手就要拿回来。

晁新看她有点失落，把吸管插好，喝一口："不过偶尔一次问题不大。"

"真的可以吗？"

晁新突然发现，向挽看她的眼神，像看一个老人家。突然就觉得自己有点自作自受。

于是没说话，吸着沙冰往前走。

到了楼下，站在难舍难分的小情侣周围，晁新嚼着碎碎的冰碴子，动动手指："上去吧。"

旁边有情侣在花园里的长椅上相拥。

"你车停哪里了？"向挽问。

旁边有情侣在接吻。

"校门口，路边。"

旁边有情侣拉着手在轻轻晃。

"要不，我陪你过去？"

旁边有情侣在揉对方的头发。

晁新想了想："不了吧，一会儿你还得自己回来。"

"我去校门口买一袋卷纸。"

"刚才在小卖部你不买？"

"忘了。"

"那，走吧。"晁新又把鱼骨辫顺了顺，低头吸着沙冰和向挽一起往校门口走。

到了车前，刚好喝完，晁新顺手扔到垃圾桶里，拿钥匙解锁："我走了。"

"嗯，拜拜。"

"拜拜。"开门上车，晁新想说什么，却没有，打了起步灯径直就开走了。

后视镜里看到向挽站了一会儿，但没有转身去超市，而是往相反方向的大门处走去。

又从情侣堆里穿过，向挽不紧不慢地上楼，回到宿舍，和室友打过招呼，除去娄萍萍躺在床上刷手机，其余的都在下面，抱着膝盖玩电脑。

"回来了？"老大在收拾脏衣服。

"嗯。"

"早点去洗澡吧？"

"怎么？"

"你昨天不是说，人多了不舒服吗？临时跑回家了。这会儿才八点，人少，大部队都在九、十点呢，你要去就赶紧去。"老大把盆端起来。

向挽有些感激："多谢。"

休息三五分钟，便拿上睡衣和装上洗浴用品的篮子去浴室。

人果然不多，向挽迅速地脱了衣服，锁进柜子，然后正对着墙壁，略微胆战心惊地洗完澡，裹着浴巾出来，胡乱一套，便红着脸溜回了宿舍。

想起晁新，又给她发了个微信："到家了？"

晁新回得很快："到了。"

向挽："在做什么？"

晁新："哄牌牌。"

向挽："？"

晁新："她说，我最近总是跟你出去，不管她。"

向挽："那……明儿将她带上？"

晁新："我看看明天上午她报到后学校有没有事，如果没有，中午就跟我们一块去。"

向挽听见身后有琐碎的言语，转了转头，看见老大在和家人视频，跟她妈妈介绍学校的状况。

再一瞧隔壁床，谭小柏也在对着手机挥挥手，然后把摄像头在宿舍里转上一圈。

向挽便低头，双手捧着手机，打下一句话："我能同你视频吗？"

那头安静了快三十秒，晁新的名字变成"对方正在输入……"，然后又变回了名字。

随即，收到了晁新的视频请求。

"为什么要视频？"

接通之后，晁新耷拉着眼皮瞄了镜头一眼，就是这句不冷不热的话。说话时正拆着辫子，仿佛是坐在主卧的梳妆台前，手机立在镜子旁边。

"我的室友都在视频，我也想。"向挽凑近一些，小声说。

由于离得近，她的脸只显示一半，突然放大，能清晰地看见她尾部的睫毛和不加矫饰的眼神。

晁新提醒她："戴上耳机。"

"哦。"

向挽低头，认真地在抽屉里翻找耳机，又捋了捋团成一团的线，眼睫毛一颤一颤的。

晁新把拆开的辫子揉散，仰头撩一把凌乱的卷发。

塞好耳塞，向挽抬眼："好了。"

"戴上耳机，是要说什么？"她问。

晁新沉吟："好像说完了，要不挂了？"

"你叫我找耳机的，"向挽不同意，"至少要与我讲三分钟。"

晁新却没说话，盯着视频里的向挽，往右略偏头，眯一眯眼。

"看我做什么？"

晁新笑一小下："突然觉得视频里的你很不一样。"

"哪里不一样？"

"瞳孔黑一点，闪着一点点光，下巴上面的小横窝，要明显一点。"

而且她的面庞有点模糊，看起来很近，又很远。

"脸怎么那么红，洗澡了？"

"是，趁着没人，赶紧去了。"

"嗯。"晁新把玩着桌上的香水瓶。

"晁老师。"向挽突然郑重其事地叫她。

"怎么了？"

向挽蹙眉："你是否觉得，我有些许烦人？"

"怎么这么说？"

"昨夜我跑去找你，今日要你陪我上学，午后又约你吃饭，吃完饭要同你取车，这才晚上，不到九点，我又与你视频通话了。"向挽的眉尖凸起，像两个不平坦的小丘。

"哦，原来见了这么多次。"晁新轻轻地挑起眉头，含着温和的笑意。

"所以，为什么会这样呢？"她又问。

"不晓得，"向挽摇头，"就是想。"

"嗯，"晁新漫不经心地点头，"想就去做。"

这话的意思，好像是她并不觉得有什么问题，甚至隐隐带着鼓励。

向挽抿唇笑，双手交叠在桌上，坐正了身子，还未开口，又听晁新懒着嗓子说："又要道谢了？"

"你怎知？"向挽笑吟吟的。

晁新没回答，曲起手指，掌根处撑着下巴，安静地看着她。

中午十二点的阳光是奶油，黏腻得让人多尝不了几口。

晁新带着牌牌去学校接上向挽，三人往苏唱家去。大概一个小时的车程，牌牌在后面蜷着身子睡觉，晁新问向挽："要不要也睡一下？"

向挽不困，但也将椅子放下来，半躺着看晁新。

晁新微微一笑："又不睡，这么看着我干吗？"

向挽道："日头烈，坐着太晃眼了。"

晁新想起初见向挽的时候，她总是正襟危坐，无论在哪儿都将脊背挺得直直的，丝毫不松懈的样子，如今在自己面前慵懒地躺下来，阳光爬过她的大腿，落在她交叠在腹部的手上。

苏唱的这套房在御江路8号，棕榈树掩映的咖色白色相间的楼盘，全复式户型，一梯一户，一栋八户，由于层高不低，看上去也近似于高层。晁新开车到C座的地下车库，按电子门铃后自电梯上去。

牌牌睡眼惺忪，门开之后，拉着晁新的手，揉着眼睛叫"姐姐"。

苏唱有点尴尬，晁新的女儿叫她"姐姐"，这……

但她没说什么，笑了笑，弯腰递了拖鞋，然后就习惯性地一手插兜，站在一旁。

她穿着灰色的家居服，没什么样式的宽松款，但被她的骨架子一衬也很有格调，尤其是置身于灰色系的装修风格中，更清冷几分。

牌牌心里绽了一朵小花，其实她有点青春期前置的叛逆，之前自己班上好几个打游戏的同学都喜欢苏唱，但她就不，她是"赛博猫舌"，吃不了互联网上太烫的东西。

直到亲眼看到苏唱。苏唱是她见过的CV里，最接近包装后的明星的人。

太有气质了。

牌牌一脸崇拜地望着她，此刻已经在脑子里将游戏角色神箭手塞雷娜和配音演员苏唱稳稳粘在一起，掰都掰不开的那种。

"叫阿姨。"但是晁新这么说。

牌牌大跌眼镜,难以置信地看着晁新。

"嗯。"晁新冷淡地扬扬下巴。

牌牌感到刚粘上的塞雷娜和苏唱又碎了,一片片如玻璃碴子。

她弱弱说:"阿姨。"

又蔫儿了,靠着晁新的大腿打瞌睡。

不过没有人在意牌牌收放自如的小失落。下沉式的客厅里,彭婠之靠在沙发上,喊她们:"过来坐。"

苏唱的客厅很特别,好似挖了一个大大的方形,由两块薄薄的台阶延伸下去,沙发也很低,就依着台阶合围,沙发长度足够长,能令几人侧躺,但同时也能靠坐在凹陷处,抱着抱枕,像幕天席地的围炉。

牌牌没见过这样的设计,小小地"哇"了一声,拉着晁新的手小跑过去。

实在太适合小朋友打滚撒欢儿了,尤其地上还有几个看起来手感很好的抱枕。

但大人的角度又不一样,譬如晁新,看到之后的第一反应是,卫生死角应该很难打理。

但苏唱不用担心这个问题。

正跟彭婠之说着话,于舟出来打招呼,她穿着围裙,头发绑上一半,看上去很贤妻良母。

"挽挽、晁老师来啦,啊,是牌牌吗?"

"阿姨。"牌牌又懂礼貌地叫她。

阿姨?于舟的眉头有点扭曲,表情也是,但还是决定先应下来。

"阿姨在做饭,有没有什么想吃的?"她低头,弯腰撑着膝盖,笑眯眯的。

牌牌抬头看晁新。

晁新摸摸她的脸,说:"她不挑食的,各种口味都很爱吃。"

于舟直起身子,笑得意味深长:"所以你们家小朋友比某些大朋友乖。"

向挽有点挑食。

晁新听懂了,但也没说什么,无意识地捏了捏牌牌的手。

"谁是大朋友呀?我们认识吗?"牌牌晃晃她,不懂。

看热闹的彭婠之笑得很坏,苏唱也勾了勾嘴角。

"怎么没有啊?你问你妈有没有。"彭婠之抱着抱枕,乐不可支,她递眼神给向挽。

向挽理理裙摆坐下,天生一派高洁:"也无风雨也无晴。"

率先惹话题的于舟出来打圆场,拉上苏唱:"来帮我剥个蒜,说半天,汤都要熬干了。"

"要我帮忙吗？"向挽转头问。

"不用。那个婳之，你们把幕布按出来吧，可以看部电影，我还得一会儿呢。"于舟指指镶嵌在地砖上的影院设备按钮，彭婳之会用。

"哦。"彭婳之见她和苏唱进去，伸手把投影打开，又拿起遥控器把顶灯调暗一挡。晁新坐在向挽身边，依偎着晁新的牌牌还在想那个大朋友是谁。

彭婳之默不作声地看了一会儿，朝着牌牌"咻咻咻"几声："牌牌。"

"彭阿姨。"牌牌有点警惕，她还没见过跟她"咻咻咻"的大人。

"那边有小猫，可可爱了。"彭婳之使个眼色。

"天哪。"牌牌站起来，小裙子一摆一摆的，趴在沙发上看一眼，果然在餐厅那头的角落里看到一个黑白相间的毛团子。

她小心地问："我能过去摸摸它吗？"

"可以啊可以啊，随便摸，我带你去。"彭婳之站起来，把手递给她。

牌牌有点犹豫地看了看晁新的脸色，见她不反对，便心花怒放地牵上，趿拉着拖鞋快步过去。

晁新和向挽扭头看，彭婳之带着她把小奶牛团团围住。

小奶牛惊恐地战术性后退，被彭婳之拿捏猫猫头，一番搓搓后，识时务地束手就擒。

彭婳之表演完驯猫，把小奶牛送到牌牌腿边，又找出一根逗猫棒："你拿这个跟它玩儿。"

牌牌重重点头，接过去专心致志逗猫。

彭婳之笑一声，拍拍手站起来，然后被晁新向挽二人的眼神牵引回客厅。她陷进沙发里，一边整理手上的猫毛，一边问了问晁新工作室的事。

聊完天，晁新支着下颌继续看电视，没几秒，于舟就端着汤出来招呼大家吃饭了。

晁新把牌牌招呼过来，带她去仔细地洗了手，然后几人入座，向挽坐在她的左手边，牌牌在右手。

菜品很丰盛，于舟解开围裙，顺手递给苏唱，苏唱到厨房门口挂起来，再洗完手过来，于舟已经在给大家盛汤。

很少下这么一顿"大厨"，她很有满足感，哪怕是彭婳之夸张的恭维，她也就当作实话。

把汤碗递给向挽："给你多加了两块排骨，脱骨小排，不用大小姐啃的那种。"

向挽接过来，弯了弯眼。

晁新这才知道，原来向挽和于舟之间是不道谢的，和彭婳之、苏唱也是。

毕竟认识两年多了。

就像牌牌捧着碗，眼巴巴地望着饭桌，晁新就知道她想吃香菇烧小鸡里面肉嘟嘟的香菇。

晁新给她夹两块，牌牌心满意足地埋头咬一口。

"咱们也好久没到你家聚了。"彭婳之吃着糖醋藕片，感叹。

"上一次还是春节后吧，也小半年了。"

时间过得真快啊，那时候她们还一起分析晁新到底是什么意思，没想到现在都带着牌牌坐一块了。

彭婳之其实很多愁善感，一旦开始忆往昔，话匣子就收不住。

"哎，我记得那时候还在你家呢，"她对于舟说，"那会儿她刚到你家，跟个二愣子似的，你记得不，那次喝多了，苏唱住你家，白天她俩一块吃早饭，这小姑娘一伸手就给苏唱拍了一张睡衣照，一下就发到网上去了。"

"那锅炸的呀，还是我急匆匆赶过去，给你们当挡箭牌。"

于舟"扑哧"一声乐了："真的，我想起来一次笑一次，但我当时可慌了你们知道吗？她俩在餐桌上淡定得跟下棋似的，我一个人手抖着翻那个论坛，我都要哭了，她俩还在那儿吃葡萄。"

向挽以手背抵住嘴唇，矜持地笑。

"完了我就想去干点活嘛，这位苏老师呢当时估计想表现表现，"于舟笑得有一点害羞，"就去拿洗地机，拿了又不会用，还是挽挽在旁边指导的。"

苏唱漫上笑意。"其实挽挽一直挺不容易的，"彭婳之突然话锋一转，"她才二十出头，但是又懂事，又勤快，聪明，还很真诚。"

彭婳之这么直白地夸人，听得于舟都愣了。

但很快她就明白了，彭婳之话里有话。

"她对人从来就没有防备心，一旦别人拿她当朋友，那可是掏心掏肺的，一点私心都没有。"

彭婳之的声音软下来，挺感慨的，一半为向挽，一半想点着晁新。

向挽真的是一个很好很好的姑娘。

"挽挽年纪虽然小，但很会体谅别人的，不会让任何人不舒服，如果那是别人喜欢的方式的话，哪怕她不太认同，也想要配合。"

话是给晁新的，因为她看出来了，向挽其实挺渴望跟晁新交朋友的，尤其是一段稳定的、不闹腾的关系，因为她一直在失去。

她也从来不会多贪图一点，或者多打算一点。

她是一个不会给自己留后背的姑娘，如果相信了，甚至连肚子也递上去，也不管别人是不是会拿棍子打。

彭婳之的话足够隐晦，牌牌一点都听不懂，不过晁新听懂了。

135

吃过饭，想着晁新和苏唱有事要聊，彭婠之自告奋勇地洗碗，洗着洗着还招呼沉迷小猫的牌牌。

"小不点，你会洗碗吗？"戴着橡胶手套，彭婠之看起来很专业。

"我会呀。"牌牌倚在门口看她。

"我不信，"彭婠之撇嘴，"你洗一个我看看。"

牌牌胜负欲上来了，捋起袖子站到洗碗池边，熟练地清洗。

"嗯，盘子是会了，碗呢？"彭婠之认真地评鉴。

又递过去一个碗。

"哎，有点样子。"

高高低低的鼓励被藏在厨房，到了客厅也听不到只言片语。

晁新依然坐在沙发的角落，跷起二郎腿，左手胳膊杵在扶手上，撑着下巴听苏唱说她装修工作室的事。

向挽坐在晁新的右手边。吃过饭，她有点困，玩了会儿手机，也没有什么工作消息。

装修方面的事实在枯燥又催眠，向挽歪着身子看班级群里的通知。

车子平缓地行驶在路上，窗外的风景也渐渐从陌生到眼熟。

牌牌早起报到，中午被忽悠着洗了碗，又和彭婠之闹了一阵，有点累了，加上今天没带手机出门，在后排坐着坐着就眼皮子打架了。

没过一会儿，传来均匀的呼吸声，晁新侧头看一眼，牌牌蜷在后排，面对椅背睡着了。

又开了十来分钟，她才跟向挽聊天。

"你跟她们感情挺好的。"

向挽莞尔："我在这里也没什么家人，她们便是我的家人了。"

"但我觉得，"晁新沉吟，"她们可能对我有点误会。"

她说得很委婉，但向挽听懂了，心里停滞一秒，然后说："席间彭导那席话，我事先并不晓得她要说。"

向挽的语气有点闷，怕彭婠之这么敲打晁新，晁新不开心，但晁新轻声叫她："挽挽。"

"嗯？"

"我不排斥她跟我说这些，相反，我会有一点开心，因为在她们看来，你应该真的挺重视我这个朋友的。"

她笑了笑。

"但坦白讲，我也有一点紧张。"

"紧张？"向挽疑惑。

"我这个人，在人际关系上不太在行，我没有过朋友，也不知道该怎么对你更好，更不知道该怎么面对朋友的朋友。"

"晁老师。"向挽打断她。

"嗯？"

"我想获取情感需求，爱情也好，友情也好，应当是为了取悦自己。"向挽缓慢地说，"所以倘若过于在意旁人的感受，委屈了自己，便有些本末倒置了。"

"我想交朋友，不是给我的朋友带去负担，而是给支撑，给依靠。

"我希望，我们都能更自由。"

像在天台上那样，晁新跟她说，渴望自由。

车子停下来，缓慢地靠在路边。

"怎么了？"向挽问。

"没什么，开得有点累，缓一缓。"晁新撩一把头发。

两人都神思纷杂，一个埋头看着中控台，一个看着窗外的垂柳，没有注意到后座瘦弱的小姑娘，面朝着皮质椅背，眨了眨渐渐清明的眼睛。

占有欲这个东西，不仅会出现在爱情里，友情、亲情中也时常可见。好比说我们中学时会对第三个跟着上厕所的人，表现出隐隐的敌意，又好像连父母也会偶尔在孩子面前攀比，反复询问究竟更爱爸爸还是更爱妈妈。

如果一个家庭有两三个孩子，一些占有欲会掩藏在"想要公平"的表现形式下，不停地丈量获得爱的多少。

动物天生就没有安全感，羽翼未丰的雏鸟更是。

很长一段时间里，牌牌和晁新相依为命，她以为她们之间不会出现第三个人。

但向挽出现了，住进了她们家里。

晁新很少再问牌牌想吃什么，而更多地问，挽挽想吃什么。

也很少再问牌牌想去哪里，而会先问，挽挽想去哪里。

牌牌是个孩子，孩子更能敏锐地察觉到自己的被冷落。

那天牌牌醒来后，起床气有一点厉害，吵着要赶紧和晁新回家，于是晁新只得匆匆将向挽放到学校门口，然后和牌牌回了恒湖国际。

晚饭晁新懒得做，牌牌也很体谅她，自告奋勇去热了两个自热米饭，一个是她最爱吃的笋尖牛肉，一个是晁新最爱吃的土豆煨牛腩。

"好吃吗？"她第一次没有专注地大快朵颐，而是小心地跟晁新确认。

"好吃。"晁新点头。

牌牌想了想，说："以后我也跟你学做饭，好吗？如果你喜欢，我也做给你吃。"

晁新皱眉，想了想刚开学，也没有哪科考砸的情况吧，而且今天一天都和自己在一起，也没有机会犯事。

但她还是问了一句："怎么了？"

"我今天和彭阿姨洗碗，她让我懂事一点。"牌牌的声音小下去，不习惯撒谎。

晁新莫名其妙，又觉得有点好笑："你今天开学了晁牌牌，要真想表现，以后在学校好好读书，少请几次家长，我就烧高香了。"

"我害你被请家长，你不高兴，是不是？"牌牌皱起纤细的眉头。

这不是废话吗，晁新觉得她很反常，但又想不出什么来，于是耐心地说："也没有不高兴，但是我挺忙的，接下来估计会更忙。"

要去 SC 工作室做讲师，还要装修工作室。

听她说忙，牌牌好像还有一点开心，很快吃完了饭，又把垃圾收拾了。

晁新由她表现去，自己回着工作的消息，坐到沙发上打开电视。

过了会儿，牌牌过来一起看电视，径直就靠到了她身上，软绵绵地缠着她的腰，搂了一会儿，累了，又枕到她的大腿上。

透过手机的缝隙看她。

"晁新，你能别玩手机了吗？"她问。

"我没有玩，我在工作。"晁新没理她。

牌牌把手从晁新的胳膊里伸进去，捂住她的脸，晁新偏头躲开，牌牌的手又跟上，遮她的眼睛。

"你干吗？"晁新又好气又好笑，怎么突然又调皮起来了。

牌牌翻了个身，又揽住她的腰，奶声奶气地问她："你把我从家里带出来的时候，跟我说，会一辈子陪着我，对吧？"

"对。"晁新拍拍她的背。

牌牌有一点放心了。

晁新不是自己真正的妈妈，她其实没有义务一直管教自己、照顾自己，她能够一直为自己付出，是因为她说过，牌牌是她在这个世界上最重要的人。

如果这句话要被打一个问号，或者要被涂抹、修改，那该怎么办呢？

真让人害怕。

第六章
星光

那次分别过后，晁新和向挽都忙了起来。

向挽忙于开学的诸多事宜，晁新又和以前一样，每天下午五点多收工，要去学校接牌牌。

牌牌最近很黏人，别的小孩儿这个年纪，快要进入青春期，可牌牌反而越过越小，写一会儿作业要找借口出来倒水，然后让沙发上的晁新抱一抱。

九月的第三个周末，晁新要开始 SC 工作室的讲师工作，她不太擅长做课件，因此准备了好几天。而向挽要参加学校的动员大会，也没有回来。

九月的第四个周末，向挽要去江城的郊区静里进行为期十四天的封闭式军训。

向挽想在军训前见晁新一面，于是在周四晚上约她吃饭。

她想定个餐厅，但晁新说，今天答应了给牌牌做牛排，所以只能在家里吃。

向挽想了想答应了，于是五点半接完牌牌，晁新就顺道去学校接她。

她把车停在路边的临时车位，让牌牌坐在车里等一会儿，自己进了校园。

向挽没在宿舍，坐在宿舍楼旁边的草坪上，一把黄木色的教学椅，袖子上一个红袖章。

看到晁新，她眼睛就弯起来了，脚跟也动了动，却没站起来，只笑吟吟地说："你再等我一会儿，六点便能走了。"

"你这是？"晁新站在她面前，上下打量她。

"我在执勤。"

"执勤？"

"嗯，"向挽解释，"你不是同我说，可以去参加一些学校的社团，这是校园特色，往后未必有机会了，那日社团招新，我便去逛了一圈儿。"

"然后呢？"晁新觉得她的语气挺有意思。

或者说，向挽这个人很有意思，几天没见，她又变得温婉可人，乖巧得像从不伸爪子的猫咪。

"我左瞧瞧，右看看，"向挽左偏偏头，右偏偏头，妙曼的声线带着抑扬顿挫的古韵，"发现了一个叫作'校卫队'的组织。"

"我不晓得那是什么，以为是校园卫生队，做一些医护工作，便去面试了。"

139

救死扶伤，侠之大者。

"面试时方知道，是校园保卫队，负责治安管理。"

晁新笑出声，语气很低："知道了还不快跑啊？"

"我面子薄，做人又守诺，虽是误打误撞，却不好临阵脱逃，便自我介绍了一番。"

"就算是自我介绍了，"晁新看一眼她的红袖章，"你这小身板儿，也不太适合被招进去吧？"

"我亦是如此想。"

"所以？"

"可那日，面试的就两人。"

晁新忍不住笑出声。

"一会子有同学来收椅子和袖章。"

向挽端坐在椅子上，目不转睛地看她，突然也觉得好像挺久没见了。晁新长得真好看，在青葱的校园里像草地里盛开的月季，好看得出类拔萃的。

没说两句，同学果然就到了，跟向挽打了招呼。

向挽一动不动："还未到时间。"

"没事，今天应该没啥事，你走吧，早点去吃饭。"同学伸手要她的红袖章。

向挽听闻，便侧身摘下来，单手不好弄，同学要帮忙，却见晁新俯身，细致又轻柔地把别针摘下，递给同学站起身，椅子也被收走了。

"走吧。"

回到车里，牌牌等得有点焦躁了，见到向挽，规矩地叫了一声："向老师。"

"牌牌。"向挽莞尔。

牌牌却没再搭她的话，而是爬上驾驶座的椅背，问晁新："怎么这么久？你不是说，只让我等一会儿？"

"不好意思，刚才临时有点事。"晁新发动车子。

"那你为什么不跟我说一声呢？发个微信也可以。"牌牌有点急。

"我……"

"抱歉牌牌，方才我有事耽搁了。"向挽说。

但牌牌很失落，她看看向挽，又看看晁新，放松自己的身子落回座位里。

向挽这句话的意思是，她可以代替晁新解释，而且是两个人一起，向她这个小朋友解释。

她未必能理解透彻其中的微妙，但她有着天然敏锐的洞察力，感觉到了一些不一样的地方。

以前晁新总是这样，向别人解释她和牌牌做了什么，牌牌闯了祸，她会代替牌牌向老师、向同学致歉。

但这一回，向挽代替晁新，向自己说抱歉，仿佛自己成了那个外人。牌牌心里的委屈开始疯长，渐渐成了刺，她很想不懂事地说一句："我在跟我妈说话呢。"

但她又不能。如果这么张牙舞爪，晁新会更觉得自己是个小累赘吧？

她想起四五岁的时候，晁新抱着她在医院，冷静又凝重地听着医生说的话，一样样把医嘱记好，还不忘轻轻拍着她的背，安抚她。

那时候她烧得迷迷糊糊的，张口就喊"妈"。

晁新捧着她的脸小声应她，她看清了，又浑身绷直地叫她小姨，喊得生涩又胆怯。

对牌牌来说，晁新是突然出现在她家的一个陌生女人，说是小姨，却和她妈妈一点也不一样，小姨看起来像仙女。

但在她幼小无助的时候，晁新在医院里抱着她说："没关系，你可以叫我妈妈。"

后来上学，晁新去找班主任谈，不希望牌牌因为没有爸爸妈妈而被同学觉得不一样，希望老师配合称呼她为"牌牌妈妈"。

那时，晁新也不过二十几岁，就决定了做晁北的妈妈。

吃饭时牌牌倒没有表现出什么异样，只是稍微有点沉默，原本晁新想和向挽聊聊天，但牌牌说今天太困，想要早点睡。又说昨天做噩梦了，想要晁新抱着睡。

晁新很无奈地看着向挽笑了笑，轻轻搂着牌牌的肩。

向挽也很会观察，于是说她先回学校了，准备一点军训用的东西。

晁新送向挽出门，回来时见牌牌倚在过道，望着自己的眼神像被遗弃的小狗。

晁新心里慌了一秒，走过去问她："不是说进去洗澡吗？"

"洗发露用完了，我不知道备用的在哪里。"牌牌软声说，眼神却看着光洁的地砖。

晁新顿了两秒："那你出来，怎么不叫我呢？"

"我刚出来，"牌牌抬头，可怜兮兮地望着她，语句有一点急促，"我刚出来，准备叫你来着。"

"哦，那我去帮你拿。"晁新摸摸她的头。

牌牌把她的手拿下来，攥紧，又像小时候一样握着她的食指，撒娇："你可不可以帮我洗呀？"

晁新好笑："多大了，不能自己洗头吗？"

"泡泡总弄进眼睛里。"牌牌说。

"怎么会呢？闭上眼，小心一点就好了。"

"那假如我弄进眼睛里了，我一喊你，你就进来救我，然后给我吹吹。"牌牌

拉着她，站在洗手间门口，依依不舍的。

"好，"晁新笑着答应她，"你一喊我，我就进来救你。"

"冲进来。"

"冲进来。"

"在门口预备备。"

"我在沙发预备备好不好？"晁新讨价还价。

"也行。"

"去吧。"

牌牌放心了，水声响起来，听见晁新拉门的动静，又喊："你不要关门呀。"

"好，不关。"

晁新觉得可能是牌牌昨天做了噩梦的缘故，难怪今天要自己陪着她睡。

江城最好的一点是，没有什么阴雨天，永远阳光明媚，但对于不同的人群来说，江城最坏的一点也如是。

譬如说这些穿着迷彩服、站在大太阳底下的"小白菜"，水灵灵的白菜帮子要被晒脱水了，帽檐遮不住他们蔫儿得奇形怪状的五官。

向挽站在方阵的中间，穿着统一的迷彩短袖和宽宽大大的军绿色长裤，皮带扎得紧紧的，帽檐对上正中，头发束了个低马尾。

她很白，而且和其他人不大一样，她的皮肤容易泛红，容易晒伤，却不大容易晒黑。站在太阳底下，小臂明亮得像要被融化的奶糕。

台上有校领导在做演讲，她的汗一滴一滴下来，融进眼睛里，已经快要睁不开眼，但仍在勉力坚持。

好不容易结束，逃也似的回到阴凉处，各班有序回到宿舍，收拾东西。

八人间，上下铺，向挽住在下铺，进屋时上铺的娄萍萍就坐在她的床上了。

娄萍萍又抹了一层防晒霜，甚至将衣裳脱了，小腹和前胸都抹上，脱下来的内衣就搭在向挽的床边。

"你莫要坐我床上。"向挽说。

"中午休息就这么会儿，我爬上爬下的多不方便啊。"娄萍萍求她。

"那你的衣裳别放我枕头上。"

"干净的，不脏。"

"有汗。"向挽念着非礼勿视，不去看她的内衣，"起来。"

娄萍萍不乐意，声调也高了："怎么那么小气呢？"

宿舍里的人都看过来，谭小柏皱眉，骂她："干吗呢，娄萍萍？"

娄萍萍被她一凶，不高兴了，嘟嚷着坐回去："不就坐一下嘛，净护着她。"

"我护着她？"谭小柏轻蔑一笑，"我是看不惯你。"

"你！"

"娇里娇气的，军训还早上四点钟起来化妆，一边化妆一边踢盆，吵得人大早上不清净。"

"好了，"向挽把娄萍萍的内衣拿起来，扔到上铺，略勾头，跟她说，"上去，莫要坐我的床。若你喜欢下铺，我可同你换。"

声音淡淡的，但娄萍萍看着她的眼神，突然害怕了。

于是她拉拉向挽的袖子："别生气啊，我不是故意的，我这就上去。"

向挽莞尔："好。"

"向挽，其实你长得很好看，"娄萍萍端详她，"就是不爱打扮，等军训完，我给你化妆吧。"

"不必了。"

"要化的，女为悦己者容。"娄萍萍说了句文绉绉的台词。

"你看啊，你防晒也得擦勤一点，不然黑了丑了，或者晒出斑了，多难看啊，谁还喜欢啊。"娄萍萍忧心忡忡。

向挽若有所思："是吗？"

她想了想晁新，晁新脸上一点斑都没有，皮肤嫩得像剥了壳的鸡蛋，想来是十分注重保养。

向挽摸摸自己的耳垂，斟酌道："那我再抹一层。"

"对，你得晒太阳之前十五分钟抹，才有效果，千万别到了太阳底下才开始涂啊，没用的。"娄萍萍一说起这个来，如数家珍。

向挽把自己的防晒霜摆出来，让她帮忙挑选，又说："往后再有疑虑，我请教你。"

"问，你随便问。"娄萍萍认真看着牌子和防晒指数。

向挽投桃报李，把她的内衣又拿下来，放到自己枕边，然后对娄萍萍说："请坐。"

娄萍萍"扑哧"一声笑了，说："你说话好搞笑。跟哪儿学的啊？"

向挽没看她，只拿着防晒霜研究。

向挽细致地涂防晒霜，娄萍萍在旁边穿衣服。

短袖往身上一套，又小心地捋了捋头发，帽檐要在正正好好的高度，能衬出小V脸，又不显得太呆板。

外头有教官在吹哨，让集合吃饭，娄萍萍挽着向挽出去，站到她身前，她生性娇纵，说话又不过脑子，总没什么人爱搭理她，垂涎她美色的男同学除外。

但向挽对她和颜悦色，还让她坐自己的床，所以娄萍萍觉得，可以和向挽做闺密了。

排队行进和打饭的途中都很安静，吃饭也有规矩，不让多说话，娄萍萍浑身跟长了跳蚤似的不得劲，向挽倒是很适应，毕竟从来便食不言寝不语，安静得让她很舒坦。

吃过饭，想着下午要开始受训，教官没有再集合统一回去，而是让放了餐盘就可以陆续去休息。娄萍萍舍不得弄乱自己才整好的内务以及妆容，于是拉着向挽坐在宿舍门口的花坛旁，请她吃刚去小卖部买的薯片。

"你怕不？军训。"娄萍萍问她。

听说下午要站军姿。

"有何可怕？"向挽清甜的嗓音很平静。

"我可没受过这份罪。"娄萍萍气得要死。

向挽认真地看着她，说："这并非受罪，而是强健体魄，磨炼意志。"

"我要磨炼什么意志啊，咱们练这十几天，还能真去打仗啊？我又不当兵，"娄萍萍撇着嘴，"体魄健壮有什么用啊，我身体也够用了啊，腰是腰，腿是腿的。"

娄萍萍动了动腰身。

孺子不可教也，向挽摇头，正色说："你我如今生在和平年代，未见过战火纷飞，不知国之兴亡匹夫有责，更不知将士保卫疆土的辛苦，如今不过体验一二，怎好诸多怨言？"

记忆深处，她在幼小的时候，曾见过父亲大人送军出征，战鼓三声，一言"众将士听令"荡气回肠，阵列气势磅礴，视死如归，震撼至极。

娄萍萍被震到了，塞着薯片忘了嚼。

然而更震撼的是，军姿才站了十多分钟，向挽就中暑了。

她站在向挽身后，瞠目结舌地看着她晃了晃身子，翻着白眼儿瘫了下去。

"这这这……"她也不敢动，"这"了半天，也忘了喊报告。

教官快步走过来，看她情况不妙，叫关系好的同学把她送到阴凉的地方，副教官去请校医。

娄萍萍自告奋勇，铆足了劲儿把她架到身上，在烈日炎炎中咬牙扶到一旁巨大的树荫底下，让她靠在凳子上，娄萍萍抱着胳膊，很无语。

中午那么义正词严的，还以为很行呢，二十分钟都没站过去，啥人啊。

校医拎着药箱过来，让娄萍萍把向挽平放，腿部抬高，又让她喝了一瓶藿香正气液，观察她的反应。

向挽面色潮红，汗出得一浪一浪的，校医又让娄萍萍去小卖部买一瓶冰水和毛巾，给她迅速降温。

娄萍萍气喘吁吁地跑回来，见向挽的帽子已经被摘了，医生又让娄萍萍帮向挽把皮带解开，系太紧了，娄萍萍连忙照做，手刚碰到向挽的皮带，就被她捉住了。

"你……"娄萍萍有一点手足无措，看着向挽不太清明的眼神解释，"你这个太紧了，得解开。"

"我自己来。"向挽弱弱地说。

造作什么呀，娄萍萍把她的手打开，不由分说解皮带。

向挽蹙着眉尖儿转过头，难耐地闭了闭眼。

"哎！"娄萍萍也不管校医还在了，"你干吗一副被我凌辱了的样子，她让解的！"

脾气上来了："你问医生呀，是人家让解的！"

"我知道了。"向挽的气息很虚。

"多谢，你赶紧回去吧。"她微合眼帘，跟娄萍萍说。

娄萍萍贼兮兮地抿嘴，动了动眼睛："我还得照顾你一会儿。"

"有校医。"

"你别管！"娄萍萍把她的湿毛巾又搭了搭。懂不懂啊，是这么谢人的啊？真要谢，就再晕一会儿，让自己忧心忡忡地再在阴凉处演一会儿热心同学。

晕过去吧，向挽，娄萍萍心里在作法。

"你体质太差了，看起来还贫血，我不建议你参加后续的训练，看看能不能跟辅导员商量，去后勤队吧。"

校医一边开假条，一边说。

向挽怔了，她贫血吗？

娄萍萍望着她，羡慕得要死。这世道总让人发笑，向挽那么精忠报国，偏要让她转后勤，而自己貌美如花，被晒得腰不酸腿不疼的，体魄强健得仿佛愣是吵着闹着想被练。

娄萍萍幽幽叹气，收好校医递过来的假条，扶向挽起来，送她回宿舍。

宿舍里凉快得像在洞穴，娄萍萍把她安置在床上，把逗留的借口都找遍了，才一步三回头地关门出去。

向挽倒是清醒了一些，拿起手机看了看，没有任何消息，又打开微信界面，考虑是否要将这个小插曲告诉晁新。

向挽把手机扣在胸前，忖了忖，还是给她发了一条消息，是一个小狗经过的表情包——是晒晕后又自己醒转过来的小狗，比上一回坚强。

"嗯——"

手机振了一下，晁新停下正在说的话，瞥一眼讲台上的手机界面，但没打开，然后没有停顿地转头："继续。"

之前讲了一些基础知识，配音和说话的发声区别，配音设备的正确使用方法，

145

而这一堂课，她要说的是声音的空间感和距离感。

这是一堂交互性比较强的课，因此她也把对学员的熟悉放在了这里。

三十位学员依次做自我介绍，晁新听她们的音色声线、气息调度和共鸣腔的开发，也让学员们注意听从第一排到最后一排声音距离的变化。

向挽的信息进来时，正说到倒数第二个。

晁新没有分神，听面前这位二十来岁青春痘满脸的男学员讲完，点点头："下一位。"

最后一位坐在角落里，身量很瘦小，又习惯性地缩着，平时讲课时总要被前面的同学挡个七七八八，但晁新注意了她挺久。

她此刻站起来，穿的很皱的棉麻衬衫，洗得好像有点小，袖口箍上去，扎着也就手腕粗的胳膊，袖口的局促让她的表情也不舒展，头发有点油，梳在脑后，看起来很久没有修剪过了。

"我叫舒秦。"她低着头，说得很小声。

晁新皱眉，抬起胳膊搭在讲台，连基本的声音放出来都做不到，竟然被苏唱选上作为加入 SC 工作室的预备役？

"大点声。"晁新懒着嗓子说。

"我叫舒秦，今年二十二岁，刚大学毕业，没有任何配音经验。"舒秦仍旧耷拉着眼睛，但把下巴抬起来了，显得有一点倔强。

声音一大，晁新才发现她很不一样，她的声音很自然，但又不素，发音和气息的停顿都游刃有余，是可以直接拎去配剧的那种，很生活，但又很抓耳。

她太喜欢这种毫不做作的流畅感了。

"之前没有接触过任何配音项目？"晁新低头，翻她的资料。

"没有。"

那她怎么来的？

不过课堂上不方便问，晁新只颔首："坐。"

打算课下去找找苏唱。

但苏唱今天没来工作室，晁新收拾好电脑，在学员们陆续走出教室的声音中打开微信，看到向挽的表情包，笑了笑，问她："训练完了？"

向挽没回复，她睡过去了。

晁新站在讲台上等了会儿，没见下文，便把手机攥掌心里，关上教室门下楼吃饭。

江城时代中心和天音大厦一样，楼底有一层需要刷卡的食堂，餐厅柜台在右边，随意入座的桌椅在左边。

她不太饿，去日式餐台点了一份乌冬面，拿着牌子找座位，正好是商务楼的饭点，三三两两坐得不稀疏，不过她在角落里看到了舒秦。

一个人坐在四人座的一边，没有人和她一起吃饭。

她也没有在食堂买餐，而是自己带了盒饭。

晁新想了想，拿上乌冬面的餐盘，在她对面入座。

"晁老师。"舒秦低着头，只翻起眼皮看她，有点局促。

饭盒里是土豆丝和一点青菜，覆盖不完全下方的米饭，但做饭经验丰富的晁新一下就闻到了一股不寻常的酸味。她沉吟一二，还是提醒她："你的饭好像坏了。"

舒秦的下颌一动，小心地咽一口口水，看着自己的筷子说："昨天忘了放冰箱，今早闻着还好，中午也吃了，还以为晚上能凑合。"

"去重新买饭吧，这个不能吃了。"

舒秦有点犹豫。

晁新把饭卡递过去："没来得及办卡是不是？先用我的。"

舒秦只买了一碗馄饨，一边吃一边跟晁新说，会还钱给她的。

晁新说不用，本来就是学校发的储值卡，她平常上完课就回家，很少在食堂吃，拿着也是浪费。

很少见到舒秦这样的女孩子，把馄饨吃完，又把紫菜和虾米全都挑着吃了，最后喝汤，连带着香菜一起喝，喝得快要见底。

从她装的米饭也看得出来，她饭量不小，尽管她瘦得好像营养不良。

晁新看她额头上冒出的细汗，递一张纸巾过去："还要再点一份吗？"

舒秦这才把头完全地抬起来，晁老师长得非常不好接近，华丽的头发、精致的裁剪，扬起手腕的时候都有类似于迷迭香的味道，但她的眼神很高傲，好像所有人都不值得她把瞳孔放下来。

唯独在看到手边的消息时，她眼底的曲线开始堆起，把下三白的缝隙填满，于是她搁在高台的眼珠子就落了地。

她把饭卡又往舒秦那边一推，另一手拿起手机拨过去，微微侧着脸，笑着问："怎么现在才回啊？"

原来这才是晁新温柔的嗓子，不好说有什么独一无二的特质，但一听，就知道刚才对舒秦的放低声音，只是客气。

舒秦不想偷听人说话，于是拿起饭卡，诺诺说了声"谢谢"，就往餐台那边走去。

向挽的声音还有点困，从听筒里传过来："你那边还有旁人吗？"

"一个学员。"

"你们一起吃饭了。"

"嗯，我请她吃。"

"就你同她？"

"嗯，她带的饭洒了，又没来得及办卡。"

向挽默了默："这个剧情，好生熟悉。"

鉴于自个儿也用过苏唱的卡，向挽自是不好说什么，又听晁新问："你呢？你吃的什么？"

"我等娄萍萍给我带饭。"

"带饭？很累吗？"累得走不动了？

向挽否认："我今儿个晕倒了，在宿舍躺着。"

"啊，"她很丧气，"我要转为后勤兵了。"每日也不操练，便跟着食堂备饭，而后去通知整队，领着进食堂。

空有一腔抱负，毫无用武之地。

"晕倒？"晁新的声音提起来两分，对着回座的舒秦点点头，手略捂着话筒，起身往外走。

"怎么回事？"吐字沉下来了，反手叉着腰。

向挽没答，但是悠悠然笑了。

"体质差，多半还贫血。"

"贫血，好端端的怎么会贫血？"晁新语速更快了，在她家时，向挽从来没有贫血的症状，"你在学校没有好好吃饭？"

"吃了，不过，腰腹是比往日平整些了，毕竟不大好吃，油大，又咸，多吃两口，我虚火便要下喉咙了。"

向挽慢腾腾地把言下之意透出来。

鬼精鬼精的。晁新听明白了，想吃她做的饭，哪是什么油大不大的，在遇到她之前，向挽也吃了好一阵外卖不是吗？

"所以，要怎么养？"听她生龙活虎，晁新也恢复了懒音。

向挽翻了个身，在床上趴着，小腿左右晃："我又不懂的，只不过看电视里，总要每日喝个汤什么的。"

晁新想要笑，又忍住，尽量放平声线问她："可你在军训，喝不了吧？"

"将养之事，岂在朝夕。"

明白了。

晁新叹气："到时候，我去接你？"

"不必，待结束军训，有大巴车一块回校，若我单有人接，该被说闲话了。"

"那行，"晁新顿了顿，用熟悉又陌生的几个字嘱咐她，"你乖乖的。"

熟悉在于她会对牌牌说这样的话，陌生在于，这话也对向挽说了。

"哦。"她乖乖地回道，然后心里悄悄做了一个决定。

挂了电话，晁新埋下头，先是含笑吸了吸鼻子，然后撩一把头发，再往餐厅去。

舒秦还是坐在之前那儿，只买了个肉夹馍，已经啃得差不多了。

晁新坐在她对面，看一眼她苍白的手腕，突然眨眨眼，问她："你，贫血吗？"

舒秦摇头，又跟一句："不知道。"

上次去医院是很久以前了，她也没正经做过什么全面体检。

但依稀记得大学入学的时候，抽血抽不出来，医生叫她用力握拳，然后跟她说以后多吃点饭。

晁新没追问，只问她："饱了吗？"

"一定要吃饱。"她说。

以前自己念大学时，每天都是这个念头，要吃饱，有干劲，才能应付学校和外面打工两头跑，哪怕是吃白米饭也要咽下去。

后来有一阵，她一把米饭送入口里就有点生理性地想吐，但好在不严重，后来手里有些富余了，也多点几个肉菜。

那时候她也和舒秦一样，一件格子衬衫从大一穿到大四，还记得一条七分牛仔裤，买它的时候还觉得挺时尚，最终硬生生把它穿到老土。

又和舒秦聊了聊，原来她是学校里的老师推荐过来的，她参加了校园话剧社，老师觉得她台词和表演都很有天赋，正好和苏唱有交情，得知她在办培训班，就要了个名额。

不用交钱，于是舒秦就来了。

"所以上了几堂课，你喜欢配音吗？感兴趣吗？"晁新问她。

舒秦捧着肉夹馍，咽一口，问她："能赚钱吗？"

看晁老师和苏老师的打扮，还有这个光鲜亮丽的工作室，好像能，但她不敢肯定。

晁新笑了，略一偏头，说："各行各业，只要做到顶尖，都不缺钱。"

"学着吧，"她站起来，"总之没有坏处。"

饭卡留给舒秦了，晁新走到一旁的 Costa 买了杯咖啡，然后准备继续去上小半节晚课。

舒秦望着她风姿绰约的背影，小小地打了个嗝。

同样想要打嗝的是刚吃完饭的向挽，宿舍里没有桌子，谭小柏给她搬了个高凳，她就坐在床边弯腰吃，姿势不太对，没两口胃就有负担了，嗳气撑得她有点想吐。

加上藿香正气液的味道经久不散，她也没什么胃口。

娄萍萍坐在旁边，已经黑了一个度，睫毛也花了，脸上白一道黄一道，比不化妆的还要惨一些，也不管什么形象了，就把帽子抓下来扇风。

"你再吃两口嘛，人好不容易给你带回来的。"

向挽过意不去："好。"

"你有病没病啊娄萍萍，你这是照顾病人吗？没看她吃着难受啊，硬叫人吃。"谭小柏又看不下去了。

娄萍萍本来就心浮气躁，急了，把盆一踢，嚷嚷："你干吗？谭小柏，我还不是想她多少吃点吗！你说我不会照顾，你照顾了吗？她晕了是你扶的吗，饭谁打的？是你谭小柏打的吗？"

"我本来也要给她带，用不着你说。"谭小柏寸步不让。

"好了好了好了。"剩下的人赶紧打圆场，老大去抱住要哭了的娄萍萍，眼泪还没掉下来，但被老大的手先一顿蹭，她的脸更花了。

娄萍萍这下是真的伤心了，早上四点起来化的妆，晚上还有她梦想中的幕天席地抱腿坐在草地上，一起做游戏、对军歌的环节。

又被向挽一耽搁，她来不及再化了。

一捂脸，回身坐在向挽的床上就哭了起来。

向挽脑仁有点疼，但还是好脾气地直起身子，想要搭把手安慰她。

谁知刚碰到她的背，娄萍萍就顺势伏到向挽的肩膀，狠狠啜泣。

向挽顺一顺她的头发，一边安抚她，一边用眼神示意其他人休息一下，不必劳神。

娄萍萍哭了一会儿，拉着向挽的手，放到她额头上，眼泪哗哗地说："你摸一下，我是不是发烧了？

"我觉得我眼睛好烫，鼻子也好烫，头昏脑涨，我觉得不太行了。"

向挽认真感受，摇头："凉的。"

娄萍萍又埋回去，受不了了，怎么发烧也这么难啊，她真的不想去。

退无可退，只能用卸妆湿巾把妆彻底卸干净，素面朝天地去参加夜晚的活动，向挽等她们都走了，起身把垃圾收拾了，又把盆都摆好，床单再铺一遍，就揉着不大舒服的肚子到花坛去散散步。

外面的月亮很亮、很圆，周围一颗星星都没有，衬得巨大的天幕很可怜。

可向挽却觉得很浪漫，月亮独占黑夜，黑夜也不拥抱别的星辰。

她抬手拍一张，发给晁新，晁新正在叠衣服，收到后走到窗边，看了好一会儿。

不远处传来整齐又嘹亮的歌声，偶尔还有青春的笑声，潜入夜里，像乱了一池水的小鱼，向挽和晁新有一搭没一搭地聊天，等歌声停下时，她们也互道晚安了。

军训的营地没有洗澡的条件，归来的几人有说有笑地拿着盆去洗漱，然后迫不及待地躺到床上。

娄萍萍一扫出门时的怨气，美滋滋的愉悦都快溢出来了。

"什么高兴的事？"向挽问她，有通知吗？

娄萍萍在上铺趴着，抿着笑："隔壁方阵有个男的，好帅，他今天过来联谊，和我坐一块儿了。"

向挽无动于衷，娄萍萍也不在意，只躺在床上，把双腿架起来，凌空蹬自行车。

"你这是在做什么？"向挽好奇。

"瘦腿。"一圈一圈儿的，铁板床也咯吱咯吱。

"瘦腿？"

"是啊，粗了穿衣服不好看，你别看你现在细，要是不保持，胖起来就跟吹气球似的。"娄萍萍很努力。

"现在大家都穿长裤，等回去，我打算把那男的约出来，穿个热裤，大长腿，亮瞎他。"

规划得有滋有味。

向挽咬咬下唇，仔细观摩了一下她的动作，便也矜持地躺下，提起双腿，在空中缓慢地画圈。

"是……这样吗？"她有些不确定。

娄萍萍的头发垂下来，半张脸也倒着垂下来："哎，对，你要画足圆，别偷懒，想象你在蹬自行车。"

"哦，做多少个？"

"我打算每天 100，你看自己吧。"

"我也 100。"

"行。"娄萍萍不管她，自己继续做。呃……做到多少了来着？

重新来吧，她跟着向挽的节奏。

向挽没有想到，本该是强度极大的军训，成了她近几年来，最闲散无聊的一段时间。

因为不能安排任何工作，也没有学业可忙，甚至不能出门逛街，她除了每天跟着备饭、按辅导员要求写写通讯稿之类的，再没有其他安排。

她与寂寞打仗，进攻防守推拒拉扯，与排兵布阵也没有什么两样。

不同的只是，她没有声势浩大的方阵，整支队伍也不过就一个小兵。

摇旗呐喊，举枪冲锋，偃旗息鼓，落荒而逃。

军训的第十四天，江大的军训阅兵式顺利展开，向挽没有参加走方阵，而是坐在主席台写新闻稿和心得总结，她望着绿压压一片的同学，恍惚中仍旧有一点不甘心。

她也想要身姿昂扬地踢正步，也想在阳光下在人群中发出平时难以想象的高吼。

恐怕再难有这般体验了。

151

阅兵式结束后，营地开放热水供大家洗澡。

从下午四点开始，然后再休整一晚，明天一早就可以组织回校。

终于香香的了，女孩儿们都很开心，抱着盆湿着头发，还在啃冰棍儿。

十几二十岁的年纪，哪里在乎养生。

向挽把迷彩T恤的下摆放出来，宽宽大大地兜着瘦瘦的身躯，和娄萍萍一起在花坛处纳凉，娄萍萍正吐槽她带来的老蒲扇，忽然看见老大急匆匆过来，跟向挽说："辅导员让你过去一趟。"

"我？"向挽矜持地吸一口冰棍。

"对。"操场边上，树林旁边。

"怎会在那处？"向挽又吸一口。

"哎呀，让你去你就去呗。"磨磨叽叽的，娄萍萍觉得她可神奇了，吃冰棍儿还要翘兰花指。

和老大一起过去，远远地就见乌泱泱围了一堆人，向挽手里的冰棍儿快化了，忍着寒凉咬几口，见她过去，围着的人却散了，自发让出一条小道来。

向挽莫名其妙，轻舔了舔嘴角，走到里头，一看，愣了。

地上是堆成桃心形状的玫瑰花瓣和几个粉白相间的气球，一位男生站在正对着桃心的位置，捧着一束巨大的玫瑰花，对她不好意思地笑。

起哄来得后知后觉，围观的同学用吼过阅兵式的嗓音来撮合一对恋人。

所有人在看着向挽，等她的反应，向挽咬掉最后一口冰棍儿，问旁边的娄萍萍："有纸吗？"

"啊？"娄萍萍挠挠脖子。

"老大有吗？"向挽又探头，问一旁的老大。

啊这，起哄声骤然收住，开始窃窃私语。

"有。"老大愣怔着从兜里摸出来，一整包递给向挽。

向挽埋头抽出来，用一张纸把冰棍儿的木条包住，揣进裤兜里，因为附近没有垃圾桶，另抽了一张，仔仔细细地擦拭指缝间的黏液，众人摸不着头脑地看她做完，然后她擦着手抬头，问笑得有点尴尬的男生："你找我？"

声音不大甜，有点沙，应当是才吃了冰棍儿的缘故。

"挽挽，"老大在后面拽她的衣服下摆，凑近说，"表白呢他。"

向挽当然知道他在表白，但是……

她扫一眼玫瑰花，又仔细地看了看那位同学，问他："你叫什么名字？"

众人哗然，举着手机的也不知道该不该继续录了，商学院2024级院草韩页，入学第三天就帅到在学校论坛有了三个打听他感情状况的帖子，向挽却吃完冰棍问他，叫什么名字。

长相不错的男生通常带着几分自傲，因为太容易获得青睐，通常又不会像长相出挑的女生一样，还要承受部分美貌引起的污名化。

所以看韩页的反应，他应该是没想过自己会被拒绝，甚至是，没有被记住。

"开学第一周我们见过，在川味食堂，我问你对面可以坐吗，你说可以，我说我是商学院的，你跟我说，左边有免费的汤。

"第二周晚上在操场，我们队踢球，不小心砸到你的腿了，我跑过去捡球，跟你说对不起，你说没关系。

"上周我拉肚子请病假，你来给我送馒头——"

"韩页。"向挽想起来了，轻声打断他，"那是后勤兵给病假连统一送的，我的名单上有你。"

男生笑容僵在脸上，抱着的玫瑰像是烫手山芋，一会儿才说："是，我是韩页。"

围观的人也不说话了，默默在想这个视频要录到什么时候，该怎么收场。

"我也不是想干什么，"韩页上前两步，也不知道该不该把花递给她，"我就是想，认识一下。"

可怜啊，娄萍萍很心疼，这么大一个帅哥要给自己这样找补。

"好，认识了。"向挽从善如流地点头。

又看一眼面面相觑的同学，有几个很眼熟，还有几个有一点不耐烦，于是她问："你将我班上所有同学都叫来了？"

"……对。"还有韩页班上的所有同学。

都很卖他面子。

向挽不认同，才开学没多久，大家哪有多少情分可言，累了一天，正该好好休息的时候，未必人人都爱折腾。

于是她道："莫要再这样了，大家请回吧。"

说完转头，往宿舍走。

心里默默叹一口气，实在不喜欢这样惊天动地的情意。

江城时代中心的车库中，忙完一天的晁新打开车门，坐进去，松散了一下骨架子，又解开两颗领扣，撑着额角在车上静上半分钟，她拿起手机，给向挽打电话。

今天晚上是最后一天，应该没什么安排了。

出乎意料，向挽却没接。晁新支了支眉头，给向挽发微信："在干吗？"

没有回复，也没有"对方正在输入"。

向挽很少不带手机，营地里应该也没什么急事，晁新看一眼时间，快九点了。她打开微博，输入"向挽"。

微博却出乎意料的热闹。

热度最高的是一个视频，发在了向挽的超话，文案写着："这是向挽吗？"

当然是向挽，毕竟她相当好认，脸蛋和气质都很出众。

有粉丝见她穿着迷彩服，知道大概在军训，于是劝博主删掉视频。

也有粉丝好奇，问这是在干吗。

博主回复了一条，说："被表白了，我们院草。"

晁新点开那个视频，看了三遍，笑了。

因为视频中向挽在慢条斯理地擦手，然后问对方叫什么名字。

晁新再次给向挽打过去，响了七八声后，她接了。

晁新陡然放松下来，问她："怎么刚才没接？"

"刚洗完澡，有同学说辅导员叫我过去，我便没带手机。"

向挽那边的信号不太好，声音断断续续。

"辅导员吗？"晁新望着黑漆漆的地库，问她。

向挽噙着笑说："到了那边，发现是一位男同学，说要与我认识一下，我认识了，然后便回来了。"

一清二楚，一五一十，知无不言，言无不尽。

晁新笑一下："他喜欢你。"

"想来是。"

"不矜持一下吗？"连害羞也没有。

向挽俯身拨弄身前的小花，坦然道："不大必要。"

又想对晁新道谢，因为她在这个不太美妙的夜里让自己轻快地愉悦起来。

但向挽没说出口，只让晁新开车回家的时候注意安全，然后两人互道晚安，挂了电话。

直到第二天下午，上完课，晁新也没有收到向挽的消息。

晁新蹬着高跟鞋摇曳生姿地出来，低头掏出手机，正想问问向挽还顺利吗，却乍然听见一声久违的："晁老师。"

晁新抬头，见向挽站在对面，瘦了一点点，还比军训之前白了一点点，穿着T恤和牛仔短裤，雪白的长腿纤细而笔直，右腿膝盖处隐隐有点发红。

像是被蚊子咬了一个包。

向挽站在会客室的阳光里望着晁新，长卷发还是散漫又精致，身穿白衬衣和黑色的封腰包臀半身裙，衬衣是不大规整的样式，领口处稍微垮一点，完整露出右边的锁骨。

不过最吸引人的是晁新脸上的金边眼镜，刚下课，还没来得及摘，很斯文。

晁新走过来，看看向挽的腿，说："被咬了个包啊？"

向挽没想到晁新的第一句是这个话，也跟着她的视线往下移："好像是。"

"痒吗？肿得还挺大的。"

向挽摇头，想了想，又侧腰挠一下："有一些。"

晁新笑出声，怎么这么乖啊？还要自己验证一下。

"来工作室，是有项目吗？"晁新撩了撩头发，问她。

"没有。"

晁新接收到她的意思，抿唇点点头，抬腕看一眼手表："那下去喝个咖啡？我请你。"

向挽没动："你还有课吗？"

"再下堂课是我的，棚里实录。"

向挽轻浅呼吸两下，睫毛一扇，又一扇，说："那不喝咖啡了。"

"嗯……那坐一会儿？"

向挽摇头："想去洗手间。"

晁新笑笑，说："那你等会儿吧，我去前台问问有没有花露水。"

向挽不习惯穿热裤，明晃晃的两条大长腿，怕是一点防蚊喷雾都没喷。

"没有那种东西，"向挽制止她，"我们工作室，我晓得的。"

"那行，走吧。"

⋯⋯⋯⋯⋯⋯

培训室的课程照常进行，晁老师和往常一样，靠在讲桌旁介绍这堂课的要点。

发型和妆容都一丝不苟，挑不出错来，神情也是一如既往地冷淡和高傲。

这堂课若要说有什么例外，那就是在最后一排旁听的"学姐"向挽。

她以手撑着脸颊，眼珠子一半看晁新，一半看前方的"小萝卜"们。

想起之前自己也是这样，安安分分地坐在前排，认真听讲记笔记，对授课老师充满了敬仰。

"这堂课是棚内实录，我这里准备了一些台词片段，按学号依次上来抽，看一看，然后我们待会儿进棚。"

晁新把一沓 A4 纸扣着放到讲台上，自己走下来，到倒数第二排站定，抱着胳膊看依次上台的学员们。

站了一会儿就累了，她斜靠到就近的课桌旁，后腰微微倚着桌沿，在桌面投射下阴影一样的压迫感。

舒秦在阴影中抬头，看到她白衬衣的背影，还有清淡的香水味。

看了一会儿，晁新侧过脸来，手指撑到桌子上，低头跟舒秦说："你不用上去，我给你准备了一段。"

"我不抽？"

"不抽。"晁新摇头。

瞥过来时对上后面一排向挽的眼神，她仍旧捧着脸，看一眼舒秦，又看一眼晁新。

晁新收回胳膊交叉抱在胸前，扬起下巴，对向挽不动声色地挑了个眉头。

向挽抿唇莞尔，明眸弯弯。

晁新身子一悠，起身往讲台走去："好了，棚里见。"

向挽随着她出了教室，两人在楼道里说话。

"你等我，还是有事？"晁新问。

"自然是等你。"

晁新笑了笑："那你去休息室，我一会儿就出来，想想晚上吃什么，只能在家里吃。"因为牌牌在。

"楼下有超市，不如我先去买菜，节省一些时间。"

"好。"

晁新点头，扭头推门进了棚。

每人两分钟，到舒秦时已经进行了快一个小时了，她拿着台词推门进棚，先是跟录音师及晁新点了点头，然后就在观察室内坐下，戴好耳机，准备开录。

晁新扶了扶脖颈，有点好奇。

舒秦连深呼吸都没有，一开嗓就进入了情绪。

"华丽的衣服、美艳的外表、金珠玉翠的宫殿、毕恭毕敬的奴仆，这就是你毕生的追逐，也是你虚妄的牢笼。"

她轻蔑而嘲讽，单薄的眼皮压下来："你完全猜中了我的反应，我的确愤怒，愤怒在于你的欺骗、你的浅薄、你的庸俗，在于我原原本本地看到了你腐朽不堪的外表下更不堪入目的心灵。

"可你没有料到我的嘲讽，嘲讽在于，我清高的心脏仍旧没有停止钟情于你肮脏的灵魂。"

一段词，先是轻薄与讽刺，中间是逐渐拔高的愤慨，最后是无可奈何的情意，还有压抑的自苦和挣扎。

晁新全都听到了，还看到了，看到了她额头冒出的青筋，还有谈到爱情时微微湿润的眼角。

晁新眨了两下眼，目不转睛地看着她。

——想要签她，她只有这一个想法。

六点半，晁新和向挽回到恒湖国际。

这几天晁新比较忙，牌牌都是被班主任顺路送回来的，今天也不例外。听到门锁的响声，她从沙发上跑过来，一仰脸却看到了向挽。

"向老师。"牌牌退后一小步，叫她。

很久没见向挽，还以为她和晁新各自忙碌，没想到今天却回来了。

向挽还拎着塑料袋，一副主人家的样子。

"牌牌。"向挽笑眯眯地伸手，要拉一拉她。

见向挽这么亲昵，牌牌也有点不好意思了，伸出手去，握住。向挽拉着她去厨房把菜放下，牌牌有点不自在："向老师，军训完了吗？"

她没话找话。

"是，军训完了。"

看一眼向挽，好像也没什么变化，牌牌好奇心占了上风："军训都做些什么呀？我上初中也要军训了。"

向挽有点不好意思，一面择菜，一面柔声说："我身子不好，没怎么参加。"

"啊？你身体不好啊？"牌牌绕来绕去地看她。

"体虚，中暑了。"

"那……"牌牌一下子就心软了，回头看一眼晁新，小声问向挽，"治好了吗？"

向挽"扑哧"一笑："这个不用治。"

"哦。"

"晚上吃笋尖烧排骨？"晁新拎着剩下的生鲜走进来，问牌牌。

"好呀。"

然后决定出去："小姨，我能看一会儿《侏罗纪大战》吗？"

"去吧。"

吃完饭牌牌进屋做作业，做完正好九点一刻，她收拾好小书包，到客厅喊晁新。电视开着，但晁新和向挽根本没有看电视，在聊事情。

见她出来，向挽坐起身，晁新有点尴尬，看看她的光脚丫："又不穿拖鞋？"

所以出来一点声音都没有。

牌牌很心碎，也很无措，晁新已经几天没有过问自己的学业了，向挽一回来，她就拉着聊天，看这架势，可能要聊一整晚。

而自己跑出来找他，晁新只知道怨责她不穿拖鞋。

为什么就对向挽那么和颜悦色呢？于是牌牌不高兴了，噘着嘴说："你陪我睡。"

晁新没应，牌牌急了，跑过来拉他："你陪我睡。"

紧紧攥着他的手腕，一点也不想放开。

晁新心里叹了一口气，没看向挽，只温声跟牌牌说："好，你先去洗澡。"

"你看着我洗。"

晁新皱眉："你是大姑娘了。"

什么大姑娘，牌牌快要气哭了，从前晁新可不管什么大姑娘还是小姑娘，牌牌

若是跟她说害怕，她的第一反应也决计不是考虑方便还是不方便。

是因为她变了，她有了好朋友，不大想管牌牌了。

她也更在意向挽的感受，不再围着牌牌一个人转了。

她急得小小的眉头都皱了起来，两手拉着晁新的手腕，脚板抵着，倔小牛似的把她往浴室拉。

"牌牌。"晁新很无奈，轻声制止她。

但她的语气点了火。

"怎么就不能看着我洗了，怎么就不能了？"牌牌哭了，"你从小看到大的呀，晁新，小姨。那时候我们住隔断，有男的，我每次洗澡你都端板凳坐着陪我，后来搬去西二里，那个卫生间总有蟑螂，灯又不亮，我害怕，你每次都拿着手电筒站在一边，帮我看每个角落有没有脏脏的坏东西。"

"怎么就不可以了。"牌牌红着脸，哭得上气不接下气。

她的难过突如其来，向挽也被吓到了，看着晁新。

晁新很心疼，抱住牌牌的腰，顺着她的气，说："我陪你睡，不哭了，我现在也搬凳子，在卫生间外面陪着你，好不好？"

"你都好多天没有陪我了，"牌牌哭得抽抽搭搭的，快要喘不过来气，"你也不接我，我班主任说你妈怎么回事，在家长群里也老不回话。

"我说我妈好忙，我妈……我妈一个人，我妈很辛苦。"她一边哭，一边开始怪自己，她也不想闹脾气让晁新更难过，可是她太害怕了。

晁新为了攒钱，之前买的房子是租出去的，自己一直住得不算好，所以牌牌最初跟着她也不算很享福。现在她们住上了大房子，可牌牌还是很怕，有时候家里太大了，喊晁新要喊三四声，她会觉得没有一开始合租时，跟晁新挤一张床好。

坐在浴室门口，听着里面渐渐安稳的水声，晁新的神情也很疲惫。

向挽走过来，在她旁边蹲下，轻声说："我回学校了。"

晁新低低地说："我这段时间太忙了。"

所以牌牌才会闹，她不是不讲道理的小朋友，不是牌牌的错。

"我知道的。"向挽明白她没说出口的话。

"我不能送你了。"晁新俯下身，突然胃有点抽动，但她表情里没显露出什么。

"我自个儿回去，很近的，这个点，还不算晚归。"

晁新默了默，才说："好。"

她站起身来，说："晚安。"

"晚安。"

晁新发现向挽腿上的蚊子包，还没有消……

晚风很凉，渐渐有了入秋的感觉了，所以真的不太该穿热裤，娄萍萍说得不见得正确，向挽只感觉到冷。

车水马龙，有自行车丁零零的声响，向挽的影子映在公共汽车的侧面，和车身的广告牌打了个照面，到学校门口，烟火气就浓了起来，有晚归的同学围绕在小摊前，等待一份夜宵。

向挽抬头看了看，有烤冷面，还有烤面筋，她其实都不喜欢吃，但突然觉得有点寂寞，因此她决定满足自己的食欲。

买了根烤肠，一边吃一边走进校园，宿舍楼下的花园里有沐浴露的味道，因为很多刚洗完澡的女同学下楼约会，头发湿漉漉的，就穿着睡裙或者睡衣。

和一个跑步经过的学长擦肩而过，向挽把烤肠放下，给他让路，然后就被学校的流浪狗追上了。

向挽很怕大狗，流浪狗叫着往前跑，她惊慌失措地躲，绕着花园跑了一圈，竟然忘记了往宿舍门厅去。

大狗一看她跑，追得更欢了，汪汪汪地很兴奋。

向挽又被撵着跑了半圈，才把手中的烤肠一扔，滚到大狗腿边。

流浪狗于是停下来，嗷呜嗷呜地吃烤肠。向挽惊魂未定，又怕竹签扎着它，愣是在一旁蹲着等它吃完。

但流浪狗吃烤肠很有经验，避开竹签，狼吞虎咽的，想来是时常有同学用烤肠投喂它。

见它吃得乖巧，向挽忍不住抬手，摸了摸它的头。

凶猛的流浪狗竟然开始蹭她的掌心，一副挺依恋的样子。

向挽又挠了挠它的下巴，流浪狗开始打滚的时候，她突然想起了牌牌。牌牌看向晁新的眼神，像极了面前的大狗祈求安抚的样子，渴望，但小心翼翼。

牌牌之前究竟经历过什么呢？向挽想等晁新跟自己说。

向挽拿着睡衣去洗澡的时候，牌牌已经吹好头，躺在床上了。

她的床边有米奇、米妮、四只圣诞小羊，还有小猪吉祥。

她穿着蓝色的睡裙，抱着小猪吉祥，突然问洗完澡进来的晁新："向老师走了吗？"

她拨弄了一下小猪吉祥的元宝，想起当初自己也送了一个给向挽，那时候她不好意思极了，向挽垂头看她，眼神很温柔。

"嗯，她回去了。"晁新掀开被子，躺在牌牌旁边，胳膊一伸，牌牌就自然而然地滚进她怀里。

晁新的样子很疲惫，牌牌在她的心口蹭了蹭，又问："向老师的小猪吉祥，带去学校了，还是在家里呢？"

"在家里。"晁新说。

"那她什么时候回来拿呀。"牌牌喃喃地说。

晁新低头看她："怎么了？"

"我也不知道。"牌牌说。

拿着晁新的手，拿过来在她手心画圈儿，牌牌又说："小姨，咱们现在先别睡，好吗？"

很乖巧，奶声奶气的。

"为什么不想睡啊？明天还要上课呢。"晁新轻声哄她。

"你每天都很晚才回来，有时候我都睡了，有时候没有睡，我们也没怎么说话。你知道吗？学校发生了好多事，我想跟你说来着，你没有时间理我。"

晁新摸着她瘦弱的背脊，沉默地听牌牌继续说。

"老师在家长群里说让做亲子作业，你那天没有回，老师问我，我跟她说我妈妈忘记回复了，但是她会做好的。"

"什么亲子作业？"

"是我们班会的内容，和家人一起用废品做一个环保的再利用的小手工，下周班会上展示。"

"下周？"晁新皱眉。

"我做好了，我用热水壶的盖子做了一个机器人，但是颜色涂得不好，我怕老师看出来是我做的，你如果有空，帮我再改一下，我放在桌子下面了。"牌牌说。

晁新有点心酸，说："好。"

"晁新……"牌牌突然翻身，趴着看着她的脸，小手捧着晁新的右颊，问她，"等你忙完了培训班，你就会每天来接我了，对吗？"

"像以前那样。"她补充。

"对，"晁新也拍拍她的小脸，"不好意思最近让你一个人回家。"

有时热中午的剩饭，有时就点外卖，牌牌没有说什么，但晁新知道她一直在压抑自己的情绪，只是今天爆发了。

"所以，"晁新见她又趴下来，便轻轻抚着她的背，问她，"你今天在向老师面前这么不礼貌，是因为我没陪你吗？"

牌牌在她的胳膊上蹭了蹭眼睛，晁新能感觉到柔嫩的睫毛和略微的濡湿，不知道是不是洗澡的水汽。

牌牌说："也不是，我有一点害怕。"

"害怕？"

牌牌的脚动了动，为难了一会儿，才说："我那天……"

她侧睡着，抱住晁新的腰，闷闷地说："我那天在车上，听到你俩聊天，你们好像把对方当特别重要的朋友……"

"怎么了呢？"晁新把她拉开，看着她的脸色。

但牌牌不敢看她，眼睛只盯着晁新睡裙上的褶皱。和大人谈心这种事，一认真，她就脸红，觉得腆得慌。

"我刚刚说，你是大姑娘了，不仅仅是指洗澡的事情，"晁新捋着她的头发，"你可以告诉我你的想法，如果你不说，我们怎么一起解决呢？对不对？"

牌牌咬了咬嘴唇，坐起来，小腿曲在裙子外面，仍旧抱着小猪吉祥。

"我怕你觉得我长大了，就不管我了。"她低垂眼帘，别别扭扭地说，然后把嘴巴两边吸进去，做了个鬼脸。

因为晁新这会儿就不怎么顾得上她了，往后晁新的工作室起来了，再有了好朋友，她就真的爹不疼娘不爱了。

晁新盯了一会儿她的鬼脸，也坐起来，靠着床头。

安静了一会儿，好像在想措辞，才说："我的确很欣赏向老师。"

牌牌吸着嘴角抬眼看她。

"而且也想把她当作非常重要的朋友。"晁新笑了笑。

牌牌把嘴角放开，嘴一瘪，要哭了。

这么多年，这是晁新第一次在她面前说别人重要，她好失落，好伤感，感觉自己要被抛弃了。

明明她才应该是晁新唯一重要的人。

晁新抿抿唇，又"喷"的一声放开，说："要不你还是接着做鬼脸吧。"

牌牌把眉头皱成蚯蚓状，看着晁新，瞬间明白了，晁新不想看她哭，她们要进行大人的谈话了。

于是她将眼泪憋回去，又卖力地把嘴角吸起来，做成一个扭曲的小黄鸭的模样。

晁新见她冷静一点了，才扬扬眉头，温声说："你喜欢周子奇，但你也喜欢我，我想，你并没有因为喜欢他，就不喜欢我了，对不对？"

牌牌狠狠摇头。

晁新笑笑："所以我们每个人都是这样的，嗯……打个比方说，就是我们每人都有三个水杯，分别装着亲情、爱情、友情，它们在三个杯子里，不是混在一起的。"

"之前我其他的杯子被我藏起来了，你看不到，所以以为我只有一个，其实我有很多呢。"她轻言软语，朝着牌牌微微笑。

"所以，不管我跟她是什么状况，我们之间的感情增也好，减也好，只会添加和倾倒友情的那杯水，不会动我和你的。你明白吗？"

似懂非懂，牌牌犹豫地点点头。

晁新伸手揽过她："不管我和谁做朋友，有多少朋友，有多少工作，我都不会不管你，我只有一个牌牌啊。"

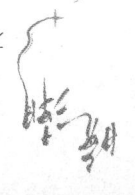

最后一句很轻，但牌牌突然就鼻酸了，伸出小手抹着眼泪。

"我之前也跟你说过，人和人之间，不过就是真心换真心，如果你也想和向老师做朋友，那自己去表现，去争取，去对她好，这样，你也能多一个朋友，对不对？"

"你很会交朋友的，是吗？"晁新低头看她。

"可是，"牌牌突然想起了什么，脚脚又动了一下，娇娇地说，"她会不会再让我背《师说》呀，我害怕。"

晁新笑起来："她现在不教你古琴了。"

"那，那，"牌牌有点恐慌，"她会让我背别的吗？"

"应该……不会吧。"晁新皱眉。

但她很快笑起来，勾了勾嘴角，跟牌牌说："睡吧。"

"我睡着了你要跟她打电话吗？"牌牌问。

晁新没回答。

"我承认你说得很有道理，可是我心里还是酸，你最近可不可以不要当着我的面跟她多聊天，我不想看。"牌牌哭丧着脸，哼哼唧唧的。

"好，我答应你。"晁新笑着掐掐她的脸。

"我还是觉得她好像狐狸精啊。"牌牌"哇"的一声号。

"哇，向老师有狐狸精这么漂亮？"晁新惊叹。

牌牌急了，上手打了她一下。

晁新抱住她躺好："不闹了，快睡觉。"

"晚安。"不情不愿地。

"晚安。"

哄睡牌牌之后，晁新放轻手脚下床，拿上桌子下方的小机器人和水彩笔来到客厅，准备修改修改。

牌牌画的机器人好丑，确实一眼就能看出来不是出自晁新的手笔。

她笑了笑，戴上耳机，一边改，一边给向挽打电话。

十点过，她宿舍还没有熄灯，应该没睡。

"准备睡了吗？"她问向挽。

向挽轻轻把门带上，走到楼道里听她的电话。

"等一下，有室友睡了，我到外面来。"

"冷不冷？披件衣服。"晁新细致地修改小机器人的鼻子，把一个竖钩改成长方形。

"不冷，"向挽说，"牌牌睡了？"

楼道里响起过路的脚步声，不远处传来盥洗室放水打水的声音。

"嗯，聊了一会儿，睡着了。"

向挽来到电梯间，信号有点不好，于是她快步走两步，往安全通道去。

"怎么不问我聊什么了？"晁新又问。

"聊什么了。"向挽莞尔。

"她说，怕我跟你做朋友，就不管她了。"晁新也笑了笑，气息从听筒里传过来。

"怎么会呢？"向挽有一点讶异。

"她只有我一个亲人，挺没安全感的。"

"嗯。"向挽表示理解。

沉默两秒后，听见晁新说："对不起。"

因为自己邀请了她留宿，又让她一个人回去。

但向挽又不是想听她的抱歉，她绕了绕自己的头发，又拿在手里慢慢地捻。

是有一点失落，因为十四天没见，还以为晚上可以说说话。

不过她还是不想听晁新的道歉。

"明天有课吗？"晁新另起了话题。

"没有，刚军训完，没开课。"

"那好好休息。"

她叹一口气，嗓音有点闷："那我睡觉了。"

那头却笑起来，低低的气音，两三秒之后才说："好，晚安。"

挂了电话，她望着窗外，今儿连月亮都没有，最亮的是路灯，不过她总习惯仰头望月亮，无论路灯制造得多么精致明亮。

这一觉很长，睡到早上九点，向挽不紧不慢地起床洗漱，想着今日去买个帘子。住了一段时日，还是觉得不挂床帘不方便，尤其是有时晚上乍然醒来，看见对床的老大在黑夜里玩手机，绿光阴森森地照着脸，几次吓得她心悸。

军训穿了十几天的 T 恤，腻了，她特意找出雪纺的小裙子换上，束个马尾，拿上手机和校园卡便下楼。

先去一食堂吃个早饭。

小花园里春光明媚，有叽叽喳喳的鸟叫声，已经入秋，花草还是很茂盛，仿佛是拖住了一点盛夏的尾巴。

向挽迈下门厅的台阶，抬头，在盛夏的尾巴里看到了晁新。

她穿着雪纺的白衬衣和黑色阔腿连体裤，比平常休闲一些，坐在小花园正中的长椅上，跷着二郎腿看手机。她时不时撩一把头发，往宿舍楼看一眼，这一眼就恰好等到了向挽。

晁新踩着高跟鞋站起来，站在太阳底下对她笑。

"你怎么来了？"向挽磨磨蹭蹭地走过去。

"你不是说今天没课吗？我来陪你。"晁新说。

"那你怎的不事先同我说呢？来了也未和我通个电话。"向挽望着她连体裤上的扣子，柔声问她。

也不晓得她等多久了，若是自己不下来呢？

"怎么，你不想看见我啊？"

晁新把手插在兜里，卷发簇拥着姣好的脸蛋，微微摆了摆肩膀。

向挽没答话。

"那，"晁新轻轻叹一口气，"我先告诉你我今天的安排。"

"中午想带你去吃牛排，下午逛逛商场，看个电影，晚上接你去我家，算是替牌牌昨天的不礼貌道歉。"

向挽想起了牌牌，问："去你家，牌牌会不开心吗？"

"她不会不开心，因为我早上跟她说，周末带她去乌南水镇玩。"

乌南水镇在江城的近郊，周末去很合适。

"什么表情啊？"晁新看着她，又笑了，下垂的睫毛在脸上投射出一点阴影，因为笑容而活络起来。

"我也想去。"向挽很直白。

"啊？"晁新讶异，"我刚才不是在邀请你吗？"

"你几时邀请我了，你说你带牌牌去。"向挽咬唇。

"那我补一个，来得及吗？"

向挽不置可否，绕过她往一食堂去，听见身后的晁新跟上，她才问："水镇好玩吗？"

"我觉得还不错，可以游船，放花灯，还有孔明灯。"

向挽的眼神亮了亮。

"感觉一些古人应该挺喜欢的吧？"晁新皱眉自语。

向挽一笑，又同她说："那我也与你交换今日的安排，我要先去一食堂吃饭，牛肉饼过了九点半就没有了。随后我去一旁的商场买床帘，再回宿舍将其装好。"

"还有吗？"

"没有了。"

"刚刚好。"

"什么？"

"刚刚好，补充我计划中的上午部分。"

向挽弯着眼角笑："你今日十分活泼，晁老师。"

晁新也觉得，可是一想到昨天，晁新还是会有一点想要叹气。她不是一个很好的家长，也不是一个很好的朋友，时常难以好好照顾身边人的情绪。

向挽好像感觉到了晁新的小低落，拉着她往食堂去。

食堂的牛肉饼还有，向挽吃得很满足，又喝了半碗小米粥。吃过早饭两人去买床帘。

向挽听晁新的意见，选了一套绿色和奶白色相间的床帘。

回到宿舍，已经没有人了，看起来室友都出去自习或者逛街去了，晁新踢掉高跟鞋，和向挽一起爬上床，两人合力挂帘子。

有点复杂，弄了近半小时才好，坐在床上拉几下试试，晁新还算满意："还行，挺挡光的。"她拉拢床帘，和向挽在里面说了会儿话。

以前她就想要这种带印花的床帘，但当时没钱，还是去找学姐买的二手的。

也从未有过这样的体验，在本该装着青春的宿舍，三十多岁的晁新因忙碌而起了薄汗，躲在里面和闺中密友聊天。

像是迟到了，像是迟来很多年了。

第七章
秘密

门开了，有室友回来。

不是娄萍萍，也不是谭小柏，是学霸刘伊，她没有在意宿舍有没有人，只拿了几本书又急匆匆赶回图书馆。

向挽和晁新从床上下来，两人整理了一下头发和衣着，下楼开车去吃午饭。

晁新定的餐厅在市中心，她其实很不会享受，还是昨天晚上弄完机器人之后，在大众点评上搜了一下，从"人均最高"往下排，感觉有点夸张，又从"环境最好"往下排。

环境好的大多都是法餐厅，很多需要提前一天定位，早上挨个打了几个电话，定了这家南滨路的，由于是工作日，又是中午，人不多，座位可以轻松订上。

一个不大的餐厅，在大厦的二十四楼，270度大落地窗，把阳光铺陈得很好。靠近落地窗的地方用木板堆了一层小台阶，有三四个雅座，中央是一个吧台，倒挂的玻璃杯和橱窗里的各式洋酒流光溢彩。

跟随着怡人的轻音乐，侍者将两人引进去，到大厅一个比较安静的角落。

晁新看着侍应生给向挽拉开座位，两人入座，她才把菜单递给向挽，说："订得有点晚，没订到靠窗的景观位，先吃吃看，如果觉得好，下次我提前订。"

向挽翻了翻菜单，又犯了难。

她将菜单稍微合拢，扫一眼远处的侍应生，悄悄对晁新说："这是正经菜吗？"

"怎么？"晁新不解。

"我翻这第二页，全是蜗牛。"向挽蹙眉，又看看菜单。

蜗牛……也能吃吗？

晁新"扑哧"笑了，跟她说："焗蜗牛是吧？害怕就不要点了，点点牛排什么的。"

向挽颔首，又往后翻，牛排她吃过，不常吃，总有一些茹毛饮血的感觉。

点好菜，两人没要酒，因为一会儿还开车，晁新给向挽又加了一道甜品和一杯饮料，两人再聊了会儿天，主菜就上来了。

向挽没好意思说，她觉得餐前面包很好吃，多吃了一些，再喝一碗奶油蘑菇汤，她已经差不多饱了。

主菜两人都点的西冷牛排，都是七分熟，向挽不太惯用刀叉，一小块一小块慢吞吞地切，晁新很熟练，三两下将牛排分成小块，然后伸手把分好的牛排递给向挽，再把她那份切得乱七八糟的拿过来。

向挽一愣，晁新笑了："以前牌牌也懒得切，我习惯给她切好。"

"还是说，"她看向挽没反应，又试探着问她，"你想要自己切？"

"这样便好。"向挽低头，又起一块晁新切好的牛排。

她十分享受晁新的照顾，但有时也有一丝忧虑，这与她因为害怕分离而不敢养猫一样，她怕若是习惯了，往后自己又变成一个人会不适应。

两人安静地吃了一餐饭，没有聊什么天，到楼下取车时，晁新才问她："怎么样，觉得好吃吗？"

"这样的菜式，很贵，是不是？"向挽问。

"有一点。"晁新说。

"那往后便不必破费了，我更吃得惯你做的那些。"向挽老实地答。

"你呢？"向挽坐在副驾问她。

"我也不太喜欢吃法餐。"晁新勾了勾嘴角。

向挽有一点满意，她们又达成了共识。

电影院在离大厦两公里的地方，一脚油门就到了，两人的点卡得刚刚好，径直上楼换了票，晁新又带着她买爆米花。

抱着爆米花，逛着看了一会儿一旁的人抓娃娃，向挽觉得有点热，又去买了一杯雪顶咖啡。

两点半，电影正式开场，是一部轻喜剧爱情片，发生地在上海，大致讲了一位大龄青年和几位异性的浪漫爱情故事。

经典台词层出不穷，影厅内笑声不断，向挽捞着爆米花，时不时跟着笑笑。

晁新在不跟向挽说话的时候，不大爱笑，只抿唇看着闪跳的荧幕，连弯弯嘴角都有点后知后觉，好像是被气氛给带的。

"你若不想笑，便不要笑。"向挽小声跟她说。

"大伙儿都笑完了，你忽然呵一声，怪瘆人的。"

晁新这回是真心实意地扩大笑意，说："知道了。我不常来电影院。"

以前也就过年的时候陪牌牌来看看《熊出没》什么的，牌牌嫌弃她没反应，所以她也常常跟着笑两下，渐渐养成了习惯，事实上，她一点都不觉得好笑。

又演了一会儿，主角们开始抒情，电影院安静下来。

向挽感到左边的扶手被推了上去，晁新靠过来。

"我睡一会儿。"她低声说。

"好。"

167

悠扬的萨克斯配乐中，晁新睡着了。她知道这样很不礼貌，但她真的很疲惫，当讲师、盯装修、给牌牌做饭，还有自己的本职工作。昨天哄完牌牌，跟向挽打完电话，她一个人修补机器人到凌晨两点，她想要给牌牌做得精致一点，让牌牌拿得出手一点。

早上六点不到，晁新就醒了，翻了翻周边游，找到一个不错的地方，在和牌牌吃早餐时说了，也告诉她可能会邀请向老师。到底是小孩子，能出游就很开心，何况很久没有和晁新一块玩了，牌牌当然很兴奋。

于是晁新开始物色酒店，订好酒店之后开始在网上搜订中午的餐厅，很多餐厅不会那么早开门，她等到八点一刻，打了好几家电话，确定之后，就换衣服去学校等向挽。

向挽把爆米花放下，动静很小地拆了一包湿纸巾，把黏黏的手指擦干净，又偏头，晁新还睡着。

向挽伸手碰了碰她。

晁新睡得很轻，感受到她的动作，就睁开眼，问她："演完了？"

向挽摇头。

"那，我压着你了？"晁新起身，看看她的肩膀。

"我们走吧。"向挽说。

"嗯？不看了？"

"嗯，后面的剧情没什么意思，我们走吧。"

回到恒湖国际，两人在楼下的超市买完菜，晁新看看时间，就说要去接牌牌了。

看向挽挺疲惫的，晁新一面换衣服一面说："你睡会儿吧，一会儿我叫你起来吃饭。"

"我做吧，你想吃什么？我给牌牌蒸个鸡蛋羹？"向挽坐起来。

"她不吃，补课的时候学校有饭。"

看向挽还是想起身，晁新顿了顿，问："不累吗？"

向挽摇头，漆黑的长发柔顺地动了动。她安静时，显得侧脸像瓷器一样，很单薄，很脆弱。

晁新说："那你煮个面好不好？简单一些就好。"

中午吃得有点油腻，她觉得向挽应该也没什么胃口。

"好，我再卧两个鸡蛋。"

向挽打开冰箱，发现竟然有剩的鸡汤，揭开保鲜膜闻了闻，还能吃，于是她把鸡汤热了，煮鸡汤面。

等热气腾腾的挂面端上桌，晁新和牌牌正好回来，晁新拿着牌牌的书包，牌牌叽叽喳喳地汇报晚上吃了什么。

"嗝。"她还在打嗝，"总之我觉得学校的饭还挺难吃的。"

一抬头看见向挽在摆筷子，牌牌有点尴尬，因为昨天闹脾气的事，觉得丢脸，于是声如蚊蝇地叫她："向老师，嗝。"

向挽一下就笑了："怎么一直打嗝啊？"

"我也，嗝，不知道啊，嗝。"

"进去，喝七口水。"晁新给她把书包挂上。

"哦。"

心无旁骛地数着喝了七口，果然不打了，牌牌一直觉得很神奇，但她也不知道是什么原理，可能叫作"大人的魔法"吧。

作业在等着上奥数课的时候完成得差不多了，剩下的她和晁新商量过了，打算周日晚上再做，于是她就要去沙发上坐着看电视。

刚提步，脚下拐了个弯儿，倚在饭桌边，眼巴巴地跟晁新说："好香啊。"

十岁的姑娘学会了含蓄，想吃不直说，而且不对做饭的向挽说，只望着晁新。

"你不是吃过了吗？"晁新坐在向挽对面，拌面。

"我也觉得我可以喝口汤。"牌牌鼓着腮帮子，自我肯定地点点头。

晁新吃一口面，吃完才慢悠悠地说："但不是我做的，你要问做的人可不可以。"

做的人别了别头发，安静地吃，仿佛没有听到她们说话。

牌牌咬了咬手，问："向老师。"

"嗯？"向挽抬脸，很温柔地对着她。

"可以吗？"说得很含糊，牌牌的手指在撕自己嘴上的死皮。

向挽噙笑站起身来："只喝汤，还是要一点面？"

牌牌看了下，如果要面，估计得重新下，于是她说："喝半碗汤就可以了。"

"四分之一碗。"又精确了一下，用了高级的分数。

"我不太知道四分之一碗是多少，你可以跟我一起去盛吗？"

"好呀。"牌牌有点不好意思，跟着向挽走进去。

她有点雀跃地端着鸡汤，坐回餐桌上喝，但她并没有被一碗鸡汤收买，因为这鸡汤是晁新熬的，向挽不过是热了一下子。

她就只谢谢向老师热的一下子，和盛的一下子。

吃完饭，牌牌"知恩图报"地去洗碗，也是因为明天要出去玩，表现一下。

这样晁新就会同意带上她的粉红色蓝牙话筒了。

晁新和向挽靠在沙发上，看水镇的攻略，等牌牌出来，晁新抽了纸巾给她擦手，然后示意她调电视看。

向挽低头玩了会儿手机，忽然想起要紧的："我要给自个儿订酒店吗？我还不晓得你们订的哪一家。"

"不用，"晁新说，"我定的套房，两个房间，你一间，我和牌牌一间。"

"那若是我不去呢，两个房间岂不浪费？"

"如果你不去，我一个房间，牌牌一个房间。"晁新说。

向挽垂下眼帘，没说话。

原来她有另一个计划，连假若自个儿不去，她都想好如何住宿了。

牌牌的大眼珠子左右转，支起耳朵听，她发现向老师好像有点不高兴了，晁新也发现了，因为她用眼角看了向挽两次。

但可能是碍于牌牌在场，她不好多说什么。

牌牌敏锐地发现，晁新好像是顾着自己的想法，有些刻意跟向挽保持距离，她俩现在沙发都各坐一边，跟中间划了道银河似的。

牌牌感到晁新其实很在乎自己，而自己无意中让晁新交朋友这件事变得有些为难。

突然就有点愧疚，一丢丢。

于是牌牌用力擦着自己额角上一小块灰，讷讷说："小姨。"

"嗯？"

"要不，我自己睡？"挠挠腮边。

"你不是一直自己睡吗？"晁新陡然没转过弯来。

"我说出去呀。"牌牌收着小下巴。

"你确定可以？"

牌牌把嘴往右边努了努，绷着，晁新一副当她是三岁小孩儿的样子，她有点生气。

晁新笑一声，往沙发左边坐了坐，跷起的二郎腿脚尖轻轻碰一碰向挽的小腿。

向挽抬头看她。

"可以跟你一起吗？"

向挽低下头，滑着玩了会儿手机，直到晁新又碰了碰她，才几不可闻地答一声："嗯。"

水镇不远，开车两个小时左右就到了。

江南水乡一样的地方，天蓝得像上了滤镜，墨瓦白墙，鳞次栉比，柳树拂动堤岸，一条绿色的小溪蜿蜒穿过，乌篷船晃晃悠悠，偶尔碰在石板上，惊起几只偷憩的雀鸟。

好美，不只是美，还很熟悉。

比镜面光滑的高楼矗立，比高矮不一的大小车辆，比机油味、电铃声，都要亲切很多的那种熟悉。

"怎的建成这样呢？"向挽拉了拉晁新的袖子，眼里有波光潋滟。

"这本来就是一个古镇，后来被开发成了旅游景点，很多建筑都修复了，你看，那边还有穿汉服的。"

"你想要穿吗？我给你买一套。"晁新很温和。

旁边跳起来一个"小萝卜"："我要。"

"你太小了，没有那么小的汉服。"晁新瞥她一眼。

牌牌举着粉红话筒，气得鼻孔都扩张了。

向挽莞尔一笑，和晁新一起推着行李箱进入景区，事先在服务处检票入内，然后在服务台办理入住手续，将行李箱放入摆渡车托送到房间，然后三人一身轻地从小镇西边开始逛。

行人不多，但石板路上已经足够热闹，两边的屋檐下是各类摊贩，有模拟旧时打酒的，有晒玉米和割猪肉的，还有做灯笼的、制秤杆的。

向挽看得应接不暇，走到一个卖风筝的店里，眯眼在阳光底下仔细看。

晁新在她身后站定："喜欢吗？"

"好生精致。"向挽说。

"从前我们也做纸鸢，我会做飞燕，还会画仙人逐月。"她抿着嘴笑了笑，有点不好意思。

"你家这么穷啊？"牌牌举着变声话筒说，"这个还要自己做呀？"

她和晁新以前也很穷，但春游的风筝也是用买的。

向挽一愣，晁新一拍牌牌的头："把话筒关了。"

在车上唱了一路，怎么还没玩儿够呢。

"哦。"牌牌关掉话筒。

向挽低头笑了笑，晁新说："要进去看看吗？"

"不了，"向挽侧过脸，"现在也不玩那个了。"

她好像有一点落寞，晁新没说什么，跟着她往柳荫深处走去。穿过一座石拱桥，三人在桥上看了看水里的鸳鸯，一弯墨船从桥洞里钻出来，晃晃悠悠，荡起阵阵涟漪。

"船家。"向挽又柔柔笑了。

"对，船家。"

"你晓得吗？我记得，从前我们家在奉陵，城南有码头，码头上总是停着船家，有船夫，有船娘，有一回我和拢翠撑着伞打岸边过，见到有船家将蔫儿的菜扔到岸上，也不晓得什么鸟便围过来啄食了。"

向挽转过身，手撑着石磴子："我那时很好奇，想遣拢翠去问问，那是什么鸟，可奶娘催了，我便让轿夫又紧着走了。"

向挽轻声细语地说着，晁新在心里轻轻重重地描着。

很神奇，像在听一个久远的故事，但故事的主角，是站在她身边的向挽。

"我没有什么遗憾，过来时总惦记的，也就是这一样，想晓得，那究竟是什么鸟呢？可是现今依然没有了。我再也找不见了。"

不知道是不是灭绝了，或许是吧，那么那么多年了，和向挽的往事一样，也早该灭绝了。

她从未对人说过这些，连于舟也没有。

有些东西，是揣在胸骨里的一团线头，你若不当心扯一小下，便骨碌骨碌拆起来了，拆得昏天黑地，拆到所剩无几。

因此向挽总是很小心，要绕过这一根线头。尽管它很碍眼，总是支棱着。

来到此处两年多，她没怎么纯粹地旅游过，更没有人带她来这样有江南古韵的小镇，她有一点难以招架，回忆就不大听话了。

晁新叹一口气，轻轻拍拍她的肩膀，以示安慰。

到了一家排着长队的糖葫芦店，牌牌吵着要吃，于是三人一起排队。

不一会儿就排到了，晁新给牌牌买了一个山楂的，然后问向挽要什么。

向挽摇头："不吃，酸。"

还没忘记上次彭婠之买的那一个。

"有不酸的，有草莓的、板栗糯米的、葡萄的，都很甜。"店员很热心。

向挽一看，六十八一个，于是说："不要了，很贵。"

没见过她这样直接在柜台上说贵的，晁新笑了，说："不贵，排这么长队肯定很好吃，挑一个吧。"

"对嘛，姐姐请客，妹妹挑一个嘛。真的好吃的。"店员也笑了。

姐姐？向挽看一眼晁新，然后低头指了指草莓的。

晁新看着橱窗勾了勾嘴角，拿起手机扫码付款。

带着牌牌走出人流，到广场上边一边看风景一边吃，糖衣晶莹剔透的，像材质顶好的琉璃，发出诱人的香气。向挽吃得很认真，像是被甜到了，睫毛扇了扇。

晁新撩一把头发："不给姐姐吃一个吗？"

六十多呢。

向挽望她一眼，递过去，晁新就着她的手咬一口，的确好吃。

牌牌拽拽她的手："尝尝我的。"

"不了。"晁新嚼着草莓，婉拒。

"为什么？"牌牌委屈。

"山楂酸，我年纪大了，吃了牙齿会掉。"

"真的吗？"牌牌张大嘴，望着她的牙，有点恐惧。

"嗯。"晁新点头，往前走。

再深了去，是染布区，各色染坊在院子里架起竹竿，上头搭着印花布料，多半是天青色的，染着白色、浅蓝色的小花，临近中午，终于有些微风，染布款款摇曳，配着江南水乡，传送出浆洗的皂角味。

染布坊区没什么玩乐，行人少，太容易给人一种今夕何夕的错觉。

几个染坊都大同小异，唯独尽头处有一家制衣店，遥遥立在清净的石板深处，门板只开了一半。

所有的摆布陈设都和旧时一样，绫罗绸缎卷成一卷，次第安放在摊位上，花样精巧绣工了得，几面双面绣的蚕丝扇立在店前，向挽目不转睛地看。

她有点激动，像极了模糊记忆中初一十五上完香同姊妹逛缎子铺的时候，那时她总要挑几匹的，一面摸着绣面一面想，双蝠的样子稳重，又是鸦青色，适合给爹爹做外袍；牡丹富贵，水檀色的底面又不大张扬，做成裙子母亲一定喜欢。

上回二哥从边关归来，说是缺个剑穗儿，不晓得能不能找着丝绵。

小妹想要个棉手闷子，要毛茸茸喜庆些的才好。

她望着沉默的绫罗绸缎，好似在望着一位精心挑选的姑娘。

"去看看。"晁新低低的嗓音像是蛊惑，在她耳边说。

向挽笑吟吟地点头，迈上台阶，习惯性地做了一个拎起两边裙摆的动作。

但她抓了空。

她一瞬就愣下来，停下动作，望着自己空落落的双手，和紧贴着双腿的牛仔裤。

然后她退了一步，缓慢而绵长地呼吸。

晁新将她的动作尽收眼底，走到她身边，握住她空无一物的手心。

向挽转过身，一把抱住她，无声地哭泣。

不是想绸缎，是想穿上的绸缎的爹娘兄长和姊妹，她克制太久了，她想都不敢想。

她同于舟说，同自己说，缘来缘去，自有定数，昨日种种，全当已逝。

今日重来，只作新生。

可如何能当作新生呢？

世间是否还有第二个这样的可怜人，过黄泉时忘了喝孟婆汤，只能凭借自己剥骨拆筋地遗忘。

她遗弃的是记忆吗？不是，是她自己。

是活了十八年的向挽。她要先将向挽送入坟冢，才能够给往日情仇立碑。

"晁新。"向挽哽咽着轻轻叫她。

什么也没说，也没有再唤她"晁老师"，而是叫她的名字。

她好像忘了跟任何人说，自己也会害怕，怕孤独，怕被驱逐，怕被遗弃，怕没有任何人记得她，在乎她。

晁新以为她会喜欢这个地方，但没想到让她伤心了。

但晁新心酸的同时也有一点高兴，因为向挽从来没有因为这件事向别人示弱过，否则她不会哭得这么崩溃，呼吸了几次都难以抑制鼻腔的颤抖，而她愿意向自己敞开心扉，这代表她把自己当朋友了。

她耐心地抚慰她，等她平静下来，也没说什么，就拆开纸巾给她擦眼泪，然后向牌牌伸手。

"包包里的牛奶糖，上交一个。"她说。

牌牌也很慌，马上开始翻自己的小熊猫包包，从里面摸出一个雪糕状的糖果，比较了一下，把抹茶味的给了向挽。

红豆味的留下。

晁新手脚利落地拆开，捏着下方的小木棍儿，递到向挽面前。

她不会哄人，以前也就给牌牌吃糖，这个样子多少有点笨拙了。

而且一位红唇卷发的大御姐，递着一根食指长的小糖果，就更突兀得有点好笑。

向挽鼻息一动，抿抿嘴唇，眼眶还濡湿着，鼻腔也是，她抬手接过来，放到嘴里，一点一点等待它融化。

两人在小巷的尽头相对而立，晁新说："本来想给你买把扇子的。"

城里很难看到这么精致的绣品。

"那要不给我买也行啊，"牌牌仰头，弱弱地说，"我可以拿去装白娘子。"

向挽掩住嘴唇，忍俊不禁。

牌牌这一路，一直在见缝插针地要东西，几乎没有成功过。

而这两个人又让她一头雾水，她要着要着，语气开始变得惶恐。

一副"臣有话不知当讲不当讲"的样子。

晁新也肩头一动，无奈地摇头笑了。

"走了。"晁新拍拍牌牌的背。

快到午饭时间了，她们准备去找个饭店吃午餐。

是晁新和向挽做过攻略的一家杭帮菜，里面的香薰鸡很有名。上菜慢是缺点，不过等小鸡端上来，拆开肚子，透出里面各种菌菇的香味，就已经让几十分钟的等待变得值得。

牌牌大快朵颐，还不忘一面吃一面观察向挽的情绪，她一停下来擦嘴，牌牌就有点慌，生怕她一个不小心又哭了。

说实话，她还没见过上个台阶把自己累哭了的大人，吓死了。

景区里的饭很贵，也没吃什么就六七百了，向挽又看晁新一眼。晁新安抚她："难得出来玩一次，你怎么总看价格啊？"

"你喜欢旅游吗？"向挽问她。

"我不怎么出来玩的，所以想让你们吃得好一点，住得好一点。"

印象中上一次一个人出去旅游还是在大学的时候，那时候住青年旅舍，三十块钱一个床位，那次是跑到北济去看海，五十块钱的火车票坐到盛关，再转一个小时的汽车，二十块钱。也就在那儿住了一晚，最奢侈的是点了一盘炒蛏子。

"晚上我本来想和你去放花灯，看孔明灯，你想去吗？"晁新插着兜，在路边停下。

她怕向挽又触景生情了。

"不过我答应了牌牌，"晁新摸摸牌牌的头，"如果你不想，可以在酒店休息，等我们回来。"

"想去。"

难得一起出来，做什么都想要去。

下午她们去爬山，在山顶最高的教堂处喝了一杯云顶咖啡，看着日升日落，云舒云卷，也听到了山林间第一声晚钟。

晚上有点凉，晁新带着她们两个去买了烤红薯和蒸梨，坐在村口的老榕树下等待夜幕降临。

华灯初上，整个小镇开始点灯，星星点点闪烁在墙角和道路两旁，将潜伏在山野间的小镇点成一条璀璨而静谧的卧龙。

她们来到中央广场，沿着台阶往下是溪流最热闹的地方。

穿着汉服的姑娘们已经备好花灯，在红纸上书写愿望，花灯随着水流漂浮而下，明明灭灭，如依水而生的莲花。

晁新掏钱给向挽和牌牌各买了一盏花灯，店家提供纸笔，还是很有仪式感的毛笔，牌牌不会用，在上面鬼画符地写了几个字，不让看，迅速地折起来，墨迹糊作一团，她也不管。

而向挽躬身在案前，执笔，蘸墨，素手架着笔杆，略忖了忖，便开始竖着书写。

晁新没有去看她的内容，只盯着她写字的侧脸，黑夜将她现代的装束融化掉，背景的花灯像是簇拥她的华裳，她写字很端正，像身体里有字体的风骨。晁新第一次如此强烈地感受到她不属于尘嚣的高贵。

躬身亦凛然，嘈杂中自若。

光亮纳进她眼里，不远处的孔明灯也升起，古镇里开始有编钟的乐音，厚重、清冽，和孔明灯一起缓慢升腾。

晁新低下头去，眯眼望着顺流而下的花灯。

向挽说："你怎的不问我写了些什么？"

"别人的愿望，偷看不好吧？"

"也是。说出来便不大灵了，是不是？"

"好像是。"

于是向挽就没有再说，不告诉任何人，她写的是：不分离。

热闹过了，两人都有些累，随着散去的人群准备回酒店。只有牌牌，本来该睡觉的点，却异常兴奋，走到一个上坡，钻到晁新和向挽中间，一边拉一个，要她俩把她拎起来，玩飞飞机。

晁新无奈地把手递给她，向挽不大懂，也任由她拉着。

牌牌往后退一步，半蹲起范儿："预备备……"

往前一蹦，晁新的手用力拉起来，向挽没动，重心失衡，牌牌差点摔了个跟头。

她震惊地盯着向挽："你得拉起来呀，你得拉起来，不然我怎么飞呀？"

"拉起来？"

"像刚才小姨那样，我一跳，你就用力把我往上拽，我就能飞飞机了。"牌牌嗲声嗲气。

"你将我，"向挽蹙眉，"当作秋千架子？"

"什么秋千架子，飞飞机你不会啊？"牌牌急了，看着晁新。

这世上没有大人不会飞飞机吧？

"我试试。"向挽沉吟。

牌牌踌躇满志，又拉紧二人的手，退后一步："预备备。"

再往前一跳，又差点一个跟头，她牵着站定，见向挽摇头："不成，我手疼。"

"你……"

牌牌从来没见过这么娇气的大人。

如果向挽不是晁新的朋友，她肯定会跟向挽绝交的。

叹一口气，她背着手往前面走。

有几个大学生嘻嘻哈哈地迎面过来，看到一个气鼓鼓的小学生，故意对她唱《孤勇者》："爱你孤身走暗巷……"

"滚。"牌牌吼他们。

从她八岁的时候就来这招，她都十岁了。

酒店也是江南庭院似的建筑，说是套房，其实是包了一个小院子，一个大大的中式客厅，外头树影婆娑，有月季的清香和一块老木根做的矮桌。秋千架子悠在角落，咯吱咯吱地响着，像在悠闲地赏月。

两个卧室并排在南边，一边大，里面的陈设也差不多，看着很干净，也很高级。

牌牌看到这么漂亮的卧室，瞬间想独占了。

她可以坐到窗边，透过纱窗，外面是荡着的溪流，她伸出胳膊倚着，她觉得自己肯定好像一个古代小姐。如果明天早上能听到叫卖声，她就双手徐徐地推开窗，探出美貌的容颜，一边梳头，一边娇羞地往窗外望一望。

从水镇归来后，向挽同晁新和牌牌的关系比从前更亲近了一些。

晁新在忙着准备装修的收尾工作，除了订的一些设备还没到，其余的都差不多了。在闲下来时会给向挽发微信，每天晚上如果见不了面，两人也总要通个电话，聊工作，也聊学校的趣事。

十一月，眼看着晁新的培训课程要到尾声，也因着许久没聚了，从未主动约人的向挽，约了四人组和晁新一起吃饭。

不过向挽没有想到，晁新来了，彭娴之来了，于舟也来了，苏唱没来。

这事有一点怪异，其一是因为苏唱很会做人，让所有人都如沐春风，但这次没来，她没说一句话，其二是于舟来了。

若苏唱当真有事来不了，于舟一定会和向挽说，另约时间。

但于舟没有，自己来了。

向挽心里觉得不大对，席间也有些尴尬，彭娴之和于舟都没怎么说话。

也就和挽晁二人简单说两句，聊了下哪个菜比较好吃，哪个菜还可以，鱼好像还挺新鲜的……

向挽七窍玲珑心，几乎是笃定了有蹊跷，于是在吃完这一餐饭后，她将要开车去赶项目的晁新送走，然后发微信把还没走远的于舟和彭娴之约了出来。

在隔着一条街的咖啡厅，他们仨找了个角落。

彭娴之抄着手，从进来就阴阳怪气地笑了一下，吊儿郎当地坐到对面，勾起一边嘴角："摊牌了。"

于舟叹一口气，低头拿着 iPad 点咖啡。

彭娴之一刻都憋不住，单刀直入："晁新把舒秦签了，这事你知道吗？"

晁新签舒秦？向挽蒙了，迟迟反应不过来。

"看你的表情，你不知道。"彭娴之有点玩味地冷笑一声，"真有意思。"

竖起胳膊绕了绕手腕，她不想说话了。

向挽蹙眉，抿着嘴角消化几秒，才又软声确认："是私下签了吗？"

"不然呢？"彭娴之多少有点夹枪带棒，"都知道开培训班是养小萝卜吧，她倒好，这还没结业呢，私下把人截去她工作室了。"

"没这么办事的啊，苏唱那里你想想。"她又活动了下手指头，心里叹了口气。

"话也不能这么说，"于舟把 iPad 放下，"培训班是培训班，签约是签约，虽然你们业内好像有约定俗成的规矩，来参加培训的学员中优秀的会被签下来，但也从来没有明说过，参加培训的学员不能签别家啊。"

177

于舟不忍心看向挽为难，所以开始打圆场。

向挽望着桌上的熏香，低低咳嗽一声，清了个嗓子。

眼睛里没什么表情，但是她耳背开始发麻。

晁新欣赏舒秦她知道，但这么快签约她不知道，舒秦有那么优秀吗？晁新就这么看重她？

但她尽量平复心情，细声说："她可能也没想这许多，你知道的，她不大跟旁人打交道。"

可能人情世故上没有那么面面俱到，更不像苏唱她们那么游刃有余。

她这副样子让彭婠之气不打一处来："向挽。"

连名带姓地叫她。

彭婠之要疯了。她把背靠在椅子上，望天呼出一口气，然后凝视向挽，说："重点不是签约不签约，你知道的。

"重点从来都不在什么合理不合理的公事上。

"如果公事公办，是没说她不能签舒秦，ok，她天经地义，舒秦是个人，不是谁的所有物，本来也是双向选择，对吧？

"如果没有你这层关系，我压根不会说什么。"

"但是向挽，她私下签了，没告诉你。"彭婠之用很轻的嗓音说，"你懂我意思吗？"

"你跟我们，是最好的朋友，她没有想过如果苏唱有意见，你跟苏唱怎么相处。你什么都不知道，夹在中间，像现在这样。"

"我直说了，"彭婠之想起上个月，向挽跟她们介绍晁新这个新朋友的时候，"我直说了挽挽，我觉得她根本没把你当朋友。"

向挽不知道是怎么结束这次聚会的，她想了想，晁新现在应该在项目里，下午的这一个还挺重要的，于是她直接打车去找了苏唱。

苏唱果然不是因为忙碌才没赴约，因为她在工作室，尚有闲心做一杯手磨咖啡。

"坐。"她坐在沙发上，话语还是很轻，听不出什么喜怒来。

像是知道向挽不先开口，苏唱把空调温度调低两度："吃完了？"

"嗯。"向挽应一声。

"吃得……不太愉快？"苏唱跷起二郎腿，右手指尖在侧面轻轻敲击。

"彭导同我说了。"向挽不想兜圈子，"晁老师私下签了舒秦。"

苏唱摇头，神情清冷："还没签，不过在走合同了。"

"我之所以知道，是因为舒秦来找我，要补上应该交的学费。"

舒秦是苏唱的朋友引荐过来的，苏唱也很欣赏她，所以培训费全免，打的是签下她的主意，但上周，舒秦来跟她说想把培训费补上。

苏唱自然问了一下她的用意。

舒秦说，她打算和晁新签约，已经谈妥，对方在出合同了。

苏唱很诧异，因为这件事，她认为要么应该从晁新口中得知，要么应该从向挽口中得知，不大应该是"小萝卜"舒秦找上门来告诉她，她们已经谈妥了。

这实在过于像一个见不得人的挖墙脚举动。

"我不打算在你面前评价别人的为人处世。"苏唱这么说。

"我之所以不去，是想让你知道，我生气了。"她微微一笑，勾了勾嘴角。

"而想让你知道我生气，"她看着向挽，"归根结底是因为我想留下你。"

向挽抬眼："留下我？"

"是，"苏唱轻轻说，"舒秦被挖走我不是很在乎，因为我跟她之间还没有契约关系，但我会考虑你是不是也会跟晁新走。"

"毕竟……"她笑了笑，端起杯子，抿一口。

向挽垂着眼眸，扫一眼她光滑的桌面，又抬头："我不走。"

"是因为她签了舒秦，你担心我对她有意见，所以留下平息事态？"

向挽摇头："我从来就没想过要走。"

她从来就没想过离开 SC 工作室。

苏唱鼻息微动，望着她抿了抿嘴角："可能我现在借着舒秦的事，跟你谈去留，有一点不近人情。但抛开合约不谈，作为朋友，我建议你考虑清楚，不能感情用事。"

"我明白。"向挽咬咬下唇。

工作如果和生活掺在一起，太容易两者都不得善终。

和苏唱谈过之后，向挽心里踏实了很多，苏唱不是一个因为这点小事就翻脸不给面子的人。相反她的态度是，只要向挽留下来，她不会认为这是一个多大的风波。

但向挽突然有一点难过。

回到恒湖国际，她打了个鸡蛋，蒸一碗鸡蛋羹，守着蒸锅，什么也没想。

舒秦是什么样的姑娘呢？她有些忘了，好似瘦瘦的、小小的，说话声怯怯的。直到开始回忆，向挽才陡然发觉，自己对晁新的社交圈，一无所知，她甚至说不出来，晁新难得欣赏的舒秦，是什么样子。

向挽呼出一口气，不许自己再想了。

捧出鸡蛋羹，还没来得及吃，晁新便回来了，时间还早，她要晚一点去接牌牌。

看到向挽，她疲惫的神情缓了缓，一边放包一边说："中午没吃饱吗，怎么还要加餐呢？"

向挽把鸡蛋羹放在面前，热气腾腾的，然后坐在餐椅上，跟晁新说："你来，坐，我有话要问你。"

晁新有点讶异，但还是换了鞋坐到她对面，两人隔着鸡蛋羹的蒸汽对坐。

"怎么了啊？"晁新笑了一下。

"我听说，你打算签舒秦。"向挽抿抿唇，问。

原来是这个，晁新呼出一口气，点头："是。"

"那你怎的不同我说？"向挽蹙眉，身子往前靠了靠。

晁新沉吟："打算在签之前跟你说的，现在合同还没好。"

向挽不认同："我同苏唱是好友，你明知会令我为难，怎能瞒着我呢？"

晁新欲言又止，垂下头看了一眼自己的指尖。

"还有原因。"向挽发现了。

晁新直起身子，把衬衫的袖口撸起来，伸出右胳膊，搭在桌面上，几个指头轻轻弹了弹，然后叹一口气。

她的嗓音有点为难，但也不想让向挽着急，于是她没有迟疑太久。

"是舒秦来找我的。"

"她家里出了点事，"她本能地皱了皱眉头，不太想谈论这些，"她外婆要做白内障手术，她回不去，要请护工，她爸酒后闹事，把人腿打断了，人家让赔钱。"

"她没有钱，也没什么能拿得出钱的朋友，我之前跟她聊过几次，她可能……挺信任我的，所以找我借钱。"

晁新用舌尖顶顶口腔，不知道为什么，跟向挽说这些原生家庭的事情，难堪得像在说自己。

"借多少？"

"四万五。对她来说挺多的，她可能一时半会儿也还不起，知道我在筹备工作室，就说跟我签约，当作预支的工资。"

向挽的心像被揉皱了，又被晁新和自己一点点将平，她一下一下抻着心里的褶皱，知道了晁新为什么没有跟别人说。

毕竟这关系到舒秦家里的事情，如果要仔细解释为什么签得这么急，当然免不了讨论这些。

但舒秦未必想说。

舒秦找晁新借钱也能料见。她当然不会选择去和看起来养尊处优、不食人间烟火的苏唱谈条件。

她不敢。

向挽仔细思索，一时无言。

"怎么了？"

"我以后早一点跟你说。"

向挽摇头："舒秦去找了苏唱，所以她们知道了。"

晁新默了两秒，笑一声："难怪。

"我去跟她聊吧，本来也想找机会跟她说的。"

向挽有一点别扭："你有没有想过，苏唱若不高兴，我在当中，如何自处？"

"我……"晁新一怔。

"你没想过。"向挽有点恼了。

"不是，我没想到她会提前知道。"

"你就是没想过。"向挽舒坦一些了，但还没有完全舒坦。然而她很清楚，自己肯这样没完没了，情绪便是过去一大半了。

晁新想了想，小心地皱起眉头，认真道："对不起。"

向挽有一点想笑，但她忍住了。

"你说对不起，便是你承认没想过。"

"我没有。"

"没想过？"

"我说，我没有承认。"

晁新这个样子，略略透出无辜和慌乱来，头一回见她如此，有一两分似个未经世事的少女，看得向挽心情大好。

"没承认的意思是，确有此事，你却不认。"

"我……"

"有没有？"

"没有，没有这件事。"

"什么事？"

"……嗯？"

"你忘了，你忘了我们在说什么事。"

"……"晁新不说话了，缓慢地眨了眨风情大盛的眼，看着向挽。

向挽"扑哧"一声笑出来，指指鸡蛋羹："吃了它。"

"嗯？"

"凉了，腥了，不好吃，你吃了它。"

向挽施施然站起身，往卧室去。

晚上辅导完牌牌的功课，晁新便去找向挽，想睡前和向挽再聊一聊。

"今天不开心，是因为听到什么话了，对吗？"

如果仅仅是知道这件事，向挽应该不会纠结太久，很可能直接发微信问她了，所以应该是听到什么让她犹豫的话了。

"挽挽，我后来想了想，这件事我的确没有考虑太多，尤其是你的处境。

"我不太习惯。"

她的嗓子在黑暗里，像游弋的烛光。

"以前我性格很硬的，不喜欢跟人打交道，也不会说什么好听的话，"晁新笑了笑，"当时我跟前公司解约，有人跟我说，老板拿我去拉投资，PPT上有一些我根本不知道的项目挂了监制，我直接就找上门去了，跟人拍桌子。

"我当时就一个念头，这公司我一秒钟都待不下去了，我一定要走。

"老板没说什么，还请我喝了茶，违约金也没有狮子大开口，我以为这事就过去了。但我当自由人之后，接的第一部剧是给一个流量小花配音，当时出了很多营销稿，说我用配音拯救了她的演技。

"甚至说，她是我的'脸替'。"

晁新嘲讽地笑一声。

"她的粉丝和经纪公司都很不满意，而那些营销号，有好些是当初吹捧过我的，我知道它们是哪儿来的。

"但其他人不知道我解约了，我当时因为这一出'拉踩'被骂得很惨，演员的经纪公司还放话说以后都不要用晁新。

"那一次，我在圈里险些没站住。"

晁新从来没跟人说过这些过去，向挽也是第一次听说。向挽凝着眼眸看着晁新，竟不知这个所谓站在配音圈顶端的前辈，还有这样的往事。

"我没有很好的家庭环境，也没有受过很好的家庭教育，没有人告诉我应该怎么跟别人说好听的话，怎么去和平解决这类风波，摔了跟头之后，我就埋头配音，别的话很少说，事件也基本不掺和，有人说，晁新出了名的冷傲，是不是？"

她又笑了，眼角有一点疲惫。

"我以为我摸索了一套自己的生存规则，在圈里这么多年，也算得上得心应手。但不得不说，有些缺陷是天生的，我没有学过怎么去保护身边的人。

"如果我想得多一点，你今天可能就不会不开心了。"

她也许应该先跟向挽商量，两人看看怎么跟苏唱说。她能想见向挽被问到的时候有多尴尬，因为向挽当时一无所知。

"晁新，"向挽没有理会她前面的话，只突然问她，"你累吗？"

"什么？"

"我能够感受到，你说话总是有些懒，但你的状态很紧绷。"

她像一个连轴转的陀螺，要维持收入的不断档、牌牌的成长和教育、事业的转型、工作室的筹建，后来又多了一个向挽，现在还要考虑向挽朋友的感受。

有时候看她回到家，马不停蹄做饭，双手撑着在灶台前一动不动，都不知道，她是不是在趁机眯一会儿。

向挽也是后来才猜测，晁新喜欢高跟鞋，或许并不是想要高人一等。

而是让自己保持在不够舒适不够放松的状态，能够绷直自己的小腿。

所以在见到她推门而入，脱下高跟鞋的那一刻，向挽的心软就打败了其他。

向挽像叹气一样，说："我不会怪你，你也要相信我，你以后再有什么，都告诉我，好不好？不是怕信息不对等有所误会，而是……我不知道你还有谁可以说。"

"你若是拿我当朋友，也应该信任我，不是吗？"

晁新紧紧绷着下巴，抿住的唇线动了动，眼神晦涩地暗下来，被下垂的睫毛遮住。

"怎么会有你这么好的女孩子呢？"

这么善良、这么体贴、这么聪明，聪明到可以一击即中别人的软肋。

"只有你才觉得我十分好。"向挽糯着嗓子说。

"不会吧？"晁新笑了，"谁觉得你不好吗？"

向挽故作叹息："从前的牌牌。你晓得，不是吗？"

晁新笑出声，摇摇头。

晁新和苏唱见面后，又请苏唱、彭婠之和于舟吃了一次饭。

这次是向挽在群里发起了群语音，晁新主动询问她们喜欢吃什么。

"挽挽想吃什么？"于舟问。

"挽挽……"晁新看一眼向挽，"她最近喜欢吃日料。"

"那就吃日料。"于舟的语音带着笑。

那头也有一丝不明显的气息，像是苏唱笑了一下。

这顿饭的气氛算不错，晁新甚至难得地讲了一个项目中的笑话。除了一头雾水的"八大芹菜"于舟，四个配音员都笑得很开心。

圣诞节晁新带着向挽和牌牌又去了水镇一次，因为上次没有泡到温泉。这回她们定了一个私汤小院，在竹影和月影里一边泡汤，一边吃白天向挽和牌牌一起手工做的姜饼。

这一次向挽没哭，牌牌对她的印象就好了很多，尤其是她的姜饼做得十分漂亮，令牌牌对日益坚强又好手艺的她多了一点敬佩。

晚上，三人住在亲子间，躺在床上，向挽给牌牌讲久远的历史故事。

她的声音古色古香，牌牌几乎要听痴了。

"李朝晚上玩什么呢？"

"有夜宴。高朋满座、银烛画屏、胡舞踏歌、玉笛箜篌。"

"哇！"牌牌听她四个字四个字往外蹦，对向挽有一点崇拜了。

"我觉得你说成语的时候，特别像一个公主。"她枕着自己的手背说。

向挽笑意吟吟，轻轻对她皱了皱眉，使眼色。

晁新竟然听睡着了。

牌牌恨铁不成钢："我这个小姨，从小就不爱学历史。"

"从小？你怎么晓得她幼时是什么模样？"

"我外婆说的。"

"你……外婆？"

牌牌还有别的亲人吗？从未听她和晁新提起过。

"我已经很多年没有见过外婆了，有时候小姨想起来外婆的生日，会让我给外婆打个电话。"牌牌想了想，"从我到江城，打过三四次。"

"打电话……"向挽无意识地重复，"这许多年，只得三四回，你外婆不想你吗？"

"想，有次外婆说着说着就哭了，嗷嗷哭，说想见见我，小姨发了好大的火，后来就不让我跟外婆打电话了。

"我那次偷听到小姨在卫生间跟外婆吵架，小姨很不耐烦，说牌牌还小，让外婆不要跟我说一些有的没的。

"可是外婆什么也没说呀，只说了想见我。"

向挽垂下眼帘，心内游移。

"哦，我外婆还说，她活不了几年了，走之前高低是想见见我。"

"好像说要被打死了。"

牌牌皱眉，她那时很担心，问晁新外婆怎么了，晁新却说外婆老糊涂了，说昏话。

向挽若有所思地"嗯"一声，叫牌牌把被子盖好，然后关了床头的灯，就着月色入眠。

从水镇回来的第二天，接到赵女士的电话。

"乖乖，学校几号放假？今年过年早，你早点回来呀。"赵女士报了美声班，声音听起来更像在唱戏了。

"一月……中旬考完，"向挽回忆了一下，"考完我要赶几个影视项目，今年恐怕不会回去得很早。"

"哦哟，你上一年赶了个年尾巴才回来，那时候你跟我讲的，今年要早一点回来的哦。"赵女士有点不满意了。

向挽莞尔一笑："我尽量。"

忖了忖，她又问："干娘，若是我想……"

"带个朋友。"姜还是赵女士的辣，赵女士一猜一个准。

"男的女的？"

"女的，是个姑娘。"向挽站到宿舍的落地窗前，看着里面倒映出的自己的剪影。

"姑娘？"赵女士的嗓音很夸张，"用这个词，年纪很小咯？"

"不是，她年纪不小了，三十三了。"向挽道，"今儿我同牌牌聊起来，她们过年竟也不回家的，我便想邀请她们来家里做客。"

"那既然她们不回家，来一趟也别光吃饭，住个一两天也行的，我们嘛反正一直是小家过年，没有什么外人的。"赵女士说。

说完才想起来："她叫牌牌啊？听起来不像是三十三了……"

向挽一愣，忍俊不禁："不是，她叫作晁新，日兆晁，新旧的新，牌牌是……她的女儿。"

"有……有女儿？"赵女士八卦之魂熊熊燃烧，"离异啊？女儿多大了？"

向挽柔声道："并非她亲生的，是她姐姐的孩子。"

"哦，姐姐的呀，"赵女士喝一口水，"那她姐姐去哪里了？怎么自己不带的？"

"我……"

向挽也不知道。

赵女士叽叽喳喳问了一箩筐的话，对比向挽的安静，将向挽对晁新单薄的了解衬得很可怜。

赵女士向来是这样，遇到一个人恨不得了解到祖宗十八代，而向挽则相反，她不好奇别人的来处，也不好奇别人的去处，因此在这个夜晚，她才后知后觉地意识到，自己对于晁新的过去，了解得十分有限。

但这次向挽没有去问晁新。

向挽想等晁新跟自己说。她就想看一看，晁新什么时候才主动对她说。

很多事情不能细想，譬如说在友谊里，我们有时会猝不及防地计较公平不公平，向挽偶尔也会想，自己跟晁新说了那么那么多的事情，包括她之前并不丰富的恋爱史，包括她为数不多的好友与亲人，包括她尘封的秘密，可对方呢？

很难说服自己，获得了公平的待遇。

不过向挽也有一个优点，她很少矫情，而且她总是非常体谅他人。

也许晁老师有什么难言之隐，她的时间还很多，她愿意等晁新敞开。

日历撕得很快，一转眼就到了春节。

晁新听向挽说邀请她一起回家的时候，其实有一点为难，因为她好些年没有回家过过春节了，她连自己的家人都相处不好，更不知道应该怎么和向挽的家人相处。

尤其听说对方是于舟的母亲，就更怪异了。

但向挽很认真地跟她说："那是我干娘，我磕头敬了茶认下的，并非旁人的因由，是我与她投缘。"

晁新想了想答应了，带上牌牌，买了点燕窝什么的，在年二十八这天和向挽一起开车去了迁城。最开心的当属牌牌，因为晁新给她买了她想了很久的红裙子款式的大衣，很高级，要四千多。之前她看上的时候，晁新说小孩子长得快，没必要买

这么贵的大衣，但在过春节的前一周，晁新突然翻了翻她的衣柜，然后说，我们去把那件大衣买了吧。

牌牌看得出来，晁新紧张了。

毕竟从来没有去朋友家里做客过，还是春节这么重要的节日。

因为她很难得地问自己，她是穿黑色的大衣好看，还是驼色的好看。

"黑色，很酷。"牌牌说。

"但会不会有一点太沉闷，或者……显得我年纪比别人大很多？"晁新征求她的意见。

"比谁？"牌牌在床上左右晃着脚。

晁新清雅地咳嗽一声，润润嗓子。

"你要去见家长啊？"牌牌问她。

晁新把衣服挂回去："就吃个饭。"

"你不要再在里面穿衬衣了，"牌牌踮着小脚跑过去，点点下巴，"我认为你应该穿一件薄毛衣，咖啡色吧，你是不是有一件呀？休闲的那种，吃饭的时候你要是一脱外套，是个衬衣，就像开家长会一样。"

"是吗？"晁新蹙眉。

"然后你下面穿个牛仔裤，马丁靴，这样好看，很多明星都这么穿。"

"穿得像明星，会不会有点浮夸啊？"

"没有你衬衣西裤浮夸吧我觉得。"牌牌很直接。

……好吧，晁新采纳了她的意见。

于是晁新就穿着咖啡色的薄毛衣下了车，挽着袖子，头发依然是大卷，化了个不过分的淡妆，开完几小时的车倒让妆容更服帖了一些，看着气色很好。

车子停在小别墅前面的车库里，晁新绕到后备厢把燕窝什么的补品拎下来，向挽胳膊上搭着她的黑色羊绒外套，一手牵着牌牌，在赵女士笑得跟秋菊一样的喜庆里进了屋。

晁新没有多说话，只淡淡微笑着点头叫了阿姨和叔叔。

倒是牌牌很机灵不怯场，脆生生地喊："爷爷奶奶好。"

"哎哟，好乖，好漂亮的小姑娘。"赵女士伸手去捧她的脸。

牌牌见晁新站着没动，伸手把她手上的燕窝拿过来："送给奶奶，给奶奶拜年。"

天哪，赵女士的心都快化了，两个眉头往中间一蹙，眼神软趴趴地耷拉下来。

于舟听见动静，站起来迎她们，苏唱剥着花生，跟晁新打了个招呼。

晁新做梦都不会想到，有朝一日她会和苏唱一起对坐在长辈家的客厅里，喝两口茶，相对无言。

"你每年都和于舟回来过年吗？"晁新端起一杯茶，赵女士和于爸爸回了厨房，于舟在帮着向挽收拾行李，牌牌依偎在晁新身边，抓了一把糖。

"也就这两年。"苏唱继续低下头剥花生。

晁新别过头，润一润嘴唇，看电视里的综艺。

"这个还挺好看的。"默了半晌，苏唱轻声说。

"嗯，是。"晁新看得聚精会神。

牌牌把脑袋抵在脖子上，昂着头瞥她俩："明明很难看。"连现场观众的假笑都有气无力的。

一声活络的气息，苏唱眼底带着笑，叹了一口气。

晁新也笑了，给她一个有点无奈的眼神。

"我第一次来的时候，也这样。"苏唱笑着点点头，表示理解。

"不过阿姨叔叔人都很好，是我见过最热情的人。"

猜到了，一般人也不会把萍水相逢的向挽当女儿疼，一般人也不会养出于舟这样二话不说就收留陌生人的女儿。

苏唱问牌牌："吃花生吗？"

"不吃。"牌牌摇头，又指指桌上，"你剥这么多，你又不吃。"

"我就是……"无聊了。

这话不好在小朋友面前说，苏唱抽了张纸，擦拭手上的残渣。

"那你想看小狗吗？"清贵的嗓音发出邀请。

"哪有小狗？"

"院子里，我带你去？"

牌牌皱着小眉头想，她觉得有点蹊跷，附耳跟晁新说："上一次去她家，她都没怎么理我，你说这次是为什么呀，一直跟我说话。"

悄悄话有点大声，苏唱听了个七八成。

"因为有点尴尬，"苏唱说，等牌牌转过来，又递一句，"跟你妈坐在这里，我们俩都很尴尬。"

好在尴尬没持续太久，于舟她们就过来了。

赵女士姿态大方地把手搭在沙发靠背上，颇有儿孙满堂的高贵感，气宇轩昂地宣布："叔叔在蒸鱼，叔叔蒸鱼很好吃的哟，等一下就能开饭了。"

于舟问："是不是只差一个鱼了？那你坐下歇会儿嘛。"

"哎哟，你们年轻人聚会，我怎么好意思坐在这里的。"赵女士说着，把裙子一捋，就坐在了晁新身边。

向挽姗姗来迟，坐在另一个单人沙发上。

"牌牌多大了？"赵女士象征性地看了几眼电视，和众多长辈一样，八卦先从小孩儿入手。

"十岁半。"牌牌扶着沙发扶手,一跳一跳的。

"那你长得很高的,看上去像个初中生了。"

小朋友最喜欢比身高,牌牌听闻又不自觉地挺拔了一点。

"我才小学,还没有上初中,我要是上了初中,学习任务重,就考不到今年这样语文年级第二数学班级第五了。"牌牌谦虚地说。

几个大人都听出了她的小心思,于舟笑得肩膀直抖。

"牌牌。"晃新拉了拉她的手。

赵女士还没见过这样主动秀成绩的小姑娘,简直快把她可爱死了,于是夸张地收了收下巴:"这么棒?一个班上得很多人吧?"

"六十个。总分班上第二,第一才比我多0.5。"牌牌尽量自然地说完,转身去看电视。

她其实也不是特别喜欢炫耀的姑娘,但她想着,自己成绩好一点,奶奶喜欢一点,还能让晃新脸上有面。

"那应该表扬的,"赵女士理所当然地说,"奶奶给你包个红包。"

"不用不用。"晃新摇头,看了赵女士一眼,耳朵红了。

于舟觉得有趣死了。

既然晃新接了话,话题就顺水推舟地转到了晃新身上。

赵女士倾身拿了个橘子,在手里一边剥一边问晃新:"新新啊,阿姨可以这样称呼你吧?"

"可以的,阿姨。"

晃新的声音很轻,低得苏唱都忍不住看了她一眼。

"新新是做什么的呀?"橘子皮的汁液很刺人,赵女士眯了眯眼睛。

"我和挽挽一样,做配音演员。"

"哦,那很好的,同事啊,"赵女士别了别脸,眼神还是看着橘子,"那新新入行早,算是前辈了吧?"

"妈,晃老师很出名的,"于舟主动介绍起晃新,"电视上每年都重播的《青鹤》的女主就是她配音的,还有去年你特别喜欢的那部电影《沉香前传》里面那个三圣母也是晃老师配的音。"

赵女士张大嘴,惊呆了,声音都提高了八度:"是青鹤呀!"

于舟笑到发抖:"对啊,你听她声音像不像?"

"哎哟!"赵女士上上下下扫描她,"是有点像啊!是青鹤啊!"

她把橘子放下,双手一拍:"我是不是跟你说过,粥粥,我说那个神君死的时候,青鹤演得老好老好了,我每次看那里我眼泪直掉呀我,是不是?你还跟我说,这个配音配得好,我那时候就说,怪不得嘛,我看那个演员别的剧也没有这么好。"

"呃……"于舟有点尴尬，"也不能这么说，人家演得也很好的，锦上添花，锦上添花哈。"

"是青鹤呀挽挽，"赵女士又睁大眼睛对上向挽，"你没有跟我说新新是青鹤呀。"

"我……"

"哎哟，真的是青鹤啊，"赵女士又看一眼晁新，"那你见没见过那个演员哦？现在都是影后了。"

"我见过一次，后来有朋友一起约着吃过饭。"

"那她真人漂不漂亮的？"

晁新沉吟了一下，看一眼向挽："很漂亮。"

"是啊？我听说那些演员镜头下瘦得不好看的。"

"还好。"

"那新新啊，你能不能用青鹤的声音跟阿姨说句话啊？你可不可以说那一句——不服？本上神可准你一战！"

向挽心里"咯噔"一下，想起之前和晁新去饭局，那个投资方起哄让晁新表演一下。这是她和晁新心里不大好的回忆，她怕晁新不自在，于是就要阻止。

但是晁新答应了："可以。"

"晁老师……"向挽叫了她一声。

晁新看看她，耳朵还是红着。

"哎呀，妈！"于舟受不了了，"你好像那种过年回家追着小孩儿表演节目的家长，人家刚来，你这样合适吗？"

赵女士"咝"一声，拍拍脑门："对不起对不起，阿姨是太喜欢那个角色了，真的你配得太好了，新新不要介意哦。"她拉着晁新的手，拍了拍。

晁新笑了笑："没事。"

赵女士拉着晁新问东问西，这个角色是不是你配的呀，听着声音跟青鹤有点像，那个演员你又有没有见过……

晁新靠青鹤和赵女士迅速拉近了关系，吃饭时甚至坐在了赵女士左侧。

赵女士变身她的经纪人，如数家珍地跟于爸爸介绍晁新的角色。吃过饭，赵女士上楼给晁新和牌牌收拾了一间卧室，新换好床单，又找了一床电热毯来铺上。

给晁新演示了一下电热毯怎么使用，然后几人就关了灯下楼，去看院子里于舟苏唱她们放烟花。

晁新靠在门边，望着漆黑的夜幕，偶尔被花火照亮，一同定格的还有亮起的一瞬、驻足观赏的吟吟笑意，印象中过年不是这样的，烟花和鞭炮都是别人的，而在她家是摔碎的碟子，是撕心裂肺的哭闹，是好容易蒸的一碗肉被扫到地上，骨碌碌

滚了一层灰，姐姐眼疾手快地捡起来，也不管烫，捧到水龙头底下仔仔细细地冲干净，然后悄悄让她吃。

这才是属于过年的声音，是噼里啪啦的嘈杂声中，姐姐蹲在面前，让她赶紧吃的窃窃私语。

今天才知道，过年的声音也可以是噼里啪啦的爆竹声中，向挽问她吃不吃坚果的窃窃私语。

她有点看不下去，回到客厅的沙发上，给客户回几个消息。

院子里的牌牌也望着五彩缤纷的烟火出神，依偎在向挽的怀里，两人坐在秋千上，有一搭没一搭地荡。

是向挽邀请她过来坐的，看了一会儿，可能牌牌有点乏了，身子就软了下来，抱住了向挽。

小朋友的身子总是暖乎乎的，被她抱着向挽的手脚也热起来。

"向老师。"牌牌突然哑着嗓子叫她。

这一声让向挽很恍惚，可能也是年关的这个节点，叫得让向挽觉得好像初遇时那样。

那时候牌牌很喜欢她，叫她的时候偷偷瞄了一眼，眼睛里有点不舍得的眷恋。

"向老师，咱们可以每年都这样过年吗？"牌牌问她。

有蒸鱼吃，有和蔼可亲的奶奶和爷爷，可以在漂亮的小院子里一起放烟花。

向挽搂着她，问："你很喜欢，是不是？"

向挽也很喜欢，来了一次，就喜欢上了这个家庭的氛围，太容易让她这样的"流浪汉"心生眷恋了，所以她很理解牌牌。

"我很小的时候，有一年冬天，我妈也这样抱着我看烟花，我们没买，在河边看别人放。"

向挽直觉，牌牌嘴里的妈妈并不是指晁新。

"是你妈妈，还是你小姨？"她轻声问。

"我妈，我亲妈，小姨的姐姐。"牌牌抬手，抹了一把眼睛，好像是进了蚊子。

向挽心里叹一口气，有一点小心地问她："那你妈妈呢？"

"死了。"

沉默两三秒。

"死了，小姨才把我带出来的。"

向挽还是没有说话，牌牌能听见她胸腔淡淡的回响，一下一下地坠着心跳，像摇摆的钟锤。

这样的节奏让她很安心，又很愧疚。

"向老师，我之前不懂事，以为小姨有了你，有了你们这些朋友，就不想养我了，所以有一点不待见你。"

向挽悠悠一笑:"我知道的,没关系。"

"你不知道。"牌牌说,"其实我很喜欢你,在小姨认识你之前,就很喜欢你了。"

"我也知道啊。"知道她打赏自己,打赏到晁新找上门来。向挽莞尔,摸了摸牌牌的下巴。

就这样一个动作,让牌牌罕见地恍惚了起来。

"那你知道我为什么喜欢你吗?"

"为什么?"

"因为你像我妈妈。"

"像你……"向挽一时回不过神来。

"嗯,第一次在网上看到你的照片,你的鼻子和嘴角特别像我妈妈,我那时候很小,也不太记得我妈了,就大概记得她下巴那一块的样子。"

向挽愣愣地听着,耳朵里像是堵了棉花,听不见烟花爆竹声,但留了个缝隙,让牌牌稚嫩的嗓音往里面钻。

她咽了咽喉头,问牌牌:"晁老师知道吗?"

"知道,所以我打赏了那么多,她也没有怪我。她知道我想妈妈,她也很想妈妈。"

牌牌想说,她想通了,向老师像她的妈妈,也许是缘分,也许是老天爷给她的补偿,以后她不会因为没有跟妈妈买到烟花而遗憾,小姨每年春节也不会把自己关在录音棚,一直录音了。

向挽眨了眨眼睛,眼前盛开的烟花虚化成了一条条五彩斑斓的线条,像扭曲的爬虫。

"既然我像你妈妈,那你怎么有段时间又不喜欢我了呢?"她目视前方,平静地问。

"因为那时候发现你和我妈妈的性格不太一样,我又觉得不像妈妈了。"牌牌老实地说,所以就"脱粉"了。但后来发现向老师也不错,除了娇气爱哭和不会飞飞机,别的都很好。

原来如此。向挽低声对自己说。

第二天晁新和牌牌就回了江城,而向挽陪着赵女士待到初三。之后因为有一个项目提前开工,向挽才回了江城。

初七,晁新带着牌牌去逛了庙会,小家伙玩得筋疲力尽,早早就洗澡睡了,甚至还打起了小呼。

向挽穿着睡衣靠在门边,看着晁新给她收拾完桌子,然后关灯走出来。

她没有先让晁新去洗澡，而是说："有空吗？想同你聊一聊。"

神色天真又诚挚，一如初见。

但晁新心里有不大好的预感，说不上来为什么。

她坐到床边，看着向挽背靠床头，长发被拨到一边，衬得脸尤其白皙。

向挽没有任何措辞，只是问她："我长得像你的姐姐，是吗？"

没想过竟然是这个话题，而且向挽丝毫没有兜圈子。

晁新张了张嘴，下意识就想否定。

因为向挽这个样子，纤长的睫毛勾勒出杏眼，眼珠漆黑如墨，浓得像入定了，下颌的弧度十分精巧，甚至延伸到她的肩颈，都似从画里拓出来的，带着金贵的书卷气，和她姐姐——

她被命运抛弃的姐姐，一点都不一样。

但晁新说："有一点像。

"恐怕不止一点。

"谁告诉你的？"

话一出口，晁新就觉得是句废话，除了牌牌，还有谁知道她姐姐呢？

向挽掖了掖嘴角，垂下眼帘，让晁新看不清她的表情。

之后才缓慢地、温柔地说："我明白了。"

"什么？"

"我一直觉得，我同你之间熟识得过于理所当然，因为我忘记了一些事情。"

晁新的心像被钩子勾了起来，空落落地悬在腔骨中，但她只能木讷地、本能地追问："什么事情？"

"你第一回见面的热情，你对我倾囊相授的指导，你问我要我的录音，你同意我做牌牌的古琴老师，留我在家里吃饭，接我去看房，又顺理成章地邀请我同你合住……"

桩桩件件，如今回忆起来，也是丝滑得不像话。

如果这些事发生在另一个人身上，那没有人会觉得不对，但那是晁新，是从来不会经营社会关系，也从来都抗拒别人进入她生活的晁新。

三十多年的习惯会因为萍水相逢的人就改变吗？仅仅是因为向挽优秀和善好相处？不是。这么多年，晁新未必没有遇见过更优秀和善好相处的人。

她甚至连朋友都没有选择和他们做。

"所以你与我亲近，让我住进你家，是否有像你姐姐的原因？"向挽没看她，只低头望着自己藏在被子里的膝盖。

晁新的手心里出了细汗，她其实没有办法跟向挽说，她每提一次姐姐，那把钩着她心脏的钩子就再往里一寸，她感觉自己要被穿透了。

但即便是要被穿透了，还是得回答向挽的问题。

晁新的颈部一动，声音像是挤出来的："有。"

诚恳也许是她唯一的机会。

"有，我不能否认，如果没有这个原因，我，还有牌牌，可能都不会那么快接受有人住进我们家里。"

她刚才说我们家里，所以自己是个外来者。

向挽颤着睫毛，看了晁新一眼，问："有多像？"

"没有很像，挽挽，"晁新精细的眉头压下来，上齿咬了一下下唇内侧，语气有一点无措，"没有很像，但是她……"

"她对我来说，真的很重要。"

以至于只看到零星半点的相似，也不由自主想要接近她。

"有多重要？"向挽抬眼，眼神虚了一下，她竟然在晁新眼里看到了有一些晶莹的东西，放在她琥珀色的瞳孔外部，显得她本就出众的双眼更漂亮了。

"她……"晁新用力咬了咬后牙，好似这几个字需要用很大的力气。

到底该怎么打开一件尘封了很多年的事情，尤其是它是用你的骨血缝上的，要拆开的时候，得多伤筋动骨呢，要多血肉模糊呢。

"当年她死的时候，我在江城，我给她打电话，说我马上就回来，让她等等我，她说好，她会一直等我。"

晁新的眼皮放下去，睫毛在台灯的光亮下投射出阴影。

"没等到。"

说这三个字时她掩饰性地吸了吸鼻子，显得声音轻得像是幻觉。

她现在还记得，晁望那天很舍不得挂电话，说完等她之后，嘱咐她慢一点不着急，接着却又矛盾地问，可不可以快一点。

晁望从来没对她提过要求，这是唯一的。

没做到。

向挽听得很难受，难怪以前晁老师说，她不习惯让人等她。

难怪她连送个包，都要自己开车到向挽的楼下。

"所以我承认，一开始接触你，有这部分原因，可能因为长相，看起来会不由自主觉得亲切，也可能……是自己都难以释怀的一点遗憾，我也不知道，我没有仔细想过。"

"你，介意吗？"

向挽沉默了一会儿，最后说："我不介意人和人之间的缘分是如何开场的，但我介意这段关系的本质。

"你能确定，你分得清楚我和你姐姐吗？"

晁新蹙眉："我当然……"

她觉得这话很荒谬,她当然能判断向挽是向挽,晁望是晁望,向挽只是长相上让她觉得有一点相似,仔细看又大不相同,何况性格和晁望更是千差万别,连牌牌都能察觉,她怎么可能分不清楚?

相似是一回事,但从来不能等同,更没有混淆一说。但她没有说完,因为向挽这句话里隐藏的含义让她觉得有一点冒犯。

冒犯自己,也冒犯晁望。

她不可能将向挽视为别人,更不可能幼稚到要为晁望找一个活着的替身。

"晁望是我的亲姐姐,向挽。没有人比我更清楚,她已经死了。"晁新抿抿唇,轻声说。

晁新误会了。

向挽因为她的态度,心里微微抽动,但她仍旧是说:"我只是……"

只是终于知道了自己的不安源自何处。

如果是一个从一开始就扎根于这个世界的正常人,向挽兴许不会想那么多,究竟是长得像她的姐姐,还是她的外婆,甚至是她养的小猫,都没有那么重要。

但对于向挽这样的人来说,本来就没有身份认同感。

一直以来,她都很难说服自己,向挽究竟是哪个向挽,向挽究竟还是不是向挽。

而晁新又是这样一个人,向来独来独往,不需要经营社会关系。

因此如果没有晁望这张通行证,向挽可能根本走不进她的世界,她可能只是晁新所有泛泛之交、点头之交的其中一个,这让她觉得有一点难受。

如果没有晁望的关系,她和晁新根本就不可能做朋友。

她还以为,这是自己头一次,主动地结交到互相理解的知己。

但原来不是,她们隔着一个人,只是自己不知道。

向挽突然觉得很冷,莫名其妙就起了鸡皮疙瘩。

第八章
续篇

春节过后，向挽又在恒湖国际住了十来天，她和晁新还是和以前一样，一样买菜做饭，一起看电影、聊天。

但她们没有再深谈过，聊天的频率也越来越低。

向挽时常想起牌牌的那句话，牌牌喜欢自己，是因为自己长得像晁望，她不喜欢自己，是因为觉得自己不像晁望了。

稚子之言，将她依托别人挣得的好感阐述得干净又残忍。

原来仍然没有人仅仅因为她是向挽而走向她、选择她。

原来她在这个世界扎根，仍旧需要在某个时刻"做别人"。

人和人的关系就像一个装满水的木桶，桶里是经年累月的胡思乱想，但只要木桶完好无损，它们便安静地活在桶里，没有任何风浪。但倘若木桶有了缺口，但凡有一丁点缺口，那些水流一样的思绪便纷至沓来。

从前可以忽略的"不公平"被放大，晁新为什么不主动跟她交代这些？

难道她的过去更荒谬，更难以启齿吗？

向挽忍不住想，难道自己同晁新诉说那些秘密时，就不需要勇气，就不害怕被误会，也从不惧怕被人当作疯子吗？

该怎么去相信"坦诚相待"这四个字呢？

后劲真大，大得向挽过不去了。

晁新是在向挽回到学校之后接到于舟的电话的，那时她正在收拾向挽的房间，向挽之前说提前回学校做一个社会实践项目，没有说什么时候回来。

但晁新想，下学期她应该就不住宿了，所以想把她的房间再整理一下。

她可以和自己一起睡在主卧，那么向挽的房间就给她当书房，可以写写作业，做做功课什么的。

但于舟跟她说："晁老师，很冒昧打扰你，但我想问问，你和挽挽是出什么事了吗？"

晁新心口一缩："没有啊，挽挽怎么了？"

"我之前好像听她说过，学校只安排强制住宿一个学期。"

"对。"晁新把手指支在书桌上，觉得听筒不太清晰，于是把手机放下来，按

195

了扬声器。

"但我前两天又听她说下学期住宿的事。"

当时于舟问了句，你下学期不是住恒湖国际吗？

向挽没有回答。

于舟比较敏感，又知道向挽不愿意多说，但始终有点担心，于是思来想去，决定打电话给晁新。

晁新沉默了十来秒，然后跟于舟说她知道了，等下问一问向挽。

挂了电话，晁新的手指在屏幕上方一晃，然后按了几下，想要打电话给向挽。

但她想了想，呼出一口气，退出通话界面，打开微信，给她发消息："下学期不回来住了吗？"

晁新心思细腻又很懂得使用直觉和第六感，她知道向挽最近对她有了一点敷衍和回避。

但她又不太确定，是因为晁望的事让向挽失落了，还是有别的原因。

比如……春节的时候，她表现得有点木讷，不太健谈。或者说，住久了，发现这个朋友很无趣。

晁新几乎没有与人交过朋友，也不知道假如对方不想再做朋友了，应该怎么开口结束这段关系。

像向挽现在的冷落一样渐行渐远吗？还是需要谁开口，说一句"绝交"之类的话。

这方面她笨拙得很。

等到三点过，晁新又去录了个音，然后又泡了一碗面当作午饭，安静地吃完，才收到向挽的消息。

向挽："我想了想，还是住学校比较方便。"

晁新："那你录音呢？"

向挽："最近工作室没有给我接太多活，我周末可以去棚里一起录了。"

哦。

晁新心里只有这一个字，但她一时没有回。

她坐在地毯上，把茶几上的泡面放下，望着漆黑的电视机倒映出的自己的影子，很奇怪，突然觉得踏实了。

里面那个被黑框框住的人，本来就该孤零零的，她可能第一眼看上去还挺光鲜亮丽的，但只要她开始敞开心怀，就会发现金箔纸下面腐烂的稻草芯子。

于是晁新又拿起手机，打了删，删了打，最终问了一句："你想好了，是吗？"

发出去的时候，她挽了挽自己弯曲的头发，像只是回了一个工作消息。

向挽没有回复，明明刚刚还在聊，手机应该在她身边，但微信界面没有出现"对方正在输入"的字眼。

"其实如果觉得待在一起没有那么舒服，也不是一定要做朋友，你怎么想的，都可以告诉我，挽挽。"晁新发了语音，用很坦诚的语气。

松开语音按钮，她的气息乱了一秒，然后她咽下去，还有一点方便面劣质调料包的味道。

向挽："晁老师。"

向挽只发了这三个字，之后一直显示"对方正在输入……"

但晁新没有等来向挽的回复，而是等来了向挽的电话。

一开口，她的声音很小："我的心态不大好，可能暂时没有办法接受一些事情。"

"你是说？"晁新有点犹豫。

向挽不太想提晁望，于是说："关于你的……家人。"

她怕晁新再那么难过地解释，于是说得很委婉。

家人……

晁新换了个姿势，抱住膝盖，没有说话。

向挽知道了吗？大概吧，她有苏唱那么神通广大的朋友，想要查一查她的过去，应该不是什么难事。

也难怪于舟会突然给自己打电话。

所以向挽接受不了，也是人之常情。

晁新润润嘴唇，低头苦笑了一下："你应该早一点跟我说的。"

"我……"

向挽也没有想得很清楚，但是她觉得自己应该冷静一下。

"我帮你说，我们不要再见面了。"

晁新说得很温柔，最后还笑了一下，然后在向挽的沉默中叹了口气，挂断了电话。

那边连电流声都没有了。

向挽坐在课桌前，看着暗下来的电脑屏幕发呆。按一下回车键，输入密码，让屏幕鲜活起来，盯到电脑自动锁屏，又再抬手把屏幕点亮。

现代社会还是有魔法的，灯光算一种，只要你点亮它，总能给人永远置身白昼的错觉。

二十分钟之后，向挽才后知后觉自己和晁新到底说了什么。

晁老师说，不要再见面了，因为向挽无法接受像她姐姐这一点。

你看，向挽的担心并非没有道理，倘若自己和晁望出现一点冲突，哪怕都算不上直接的冲突，晁新都会毫无顾忌地抛弃她。

一丝犹豫都没有。晁新的那句"我们不要再见面了"说得太快了，几乎是脱口而出。

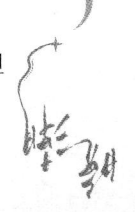

向挽的眼泪也夺眶而出，她像室友那样把双脚抬起来，搭在桌面下方的铁栏杆上，双手圈上去，低头开始掉眼泪。

其实哪有什么社会实践，整个宿舍就她一个人。

眼泪怎么就掉不完呢，连鼻腔和喉头都堵住了，明明也没有十分难过，只是有一点怅然和唏嘘。

向挽抬手，用手背把眼泪抹去，然后又把头发梳起来，吸了吸鼻子，拿上盆去洗脸。

盆也是晁新买的。

她抬头，床帘也是。

刚刚是难过，此刻是委屈，委屈得她有点崩溃，抬头又低头，低头又抬头，竟然不知道把眼神放在哪里好。

烦死了。

她躲去了卫生间，在马桶上坐着，密闭的空间里，终于不想哭了。

但她的心开始隐隐作痛，是生理性的、拉扯一样的痛，痛得她开始打嗝，痛得她要吐了。

她捂住嘴唇，把呕吐欲咽下去，这才意识到，自己好像一天都没有吃饭。

胃胀气了，所以开始不住地打嗝。

向挽用掌心捂脸，手指抵住自己的鼻梁骨，一呼一吸之间缓慢又有力地眨眼睛，不住地对自己说，身体重要，身体重要。

然后她问自己，想吃什么呢？这么久没吃饭，一定很饿了。

呕吐感又冒上来，她打了个嗝，胀胀的，没有任何食欲。

她觉得有一点糟糕，于是发微信问娄萍萍："娄萍萍。"

向挽很少找她，娄萍萍吓死了，回复："？？？"

娄萍萍："咋？又有啥作业？"

向挽："不是，就想问问你，吃的什么。"

娄萍萍："？？？"

娄萍萍回了个语音："我吃的我妈包的饺子，咋了？你想找人吃饭？"

向挽还是打字："没有，我不晓得吃什么了。"

"吓我一跳，你翻翻我朋友圈啊，我最近吃了可多好东西了，都拍照了，你看看，可能就有灵感了。"

向挽跟她道谢，然后开始翻娄萍萍的朋友圈。她的心态渐渐平静下来，因为所有美食都令人垂涎欲滴，即使无法果腹，也足够赏心悦目。

拇指在屏幕上缓慢地滑动，蓦地有一滴水珠落在照片的正中央，向挽毫不停顿地把它擦去，没再有第二颗了。

向挽留在晁新家里的东西不多，确切地说，本来自己的东西就不多。

必要的生活用品都带去了学校，留在晁新家的，也不过是几身不常穿的衣服。

因此她就没有急着去拿，想过段时间，合适的话，请她送到学校，或者请于舟帮自己去拿。

还是不要告诉彭姁之了，免得她着急。

向挽没有跟朋友断交过，也不知道被晁新叮嘱"不要再见面了"后，该用什么姿态说再见。

想起晁新挂电话的速度，和真的再也没有联系的举动，觉得可能晁新也不需要这句"再见"了。

向挽回到了她最擅长也最引以为傲的克制阶段，和遇到晁新之前一样。

不过向挽又上了一课，因为她发现，一个人待在学校时间是越过越快的。

待在学校的第一天，她因为塑料盆、床帘和水壶哭了一场。

待在学校的第二天，她在九点的阳光中下楼，特意看了看晁新坐过的长椅。

待在学校的第五天，她在校门口买肉夹馍，汽车的鸣笛声响起时，她怀揣着不肯承认的期待回头，从轮子那里扫上去，想车身会不会是银色。

待在学校的第二周，她已经不会在打汤的时候想起晁新的嘱咐了。

待在学校的第四周，食堂出现了番茄丸子汤，她点了一份，发现原来做法是不一样的，晁新会把番茄先煮一次，然后再切，熬汤时就更烂、更软糯，食堂的会硬一些，番茄是番茄，水是水。

待在学校的第二个月的中旬，她开始一个人夜跑。

晁新不一样，虽然她同样没有与好友断交过，但她经历过太多次分离。

只不过和向挽的这次有一点异常。

在往常，她对于是谁提出结束关系并不看重，隐约中记得上一次，是她插兜靠在门边，听见里面那个歇斯底里的女人说，你这个丧门星，给我有多远滚多远。

她漫不经心地听完了这一整句话，还有力气弯下身把鞋带系好，然后施施然转身出门。

但那天在电话里听到向挽的声音时，她竟然害怕了。

害怕从向挽口中听到伤人的话，所以她要抢先说。

晁新很擅长"以毒攻毒"，也可能是，她对向挽习以为常地温柔。

不忍心看她为难，也不忍心向挽因为提搬出去而愧疚，她这么好心的姑娘，以后一定会越想越愧疚的。

反常的第二点在于，晁新在说完结束语后，足足停留了十秒。

她不知道那十秒自己在等待什么，可能只需要向挽一个欲言又止的气息，也可能是，晁新对自己为数不多的仁慈。

也许她在暗自说，给自己一个机会吧晁新，可能这次不一样。

但十秒太短了，不够她讲完这句话。

挂断电话后，她从地毯上起身，泡面凉透了，上面漂着一层劣质的油脂，看了直叫人反胃。

晁新于是开始回忆牌牌喜欢吃什么样的菜，然后在备忘录上记下来应该买哪几样。

本来这种事情她烂熟于心，根本不用求助于笔墨。

但她想到下一个菜时，发现前两秒定下的那一个被忘记了，好不容易从回忆里打捞起来，第二个菜又忘了。

反反复复的，她皱着眉头翻出了备忘录。

接着是买菜、备菜、接牌牌。

谢天谢地，牌牌今天没有补课，很早就放学了。

一路听着牌牌的见闻，告诉她今天要做她最喜欢吃的可乐鸡翅，牌牌"呼啦"一声说晁新万岁，晁新笑了笑，车窗外正好是江大的校门。

她目不斜视地开过去。

牌牌有一点迟钝，事情过去一个月后，她才想起来问："向老师呢？最近好像没看见向老师了。"

"向老师很忙。"晁新说。

"哦，那你问问她什么时候回来呀。"

晁新专心致志地切水果："你有什么事吗？"

"过春节的时候她跟我说了李朝将军王敦的故事，让我猜他家里的小狗雪团子是什么颜色的，我查了好久资料，还问了我老师，我老师说这狗不就叫雪团子吗，那应该是白色吧。

"我一想，对呀！我怎么那么笨呀你说，我想跟她对对答案。"

牌牌站在流理台旁边，扒拉着，看她。

晁新想了想向挽使坏问雪团子的样子，神色复杂地笑了一下，然后垂下眼帘，说："不用找她问了，是白色。"

"哇，真是白色哈？"牌牌不可思议。

"嗯。"晁新拿起一瓣橘子，喂到她嘴里。

牌牌塞着水果，嘟嘟囔囔地走了。

第二个月上旬，晁新的邮箱收到一份广播剧的邀约。

晁新看了看故事和工作人员信息表，但没有合作的 CV 信息，于是照惯例问了一下搭档。

对方回复："老师，我们很想跟您合作，所以第一个就邀了您，别的还没有定下来，不过我们想邀您和向挽老师二搭。"

晁新坐在椅子上，抚了抚自己的上臂，又在小臂上捏一把，瞬间就红了。

然后她脚下一动，挺直背部，面无表情地打下几个字："你先问问她吧。"

对方回得很快，把邮件当成了 QQ 消息："晁老师是有什么顾虑吗？"

晁新回道："没有，只是听说向老师最近上学，可能要看看她有没有时间。"

光标闪了几下，晁新点击发送。

这封邮件的回音等得尤其漫长，漫长过她等待第一次试音结果。

百蚁噬心，不过就这四个字。

综艺里搞笑艺人夸张地做着表情，哈哈哈哈的声响不绝于耳，晁新跷着二郎腿，木然地坐着，拿起手机看一眼。三秒后，又拿起来，把 Wi-Fi 关了，家里的 Wi-Fi 总是断，她的 5G 还时常快一些。

手机躺在手边，她的指尖在屏幕上弹钢琴一样敲，突然蹙眉想起来什么，穿着拖鞋走到录音室，电脑还停在邮箱的界面。

晁新俯下身去，点了一遍"收信"，进度条碾过，像轰隆隆的卡车，没有新信件。

再点了第二遍、第三遍、第四遍。

原来不是手机 APP 推送不及时啊。晁新自嘲地想。

站起身来，耷拉着眼皮子等了会儿，晁新又习惯性地用舌尖顶顶口腔，然后转身出去。

晚上一点过，晁新像前几晚那样靠坐在床头发呆。

手机在本该安静的时间点亮起来，邮件回来了。

对方回复："晁老师您考虑得很对，向老师果然没有时间，那我们这边再约一约别的老师，我们打算再邀一下纪鸣橙老师。"

其实向挽有时间，前两天去工作室和自由人冯果签合约的时候，她说最近在录向老师的一部广播剧的协役，刚好录完。

当时，晁新云淡风轻地问："哦，是吗？向老师最近还好吗？上次合作完，挺长时间没见了。"

冯果说："状态很不错，现在势头这么好，圈里都说下一个顶流还在 SC 工作室。"

后半截晁新没有听，只停在那句"状态很不错"上。

向挽是真的不想见她。

晁新盖好被子，闭上眼，脑子里还是这句话。

第二天是周六，晁新起来先回复了昨天的邮件，跟对方说接了，然后打电话问于舟今天有时间吗？

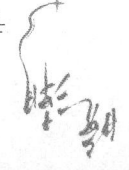

于舟有点错愕，连忙说"当然有"。

于是晁新告诉于舟，向挽有一点东西在她家，想给向挽带到学校去，但不方便上楼，能不能拜托于舟送到向挽的宿舍。

果然出问题了。于舟在那边沉默了一下，但以她和晁新的关系，又不太好问发生了什么事。上次打完电话后，她就已经懊恼自己太冒失了。

于舟想了一会儿，说："下午吧，你看几点方便，我过来拿。"顿了顿，又说，"我一个人过来。"

还是先不和苏唱说了。

晁新和于舟约好下午三点在江大门口见。

于舟穿了一件牛角扣大衣，在风里等她，晁新把车停到路边，从后备厢里拎下来一个大的行李箱和一个塑料袋，于舟要伸手拿，晁新想了想，说："我拿到宿舍楼下吧，有点沉。"

风实在很大，于舟有点睁不开眼，便不再客气了，只迭声说："好的好的。"

两人并排着走向宿舍，谁也没说话，到了小花园，还是于舟说："上次给你打电话……"

"没事，"晁新低头说，"跟挽挽都说好了。"

于是于舟把话又咽回去了，到了楼下，晁新把箱子和塑料袋递给她，挠了挠有点痒的鼻梁，说："塑料袋你拿上去之后告诉她先整理一下吧，里面有一点爽肤水之类的易碎品，箱子里我给她装了那几个木根摆件，我怕把玻璃瓶压碎了，就单拎着了。"

于舟认真听着，记下了，又迟疑着说："你不上去见见她吗？"

"不了，我还有点事。"

"嗯，那行，你先忙，我一会儿送完东西约她吃个饭。"

"谢谢，麻烦你了。"晁新低声说。

于舟叹气，跟晁新告别，然后登记了访客，拎着东西上楼。

晁新在底下站了会儿，风里还是有难舍难分的情侣，她站在里面特别格格不入，于是她裹紧大衣，高跟鞋鞋跟儿一踏，转身往外走。

大道两旁梧桐叶子被碾得咯吱作响，从报刊亭转过来的姑娘停下脚步。

向挽抱着书，眯眼看了看拐角处的那个背影，黑色的大衣，风中略微凌乱的长卷发，肩脊因为冷而稍稍缩着，一边裹大衣一边往外走。

走路的姿态实在是太像……

她偏头想要仔细看，但一下子又没有了，像是她的错觉。

低头从包里翻出手机，没有任何消息。

向挽抱紧书，在风里眨了眨眼睛，往宿舍楼去。

宿舍门口大敞着，娄萍萍坐在最里面化妆，于舟拎着箱子站在门口，像是要给向挽发信息，见她上来，眼睛一下亮了，说："哎，正好，刚要找你。"

"这是……"向挽望着眼熟的行李箱，心底抽动了一下。

晁新来了，是吗？刚刚那个背影果然是她？

于舟有点尴尬，清清嗓子说："呃，有点东西，我给你送过来。"

说得含含糊糊，模棱两可的。

向挽一下子就明白，晁新来划清界限了。

但她没有很难过，因为她已经调整几十天了。只是没想到，晁新连上楼都不肯，大衣还是春节和她一起回赵女士家穿的那一件。

向挽不习惯倾诉这些事情，之后便安静地跟于舟吃了一餐饭，两人聊了聊近期的学业。看向挽状况还好，于舟也踏实了一点。

走的时候于舟皱了皱眉头，突然问："晁老师抽烟吗？"

向挽心里一突，神色自然地说："以前抽，但是不多。"

"难怪，她把东西给我的时候，我闻到她大衣上有一点烟味。"于舟揣着兜，踢着脚下的石子。踢了两三个，然后说："走了。"

她又开始抽烟了啊？印象中很久没有了。

回到宿舍，向挽在网上搜索了晁新的消息。

出乎意料，也在意料之中，她过得好极了。

接了好几部广播剧，互联网热度水涨船高，现在她的一条营业微博点赞固定在好几千，一打开，前排都是 CP 粉。

超话里还有视频，把晁新参加 FT 和线下活动时的音频剪辑起来，连一个向上挑的尾音都诱惑得要命。

配音界大佬晁老师开始营业，收获了一整片"鱼塘"。

因为线上没有她这样成熟又神秘的女 CV，冷淡而不冷漠，风情又不轻佻，她通常厌世似的耷拉着眼皮子，但只要她的眼神活络一下，扫到对方身上，那颗痣就像点睛之笔，顷刻将视线晕染得极有想象空间。

如果这时候她再慢悠悠地举起话筒，勾勾嘴角反问"嗯？"就是最高级别的张力。

网友未必喜欢最好的，但一定喜欢当下最独特的。

见过高冷的，见过妩媚的，见过亲切又可爱的，见过一本正经一板一眼的，但没见过晁新这样，矛盾的、微妙的、一眼难窥的、若即若离的。

更何况她还有大佬气场加成，专业的女人是最加分的，连搭着手发呆都很有内容。

向挽能猜到晁新为什么那么勤于营业，因为她的工作室正式投入使用了，听闻签了几个"小萝卜"。

她要带新人。比如那部自己婉拒过的广播剧，女四给了名不见经传的舒秦。

虽然是女四，但从未有作品傍身，一来就上商剧，而且是有名有姓有戏的角色，起点不可谓不高。

向挽合上电脑，爬到上铺睡觉。

没过多久，向挽接到了一个特殊的工作安排，参加一档声优竞演综艺，名字叫作《演绎吧！好声音》。这档综艺是鲜橙卫视新开发的一档关于配音演员的竞技类真人秀，邀请四个由年轻血液组成的工作室，以导师带学员的战队模式进行竞演。

最终通过导师打分以及专业评审选出最优战队及最亮眼行业新星。

邀请函递到了 SC 工作室，苏唱准备带上向挽。

因为向挽回归校园念书，产出下降，接新频率低，为了保持足够的曝光度，她需要这个综艺。

尤其和节目组敲过时间，录制基本在周末，不会影响向挽的学业。

因为涉及战队互评，为公平起见，其余三个战队保密，但苏唱猜想也不过就是业内出名的那几个，大佬带几个小萝卜，借着综艺露个脸，迅速聚集人气。

向挽特意回到 SC 工作室，和苏唱以及另外两位同事一起签合同。

节目组的时间很紧，刚签完就开始备采，之后一个下午，便是在会议室补录了苏唱通知各位同事的镜头。

钱之南很会耍宝，明明提前知道了，还是表演了一个"张口吞鸡蛋"，然后趴在桌上捶拳头："啊啊啊！我没上过真人秀，我好紧张！"

苏唱瞥他一眼，示意他戏有点过了。钱之南背着镜头悻悻地吐了个舌头，嬉皮笑脸地对苏唱抖抖眉毛。

十天之后，《演绎吧！好声音》节目组官宣，四个战队集合完毕，分别是：

聆悦工作室，导师赵元熙，学员刘爽、孟萌萌、周起愿。

SC 工作室，导师苏唱，学员向挽、钱之南、卢倩萍。

三声工作室，导师吴风，学员宫谦、余楠、糖小火。

听潮工作室，导师晁新，学员舒秦、冯果、杨潇湘。

配音圈沸腾了，这档集结了圈内头部声音工作室的节目无异于一场盛大的狂欢，尤其还是关注度颇高的上星卫视鲜橙 TV 操刀。

鲜橙 TV 作为在综艺方面颇有经验的"老大哥"，第一次涉足配音竞演领域也着实令人期待。

很多听众都在猜测，这是否能成为配音这个小众职业的破圈之作。

在强势引爆眼球的关注度中，节目组的筹备显得风平浪静。

向挽是第一次来到节目组的后台，从 SC 工作室被印着节目 Logo 的黑色面包车接到卫视广电大厦，后门已经聚集了部分有节目录制经验的粉丝了，举着手机塞给苏唱和向挽一些信件和鲜花，仔仔细细地嘱咐她们别紧张，好好发挥，好好吃饭。

苏唱微笑点头一一应下，还不忘开玩笑说："怎么感觉像高考呢？"

她很难得和粉丝聊天，大家都很给面子地哄笑。

笑声中有个女孩子弱弱喊了一句："唱，照顾好挽挽。"

苏唱原本已经走过了，听闻此言停下脚步，回头，慢悠悠地挑了个眉。

卢倩萍心领神会地偷笑，钱之南大喊："咋了，只照顾向挽啊？不照顾我啊？"

粉丝们又笑起来，钱之南故作委屈："不给人家花就算了，花是应该给小姐姐，照顾还要区别对待。"

粉丝们安慰他："下次给你带。"

"你们说的啊。"钱之南笑逐颜开。

一番调笑后，保安将跟着的粉丝拦住，送他们四人进化妆间。

奶白色调的后台，化妆间的门是湖蓝色，这次没有使用平常综艺的大化妆间，而是按战队分了四个小型休息室，右边是带着化妆镜的造型区，左边是由黑色皮质沙发、黑色镜面茶几和一个小型直播设备组成的观战区。

休息室的门关闭，几人先在观战区坐下，把鲜花和信件放在一旁，节目组指派的跟组 PD 让助理把东西收拾了，VJ 组在对面调试灯光和摄影机位，向挽有点不适应，只低头看着桌面印着节目 Logo 的宣传图册。

PD 靠在直播设备前方，捋一捋工作证的带子，说："辛苦各位老师。我是咱们组的跟组导演，我叫乔芳，你们也可以叫我 Nana，咱们组所有的大小事项都可以找我协调，老师们不用客气，我们是自己人，哈哈哈。

"之前对流程的时候已经跟各位老师沟通过了，咱们这个节目一共八期，播两个月，前两期是自由声展，然后导师们盲听，通过打分定级。虽然我们是战队模式，但我们也分 ABCD 级，最终的冠军会在第七期之后的 A 班里产生，所以对学员来说，守住 A 班非常重要。"

"不过老师们也不用担心，我们是没有淘汰制的。"她笑了笑，看着助理蹲着送上几杯茶。

"我们是集中录制，会有晚间活动和访谈作为节目的花絮，所以周末录制期间是封闭录制，也就是说每周五下午老师们到电视台集合，周五、周六会住在我们安排的别墅，每个战队一栋别墅，周日晚上结束当期录制就能离开，这个应该没有问题吧？"

"没有。"钱之南他们摇头。他们的行李都带好了。

"好的！"乔芳很轻快地应声，"那老师们先休息一下，我们今天是下午场，

A1摄影棚,观众下午一点入场,我们两点开始录制。嗯……咱们组是自带妆造是吗?"

乔芳扫一眼那头的工作人员。

"是。"苏唱说。

"行。"乔芳一拍手,离开桌沿站起来,"姑娘们,干活吧!打起精神来。"

乱而有序的休息室,造型师开始询问工作人员妆造区的位置,然后依次整理服装,化妆师和化妆师助理把化妆箱摆到台面,一一摊开,像是备好暗器的武林高手。

向挽坐在镜子前,一整圈的灯光照得她眼睛有点疼,也让她脸上因憔悴而起的瑕疵一览无余。

闭眼感受着化妆师的指尖在自己脸上按压,鼻端有近似于花粉的清香,耳旁是细碎但有条理的脚步声,世界安静下来,让她开始紧张。

背了一会儿自由声展的台词,她又想到了晁新。

晁新这样不爱交际的人,会是怎样跟节目组相处的呢?不过她想起来,晁新早年参加过综艺,应该比自己有经验。

再过几个小时,她和晁新即将重逢。

在一个万众瞩目的舞台上,有灯光,有舞美,有绚烂华丽的屏幕,还有粉丝的欢呼声。

向挽将站在舞台中央等着晁新的评判。

向挽没有想过会是这样一个重逢,实在太不公平了。

可以想见,节目组的灯光和大屏幕,能够让作为导师的晁新清清楚楚地看到自己,但自己应当没有办法看到远处座位上晁新的表情。

不想了,其余的在看到节目组官宣那天已经想过了。

合同都签了,如果临阵脱逃,苏唱要赔很多钱。

她呼出一口气,继续背台词。

临近开拍,后台的脚步声和话语声逐渐凌乱和急促,时不时能听见对讲机里现场导演同步过来的状况。

滋滋的电流声中,现场导演的声音断断续续,几乎是用吼的。

"2组,2组,stand by(准备),导师入场。"

"收到。"乔芳按下对讲机应一声。

然后前进两步,扶住苏唱的椅背,从镜子里看着她的化妆师正在再一次补定妆喷雾:"苏老师,可以了吗?"

"可以了。"苏唱点头,站起身来。

"行,我在这边再带一下选手,小齐,跟你过去,然后你再带一个化妆助理,休息的时候及时补妆。"乔芳扶一下苏唱的背,示意小齐跟上。

苏唱配合小齐再检查一遍胸麦有没有戴好,然后跟几位学员笑了笑,轻声说:

"别紧张。"

"放心吧唱姐，肯定给你长脸。"钱之南还在吃橘子。

"少吃点，一会儿卡嗓子。"卢倩萍骂他。

"挽挽。"苏唱站在门边，又叫了向挽一声。

"嗯。"向挽没说什么，点点头。

苏唱也颔首，跟着小齐往直播通道去。

钱之南和卢倩萍入座观战区，直播设备接入现场信号，冷色调的灯光簇拥着钢铁风的舞台，大屏幕和地台科技感十足，四位导师还没就位，主持人带领观众热场。

"大家注意一下，为了不影响老师们发挥，请各位现场观众在观看过程中不要喧哗吵闹，将手机调成静音模式。

"然后请看一下我的手势，待会儿我如果举起手来，大家就请鼓掌，如果我举起来扬两下，请欢呼，尽量热情一点，让老师们看到大家的支持，好不好？"

现场导演开始调动观众的氛围，提前录制一些 reaction（反应）。

钱之南笑了一下，和卢倩萍意味深长地对视一眼。

观影纪律宣布到位后，观众隐隐有点不耐烦，因为在外面已经等了一个小时了，入现场又坐了一个小时。

这时右侧靠近通道区域有骚动传来，观众席看过去，听见那边有人小声地说："苏唱，苏唱。"

苏唱来了，那离开录就不远了。

工作人员又调试了几次灯光，将屏幕背景固定为节目组 Logo 后，导演终于拿起话筒说："大家安静一下，我们要录制了。"

经验丰富的主持人上场，三两下就用俏皮话把场子热了起来，也不管坐得腰酸背痛了，此刻观众们压抑已久的兴奋终于冒上眉梢。

首先开场的是四位导师，灯光暗下来，只剩几束游动的蓝光，像大海中潜入一头白鲸，光影交错里，出现苏唱的声音。

"声音，是这个世界不可或缺的组成部分。我们靠声音表达、沟通，获取与他人的连接，也获取与世界的连接。我们动情于世界的声色，因为它们组成了故事。

"而我们，是一群只用声音讲故事的人。聆听这个词有多美妙，要在你的耳膜轻轻颤动的时候才知道。

"听到这个词有多美妙，要在你的心底轻轻颤动的时候才知道。

"可以听我说吗？可以，听我说吗？"

清音沉寂，观众暗自压抑呼声，鼓点四起，风声呜咽，大荧幕上出现耳熟能详的电影画面，四位导师配合画面不断变换情绪与声线，将一幕幕经典重现。

有九死一生的厮杀，有慷慨激昂的陈词，有花前月下的互诉衷肠，有叱咤风云的谈判。

还有悲怆、哀鸣、恸哭、乐极生悲与快意江湖。

长达八分钟的混剪像绝世高手在游刃有余地展示神功，将现场气氛一浪推高过一浪。

观众的热情霎时被点燃，欢呼声不绝于耳，几乎要将整个摄影棚掀翻。连坐在观战区的学员都起了一身鸡皮疙瘩。

钱之南停下抓瓜子的手，瞠目结舌："妈呀……"

震耳欲聋的欢呼声中，四位导师从幕后走出。

向挽迟疑地侧过头，正想通过屏幕看一眼晁新，却被小跑过来的小齐说："向老师，快快快，备场了。"

她连忙站起来，和钱之南与卢倩萍匆匆击了个掌，压下忐忑的心情，跟着小齐往现场去。

越靠近摄影棚，越能感受到几个节目同时开工的忙碌。

有造型师助理抱着衣服擦肩而过，掉了一只高跟鞋，向挽蹲下，想要捡起来。

小齐握住她的手腕说："别管了。"

她没回头，步履也没停，拉着向挽，直到在后台站定才放开。

最后检查一遍头发，能听见第一位要表演的学员已经在鼓掌声中上台了。向挽突然想起来，赛前苏唱跟她分析局势。

三声工作室最近没有出什么亮眼的新人，聆悦是老牌网配社团的成员成立的公司，赵元熙野心不小，抢人的势头很猛，手下的小萝卜也出了几个剧，资质一般，现在带的这三个也出过作品，对他们擅长什么、短板在哪里大概心里有数。

拿不准的在听潮。

冯果在圈里算二线的自由人，杨潇湘也有主役代表作，但听潮出名单的时候，把舒秦排在了首发。

第一轮自由声展是每个工作室轮流派出成员上台表演。因此选为第一位亮相的，无疑是工作室认为最能抓耳的学员。

苏唱连三声和聆悦的首发学员会选择什么样的题材都大致猜到了，但对舒秦，她一无所知。

舒秦还没有出来跑棚，也没有正式的主役作品。

最难以捉摸的是，晁新为什么会不顾冯果的圈内地位，让舒秦排在前面，而整个听潮工作室都没有异议。

向挽回收了一下思绪，又过一遍苏唱的嘱咐。

苏唱告诉她，她最大的优势在于音色，如果比表演比经验，她是没有多大胜算的。如果别人的武功是剑招的话，向挽的武功是拳头。

她不需要花里胡哨的附加，只用静静地将她的雪地一般的嗓音化到每个人心里。

感情不用过于充沛，否则容易破坏声音的质感，而且为了吸引观众和展示实力，自由声展大概率都会往"炸"的方向走。

向挽反其道而行，就站着，慢慢说，缓缓说。

连手上动作都不要有。

舞台上隐隐约约传来导师的点评，向挽突然有点目眩，她闭了闭眼睛，把头晕的感觉甩出去，听见小齐在她耳边悄声："准备准备，老师一会儿从这儿上去，慢一点啊，这个架子不太稳。"

话音刚落，耳机里传来声音。她又迅速说："走走走，上。"

向挽深呼吸两下，从黑暗的通道里迈上台阶。

麦克风和扩音器好像安进了她的心脏和耳蜗，她能够听到自己胸腔里咚咚咚的回响，嘴唇很干，但她不敢润，因为有口红，喉咙状态不太好，她想清清嗓子，但已经上台了，只能保持微笑。

和想象中不一样，灯光太亮了，从舞台的边缘反射过来，她什么也看不见，只能看见几盏明晃晃的大灯，没有观众，也看不见等待她的苏唱和晁新。

她只能望着中央站立的麦克风，也是她唯一熟悉的麦克风。

一步步走过去，站定，右手习惯性地抚了抚话筒架，灯光暗下来，她微微闭眼，收敛思绪。

安静，空无一人一样的安静。

先传到众人耳朵里的是一个叹气声，停了两三秒，向挽的第一句话才出来。

音乐声在她第一个短句完成时适时溢出来，是小提琴。

西洋乐器配合她古色古香的嗓音，像是时空交错的手，缓慢搓揉声浪。

都以为她会配擅长的古风，但她没有，她念了一段中世纪英国诗人的独白。

如梦如幻，如泣如诉，似花似月，似曲似歌。一曲终了，灯光大亮，观众席响起杂乱的掌声，将人拉回人间。

向挽睁眼，略略呼出一口气，看向前方背对着她的四个银色座椅。

主持人的声音响起，让四位导师打好分后转身。

赵元熙、吴风、苏唱、晁新缓缓转过来，向挽的眼神看着前方的舞台边缘，然后抬眸，望一眼苏唱，再是晁新。

她穿着很有设计感的白衬衣、阔腿黑色长裤，交叉着二郎腿，长裤衬得高跟鞋和略微裸露的脚踝的曲线十分动人。

长卷发拨到一边，既妖媚又干练，尤其是妆造师给她抹了正红色的口红，和她冷淡的眼神一碰，矛盾而神秘。

"导师们有没有什么想要点评的？"主持人看起来认为向挽的表演很惊艳，说话声音带笑。

从右往左，赵元熙和吴风进行了按部就班的点评。

重点是肯定了她的音色，非常特别而且动人，其余的因为没有展现出太多技巧，所以没有点评太多。

轮到苏唱，她只抿抿嘴笑了笑，底下的观众已经有在起哄的了。

向挽拿着麦克风，也莞尔一笑。

苏唱摇摇头，笑着轻轻开场："挽挽？"

全场欢呼，苏唱转过头看了观众席一眼，连吴风也不明所以地转过去，观众们按捺住笑颜，渐渐把声音弱掉。

"嗯，苏老师。"向挽见苏唱回过头来，很乖巧地应下。

苏唱仍然很温柔，但也很直白，对着她说："状态不太好。"

"是。"向挽这一声有点哑，说完清了清嗓子。

"流畅度还差一点，整体的情绪有一点太收着了，显得比较平，所以我想会有一点难打分。"苏唱和吴风对视一眼。

"对吧风哥？"她笑着开玩笑。

"干吗？你想偷看我打的分数。"吴风作势捂着小黑板。

观众哄笑，主持人打圆场："哎哎哎，导师不可以互相通气的啊。"

见二人收敛笑意坐定，主持人又问："晁老师还有要点评的吗？"

向挽的心怦怦跳起来。

"我打分的时候一起说吧。"晁新低头，翻了一页笔记。

跳动的心脏瞬间沉下去，向挽垂下眼帘。

"好，那我们请导师们亮分吧，我们后续会根据分数分班，请导师们依次举起手中的打分板。"

赵元熙给分 7.5，拿起话筒说："跟苏老师的想法一样，有点平，但整体还是很不错。"

吴风给到 8 分："她音色我太喜欢了，很抓耳而且很特别，我可以给到 8 分。"

苏唱给 7.3 分："第四句的时候有一个明显的失误，到后半段声音控制不太好，显得流畅度不够，有点飘。"

轮到晁新，她仍然在翻笔记，右手举牌：6.9 分。

比前三位都低，不过晁新向来严格，观众也不算很意外，主持人笑着说："我们来听听晁老师的想法。"

晁新把题板放下，右手握着麦克风，左手翻她的笔记，低着头，声音很镇定。

"一开始的叹气应该不是设计而是失误，因为尾音在抖，而且和整个诗歌的基调也不符合，第三十秒有一个喷麦，两分十秒处有一点因为忘词而引起的小停顿，四分二十二秒处嗓子状态不好，为了不呲音，你选择了保守，把情绪回收了。

"由于音色很漂亮，整个作品完成度是可以的，所以我给到了6.9分。"

她合上笔记，抬起头，看向舞台中央的向挽。

向挽也正仰头看着她，二人猝不及防地对视。

晁新眨眨眼，别开了目光。

没有人知道，对向挽的打分，是晁新最为重视的一场。因为是向挽，因为是以后不一定有交集的向挽，她这次比以往任何一次都听得认真。

因为向挽叫过她很多次晁老师，但自己不曾有机会真正教她。

晁新面无表情地垂下头，听着向挽被主持人请到一旁的候场区坐下，吸吸鼻子，翻开一页新的纸，等待下一位选手。

底下有听众在窃窃私语："晁老师和向挽不是合作过广播剧吗？怎么这么冷淡啊？"

"不和？"

"一个剧才录几天啊，根本不熟吧。"

"从没听说过晁老师跟谁不和。"

…………

小小的议论中，向挽来到选手区，和第一位上场的刘爽打了招呼，并坐到她旁边。

"晁老师好严厉啊，是不？"刘爽悄声跟她说。

向挽笑了笑："是有一点。"

"我也没上7分。"刘爽欲哭无泪，下一句又安慰她，"其实你表现得挺好的，我都差点听哭了。"

向挽莞尔一笑："谢谢。"

"放松点坐，摄像机扫不到这儿。"刘爽看一眼向挽搭在双膝的手。

"好。"向挽把手挪开，迟疑着将目光对上转过去的导师椅背。

看不到晁新的任何表情，刚刚好像点评时她也没有任何表情。

她和晁新重逢得轰轰烈烈，也重逢得冠冕堂皇。

还是表现得很糟糕，6.9分啊……但向挽也没话说，是晁新如实点评她让她更难堪，要不是晁新念在做过好友的往日情分，给她兜着，更难堪。

比完赛之后，紧张像是被抽走的空气，也顺便带走了她的力气，现在整个人的感觉就是空，还有耳背和脊梁后知后觉地发烫。

向挽偏脸看着舞台，又表演完了一个，但她一点印象都没有。

只听到导师那边传来轨道的声响，他们四个转过来了。

向挽的情绪不太对，晁新多看了两眼。

以至于主持人提到她的时候，她闪着眼波几秒后才回神，求助般望着笔记，笔杆在手中掩饰性地一转，然后才开始点评。

笔头在书页上一下一下地敲，晁新慵懒的话语一句一句地说，向挽的呼吸起起落落，有一搭没一搭地揉着自己的手腕解压。

第四个学员，舒秦终于出场。

向挽抬头时，她已经站在中央。观众交头接耳，都很关心这个从未出现过的新面孔是谁。

她瘦瘦小小的，站在麦克风前，因为个子较低，她先不慌不忙地调整了一下立麦的位置，中指与拇指交叠，在麦克风前打了个小小的响指，试探耳返和话筒的位置是否正常。

然后再给导演点头示意，表示可以开始。

向挽的心不经意地一缩，因为这个打响指试耳机的习惯，是晁新的。

总有一个微小的地方会提醒你，她有些事情，你真的不知道。

比外人还要外人。

更意外的是，这次表演，舒秦一人配了四个角色，从垂垂暮年的老妪到绕床嬉闹的孩童，从出门采桑的少妇到瞧完热闹归来的少年。

一家子热热闹闹，声音此起彼伏，丝滑无比，连气口的抽动都很难听到。

观众惊呆了，吴风和赵元熙也挑眉瞪眼，摇头对视。

一场戏令人意犹未尽，停在孩童未完的笑语里，然后她退一小步鞠躬致谢，以示表演结束。

因为收尾戛然而止，观众有些沉默，几秒后才爆发出掌声，不太热烈，但对于一个全新的选手来说，是由衷的。

向挽这才明白，为什么几个月了，舒秦一点作品都没有出，参赛前期也没有任何造势。

因为晁新就是想让听众把期待降低，降到最低。"意料之外"往往意味着印象深刻。

而舒秦最大的优势是表演，配合着变声，让整个场景活灵活现，把天赋发挥到了最大化。

哪怕她的发声技巧并不算优秀，但她的演绎足够丰富和热闹，能充分调动人的感官，就已经赢了。

苏唱和晁新为两个经验不足的选手设置了截然不同的两条路。

向挽是至纯至简，"一条白练上青天"。

舒秦是至多至繁，"乱花渐欲迷人眼"。

不意外，赵元熙给了 8 分，吴风也给了 8 分，苏唱给了 7.9，三位导师和场上的观众等待晁新。

晁新依然没什么表情，冷淡淡的，举牌子给了 7.1 分。

"晁老师说两句吧，这是您工作室的新人，第一次公开亮相。"主持人拿着手卡介绍。

"发挥得不错，比练的时候要好。"晁新拎拎嘴角，笑了。

舒秦也笑了，咬咬唇角，把手背在身后。

舒秦是个很神奇的姑娘，看上去瘦弱，但心理素质很强，从来都是比赛型的选手，上课时不怎么说话，但一到表演时气场全开。

而且她总是遇强则强，越战越勇。

因此晁新从来不担心把她放在第一个出场。

她就应该跟最强的碰一碰。

"嗯，但是，"晁新这次没有做笔记，"还是之前练习时候的问题，少年音其实不是很自然，听起来有一点掐，当你过于关注掐声线的时候，咬字吞音的情况就比较明显了，断句有问题，情感力度就不够，但好在这个少年音没几句，被你混过去了，是不是？"

晁新又笑了。

现场观众也笑起来，没想到晁老师这么直白也不留情面，直接把自己工作室成员混过去这件事点出来了。

舒秦有点不好意思，靠近话筒，说："是。"

主持人也笑了："我们的选手太可爱了，还特意靠近话筒承认了。"

"哎，不带你这样的啊，"吴风伸手，"你这样那之后遇到我们的选手，我们到底是揭短儿还是不揭短儿啊。"

"随你。"晁新偏头看他一眼。

"哎你看看你看看，有没有天理了啊。"吴风转向苏唱，"唱啊，你说句话。"

全场笑声不绝。

苏唱低笑摇头，伸出食指在自己和晁新之间比画一下："我和晁老师一边的。"

吴风气结，佯怒要和赵元熙结盟。

欢快的气氛中，晁新默默低下头，眼睛往左面瞟一眼，又极快地收回目光。

六位选手之后，节目过半，中场休息，现场导演再顺一遍接下来的流程，化妆师助理弯腰上前给几位导师补妆，苏唱一边捉着吸管喝水，一边看接下来的选手资料。

补完妆，苏唱站起身，到选手区跟工作室的学员们打招呼。

苏唱腰有点疼，所以反手叉着，站到座位前方，响指打到了向挽脸前。

"蔫儿了？"

向挽手撑在两边，仰头看苏唱。

"没表现好。"她柔声说。

"第一次，紧张在所难免。"苏唱揉着自己后腰，偏头看了看她，意有所指，"不过正常的紧张最好只开场这一次，如果有别的原因就不太好了。"

两人低低说着话，观众席隐隐起哄，其余三位导师看过来，也补好妆走向选手区。

苏唱又和钱之南聊了聊刚刚的选段问题。

熟悉的影子落在向挽身边，晁新目前上场的选手就舒秦一个，于是她自然而然地走到了舒秦面前。

但刚刚才点评过，她也没什么好说的，于是站在一旁，听着其余导师和选手的聊天。

向挽坐在和舒秦隔了一个人的左边，准备掏出手机看看有没有信息。

耳畔突然收到一句熟悉的懒音，很轻："你还好吗？"

向挽眨了眨眼，三秒后才抬头，不确定这声音是不是问她的。

但她对上了晁新的视线。

她的睫毛落下又扬起，扬起又落下，好像也有一点犹豫，该不该这样打招呼。

向挽愣了，这句话让她有一点不知所措，也有一点眼眶发酸。

她放下手机，说："嗯？"

只抛出了一个气息，因为她不晓得怎样回答才好。

晁新抿抿嘴角："好像……看你状态不太对。"

"我有一点，"向挽望着她，喉头又干涩了，"紧张。"

明明很嘈杂的环境，她却生出了只有两个人在低语的错觉。

晁新侧过脸去，看着地上的影子，说："很快结束了。"

安慰的话没有资格，其余的也说不出口，所以这句有点生硬。

"嗯。"向挽说。

随即导播叫着继续录制，晁新又和舒秦说了两句，之后转头往导师席位去。

第一场录制很难熬，因为要录两期的量。

战队集结、导师介绍、首秀舞台和自由声展，以及宣布分班和入住别墅，内容不少。

第一二期是首秀，三四期是一公和二公（第一、二次公演），第五期是分班汇演调整定级，第六期交换导师，第七期是个人竞演再次分班，第八期是导师合作舞台，也是最后一次公演。

节目组的安排很紧凑，因为声音表演的内容不长，不太需要长时间的磨合和排练，因此每周五晚入住别墅进行准备，周六录制公演及汇演，之后抽取下一期的剧本，周日录制排练和备战镜头。

自由声展表演完毕，结合平均分，分班情况也当场公布。

A班包括：舒秦（听潮工作室）、冯果（听潮工作室）、向挽（SC工作室）。

B班包括：钱之南（SC工作室）、孟萌萌（聆悦工作室）、糖小火（三声工作室）。

C班包括：杨潇湘（听潮工作室）、宫谦（三声工作室）、刘爽（聆悦工作室）。

D班包括：卢倩萍（SC工作室）、余楠（三声工作室）、周起愿（聆悦工作室）。

听潮工作室包揽前二，完成了一个漂亮的开场，可以预料到，节目播出之后，这个新成立的工作室将会声名鹊起，很快变得炙手可热。

但它也并不是黑马，因为它的老板是晁新，业务能力天花板级别的人物，转型做老板之后的第一次亮相，她带的学员给出了令人满意的成绩单。

录制结束已经快凌晨一点，观众们晚饭也没吃，困得直打哈欠，眼看要离场，有前排的观众在小声喊苏唱。

苏唱转过头，眼眶也熬得有点红，带着鼻音跟她们说："去吃点东西吧，但别太晚，回去注意安全，最好结伴。"

顿了顿，又说："去超话里跟她们说一下，以后如果要来录节目，不要一个人来，有人同行再来。"

她的粉丝大部分都是女孩子，所以多叮嘱两句。

小姑娘们连声应"好"，又让她好好休息，然后才依依不舍地走了。

苏唱揉了揉酸痛的脖颈，抬头示意选手区的学员收拾好东西一起回休息室。

拿了行李，一行人就马不停蹄地赶到节目组安排的宿舍。说是别墅，其实更类似于两层的小洋楼，大玻璃窗配上通明的灯光，路灯在路两旁矗立，几支战队仍旧是乘坐各自的小七座车，从车上下来时钱之南已经困得脸都皱在一起了。

卢倩萍睡了一觉，醒来饿得直打嗝。

根据指示牌入住别墅，和PD（制作导演）等跟组工作人员告别，几人把行李拿到各自的房间，又观察了一下摄像头，大家就二话不说开始洗漱。

洗完澡反倒不大困了，向挽穿着睡衣下楼，见卢倩萍在煮方便面。

"你要不要？我一会儿再煎个蛋。"她放着调料包，说。

"不了，夜里吃了积食，睡不着。"向挽靠着岛台，软声道。

卢倩萍笑了："我不行，我是不吃不行，我胃动力不足，一饿就打嗝。"

说完，胃部不甘示弱地要演示一下，她打了个长长的嗝。

向挽提醒她："有摄像头。"

"我问了，"卢倩萍毫不在意，"只拍到我们说去洗澡，每个别墅说了去洗澡休息之后，摄像头就关了。"

话如此说，向挽还是不大有安全感，没怎么说话。

"苏老师睡了吗？要不要给她也煮一包啊。"卢倩萍问。

"我去瞧瞧。"

向挽轻步上楼，来到苏唱门前，不用力地敲了两下。

门开了，苏唱穿着灰色的睡衣套装，正在擦头发。

"刚跟舟舟说到你。"她笑着说，"进来吧。"

一个酒店大床房的标配房间，苏唱的卧室要大一些，有沙发、桌椅和小型水吧。

苏唱示意她坐，然后自己拉了一把椅子坐到对面。

"本来想明天跟你说，正好你来找我，那就先聊。有点晚了，我长话短说。"

向挽惦记着卢倩萍在楼下煮方便面的事，思绪有点乱。

直到听苏唱说："晁新给舒秦压分了，你看出来了吗？"

向挽抬眸，直勾勾地望着她。

苏唱右手搭在桌子上，拿起酒店配的笔，在纸上随便划拉两下："你的分是 7.5，8，7.3，6.9。"

"风哥老好人，给分就没有低于 7.5 的，所以他的 8 分不太具有参考性，"苏唱笑了笑，"从另外两个打分来说，晁新给你打 6.9 不算低，是在正常范围内，和我的打分也就差 0.4。"

她又风轻云淡地画了个圈，笔尖在上头一点。

"而舒秦的得分是 8、8、7.9、7.1。"

苏唱叹一口气，抱着胳膊："她表现得真的很好，如果是观众听的话，可以说是无可挑剔，而且在这类竞演当中，变声系永远都是最吸睛的。

"晁新给她的分比我低了 0.8，这个分差有一点离谱，虽然她后面解释了是因为她熟悉舒秦的短板。但是——"

苏唱看着向挽，偏头，悠悠笑了。

向挽心里"咯噔"一下。

"你猜晁新前期为什么把舒秦捂得这么严实，又让她首战呢？"

苏唱没有给向挽思考的空间，径直说："是为了让她一鸣惊人。

"作为超级新人，她后期经验不足的短板只会越来越暴露，所以其实对于舒秦来说，她只有这一次迅速吸粉的机会，如果要让她惊艳亮相，晁新应该做的，是让她的首期分数一骑绝尘。"

新人，断层，送上门的热度，营销号最喜欢了，节目组也最喜欢了。

"我们都看出来了，加上舒秦的表现确实不俗，所以我们都送了一把，而晁新压了。

"其实按舒秦的表现，晁新给到 7.5 以上，一点都不过分。"

向挽不大确定："你是说……"

"我不知道，你说呢？"苏唱看着她。她支着额头，没有再说话。

"你是想说，"向挽的声音有一点干涩，"她打分的时候，考虑到我了。"

苏唱抿唇："我不知道啊，我不是她。"

她略微勾了勾嘴角。

晁新会怎么想，难道不是向挽最清楚吗？

向挽接收到苏唱的意思，但其实，她一点也不清楚。

她发现自己还不太了解工作状态中的晁新，原来那么有压迫感，神秘得让人捉摸不透。

"其实我猜测是有你的原因，但我不太确定告诉你这些，你是会高兴，还是觉得伤自尊。"

"如果你认为有一点伤自尊心，那么向挽，"苏唱润润嘴唇，眼睛缓慢地眨，"还有六期节目，你打算一直把你的自尊心放在磨盘里吗？"

苏唱现在都记得当年那个坦然接受她合约的向挽，说出"是苏老师需要我"的向挽，想要与苏唱势均力敌的向挽。

苏唱不打算责怪她，但向挽如果消沉下去，她还能用什么支撑自我呢？

"我跟你签合约的时候，你跟我说，八年热爱，现在还不到三年，挽挽。"

苏唱无奈一笑。

"我知道了。"向挽说。

"可能，比我们想象中要难一点，"苏唱回归正题，"这次的分班你也看到了，听潮很强，晁新带了三个变声系，是有备而来。在盲选题目竞演中，每队只有三个选手，意味着并不是每一位都能拿到合适的角色。而变声系选手的选择要多得多。"

所以晁新是冲着最强战队来的，她赋予了战队极高的适应和整合能力。

而苏唱可能只能在每一期剧本当中，把最适合角色的某一位 CV 打出最优效应。

"退而求其次，我要最强个人，现在 SC 在 A 班的就你一个，我跟钱之南和卢倩萍沟通之后，每期的剧本会先保你。"

"如果你不行，告诉我。"苏唱最后说。

向挽深呼吸两下："我可以。"

苏唱温柔地笑了："那，早点睡。哦，对了，你找我干吗？"

"倩萍问，你要不要吃夜宵。"

"你不早说？我很饿。"

"我一进来你便开始说话了。"

"……好吧。"

由于第一天睡得比较晚，SC 工作室直到快十点才来到餐厅吃早餐。

本以为是最后一组了，没想到刚从餐区拿完早餐回来，听潮工作室就来了，大家都穿着统一的训练服，黑色的 T 恤和运动裤运动鞋，晁新挽着袖口，手插兜，梳了个鱼骨辫。

拍摄是从早上洗漱完毕后开始的，因此大家都是全妆。

晁新和舒秦一边说话一边走进来，看到苏唱，点头跟她打了个招呼。

苏唱转头示意餐区的位置。

晁新笑笑谢过，和他们拿好餐之后，围坐到另一张六人桌上。

向挽埋头吃阳春面，苏唱见她吃得差不多，把纸巾递给她，关掉自己和向挽的麦，小声说："等下过去打个招呼，跟晁新。"

向挽侧脸看她。

苏唱轻声说："昨天她打完分，你连谢谢都没说，我不知道节目组会怎么剪，但万一放出去，可能会有人带节奏。"

例如，骂向挽输不起，当场黑脸之类的。

"你过去说两句话，给节目组一点素材。"

现在的综艺节目都提倡正能量，不想引导粉丝掐架，所以哪怕上一期有矛盾，下一期大概率会剪一些其乐融融的画面。

当然，前提是有素材可剪。

除非向挽打定主意跟晁新整个节目都老死不相往来，那这个节奏怕是八头牛都拉不回来了。

向挽冰雪聪明，喝一口豆浆，点头，明白。

用纸巾优雅地点点嘴唇，她施施然站起身，缓步走到晁新前面，笑吟吟道："晁老师。"

晁新正在咬一个蒸饺，猝不及防地抬眸看她，有点愣。

另外三个学员也愣了，把筷子放下，等着向挽的下文。

"怎么了？"晁新咽下去，仰头望着她。

向挽心里很干，但挂出了营业一样的笑容："晁老师昨儿休息得可好？"

暗自加油打气，耳边回荡着苏唱的深夜谈心。

舒秦干巴巴地眨着眼睛，张着嘴干巴巴地嚼，冯果和杨潇湘对视一眼，不约而同举起牛奶喝。

晁新回答："挺好的。"

突如其来的关心，哪怕虚假得要命，也让她有一点扰神。

肩膀上搭下一片重量，苏唱来到向挽身后，笑了笑，耳语："你的麦没开。"

白说了。

啊？向挽本能地回头看一眼自己腰间的设备，有点懊恼。

苏唱伸手给她按下开关，放开她，拉开凳子，在晁新对面坐下。

"晁老师早。"又顺手拉开另一张，等向挽坐下。

"苏老师。"晁新好像看明白怎么回事了，偏头笑了笑。

苏唱其实是一个很有距离感的人，但这不意味着她不会社交，相反，只要她想，她可以让周围的人都如沐春风。

但她的"如沐春风"是若即若离的，她可以谈天说地，可以笑语欢声，但所有人都知道，她的交际点到即止。不过节目嘛，也不过只需要一些"点到即止"。

"你们一会儿吃完直接去训练室吗？"苏唱问。

"嗯。"

"我昨天很困，还想吃完再回去睡会儿，你们睡得好吗？"苏唱把眼神在舒秦身上绕一圈。

"挺好的。"舒秦的声音怯怯的。

苏唱探了探身子，微垂头看她："你平常说话声音这么小？和在台上不太一样。"

"嗯，她平时不怎么说话。"晁新无奈一笑。

"晁老师很会教。"苏唱赞许性地挑眉。

"你怎么也不说话？"这句话轻轻递给向挽。

苏唱顿了顿，又笑了："怎么，还在心里扎晁老师的小人啊？"

一桌人都笑起来，向挽脸有些红："并未扎小人儿。"

"哦，也没有因为得了低分在被子里哭吗？"

"算不得低分，"向挽摇头，"我问节目组要了节目回放，夜里细细对着听了晁老师昨日的评语，实在是一针见血。"

晁新微微蹙眉，靠在椅背上看向向挽，发现她今天的状态不太一样了，对她没那么回避，也大方了很多。

寒暄完，两个起床较晚的战队开始一天的练习。

向挽的状态果然一期比一期好，一公凭借一位痛失爱人的驭虎少女角色，获得全场第二。

第一名是冯果，第三名是舒秦。

二公，向挽带着手鼓，扎着辫子光着脚，将一位"心悦君兮君不知"的泛舟姑娘演绎得入木三分。值得一提的是，原本剧本里是一段吟诗的独白，苏唱特意让她起古调，并要求重新编曲，悠扬的歌声配合她偏头诵读的诗句，她纤长白皙的手指一下一下拍着怀里的鼓面，鼓皮微微颤动，她的睫毛也微微颤动，哀而不伤，以乐衬悲。

这一场，她坐在道具船舷边，大放异彩，夺得头筹。

晃新在下方看着她，看她辫子上绑进去的秋叶，忽然想起，自己还没有来得及跟她赴一场江大的银杏之约，如今她站在舞台中央，低眉浅笑，因为动情演绎结束而微微喘着气。

二公结束那天，她们在别墅外的小道上碰到了。

晃新和舒秦一起出来，见向挽拉着行李箱，准备给节目组打电话。

晃新想了想，走上去："等车吗？"

"嗯，"向挽放下手机，"今天苏老师有事先走了。"

这个别墅区很大，甚至要绕过一个湖，叫车只能到门口。于是向挽决定让节目组派一辆摆渡车，把她和行李箱一起运到南门。

晃新默了两秒，有一点犹豫，最后说："不然你坐我的车。"

"我去江大顺路，你知道的。"后四个字很小声。

向挽没看她，只盯着自己的行李箱，说："我现在不住江大了。"

"不住了？"

晃新盯着她，睫毛动了动。

"是，节目播出了，我周围的同学也在看，偶尔会来宿舍瞧我，我恐怕室友觉得不便，便搬出来了。"

她搬出来了，自己完全不知道，家里向挽的卧室还空着，甚至没有成为她的一个备选。

现在学习和录节目这么忙，不知道她什么时候找的房子，又是谁陪她去看的？

有没有遇到不靠谱的中介，带她去有蟑螂的房间？

想起当时还没有那么熟悉时去陪她看房，竟然也觉得像上辈子的事了。

"那你住……"晃新的声音有一点干涩，下颌也突了一突。

向挽要答，听晃新说："算了。"

听上去像是气话，说完她低头，克制地抿了抿嘴角。

陌生人好像不太该打听别人的住所，毕竟是隐私。

晃新呼出一口气，看一眼远处要亮的路灯，说："要叫车的话，早一点吧，一会儿她们吃饭，可能不能及时看到消息。"

向挽的眼神黯下来，手指攥着屏幕，摩挲两下，点头应"好"。

晃新没有别的话说了，颔首道别，说了声"注意安全"，然后就和舒秦一起去吃饭。

向挽转头用眼神跟着她的背影，晚上有点凉，她微微缩着肩头，偶尔和舒秦说一两句话。舒秦好像想到了一个什么东西，皱着眉头飞快讲了两句，又撇了撇嘴。

尽管是侧脸，但向挽从未见过舒秦有这么鲜活的表情。

晃新习以为常，耸肩笑了笑，摆摆头。

220

视线的焦点有点虚了。

晁新回到家已近凌晨，保姆披着小外套出来接晁新。

晁新把包挂好，车钥匙放在鞋柜上，问保姆："牌牌今天乖吗？"

"一直都很乖的。"保姆给她递拖鞋。

晁新不习惯家里有生人，但吴姐好一点，她是晁望的初中同学，早早出来打工，一开始在城里给人做月嫂。

刚把牌牌接来时，晁新老跑医院，有次遇到了吴姐，吴姐一眼认出了牌牌，和晁新坐在椅子上哭了一回晁望，然后就时常搭把手。

那时候晁新很忙，吴姐经常帮住院的牌牌送饭。

因为那阵子的照顾，两人便加了微信，朋友圈里也时常看到吴姐发的家政接工信息。

这次去录节目，没办法好好照顾牌牌，晁新第一时间就想到了吴姐。请她来每周末做住家保姆，接牌牌放学，做饭，哄睡。

晁新给吴姐的工钱比较高，但住的条件不是很好，临时在录音室给她整理了一个单人床，向挽的房间还是空着。

"吃过饭没有？要我给你煮碗面不？"吴姐的普通话还带着乡音。

"不用了吴姐，去休息吧，我等下直接睡了。"晁新抓抓头发，在沙发上坐下。

"要得，明天我还是给你做好早饭再走。"吴姐挠挠脖子，打了个哈欠进去睡了。

晁新谢过，半躺在沙发上，卷发被揉得乱糟糟，因为困顿而用力眨眼使得眼下晕染了睫毛膏，脚底很疼，小腿骤然放松，倒是酸得很舒服，她缓慢地转着脚腕，也顺时针转着头。

她又想起了台上敲鼓唱歌的向挽。

晁新蜷在沙发上，抱着抱枕睡过去。

第九章
疏离

节目录制进入第五周，开始分班汇演，这次是自由声展之后第一次重新定级分班，关系到最终决赛能够竞选全场MVP的A班人选，所有选手都摩拳擦掌，严阵以待。

主持人站在熟悉的舞台上宣读规则。这一期和以往一公、二公的战队赛不一样，是按照班级组队，由四位导师分别带领A、B、C、D班，然后抽取表演题目，分班进行表演。

而每班的导师，由该班学员投票产生。

主持人放下手卡，笑得兴味盎然："哎呀，第一次来到我们学员反选环节，我来帮各位学员和观众采访一下我们的导师，紧张吗？"

吴风说："你们这个赛制不科学，我底下那几个早就想奔着苏唱、晁新去了，每天吃饭的时候都往她们桌凑，我说，结束以后要是小萝卜跳槽，你们节目组负责不负责啊？"

"节目组负责？不是应该苏唱和晁新负责吗？"赵元熙当捧哏。

观众捧腹大笑，主持人于是转向苏唱："所以苏老师很有自信不会收不到投票是吧？"

苏唱风轻云淡地扶了一下耳麦，轻声笑了："不可能没有人选我。"

底下传来尖叫，实在是大屏幕上出现的她眨眼微笑的特写过于迷人，甚至能听到几个前排的女生大叫："她在干吗？！'你唱'在干吗？！"

"好犯规啊！！！"

"你别掐我，你别掐我！"

"你们好夸张啊。"吴风转过头，佯装抱怨。

不就是笑了一下吗，要说温柔，其实他也很温柔。

主持人继续控场跟晁新说："晁老师呢？有没有一点紧张？"

"没有。"晁新冷淡地耷拉着眼皮，手腕搭在扶手上。

"晁老师，"主持人"扑哧"一笑，"您这样，我很紧张。"

前排的女生又捂嘴乐起来。

"好了好了，"主持人手往下压了压，"那我们话不多说，现在开始投票，首先邀请A班的三位学员上台投票，有请我们的舒秦、冯果、向挽。"

三人在掌声中从观众席起身，穿着统一的学员训练服站到舞台中央。

主持人没有再在采访上浪费时间，因为通常这种投票会有后台采访，剪辑时会切进去补充。

于是他直接把话筒递到舒秦面前："请投票。"

"晁新。"舒秦仍然背着手，说完退了一小步。

毫不意外，但主持人还是很有氛围地"哇哦"了一下。

导播把大屏幕切给晁新，晁新撇了撇嘴角，淡淡一笑。

向挽侧脸，看一眼舒秦。

冯果也投了晁新，那么A班的导师已经没有悬念，向挽的回答不大重要，但主持人还是很专业地保持了激情。

话筒递到向挽唇边，她温婉一笑："苏唱。"

观众席沸腾了，赵元熙他们已经知道怎么回事了，觉得挺好玩的，抖着肩膀偷笑。

"哎，我说，你们这各自投自己的导师有什么意思？你们就不想感受一下别的导师的教学作风，也给节目增加一点悬念吗？"吴风叹气。

"我觉得风哥说得很有道理，"主持人精神抖擞，朝向选手区，"三声的学员们都听到了啊，后面都不要选你们风哥。"

"喂！"观众的哄笑中，吴风急切的脸显得尤其好笑。

等大家闹完，主持人拉回场面："那我们恭喜A班的导师，晁新晁老师。"

晁新微垂着眼帘，竖着手掌和大家一起礼貌性地鼓掌。

"我们苏老师得了一票，有什么想说的吗？"主持人问苏唱。

苏唱望着台上，眼底带笑："虽败犹荣。"

"哇哦！"

观众席的呼声竟然整齐了起来。

因为苏唱的这句话在CP粉听来很意味深长，苏唱好像在说向挽选她，她就很荣幸，别的不太重要。

现场气氛过于热烈，主持人担心控制不住，笑着叹气："克制，克制，我们的观众，请克制一下。"

"苏唱老师的这个话很正常，好不好？"他探着身子跟观众席沟通完，又站直，开玩笑道，"我刚那句不要剪进去啊。"

在良好的互动氛围中，反选导师的环节圆满结束：A班导师晁新，B班导师苏唱，C班导师吴风，D班导师赵元熙。

反选完毕，导师们走上舞台，和自己班的学员站在一起。

向挽看着晁新走上舞台，高跟鞋笃笃作响，带着最完美的妆造，走上绚丽的舞

台，在众人的眼光中，站到她的身边。她跟舒秦、冯果点点头，然后伸出手，要跟向挽握手。

"你好呀，杜龄。"向挽想起晁新对她说的第一句。

那时她也是这样伸出手来，等待向挽的回应。

当时向挽不太在意，只轻轻拎了拎她的指尖，就撤开了。

但这次向挽的手里有汗，她将手掌递过去，和晁新轻柔地交叠在一起。

也感受到了晁新手里的薄汗。

向挽抬头看她，晁新笑着点点头，二人的手一碰，就松开了。

晁新转过身子，站到三位学员的面前，和其余的导师站成一排。

主持人宣布全新组成的战队集结完毕，舞台的四面八方冲出喷气，宣布摄影棚录制结束，也宣布为期两天的班级训练正式开始。

VJ组挪到了训练室，这是由旧广电楼最大的大型摄影棚拆除后搭建的，纯白色的过道和房门，粉红色的门牌，教室一样井然排列。

和学校不同的是，过道里面镶嵌了许多盏灯，以便于拍摄出明亮洁净的效果。

A班的训练室在大厅右手边的第一间，门没锁，向挽随着跟拍摄影师推门进去，跟拍摄影助理收起GoPro，VJ组在房间角落架起设备。

向挽已经习惯了，步履自然地走进去。

里面是一个类似于舞蹈练功房的封闭式房间，没有窗户，只有新风系统运行的声音。墙上镶嵌着一个大荧幕，此刻静静播着节目组的Logo图案。地上有几个赞助商的抱枕，角落有一架钢琴和一个麦克风，除此之外很干净，一览无余。

冯果和舒秦已经到了，坐在中间聊天，向挽注意到她俩扎起头发，脱了鞋袜坐在瑜伽垫上，于是问："请问，上课有什么要求吗？"

冯果笑眯眯地解释："晁老师第一节课通常是活动身体，解放天性，所以我们一般光脚。"

有时会趴在地上，做鸟兽状咆哮，有时是模仿蛇。

配音表演也是表演，所以专业的配音表演培训课程中，一般会有一定分量的表演培训，解放天性是基础课程，为了让演员更加放得开，表演更自然，没有什么包袱。

向挽颔首，见节目组已经给她备上了瑜伽垫，便也坐下脱掉鞋袜，拎到门口仔细地摆放好，再小跑回来。

冯果和舒秦之前不太熟，也就普通同事关系，但经过几次备战和这么多天的同住，已经算得上好友了，因此两个人凑在一起，还算有话聊。虽然舒秦仍旧不大讲话，房间里只有冯果絮絮叨叨的声音。

向挽盘着腿，揉揉脚腕活动活动，望着墙壁上的圆形时钟发呆。她会怎么教导自己呢？是倾囊相授，还是有所避忌？也不知晁老师教起人来，是严厉还是耐心。

以前向挽以为，晁新永远是耐心的，但最近接触下来，不见得。

门外响起步履匆匆的脚步声，几人正在往这边走，向挽听见了熟悉的高跟鞋，不自觉地挺起脊背，脚背顺势往下压，显得人精神一些。

冯果和舒秦也坐正了，伸长脖子朝门边看。

先是摄影组进来，还是一样的架直拍机位，然后听见晁新低低的嗓音："里面有水吗？"

"好像没有。"是PD的声音。

"拿两瓶过来。"

话音一落，她从门边转进来，抬头。冯果放松地打招呼："哈喽，晁老师——"

舒秦也抱着膝盖笑了笑。

晁新却停住步伐，望着向挽，眉头迅速皱起。

向挽心里"咯噔"一下。

"站起来。"晁新厉声说。

整个教室安静了，连摄影组都面面相觑。抱了几瓶水飞奔过来的助理停在门边，大气不敢出，跟旁边使了个眼色，这是……突然发火了？

发生什么了？他用口型问。

不知道啊……跟组PD摇头。

向挽有些无措地看着她。

晁新没再说，径直走过去，皱眉将她拉起来。

然后一句话没说，拉着向挽就要往外走。

"晁老师，这……"PD上前。

晁新耐着性子问她："附近哪有盥洗室，能够冲水的那种？"

"洗手间旁边有一个临时浴室。"

向挽被攥着手腕，火辣辣的，还没回过神来。

"晁老师是要去……"PD有点慌，这么多机位架着，还在录呢。

晁新扫一眼："摄影机不用跟着了。"

晁新松开向挽的手，将向挽和自己的麦都关掉，最后扶住向挽的肩膀："这瑜伽垫是橡胶的，我们之前上课用过。向挽橡胶过敏，我必须马上带她去冲洗一下。"

她瞥一眼向挽光着的脚。

这话一出，节目组也慌了神，PD忙说："那……那要不我去拿点过敏药？"

"她不能乱吃药，"晁新没有多解释，"我带她去就好。"

没再多言，她带着向挽就往洗手间旁边的临时浴室去。

向挽难以形容此刻的心情，酸酸胀胀的，像是在里面切了一块柠檬，五脏六腑是案板。连她都没有意识到，这个垫子是橡胶的，但晁新进来一眼就看到了，半秒

225

都没有耽搁。

向挽站在浴室门边，看她默不作声地把淋浴头下方的旋钮扭到往下直出水那一挡，然后开水，左手试水温，右手调整。

"过来。"晁新没看她，稍微偏了下头，然后靠到一边，看着向挽走到水流下，扶着墙壁伸出一只脚。

向挽没敢看她，心不在焉。

晁新仍然在着急，靠着墙忍不住出声："那有沐浴露，你用它好好洗一洗。

"你最好不要吃药，你知道的吧？"

向挽点头："知道。"

于是她蹲下，按了点沐浴露在手心，仍是扶着墙抬起脚，抹在脚背上。

她重心不大稳，抹得吃力，抹得摇摇晃晃。

晁新叹一口气，从墙边直起身，挽起袖子："扶好了。"

然后蹲到她面前，重新打开水，把手沾湿，接一点沐浴露，仔细地帮她洗起来。

清洗完毕，晁新问她："有不舒服吗？"

向挽说："没有。"

"嗯。"

晁新在用干手器烘手，向挽不确定她此刻慢悠悠地在这里烘手，是不是想要陪自己多待一会儿。

"走吧，出去。"晁新道。

"我……"向挽欲言又止。

晁新看向她。

"我没鞋。"

忘了，关心则乱。晁新略蹙了蹙眉头。

"等一下，我叫人送一双拖鞋。"接触了过敏原之后最好是观察观察，以前晁新切山药，中午做完饭，下午才起疹子。

更何况刚洗了脚，即便擦干，穿袜子应该也不太舒服。还是穿拖鞋好。晁新打开门，朝那边伸了伸手，小助理跑步过来，手里正好拎着拖鞋。

小助理早就备上了，晁新没叫，她也不敢过来。

"酒店的一次性拖鞋，不太舒服，但先将就穿。"

"谢谢。"

向挽扶着墙，用纸巾擦干脚，穿上拖鞋和晁新往练习室走。

这个插曲并没有引起多大波澜，PD跑过来问了问情况，又对了下之后的流程，确认可以继续录制，就招呼各组准备，开拍练习花絮。

晁新穿着从摄影棚出来就换上的黑色训练服，袖子还是卷起来的，她此刻习惯性地靠着钢琴，翻了翻本子，然后往钢琴上一放，插进兜迅速进入状态。

"我们是新组成的班级，训练和磨合的时间都比较短，而且大家都是有经验的配音演员，所以基础课程我们就不做了，直接走本子，OK吗？"

"没问题。"三人说。

"咱们选个舒服的状态，"晁新往撤了瑜伽垫的训练室中间一指，"坐下吧。"

四人围坐，晁新把剧本分给她们："这是一个原创的短剧，看了看台词量，紧一点十分钟，松一点十五分钟。

"三个角色都是女性角色，所以不需要反串，还算比较轻松。

"故事总体比较简单，有点类似《北京合伙人》，三个小镇姐妹共同创业，其间因为利益分配和情感误会起了争执，然后她们回忆起刚出来打拼时穷困却亲密无间的日子，最终和自己也和好友和解。"

"Highlight——戏眼在哪？舒秦。"晁新讲了一遍大体情节，看着剧本点了舒秦。

"争吵。"舒秦小声说。

晁新摇头。

"回忆？"舒秦仔细想了想，不认为高光会落在最后的抱头痛哭。

晁新也摇头。

"这个剧的结构非常简单，争吵、回忆、和解，我们可以在很多影视剧中找到类似的桥段，当然，一般来讲，大多数人会觉得爆发戏是戏眼，因为观众通常会对歇斯底里或大开大合的片段印象深刻。"

向挽和冯果默默地点头。

"但我们这部剧太短了。表演，其实是一个说服自己，同时说服观众的过程，剧目短意味着我们和观众沟通的时间不多。

"那么，如果想要它成为一个完整的作品，每一个情绪的重要转折点都至关重要，如果在这个转折点，你没有办法让观众理解并相信你情绪变化的因，那么——啪，全塌了。

"它会是散的，它就只是争吵、回忆、和解的碎片，不是一个情感从迸发到回收的过程。我们没有那么多时间，所以我会进行舞台设计。在争吵到最激烈的时候，孟茜摔个盘子，你们的声即刻收住，然后我会让整个舞台黑下来，给到二十秒的静默时间。

"在此期间，你们只出气息，不要有一点声音，后三秒开始进音乐，追光灯打到蓬蓬，蓬蓬用独白带领观众进入回忆。"

"二十秒？"冯果有一点担心，作为竞演类节目，在台上整整二十秒不出声，恐怕会被认为是舞台事故。

晁新笑了："你知道这二十秒观众会想什么吗？

"他们什么也看不见，什么也听不见，他们会想，发生什么了？他们会焦虑、会疑惑，这个时候他们的情绪最容易跟表演者同频共振。"

"但也不能把时间拉得过长，不能过于挑战观众的耐心。"

像一根线，拉得太紧会断掉。

向挽望着晁新专注的侧脸，感受到她前所未有的吸引力。

"好了，"讲完戏，晁新的目光在她们身上扫一圈，"定角吧。"

"孟茜。"她用笔在孟茜的人设介绍处画了一个圈。

"我。"舒秦举起了手。

冯果看着剧本，没反应，她更喜欢蓬蓬这个角色。

其实三个角色的戏份都很均匀，只不过人物性格大相径庭，孟茜率性泼辣，快人快语；陈迅外柔内刚，极富韧性；蓬蓬天真烂漫，却十分缺乏安全感。

晁新看一眼向挽，向挽道："我亦想要孟茜。"

哇，冯果竖起本子，遮住自己下半张脸。

没想到这个看着柔柔弱弱的小姑娘，是这么寸步不让的性格。

A班其实算是听潮的主场，如果冯果是向挽，作为外来者，她会选择中庸。

冯果偷眼看晁新，晁新垂下眼帘看着剧本，竟然笑了。

晁新也不知道为什么会笑，大概是"向挽还肯问她要东西"这件事，让她心情有一点好。

晁新润了润嘴唇，抬起头来，看向向挽的眼神有一点松动。

"这个角色你以前应该没有试过，我刚看了她所有的戏份，会吵得很厉害。"

晁新的声音低低的，惹得舒秦也看过来。

"所以想要。"向挽直勾勾地看着晁新，说。

晁新的心漏跳一拍，又抿唇认真地看了会儿孟茜的台词，再开口时声音有点哑："坦白讲，如果从专业的角度来说，我的建议是这个角色给舒秦。"

向挽的眼神黯了黯。

"因为我听了你几次表演，"晁新仿佛在思考怎样措辞，"你的气不足，你知道吗？"

"气息不足，所以导致你到高频会有一点飘，长句多的情况下，尾音偶尔会收得不漂亮。我猜苏唱也知道你存在这个问题，所以她一直让你稳中求胜。"

她说得很恳切，向挽有一点失落，但她不是遇事便受挫的人，想了想，问道："那么，是否有解决的法子？"

晁新又笑了，因为"好久不见"，这么乖巧的向挽，好久不见。

她说："如果我带你，我会要求你增强体质，每天坚持做100个高抬腿什么的，但挽挽，这不是一朝一夕的事，所以这两天，我没有办法。"

向挽蹙眉，有点懊恼。

她在想，既然晁新知道她有这样明显的弱项，怎么从前在一处时，从未让自个儿加强过锻炼呢？

"我仍旧想要。"向挽咬了咬下唇，还是说，"想挑战一回。"

她想说，要不她和舒秦试试音，让晁老师选。

但舒秦把头发别到耳后去，又看了看人设，说："那我选陈迅吧，这种温柔的角色我也没有配过，果姐，你呢？"

"正好，我想要蓬蓬。"冯果笑眯眯地说。

随即飞快地对晁新做了个鬼脸，这算皆大欢喜吗？

晁新叹一口气，跟向挽说："那……临阵磨枪，今天晚上回去，在跑步机上跑一个小时。"

"哪里有跑步机？"向挽问。

"一楼啊，餐厅旁边。"冯果说。

向挽仔细回忆："我们那里没有。"

"啊？每个屋还不一样啊？"冯果惊讶，"那你来我们屋跑吧，正好一起训练完了吃饭，然后一块回去。"

向挽有点迟疑："方便吗？"

说这话时，眼皮子游鱼似的往晁新处绕了一圈。

"都是女孩儿，有啥不方便的啊？"冯果抓了抓头发。

"行了，走本吧。"晁新翻一页纸，说。

剧本围读很简单，基本就是过一遍台词，看看拗不拗口。通常在广播剧中，剧本围读的时候会考虑到听众能不能听懂，但这个综艺不用。

因为考虑到可看性，这个综艺并不像一般的配音综艺那样，使用已有的影视素材，由CV二次配音。

毕竟观众都是先入为主的，这些耳熟能详的经典作品的再度演绎很难让人觉得惊艳，因此节目组的策划整季大胆采用原创剧本，最大限度调动观众的关注度。

而原创剧本就意味着没有画面，所以在竞演过程中，也会有舞美、灯光以及由配音演员呈现表演，虽然不像话剧表演性质那么强，走位没有那么多，但表演者的面部表情和肢体动作也很重要。

其实这并不是她们日常配音工作要做的事，她们配音时为了让声音和表演达到最佳状态，有时五官甚至是狰狞的。

但在这档以可看性为第一要义的改良真人秀中，她们也必须兼顾表情管理。

向挽和舒秦不用担心，一个向来就金贵优雅，一个在话剧舞台游刃有余。冯果就吃亏一些，所以晁新特意强调了一下，然后拿着本子站起身来，示意她们可以开始试演。

"孟茜，我今天晚上在外面吃饭，你有什么需要打包的吗？"

电话里，陈迅的声音传来，温柔似水的开场。

"卡（cut）。"晁新喊停。

"你声音状态不对。"她跟对面的舒秦说。

"是不是有一点飘？"舒秦抬手，摸了摸自己的喉咙。

晁新蹙眉，偏头想了想："我觉得有一点假，有点太捏了，发声位置太靠上。"

舒秦清清嗓子，短促地试了几个声线。她本身声音稍稍有点厚，如果不往上提一提，可能并不能一开口就呈现出温柔过人的状态。

晁新始终摇头。

把本子往钢琴上一放，她走过去，到舒秦旁边站定，提手："抬头。"

舒秦伸长脖子，晁新微凉的指尖过去，不用力地按住她的喉部。

"咽口水。"晁新说。

舒秦听话地咽一下。

"再咽。"

舒秦咽第二下。

重复三四次后，在舒秦咽第五次的时候，晁新低声说："停。"

舒秦保持喉部下沉的状态。

"就这个位置，发声。"

"孟茜，我今天晚上在外面吃饭，你有什么需要打包的吗？"

晁新满意地点了点她的喉部，跟她说："自己摸一下，说话时这里振动就是对的。"

舒秦认真地点头，抬手扶着自己喉咙，感受声带的振动。

对立交谈的两个人俨然一副严师高徒的样子，没有人发现旁边的气压低了下来。

向挽捏着剧本，如水的杏仁眼望着晁新的动作。

她想起来第一次和晁新搭档时，晁新也这样辅助自己找寻状态。

那时候向挽是怎么想的呢？感激，尊敬，受益匪浅。

舒秦应该也这么觉得吧。

向挽的眉心小小地蹙起，胜负欲在作祟，同样是被晁新指点过的人，她希望自己是最好的，至少，是最独一无二的学员。

可她如今没有底气认为自己独一无二。

以至于本应该爆发争吵的一场戏，她蔫了。

"九年了，我们一起打拼九年了，陈迅你他妈的就是这么看我的是吧？！

"阴险狡诈唯利是图左右逢源钩心斗角，你是这么跟那个狗男人说的是吗？！

"来，你过来，你当着我的面把这几个字再说一遍，说说看我这个一无是处的人当时是怎么阴险狡诈地把你从玉米地里刨出来，怎么唯利是图地背你去医院，怎么跟你妈喊得嗓子都哑了说要让你读书，怎么用自己挣的第一笔钱给你买的生日蛋糕，你说！一五一十地说！"

向挽咽了咽口水。

"陈迅你……"

向挽叹了口气。

"你就是这么跟那个狗……"

冯果和舒秦对视一眼，晁新抱着胳膊撑着手臂，指节轻轻顶了顶鼻端。

"有些，"向挽的脸有点红，看一眼晁新，"太粗俗了。"

晁新皱眉："不是你要的这个角色吗？"

"我只是在想，能播吗？"向挽又看她一眼。

"网综的禁忌不会那么多，而且台标下方通常会打上'剧本创作请勿模仿'，字幕里也不会出现辱骂的词汇。"

"并不提倡暴粗口，剧本这里的台词只是为了表现人物愤怒到极致之后口不择言，孟茜本身的文化水平不高，人比较泼辣暴躁，所以当急怒攻心的时候会……"晁新晃晃手指，做了个手势，"嗯。"

她本来也没有想把这个跟向挽生活环境差异较大的角色给她，就是为了避免出现这个尴尬的场面。

话没说完，是因为她走了神，她想到自己年轻不懂事的时候，状况比剧本中的孟茜还要糟糕，也是什么脏的丑的话张口就来，而向挽，甚至还需要别人向她解释粗口的存在。

"如果不能接受……"晁新顿了顿。

在想要不要换角。

"我可以。"向挽咬了咬嘴唇。

舒秦能做到，她也可以。

向挽深吸一口气，努力调整情绪，愤怒地将这段台词说了出来。

说完，她抬眼看晁新，等着她的反馈，有一点紧张。

"嗯……"

晁新本来想直说，对上她的眼神，好像察觉到了什么，于是先把话咽回去，低低叫了她一声："挽挽。"

晁新觉得向挽状态不大好，想到她一个人进入听潮工作室，多半有一点不安，所以想要安抚她。

"晁老师。"向挽短促地应她，有点哑。

"你的演绎是 OK 的，但我没有觉得你在真的生气，你明白吗？"晁新说。

"找一找你生气的状态。"

向挽默了三四秒，灵动的双眸牵起来，平静道："我未与人红脸过。"

晁新有点尴尬，眼神一躲，低头看本："那……"

"我想去一下卫生间。"她抬头对 PD 示意，顺手把麦关了。

"好的，好的。"PD 叫停节目组。

晁新回头看一眼向挽："去吗？"

言下之意很明显，向挽也关了麦，和她往卫生间去。门关上，隔间里也都是空的，向挽知道晁新有话跟她说，便等在洗手台的旁边。

果然，晁新片刻没有耽搁，径直跟她说："你不能这样。"

"我不知道你是怎么想的，但在那个练习室里，我们的一举一动都会是被记录的素材，如果今天这一场完全还原地播出去，你作为观众，会怎么想这个配音演员？"

晁新交叠着腿，靠在洗手台的边缘，声音低低的。

其实不该由她来说这些话，但现在向挽在她的班里，除了自己，不知道还有谁可以提醒她了。

"要了角色，又念不下去台词，这说明你要角色的时候对内容根本没有基本的了解，也没有想清楚。让你找生气的状态，你告诉我没有红过脸，那你要怎么演呢，向挽？

"我们是表演者，不是体验者，演重伤难道还真的要伤一伤吗？你的观察、思考和共情能力呢？

"我跟你合作过，你不是这么不专业的人，是什么影响了你？是摄像头吗？你在综艺上，不适应？"

晁新静静等待她的回复。

向挽无话可说。

她承认晁新说得对，和她点评自己时一样一针见血。

"挽挽，"晁新双手把头发拨到后面去，看向挽不愿意多说，却更知道不能耽搁太久，于是迅速整理思绪，"先处理现在的问题吧。"

"嗯，你说。"向挽抿了抿嘴角。

"今天回去之后，你记得找苏唱，跟她说一下目前的状况，看她能不能找导演组聊聊，争取看这一期的预审片。"

预审片之后不见得能修改或者剪掉，因为这确实是实际发生的事情，节目组如果肯给面子，就还有回旋的余地，如果不肯，以做真人秀记录真实的态度，也无可厚非。

但苏唱会做人，也许能聊得很好，让节目组卖个人情；倘若不能，至少也对将要播出的东西心里有数，能够提前商量应对的方法。

"好。"

"之后要看你了，节目组的导向如何，关键是看你的状态。能不能把握这个角色，你给我个准话。"晁新看着她。

向挽在仔细思考，如果要做，她要做到最好。

"对我生一次气，我看看。"晁新的话里有点懒怠。

"我……"

向挽掀起玲珑的眼皮子，小声道："对你？"

晁新笑了一下："怎么，发不出火来？"

向挽咬着嘴角，没作声。

晁新用舌尖顶了顶口腔内部，又润润嘴唇："你的悟性这么差，我根本不想教你。"

"晁老师，"向挽的眼神凝起来，但又不确定地望着她，"你在激怒我。"

说得很小声。

"嗯，激怒了，"晁新漫不经心，"生气吗？"

"我只是说了实话。"她让向挽站在对面，"SC 工作室对于学员的选拔标准我向来不是很认同，漂亮的脸蛋对我来说毫无用处。"

她冷漠得稍显轻佻地说着，好像要将向挽毫不留情地定义为一个"花瓶"。

她看见向挽的耳朵红了，嘴唇也被抿得发白。

晁新没有告诉向挽，其实人最愤怒的时候，不是大声嚷嚷，也不是横冲直撞，而是憋闷、不解、委屈。是憋到说出口时都轻轻颤抖，是委屈到极力控制呼吸，怕带出哭腔。

向挽要一直忍、一直忍，忍到说台词的时候就最好了。

"保持这个状态，走吧。"晁新终究是不忍心了，最后一句温柔得过分。

调整完状态之后，向挽果然入戏很快，她先尽量平静地开口，但一开口就带了极力克制的情绪，反而让整个戏张力十足。

后半段的爆发戏水到渠成，以至于她白皙的脖子轻轻抽动，久久没有停止。

"陈迅你他妈的就是这么看我的,是吧?!

"阴险狡诈唯利是图左右逢源钩心斗角,你就是这么跟那个狗男人说的是吗?

"你过来,当着我的面再把那几个字说一遍,一五一十,说清楚!"

剧集落幕,响起清脆的掌声,晁新小小地鼓了下掌,说:"非常好。

"三位的表现非常好,如果是这个状态的话,我不担心。"

她清淡地笑笑,然后看了看时间,和 PD 招呼一声,准备收工吃饭。

工作人员也要去吃饭,所以晚餐时间是不跟组的,胸麦一拆,大家都松了一口气,冯果招呼舒秦和向挽去餐厅,晁新却让她俩先去,自己等着向挽换下拖鞋,穿鞋袜。

"刚刚在卫生间,不好意思。"她双手插着兜,跟蹲下系鞋带的向挽说。

然后解释了一下她的想法,还有向挽刚才的情绪中完美适配表演的部分,一一点出来。

"你可以问节目组要这一段的回放,回去再感受一下。"

向挽系好鞋带,站起来:"这算开小灶吗?"

"算吧。"

"为何给我开,如你说的,我最差吗?"

晁新笑了,摇头:"不是,当然不是。你很好,只是因为其他两个学员都比较熟,我怕你不适应。"

"若是换另一个人来 A 班,比如钱之南,你也会特意关照他?"向挽明知故问,"似对我一样。"

"不会像对你一样。"晁新说。

"那还有旁的原因。"

"因为,"晁新笑了笑,"不知道什么时候才能再跟你合作了。"

毕竟,上一次合作,向挽推了。

所以想要在这个舞台上,让向挽更好一点。

其实刚刚向挽的表现很险。假如从卫生间出去之后,她没有调整到最好的状态,那么出于专业考虑,晁新会换人,那这一期无论怎么剪辑,向挽都不会安全。

或许还会引起向挽和晁新的粉丝互骂,晁新不太在意别人怎么骂自己,但她担心向挽承受不了这些。

就这样,晁新和向挽各自怀揣着心思,到了餐厅吃饭。

晚餐在一个小包厢里,冯果和舒秦已经入座,没有等她们,先吃了起来。

私底下的相处一直都很随意,晁新和向挽也只拉开椅子,寒暄了一两句,说说今天的菜还不错之类的。

训练了一天，大家都挺累了，整个用餐过程中都没怎么说话，冯果甚至打起了哈欠。

一坐下来，晁新就发现了桌上有向挽喜欢吃的西红柿丸子汤，就在自己的左手边，但向挽专心致志夹着靠近自己的空心菜和清炒冬瓜，没有往这头动筷子。

吃到一半，舒秦端着碗想要站起身来，晁新伸手："要汤吗？我来吧。"

舒秦从善如流地把碗递给她。

向挽注意到，舒秦没有说谢谢，晁新也舀得很顺手，给她添了两个肉丸子，特意把西红柿撇开，像是知道她不怎么爱吃西红柿。

晁新把汤递给舒秦，没有放下勺子，又朝向挽伸出手，没说话。

向挽把碗递过去，没看晁新，只扫着她的动作。

晁新也是给她装了两个丸子，然后特意盛了一点小块的西红柿。

向挽在喝汤时是喜欢吃西红柿的，不过要炖得烂一点、小一点的才行。

这回晁新把勺子放下了，单手还给向挽。向挽小口小口地喝着，一顿饭吃得味同嚼蜡。

饭后，几人坐上小面包车回到宿舍。

听潮的别墅离 SC 的宿舍不远，向挽想着白天晁新的建议，决定去她那儿跑步。

舒秦和冯果累得不行了，说是想上楼先洗澡换个衣服。

"我点个奶茶吧，一会儿洗完澡下来喝。"冯果拿出手机。

舒秦凑上前，点了一杯，然后小声问："晁老师还是要奶青吗？"

"嗯。"晁新坐在沙发上。

"少糖，别加冰。"舒秦细细碎碎地提醒冯果，然后冯果把手机递给向挽，"挽挽，选一个。"

向挽拿着手机，拇指滑动屏幕，想起当初在校园里和晁新一起喝绿豆冰沙。

点完奶茶，向挽莫名觉得有一点烦躁，她将跑步变作了发泄。灯火通明的别墅一层，只有跑带簌簌作响，还有向挽尚算稳定的脚步声。

晁新洗完澡从楼上下来，换了一身运动装式的家居服，卷发束了个马尾，坐到沙发上翻节目组摆放的杂志。

向挽的喘气声很均匀，在刻意锻炼呼吸。

两个人都没说话，但向挽觉得，坐在一旁的晁新好像在陪伴她。

向挽流着一缕一缕的汗，盯着跑步机上的秒表，头发糊到脸上，她拨开，眼睛里进了汗，向挽抬手揉，步伐就乱了。

扶住扶手稳下来，晁新不知道什么时候出现在背后，递给她一根发绳："扎起来吧。"

向挽转头，晁新的马尾放下来了，发绳好像是从她的头发上撸下来的。

见向挽迟疑，晁新抬手把跑步机关掉。

脚底有些发麻，向挽缓步走下来，把湿了一半的头发拨到颈侧。

晁新又把拿着发绳的手往前送了送。

向挽喘着气站在晁新面前，调整片刻，才伸手把发绳拿过来，反手利落地绑了个丸子头，然后用运动后泛着潮红的脸对着晁新，用气声说："晁老师，这里有摄像头，到了没有摄像头的地方，我们能不能聊一聊？"

"聊一聊？"晁新眉头一动。

"我有些不晓得该怎么办了。"向挽坦白。

"好。今天？"

向挽抿唇，看一眼四周："现在。"

晁新想了想，说："今天累了，跑那么久了，我送你回去吧。"

向挽点头，和晁新一起往外走。

那杯奶茶还没有喝上，不过不太重要了。

凉风习习，从湖面过来，还带了些湿意，晁新插着兜跟她在干净的小道上走着，两旁的路灯落下一圈圈指引的光晕，好久没有这样心平气和地散步，以至于两个人都不舍得开口。

"不说话，就快要到了。"晁新低头，把垂下来的散发撩回去，嗓子低得有一点蛊惑。

向挽说："同你的事情，有一些影响我的状态，所以我想，还是尽快聊一聊。"

哦，原来是怕影响状态。很成熟的理由，晁新跟着向挽停下脚步，站在路灯下。

"你之前说，怕同我没有合作的机会了，其实曾经有一个，但我推掉了。"

向挽的嗓子仍是那么好听，比经过千百次实验发明出的灯的光亮还要明媚。

"因为你说我们不要再见面了，也因为我不想再打扰你。"

"可是晁老师，"她抬头，盈盈望着晁新，"我们又见面了，见了许多次，那要怎么办好呢？"

"我不知道你要来。"晁新垂着眼神，咽了咽口水，轻声说。

"如果知道，"向挽的眼泪漫上来，但她尽力睁着，"你不会想见我，对吗？"

晁新沉默了。

"某种意义上来说，是。"晁新终于开口，起头很轻，落尾也是，但她终于看向了向挽。

"向挽，我很少，"她有一点哽咽，平静了一下才说，"我很少，为自己说点什么。"

"我也没有任何指责对方的习惯，但是偶尔，很偶尔，我也会想，是不是有一点不公平。"

她呼出一口气，极力平复情绪，尽量用不打扰向挽的声音说："春节回来之后，可能你也没有意识到，你对我冷落了多久。

"元宵节的时候，我特意去买了你之前说过想吃的水果汤圆，我给你发消息说，和牌牌在家等你，你说不吃了，我当时还没有意识到什么，只想的是，幸好，幸好我还没有煮自己那份，我和牌牌吃了，也不会浪费。"

"两天以后又是节日，我们本来约好去看新上映的电影，你忘了，也没有跟我交代一句。

"还有一些，我不想提了。"

晁新把袖子又往上撸一点，然后指尖在胳膊肘的地方揉了一下。

"你要续住宿舍，我是从别人那里知道的，后来我追问你两次，你都说不回来了，我大概知道你想要搬出去了，我没有怪过你，因为我觉得做不做朋友都很正常，真的。"

她点点头，安抚性地看着向挽。

"而且我们本来年龄和性格差异就很大，我想，也许你一时向往我的生活，但也并不会想要跟我这样无趣的室友住太久。所以，其实你搬出去，或者我们逐渐疏远，也没有什么关系。

"嗯……我们可以回到之前的同事关系，或者就像在舞台上那样。"

晁新像一个一丝不苟的前辈，也像一个专心教学的导师。

"我觉得困惑的是，从再见面以来，你的行为举止反反复复地告诉我，你被我影响了，你还想要接近我，我有猜错吗？"

向挽静静地听着她低声说的这些话，从来不知道，自己的犹疑，晁新发现得如此之早，也并非因为稍有摇摆，就被晁新果断地放弃。

原来晁新是这样想的。

越多解释一句，向挽就越心酸。

元宵节那天，是她和晁新谈论后，再度想起晁望的一天。元宵是合家团聚的日子，连"汤圆"两个字也暗含"团圆"，要回家的时候，不知怎的，想起牌牌同她说，从前晁望也这样抱着她，向挽迟疑了一下，信步逛去庙会，盯着晚上的打铁花，发了很长一个呆。

但晁望去世了，连再提她的名字，向挽都不忍心。

因此她没有解释元宵节的事，只咬了咬下唇说："我伤害了你，是吗？"

晁新皱皱眉，摇头："算不上伤害。"

"可我当时只想冷静一下，因为心头很乱，"向挽喃喃说，"再同你联络，你便说，不要见面了。"

她甚至没想通，从前晁新肯按住向下的电梯，拉着她的手要讲个明白，可当时为何连对她多说一句都不肯。

自然而然便想到自己在晁新那里，不是多么重要的朋友了。

"后来，我想着，即使相交一场，也要好聚好散，既然你都说了别再见面，那便莫要再过多打扰你，要令自个儿像是死了才好，所以……"

"向挽。"晁新皱眉。

向挽抬脸看她。

"不可以把那个字和你放一起。"她认真道。

向挽心里一涩，又有点暖，她低声说："是个比喻。"

晁新仍然摇头。

向挽不知道怎么进行下去了，两人站在路灯下，有飞蛾扑腾而漏下来的阴影。

安静地继续往前走，走到别墅的门前，踏上阶梯，向挽转过来，沉默了一会儿，决定开口。

"若我冷落了你，我同你赔个不是，我第一回与好友如此来往，做得不大好。"

她一道歉，晁新心里又软得不像样了，她定定望着向挽，然后叹了一口气。

"我和你说这些，不是要论个对错，友情里没有对错，向挽在我眼里也没有。"

不是"没有"，是"不用讲"，因为只要是她认定的朋友，她从来都是以不计对错的态度去对待，因此不介意对方是否正确。

"我只是想告诉你，我还是拿你当朋友，还是想对你好，但你对我有心结，有介意的事情，我们没有办法像之前那么好。但如果你再对我要求，我会毫无底线地对你好，我依然可以让你予取予求。

"这一点上，我也不能控制得很好，但我知道你是个很善良的女孩子，我现在说了，你不会想要再要求我，否则，你会觉得在欺负我。"

"所以我告诉你了，挽挽。"晁新很难得地，也咬了一下嘴角。

她也很残忍，将保持距离的主动方交给向挽，像直白地说"你别过来"。

向挽古朴的杏仁眼微微一合，头一次在晁新身上感受到了如此不加掩饰的脆弱感。

"晁新。"向挽小巧的鼻翼略是一缩，因为站在阶梯上而比晁新高了半个头，她克制地守着两人之间的距离，不能进一步，但也不想退一步。

晁新因这个称呼心头一动，抬脸望着向挽。

向挽忖了十来秒，而后用冬雪一样纯净的嗓音说："我，向阿夕，从来坦坦荡荡，此生从未做过一件坏事，从未。"

她灵动的双眼眨了眨，透明的瞳孔里全是晁新。

眼底有湿润的波光，令她的郑重其事里带了万分柔情。

"这个'从未'，恐怕要截止在你这里。"

晁新心底一荡，不太明白她的意思。

"你说你若是告诉我，我便不会再欺负你，但我仔细想了想，我多半做不到。我可能要对你做一些坏事，源于我不大好的心地，源于我不舍得你。"

"你……"

"不过我不会欺瞒你，对于你我介意之事，我从前确然未想得清楚，你若愿意，给我一些时间，我调整一二。"

"你不用调整……"晁新打断她。

她根本不用委屈自己。

"我想，我要。"向挽骨子里的骄矜又出来了，令她的眼神里隐隐有了侵略性。

"同你接触不过才一日，我便没了法子，我还是不想与你形同陌路。"

而她又确认了晁新对她亦如是，因此觉得可惜，因此想要再争取一回。

她直白坦率地说，把晁新胸腔的空气一顿乱揉。

她仰着被月光和灯光共同晕染的小脸，眼神在退缩，话语在前进，她用柔到近似于气声的语调问晁新："我可以，欺负你一下吗？"

"不大过分的那种。"又轻声细语地补充。

晁新觉得自己的耳郭红了，但幸好头发放下来，能够遮掩，不必暴露此刻她对向挽多么招架不住。

"哪一种？"有点哑。

向挽想了想，说："明儿我去你的屋子跑步，还想要你送我回来。"

晁新遇到的姑娘不多，或者说接触的不多，不知道世间是否还有第二个，能够如此直接地告知她的得寸进尺。

但她又是如此聪明，进退有度地提了一个不算过分的要求，攻城略地的排兵布阵浑然天成，让人即便被攻打，也很舒服。

"可以。"晁新说。

缴械。

向挽抿嘴，止住嘴角想要上扬的趋势："嗯。"

唇线稍稍嚅动，晁新对她熟悉得要命，知道她差点就要道谢。

于是鼻息一动，短促地笑了一声，然后也抿住，撩了一把头发。

"吱呀"一声，背后灯光大亮，门猝不及防地开了，钱之南探出头来。

"那个，老板问你们，还要在门口聊多久。"

向挽支进去半个身子，又收回来："你……你们在里头听着？"

眉峰小小蹙起，和晁新对视一眼。

钱之南摇头："老板在二楼看见你们了，然后让我下来喊你。"

说完对晁新谄媚地挤了个笑，又对向挽抖抖眉毛。

"进去吧。"晁新说。

向挽点头，说："晚安。"

"晚安，晁老师。"钱之南吊着门把手，也说。

"晚安。"晁新转头往回走。

第二天向挽没有如愿以偿地让晁新送她回别墅。

因为节目组为了收集一些竞演以外的生活花絮，占用了半天时间进行拍摄。

吃完晚饭，节目组说录制过半，非常感谢大家的配合，节目进行得十分顺利，因此制作组自掏腰包，请老师们放松一下。

男性选择了去唱K，而女性通过投票选择去做SPA。

虽然并不是全封闭式录制，但有了难得的福利，大家的表现无异于放风。

向挽没有做过SPA，觉得很新鲜。

节目组大手笔地包下了一整层，七八个小包厢将人隔开，向挽随着工作人员的指引，进了其中一个挂着木牌和布帘子的小房间，里头就一张单人床，原本应该搁枕头的地方有个洞。

再往里是一个小台阶，台阶上放置着半人高的木桶，右侧有一个小型的玻璃浴室。

按摩师看起来也就二十出头，她熟练地点上香薰，把干净整齐的套装放到单人床上，跟向挽说先去把衣服换上，可以冲个澡，也可以不洗。

向挽不习惯在外边洗澡，于是换了衣裳便出来了。

按摩师看一眼，说："宝宝，里面那件也要脱哦。"

宝宝？向挽蹙眉。这位姑娘，未免过于轻佻。

但向挽也并未说什么，看了一眼按摩师的工作证和制服，想来节目组找的应该是正经地方，便又回到浴室，将内衣也脱下。

依照指示俯身趴在床上，脸正正好可以搁进小洞里，向挽转了转眼珠，很是透气，有些满意这一设计。

正在琢磨，听着耳畔按摩师拉着滑动的椅子坐过来，在一旁的小桌上摆放工具，像是有搓搓手的声音，滑滑的，不晓得抹了什么。

向挽有些紧张。

"亲，你是第一次做这个吗？"按摩师把她的衣服撩上去。

向挽反手按住下摆，抬头："你做什么？"

你我素昧平生，非亲非故，你做什么？

"按摩，宝，隔着衣服没有办法抹精油，这个可以解压，放松身心，辅助按摩，很舒服的。"按摩师耐心地说。

向挽凝神听了听一旁的动静，除却悠扬的小调和渐渐散开的熏香，毫无异常，于是她收回手，红着脸趴了回去。

原来这便是 SPA……

心里打着小鼓，向挽没法放松了。

按摩师见她紧绷，想着循序渐进，便说："我先给亲按腿吧，之后再按上边。"

"嗯，有劳。"向挽松一口气。

微凉的手把精油均匀涂抹，再上下轻搓，就有了温热的触感，配合着师傅十分有经验的按压，酥酥麻麻中带着有力度的疼痛感。

"疼。"向挽蹙眉。

"宝，我还没使劲儿呢。"按摩师笑了，"怎么这么不受力啊。"

她动了动肩膀，趴得有些不耐烦。

"宝，你放松一点，我要按大腿了，可能有点疼，你越紧，越疼的哈。"

按摩师站起来，手肘压到向挽的臀部下方，另一手揉着大腿根处的经脉。

还没用力，便被向挽一把推开。

她坐起来，涨红了脸："你……"

"你放肆！"

按摩师傻了，她……放肆？

向挽的边界感向来很重，从来都是自己缩在小小的茧房里，从来没有和人这么亲密接触过，这让她觉得很冒犯。

而且，她不可抑制地想到了晁新，晁新同她一样，也是这个世界格格不入的"外来者"，也是孤零零的不想被他人触碰的"守卫者"。

向挽想要一个小小的"盟友"，站在这边，全然理解自己的不习惯。

于是，她穿鞋下榻，散着头发跑到隔壁。笃笃笃地敲门，依着记忆好似是这间。

门开了，也是一位小姑娘，穿着同样深褐色的工作服，错愕地望着她。

向挽偏头，透过她看向里头的晁新。

晁新听见动静，转过头来，看着满脸慌张的向挽。

"挽挽？"她还没回过神来，声音有些哑，"你怎么过来了？"

"我……"向挽不知道该怎么说。

晁新眼神示意按摩师把门带上，然后轻声问向挽："不是做 SPA 吗？你怎么了？"

"有人脱我的衣裳，还按我的背，我……"

背还被按红了，大腿上方也是。

向挽委屈地看一眼按摩师。

"这个，这个我们流程是这样的，"按摩师也慌了，"不然我可以给亲找我们经理。"

向挽没理她，嘴唇红红的，只望着晃新。她不习惯，很不习惯，她希望晃新可以安抚一下自己。

晃新看向挽的反应，好像明白了，于是说："你别急。"

"那你起来。"向挽压低嗓音。

等晃新穿好，把头发从领口拨出来，按摩师才迟疑着上前，问："姐，不做了？"

"不了。"晃新一边穿鞋一边说。

"这……做了一半。"按摩师看一眼向挽。

"没关系，单照签。"

晃新起身，要和向挽一起出去。

向挽收敛了情绪，看向按摩师："抱歉，我方才有些急了。"

"没事没事，姐，我们也经常遇到客人不适应的情况，正常的，到外面喝杯茶吧，大麦茶挺下火的。"按摩师把她俩带出去，又绕到前台去倒茶。

晃新和她在沙发上坐下，看了一眼手机，见她安静如常了，才说："我忘了你之前没有做过，应该提前跟你说的。"

"你常做？"向挽看着她。

"也没有，这个对我之前来说，有点奢侈。"晃新笑了笑，不是金钱上奢侈，是时间和享受上奢侈。

累了回家拿个筋膜枪突突几下完事了，哪有心思专门上店里来。

"这可是节目组找的地方，你这样，节目组来埋单的时候，如果她们说了这个情况，怎么办？"晃新先给她拣紧要的说。

"我未想太多。"

"怎么这么急，你平常不会这样的，"晃新顿了顿，"就算不适应，可以跟我说，我陪你出来。"

向挽什么也没说，只又回归了惯常的安静与矜持。

她方才有些许失控，可并不是因为这单一的一件事。

而是参加比赛以来，日复一日，都在思考跟晃新的关系，要不要修复，要怎么修复，她毫无头绪。

再加上，向挽在综艺的表现并不好，她不晓得要怎样做一个在观众面前不出错的人，听晃新的意思，可能又要找苏唱做什么"玉神"片了。

向挽细细琢磨，没有注意到晃新在盯着她的侧脸出神。

她其实感受到了向挽横贯综艺的低气压，所以刚才向挽提出让她起身时，她甚至有一点开心。

许久没有见到这样的向挽了，只在她面前展现骄纵和不安的向挽，和之前与自己亲密无间时一模一样。

242

晃新等向挽喝完茶，问她："饿不饿？我带你去吃点东西。"

安抚向挽好像成了习惯。

向挽心神一动，问她："吃什么？"

"这附近应该有一家很好吃的米粉，想要吃吗？"

"辣吗？"

"不辣。"她怎么可能带向挽去她不能吃的地方。

向挽颔首，于是二人换了自己的衣服，在整个节目组都在做SPA的时候，逃班了。

是一条小巷，寻常人真的很难找到，向挽头一次看见这样大的碗，像一个小小的脸盆，黄豆色，搪瓷的，米粉上浇了一些炸酱，一上桌就闻到了鸡汤的香气。

"很多鸡汤米线都加浓汤宝或者鸡精来提味的，这家不是，汤底是用乌鸡炖的，连盐都加得很少，"晃新给她烫着筷子，"你尝尝。"

向挽很喜欢晃新这样温言低语的样子，好似她们从未争吵过。

"你不吃？"向挽搅着米粉。

晃新摇头。

"那我吃不下……"

向挽抿了抿嘴。

晃新低下头看了一眼手机，说："没关系，能吃多少吃多少。"

盆看着大，向挽倒是几口就吃完了，果然鲜得吞舌头，她见晃新在一边打电话，便习惯性地把餐巾纸抽出来，叠了个小兔子。

叠好放在一旁，伸手点了点兔子耳朵，颤颤巍巍的。

晃新回来，看见向挽手里的纸巾兔，也没说什么，只问她："吃好了吗？走吧。"

没再让向挽把兔子送她。

练习的一周很快过去，周五入住别墅后也没来得及聚会，再度见面是在周六的录制现场。

分班汇演如期而至，银灰色为主调的舞台上以斜杠形式列出四个班级的队伍，A班作为第一个出场，也是综合水平最高的队伍，承载了极大的期待。

晃新这回穿着深色条纹连体裤套装，领口微微斜下来，露出里面的黑色小背心，飒爽利落中透着性感。

仍旧坐在导师席最左面的位置，看着主持人介绍A班战队成员。

报幕声结束后，舞台暗下来。

薄薄的灯隔出另一层迷雾般的置景，舒秦饰演的陈迅温柔地笑着说："孟茜，我今天晚上在外面吃饭，你有什么需要打包的吗？"

追光猛然袭来，向挽饰演的孟茜出现在舞台侧前方，穿着宽松的米色西服套装，

243

长卷发堆出成熟干练。

向挽这次反差感极大的亮相让观众席集体哗然，才一个镜头，喝彩声就不绝于耳。

一手捧着台词本，一手举着手机，向挽用疲惫而利落的声音说："不了，不想吃了。"

"哇哦……"

观众席又隐隐骚动，因为向挽这次发音位置靠后，显得声音低了一点，甚至微微带着哑音，年龄感上去了，状态也松弛了。

苏唱有点惊讶，挑了个眉头，含笑看一眼晁新。

两天的时间能够调教得这么好，让向挽适应这个反差极大的角色，晁新的能力和冒险精神都可见一斑。

而节目过半，观众对所有选手的优势项目都产生疲态，这时候A班全员反转，都挑战平常没有展示过的角色，如果顺利完成，无疑是吸粉利器。

倔强的舒秦表演温柔，清甜的向挽变得泼辣，大御姐音冯果进军小可爱路线，声音里都有轻跳的阳光。

几个交叠的对话后，三人齐聚舞台，灯光大亮，搭好的室内景完全显现。

孟茜收到消息后，从二楼走下去，对上刚刚回家的陈迅。

声效制作的脚步声，向挽以气息配合。

她这一段气息行云流水，从收到信息的震惊和难以置信，到极力平静想要个说法，最后两步她并作一步，下楼时闷哼一声，把险些崴了脚的动势稳住。

观众大气不敢出，等待即将到来的暴风雨。

宁静的开场，向挽的声音被压得很低，望着台词本的视线也耷拉着，但特写上她两腮下方的鸡皮疙瘩已经起来了，台词一出，鸡皮疙瘩迅速蔓延到了观众的心底。

针锋相对，寸步不让，你来我往，刀光剑影。

节奏层层拔高，像一声比一声尖锐的二胡，毫不留情地扯着人的耳膜。

鸡皮疙瘩一浪一浪，从未这样此消彼长过，观众捏紧了心脏，跟随着她的每一个颤音、呜咽和忍无可忍的滔天巨怒。

晁新压着眼神望着她，捏了捏手里的笔杆子。

出汗了，后牙也不自觉地磨了磨。

层层递进，声声拔高，终于来到那一段——

"陈迅你他妈的就是这么看我的是吧？！"

咬牙切齿的怒意。

"阴险狡诈唯利是图左右逢源钩心斗角,你是这么跟那个狗男人说的是吗?!"

干净利落的台词。

"来,你过来,你当着我的面把这几个字再说一遍,说说看我这个一无是处的人当时是怎么阴险狡诈地把你从玉米地里刨出来,怎么唯利是图地背你去医院,怎么跟你妈喊得嗓子都哑了说要让你读书,怎么用自己挣的第一笔钱给你买的生日蛋糕?!"

长段落里挥洒自如的节奏感。

"你说!"

向挽青筋暴起。

最后六个字——

"一五一十地说!"

静谧的录音棚砰然炸响,观众迅速地抽气又迅速地静默下来。

赵元熙和吴风对视一眼,苏唱蹙起眉心。

晁新把紧攥的笔放开。

——向挽破音了。

A 班竞演完毕,三位选手从光影中走出来,等待导师的分数和点评。

舒秦不功不过,毕竟是外柔内刚的角色,就算表现得极富层次感极其有张力,舞台感染力还是差一些,更何况她的声音技巧并不算拔尖。

冯果的表现十分惊艳,不仅是因为她出色的声音把控能力和二十秒 highlight moment(高光时刻)的气息流畅度,苏唱还调侃了一下她的双马尾,说非常特别。

最后点评的是 A 班排名第三的向挽。

向挽的分数难打,长短板都过于突出,一开始的惊艳亮相和情感爆发力堪称优秀。

但破音这一点暴露了她在舞台上声音控制的经验不足。

几位导师都评价得比较委婉,毕竟向挽这次的挑战难度很高,而她入圈又没有多长时间,能够有这样的表演,已经算可圈可点。

赵元熙给了 7.2 分,吴风打了 8.1 分,苏唱给了 7.7 分。

向挽的心沉下去,分不算高,尤其她同在 A 班,冯果和舒秦的平均分都在 8 分。

晁新的打分通常更严格,那么意味着向挽很可能掉到 B 班。

"好,我们最后来看一下晁老师的分数。"主持人尽量轻松,对着晁新的方向踮了踮脚。

晁新举牌,素手捏着白板,上面一个不大不小的 8 分。

全场哗然,像猛地打了一场巨浪,轰隆隆袭来,而风暴中央的向挽有些站不住。

舞台太亮了,她的呼吸太喘了,周遭太吵了,眼睛太酸了,让她无法在汹涌而至的声浪中精准地辨别晁新的表情。

245

"哇，晁老师打了8分。"和冯果一个分数，主持人笑了两下才反应过来。

晁新把白板扣在二郎腿的膝盖上，指尖也在上面不紧不慢地敲，然后她冷淡地说："很有爆发力，情感张力也很足，共鸣腔的运用恰到好处，从整个表演节奏上来说，收放自如，张弛有度，密集的台词能撑住，该给听众空间时也会留白，从个人角度说，这是我很喜欢的一场表演。"

没有提她破音的事，也没有说什么"瑕不掩瑜"之类的话。

向挽看着她，心在哆嗦。

大概所有人都会想，晁新真护犊子，但向挽心里五味杂陈。

她有多渴望这种明目张胆的偏爱，就有多害怕这种明目张胆的偏爱。

她想看所有人都说当之无愧，然后晁新毫无争议地露出骄傲的神色，而不是像现在这样，举了8分，全场哗然。

向挽当时想了很多，想得很具体，比如"向挽破音"的热搜，营销号截出这一段表演，引导网友评论，她猜想一定有人在热搜下讨论这次竞演离谱的分数，然后把争议点引到晁新身上。

"争议"和"晁新"两个字连在一起，向挽就已经感到内疚了。

因为向挽想起之前晁新说过，她解约时被营销号带节奏，几乎没迈过去这个坎。

当时听到这句话的向挽，从未想过，下一次网上关于晁新的争议会是自己引起的。

时钟滴滴答答走过九点，别墅安静得像被关掉的麦克风。

这期节目录制到很晚，节目组没有跟拍选手们回别墅。选手和导师的麦克风在回程前就全部拆掉了，众人带着一身疲乏准备睡个好觉。

新一轮的分班结果明天才公布，但大家都大致心里有数。

由于晁新捞的这一手，向挽应该还是留在了A班，而冯果和舒秦稳坐钓鱼台。

洗完澡，晁新穿着睡裙，把卷发绾上去，拧了个松散的丸子头，然后倚在桌边，看群里听潮工作室另外两个小萝卜有没有消息。

平常冯果会在里面叽叽喳喳，发一些表情包，舒秦偶尔回两句。今天也不例外，晁新滑了几下，忽然听到敲门声。

"进来，门没锁。"不是冯果就是舒秦，晁新没有回头。

但她从脚步声里听到了不对，侧脸一看，是向挽。

向挽安静地垂着缎子似的长发，脸庞像月色一样皎洁，穿着白色的家居服，此刻出现在门口，好似一个将醒未醒的梦境。

"挽挽？你怎么过来了？"晁新往她身后看了看，没有人领着她。

"冯果给我开了门就回去了。"向挽说。

这么晚出现，应该有事要谈。晁新让她进来，坐在沙发上，自己从吧台找了一瓶矿泉水，拧开递给她。

向挽接过去，但又放到小茶几上。

晁新居高临下地看了她几秒，然后长腿一弯，坐到另一个沙发上。

她听见向挽开门见山地问她："为何要给我打高分？"

猜到了，晁新纤细的胳膊搭在扶手上，指头轻轻一拨不太牢靠的丸子头，卷发就垂下来，簇拥着她诱人的脖颈。

"因为我不觉得破音是一件非常严重的事情。

"在我们日常生活中，吵架情绪上头以至破音非常非常常见，它并不是一种不真实的状况，也不算应该完全排除在表演之外的状况。

"我会觉得，情绪比较重要。"

晁新不紧不慢地说。

"可是，"向挽望着她，"赵老师说，表演毕竟不是生活，表演对我们来说，是高于生活的艺术创作。在舞台表演上，我们应当展现控制声音的能力，破音会破坏整场表演的流畅度。"

"很有道理。"晁新俯身拿了一个苹果，用眼神询问向挽吃不吃。

向挽没答，晁新拿起水果刀，用消毒纸巾擦了擦手指，然后熟练地削皮。

"但是他忽略了一点，艺术是由观众来评判的。"

向挽的眉心拢起来，不解地望着她，小鹿似的，可爱极了。

"破音和破音是不一样的，在你破音的过程中，我观察了现场观众的反应，如果观众真的出戏，是会有惊讶、诧异，甚至是，笑声，难以克制的笑声，本能反应，观众也未必能意识到。下意识的反应不会骗人，更不会给谁面子。

"但你表演的时候，有一点骚动，然后是安静的紧张，这说明，观众并没有出戏，他们还沉浸在你的故事里。

"他们还在相信着你的故事，那破坏表演的流畅度又从何说起呢？甚至某种意义上来说，它很可能是一个加分项，让观众的情绪更被你的表演打动和牵引。"

果皮在她的拇指下运转，沙沙的声音像在熨烫向挽七零八落的情绪。

"而且我真的觉得你很棒，你是最知道自己的表演出了意外的人，但之后你摔盘子，到二十秒黑幕，你还是很稳，完全没有受到影响。"

"尤其是，"晁新看着她，懒音放得很轻，"我知道你的心里一定已经翻江倒海。这还不能证明你的声音控制力吗？"

向挽感到很心安，被晁新强大的温柔安抚了，被她的了解和信任安抚了。

于是她放缓了声音，但还是不解："那么你为何点评时不说呢？"

晁新笑了："赵元熙说是扣分项，我说是加分项，场上不太好看，而且争议重心会落到你身上。"

如果不是第一个开口的赵元熙提到破音，晁新估计苏唱给向挽的打分也会更高。但苏唱毕竟是向挽的老板，很多话她也不能说，说了也不合适。

"晁老师，"向挽深水一样的眸子对上她，"你在保护我？"

晁新漫不经心地挑了挑眉尾，不置可否。削完苹果，晁新递给她，向挽摇头。

晁新有点讶异，难道她刚才会错了意？然后将苹果放下："白削了。"

她搁好水果刀，站起身来，去洗手间洗手。

一边用纸巾擦着手指一边走出来，经过向挽的沙发，手腕却忽然被轻柔地握住。

她低头，向挽望着她，将她带到了自己坐的沙发上。

忍不住了，她对自己说。

冲晁新对她讲了这许多的话，冲晁新对她不计成本的回护，向挽觉得，她应该要挽回晁新。

"你……干什么？"晁新有点诧异。

"我忍不了了。"向挽有一点委屈，"晁老师。"

"什么？"

向挽放开她："我知道现在不是说这个的时候，可我请求你，可不可以同我谈一次？从你家里搬走以来，我十分想念你，却不敢找你，我……"

"挽挽。"晁新的眼神隐隐松动，向挽说，她十分想念自己？

晁新其实没有去算过自己有多想念向挽。

但离开向挽之后，晁新看过很多好东西——蒸蒸日上的工作室、愈加紧凑的工作安排、值得全力以赴的项目，还有顶级综艺的顶级舞台。

这些好东西有时会让她觉得，她有一点喜欢这个世界，但奇怪的是，后半句感觉缺点什么。

她越喜欢这个世界，也越喜欢向挽。

因为她觉得，如果向挽在她身边，好东西能更好一点，世界的声色，会更入眼一点。

她有多想念向挽，每做成一样事之后，偶尔的失落，都会替她说。

此刻将向挽的无助和无措悉数纳入眼中，晁新沉吟了一会儿，开口——

"你太紧绷了，挽挽，从这个比赛以来，你一直很紧绷。

"可能是面对我，也可能是因为不适应赛制。"

从前的向挽洒脱又自若，怎么会因为一个比赛进退两难？

晁新叹气："我一直也都很想念你，但那又怎么样呢，向挽，你还是看不起我的家庭。"

第十章
靠岸

"家庭？"

向挽这两个字像是从窗外飘进来的，被风打得晕头转向。

晁新敏锐地捕捉到了向挽语气里的疑惑，侧了小半个身子，鼓足勇气看着她。

"你说……家庭？"

向挽的眉心锁住了，不确定地再问她一遍。

"你家里怎么了？出事了？"向挽轻轻提一口气，"可你为何说，我看不起？"

眨了两下澄澈的眼睛，脑子钝钝的转不过弯。

晁新觉得自己心房里好像揣了一个搅拌机，嗡嗡嗡地把原本清晰的思路缠作一团，碾碎了，最后抖动到唇线上，嗫嚅了几回，也没说出来话。

"你不是说……"晁新有点紧张，眯着眼睛望着向挽，"接受不了，我的家人。"

一顿一顿的，和台上掌控力十足的导师判若两人。

"我是说，"向挽仔细地回忆，仍有一点蒙，"我难以接纳你是因着晁望才待我好，我怕提到晁望你伤心，故而才说了家人。"

"晁望？"

晁新动了动头："晁望的事我们说清楚了吗？我从来没有把你当替代品过——"

有点语塞。

"我知道。"向挽打断她。

"只是你知道吗？晁新，"话一出口，她便鼻酸了，"我一开始也认为是个针尖大的问题，我若是个正常人，我根本不会在意，可是我总是在不经意的时候想起晁望，想她会不会爱喝西红柿丸子汤，想她吃甜还是吃辣……"

说着自己无理的耿耿于怀，向挽也很难堪。

"晁望不喝西红柿丸子汤，向挽，"晁新很心疼，吸了吸鼻子，"晁望和你完全不一样。"

"我们家，我在家的时候，从没喝过丸子汤，我们没有条件剁那么精细的肉，我们要么是吃腊肉，挺肥的一片，要么用来红烧，因为肉不太新鲜要多下料。"晁新第一回吐露这些，说着说着就低下了头。

"然后晁望就会把肉让给我，她个子很矮，因为长期营养不良，可能，"晁新

带着鼻音，顿了顿，"也就一米五多一点。"

"她跟你，一点都不像。"

晁望的头发很黄，而向挽的头发是乌黑油亮的。

晁新杂乱地说着晁望的过往，呼吸像是在用刀割着鼻腔，目光定定望着床铺，然后她抬手，把头发从头顶往后一拨，再一拨，用了比平常大三四倍的力气。

她其实很不想再回忆一遍晁望的样子，但她同样也迫切地需要跟向挽解释，虽然这个解释听起来颠三倒四，不成样子。

"我知道，我知道。"向挽发现了晁新的反常，她整个人像是被浸了在悲伤里，连眼下妩媚的泪痣都微微蹙起、扭曲。

都说有泪痣的人爱哭，但向挽没有看晁新哭过，此刻也没有，她只是一下一下地顺着头发，像在把自己对晁望的愧疚和对向挽的珍惜割成两半，顾不上是不是血淋淋了，总之是想给向挽看。

向挽内疚得无以复加，眼一眨泪珠子就滚了下来。

向挽抽着脖颈，低低地啜泣："我知道，你不用说了。"

"不是你的问题，更与晁望无关，是我，是我不好。"

向挽抹一把眼泪："我在这个世界上，没有来处，也没有家，刚来的时候，我时常从睡梦中醒来，不知身在何处，我那时整夜整夜做梦，不记得自个儿是谁。"

她从头开始说，也不知道能不能说清楚。

"那时候我遇到一些朋友，我对她们说，我叫向挽，我是左相之女，我爹，"她颤抖着抽泣了一下，"我爹是，我爹是……"

她有点崩溃，她很着急，怎么突然想不起来她爹的名字了。

"向挽，向挽。"晁新抬手，轻轻拍着她的头，低声叫她。

"你父亲叫向余，母亲向华氏，长兄向丕，二哥叫作向勤，还有一个小妹。你是新元二十四年生，你叫作向氏阿夕。"

晁新镇定地告诉向挽，一字一句，和向挽当时说的分毫不差。

"嗯，嗯。"向挽哭得一塌糊涂，几乎要说不出话来。

晁新记得，记得清清楚楚。可是恐怕也只有晁新记得。

"我在这里，工作学习，一直都寄人篱下，每天在谎言里生活。我的落户证明上是流浪汉，我出生日期是假的，连年份都是，每回遇到新的人，我都要再将谎言说一遍，我记得那个假的向挽，比真的还要清楚。"

"我很害怕，晁新，我其实怕极了。"向挽说着从未启齿的话。

没有人能够理解这种对所有人遮掩和回避的生活，一开始还要小心翼翼不能露出破绽，可她的存在，原本就是个破绽。

她没有根，是飘萍，她不知道网络上那些每天说喜欢她的朋友，喜欢的究竟是她这个人，还是带着二十一世纪符号的充斥着谎言的向挽。

"我一秒钟也不想做别人，我想要你的好全都是因为我。"

她哭得上气不接下气，哭得一塌糊涂。

"挽挽，向挽。"晁新一下一下地叫着她，用呢喃，用细语。

"我明白了，我真的明白了。"

"对不起，我没有想过你这些感受。但我只是因为晁望的关系对你有一点亲切感，我从来没有把你当成别人，你相信我，我发誓。"

"你相信我。"她哀伤又脆弱地说。

晁新的抚慰永远都会起作用，向挽觉得自己成了一只头昏脑涨的流浪猫，被如珍似宝地团在怀里，有人告诉她，不会有风了，不会有雨了，不会饿肚子了，不会流离失所了。

稍稍平复后，向挽又问："那你说你的家庭，又是怎的一回事？"

晁新什么也没说，只幅度微小地叹了一口气。

"你总是不告诉我……"向挽有小小的抱怨。

"想要跟你说的，不知道怎么开口，"晁新还是觉得有点艰难，"因为我从那里出来，就是为了不再提它。"

为了不再经历，为了不再想起，为了当一个崭新的人。

"我家在一个……"

晁新一边回忆，一边想措辞。

"它对你目前有影响吗？"向挽突然打断她。

晁新抬眸，想了想："暂时没有。"

"那你便别说了，"向挽抿抿嘴角，"你想告诉我的时候，再同我说。"

"你不是想知道？"晁新润一下上唇。

"可是我觉得你很难过。"

向挽忖了忖，若晁新所做的所有努力都是为了脱离从前，那她不要做让晁新回到过去的那个人。

她的家庭大概和向挽的不一样，晁新提起来的时候，没有眷恋，只有沉重。

"晁新。"向挽又软绵绵地叫她。

"嗯？"

"你要我相信你，那你相信我吗？"向挽问她。

晁新看着向挽，她的眸子里有水雾，有光晕，看起来像有生命力的深海之珠，活的，自贝壳里撑开。

晁新移开目光，看着窗帘下方透进来的月色，说："嗯。"

"你若是不放心，先同我说一点点。"向挽探了探身子。

"是……贫穷吗？"她试探性地问。

晁新不自在地动了动眉头，声音有点哑："差不多。"

向挽眉头一蹙，坐回去："贫穷，便让你觉得我……"

觉得自己会瞧不起她吗？

"不，挽挽，"晁新看着她，认真地说，"你不了解贫穷。"

真正的贫穷，不是经济上的窘迫，是思想上的贫瘠，是贫瘠滋生的很多很多丑陋和罪恶，是个体无法撼动的根深蒂固。

如果可以，她希望向挽永远不了解真正的贫穷。

于是晁新没有再说下去，只另拣了一些无关紧要的话题。

"而且我还有牌牌，我要负担牌牌的生活，"她清清嗓子，有点别扭，"和你分开之后，我……我上网搜了一下，嗯。"

"很多人都说，不要和那种家里穷的'凤凰男'做朋友，他们负担重，性格也不好，很难相处。"

晁新抿着嘴唇，声音很轻。

"凤凰男，是什么？"向挽眨着眼睛问她。

"大概就是……出身不太好，"晁新挠了挠眉毛，"自己努力立足的那一类。"

"寒门贵子，很厉害的。"向挽偏头道。

"不太一样。"

"并且，你也不是男的，你是姑娘，你是晁新。"向挽笑吟吟的，说一句，纤薄的嘴唇便轻轻碰一下。

晁新的耳垂也红了，侧过头没说话。

"晁老师。"向挽又幽幽望着她。

"嗯？"

"你也会上网搜这些？"向挽有一点开心，眼睛忽闪忽闪的。

晁新抬手，捻了捻自己的耳垂。

以前不搜的。

"我也搜了，"向挽细声道，"网上同我讲，朋友分开后定不要打扰，否则会招人厌烦。"

二人对视，然后同时笑了。

向挽有点懊恼，若不那么恪守体面，早些同晁新聊一聊，恐怕便不会误会那么久了。

一百来个日日夜夜，她觉得可惜。已经很晚了，向挽拿起手机，发现有一个苏唱的未接来电。

向挽给她发了个微信："就回。"

然后听见晁新穿衣服的动静。

"我送你。"

二人又沿着路灯走回家。

到了门前，互道晚安，向挽突然道："我还有一个问题。"

"你说。"晁新的嗓音低低的。

"我是不是你见过最有天赋的新人？"向挽认真地望着她。

晁新轻舔一下嘴唇内侧："不是。"

向挽蹙眉，欲言又止。

"那你说，我同舒秦，哪个更有天赋？"拇指小心地捻着食指指腹。

晁新垂下睫毛眨了眨眼："舒秦。"

向挽再三确认她的神色，是真话，真得不能再真了。

"苏唱说，我是她见过最有天赋的。"向挽又强调一遍。

晁新忍不住想逗她："想听实话吗？"

"但说无妨。"

"她可能见得比较少。"

"你……"

晁新轻悠一笑，说："进去吧。"

她说："还有一个问题。"

想问晁新，她们算重归于好了吗？

晁新说："第三个问题了。"

"我不该问了吗？"

"明天再问。"

那便是明天也有话讲，后天也有话讲。

向挽乖巧应"好"，然后同晁新互道晚安，这回的晚安更郑重其事一些，希望这个误会尽消的夜晚，对方真的睡得足够好。

第二天没有什么拍摄任务，为了留足悬念和保证节目内容衔接的顺畅性，交换导师环节留到下周一起录制，因此这周六也就只剩一些备采工作。

由于每人采访的时间不定，节目组中午在宴会厅给大家准备了自助餐。SC工作室的采访安排得比较晚，所以坐了一个小圆桌，大家有一搭没一搭地说着话。

晁新和舒秦采完，从通道里过来，刚拿上餐盘，工作人员小跑过来找舒秦："姐，有几个选手合采的镜头，需要补一下。"

"去吧，早去早回。"晁新说。

舒秦放下餐盘，跟着工作人员急匆匆转身。

晁新不紧不慢地拿了一点吃的，又握着一小杯酸奶，原本要走到听潮工作室惯用的六人小桌旁，眼睛一瞥看到向挽，便径直走了过来。

凳子一拉，把餐盘轻柔地放下，坐到向挽身边。

钱之南和卢倩萍有点惊讶："晁老师。"

"嗯，中午好。"晁新拿起筷子。

向挽没抬头，也没打招呼，仍旧慢条斯理地吃着饭，晁新也没再说话，咬了一口鱼。

"丸子拿了吗？好吃的。"过了会儿，晁新轻声问向挽。

向挽摇头，想说哪里有晁新做的好吃，顾念着人多口杂，只道："甚是一般。"

钱之南倒吸一口凉气，在 SC 当小公主就算了，跟人家工作室的老大这么说话的？

人家说好吃，你说一般，这小姑娘，懂不懂事啊？

但晁新却笑起来，说了句："哦。"

这反应……钱之南觉得好奇怪啊！

"还吃吗？不吃你先回去吧。"卢倩萍开口。

"为啥啊？"为啥他先回去啊？

"感觉你一男的挺碍眼的。"卢倩萍说。本来还行，晁老师一坐过来，不知道为啥显得这男的贼眉鼠眼的。

"啥？"钱之南怒了，"我碍眼？"

"不是哥给你顺剧本的时候了，卢倩萍？"钱之南侧对着她，手搭在椅背上，要讨个说法。

"嗤，哥，几岁啊哥？"

两人你一言我一语地怼起来。

另一边的两人像坐在结界里，向挽的动作优雅得仿佛正在沏一壶茶，她夹一块鸡翅到晁新的餐盘，然后放下筷子。

"嗯？"晁新侧脸看她。

"吃不下了，这一鸡翅长得很漂亮，莫要浪费。"向挽说。

晁新觉得好笑："鸡翅还有长得漂亮的？"

"嗯，"向挽偏头，"不晓得为何，今儿瞧它，很是顺眼。"

语毕嫣然一笑，眉眼弯弯。

下午，向挽自然是坐晁新的车回市里，她轻车熟路地坐到副驾驶座，跟晁新说了新家的地址。

离江大不远，一个老小区，连电梯都没有，好在楼层也不高，就六层，向挽租的是第三层，外面看着挺旧了，好在室内还算干净亮堂，南北通透的小一居，卧室很大，客厅很小，也没有餐厅。

晁新给她把行李箱放下，扫一眼简单的陈设："平常在哪儿吃饭？"

"就在茶几上，我买了个蒲团，可以一边看电视一边吃。"向挽拧开一瓶矿泉水递给她，刚在车上晁新就说有点渴了。

晁新仰头喝一口，又支了支身子看一眼她的厨房。

似乎有铁栏杆，看样子都生锈了。不过好歹放心一点，铁窗样式难看，但安全性还可以，这种老小区的三楼，还是蛮容易爬上来的。

"你坐会儿吧，"向挽把沙发上的杂志拿开，"开了一路车。"

晁新没坐，只歪了歪身子靠着墙壁，长卷发从肩头倾泻下来："跟我回去住吧？"

向挽仰头望她。

"给你做好吃的。我现在会把莲藕打成泥放一点到肉丸子里了，会更筋道也更清香，想试一下吗？"

这是晁新偶然在网上看到的做法，不知道为什么，还是记下来了。

"你的房间也留着。

"还有牌牌，牌牌也想你了。"

"是吗？"向挽问她。

"嗯，问了我几次，向老师呢？"

"你怎样答的？"会说向挽回来，还是不回来呢？

晁新没说话，就在夕阳的余晖里定定看着她。

"你过得真不好，向挽。"她突然说。

厨房里没有开火，水壶的电没插，地上是喝了一半的大桶矿泉水，视线范围内没看到杯子。茶几上空无一物，以前向挽很喜欢吃水果，每次回恒湖国际，总要带一点回来，还说用果香熏屋子最是清新爽脑。

向挽的蒲团上有一小块血渍，应当是经期不小心弄上去的。但向来讲究的向挽没有扔，也没顾得上换。

晁新没有说更多，只那么一句话。

向挽也没再言语，她是过得不大好，因为连轴转，也因为那时的争吵，让她有些顾不上自个儿了。

沉默了一会儿，向挽才说："我今儿还住这里吧，明天我有要紧的课，陆续要交好几样作业，我懒得再搬过去了，这两天我处理完，你再来接我。"

晁新想了想："好，我也回去整理一下房间。"

两人在小屋里待了一会儿，向挽把晁新送下楼。

晁新很想多嘱咐她两句，但向挽其实很独立，她也没什么好说的，于是讲了一句："如果害怕，给我打电话。"

向挽笑了："我自个儿住得挺久了，晁老师。"

晁新扶着车门，摇头，声音低低的："不一样。"

255

向挽看晁新的车消失在灯流里，才在华灯初上时裹着薄薄的外套往回走。

向挽坐在窗前翻着书本，开始畅想过两天搬回恒湖国际的生活，想象再次见到牌牌的场景。

然而，向挽没有等到晁新来接她。

晁新失联了。

这个失联是针对部分同事的，她提前给节目组请了假，说可能要缺席接下来的一到两期录制，并给节目组联系了另一位大佬纪鸣橙做暂代她的飞行导师。又给向挽发了一条微信，说临时有一点要紧的事，暂时没有办法接她，让她等自己回来，之后就没有消息了。

晁新目前没有在开工的项目，但之前有两个需要补录的剧组联系不上她。电话打到了冯果那里，冯果也联系不上。

消息几经传递，最后传到了向挽这里，她觉得事态有一点严重。

因为前两天晁新还给她发一发消息，到了临近节目录制时，晁新到了第二天凌晨才回复向挽的消息。

从封闭录制的基地出来，向挽给晁新打了个电话，她没接。

向挽站在录影棚门口，心里七上八下。

打了三个电话之后，她终于忍不住找苏唱："你知道晁老师去哪里了吗？"

苏唱有点错愕，晁新的下落，苏唱怎么会清楚？向挽多少有点病急乱投医了。

可是向挽没有更好的办法，她总觉得苏唱人脉广，也许能有消息呢？

苏唱接她上了车，往家里开，一边开一边用蓝牙耳机给跟晁新合作过的导演和策划打电话，拨通了让向挽问，她倒是没多说。

找了一圈，一无所获，向挽又把手机翻出来点进微信页面，还是没有回复。

"她平常没什么朋友，我能找到的也只有这些了。"苏唱停好车，领着向挽从电梯上去。

苏唱跟于舟简单说了情况，于舟给两人下了一些饺子，然后说一会儿陪向挽去晁老师家里看看。

向挽没吃几个，一直看手机，苏唱便也不再耽搁了，把纸巾递给向挽，对于舟说："走吧。"

几人换了衣服出门，四十来分钟才到了恒湖国际。

楼道的气味都没有变，但晁新家里空无一人。

这个点，牌牌也该放学了，向挽打开门，光线很暗，客厅的窗户敞着，地面上有前两天下暴雨飘进来的痕迹。

于舟和苏唱不太方便进去，只看着向挽找了一圈后回来，摇摇头。

于舟小声问苏唱："要报警吗？"

心里有点慌，主要这屋子很大，不开灯就显得阴森森的。

苏唱想了想，毕竟她们现在还在录节目，于是说："再等一下吧，晚点还没有联系上的话，再考虑求助警方。"

其实晁新昨天凌晨还在回向挽的消息，算不得失联很久，只是从她和晁新为数不多的接触来看，晁新的行为有一点反常，可能是遇到了事情。

老在门口站着也挺累的，向挽让她俩进来，到沙发上坐着商量。

一边开灯，一边给晁新发了个微信："我到你家了，把苏唱和于舟也带来了。"

没有回复。

向挽低着头，又发："在沙发上坐着了。"

仍然没有回音。

第三条："我们没有换鞋，等你回来我再拖地吧。"

向挽："你出门怎么不关窗呢？"

向挽："前两日下暴雨了，若是渗水进来，卧室的地板该泡坏了。"

她不晓得还能做什么，只有打字，只有和晁新聊天，能让她安心一些。

苏唱仍在低头翻通讯录，于舟仔细环顾一圈。

向挽站起身来，走到窗前吹风，外面有不知哪里传来的轰隆隆的声响，一阵一阵的，像什么机器在运转。

一个多小时过去，手机突然振动。

向挽肩头一跳，心里也是，飞快地拿起一看，是晁新。

她有点慌乱地把手机往右滑，接起来，先咽了一口口水。

"晁老师。"

"挽挽，"晁新的声音很疲惫，"怎么了，给我发那么多信息？"

很哑，刚睡醒的那种哑。

"你再不回我，我便要报警了。"向挽蹙眉，看了于舟和苏唱一眼，在她们关切的眼神中点点头，示意是晁新。

"报警？"晁新语调有一个小小的起伏，然后叹一口气，说，"别着急。"

"你处理完了吗？什么时候回来？"向挽坐到沙发上，问她。

电话那头沉默了一下，说："我不知道。"

"不知道？是什么意思？你去做什么了？"

"牌牌被她爸接走了，我来找她。"晁新说。

"牌牌？他爸？你的……姐夫？"向挽想了想这个词，蹙起的眉心一直没有平坦过。

苏唱眨眨眼，给她做了个手势，示意她打开免提。

向挽轻声问："我能让苏唱和于舟也听一听吗？"

晁新停顿两秒，说："可以。"

向挽把手机放到茶几上，按下免提，晁新的声音从通话界面传来。

"简单说，就是我因为上节目，没办法好好照顾牌牌的生活，所以请了一个阿姨，她是晁望之前的同学，也是我的老乡，和家乡的人都有联系，上周她在朋友圈发牌牌在小区里逗狗的视频，被孙齐看见了。

"孙齐，就是牌牌的爸爸。"

牌牌竟然还有爸爸，不知道为什么，向挽从来没有觉得在牌牌的生活里，还有父亲这一角色。

"孙齐通过阿姨打听了牌牌的学校，在我录节目的时候，把她接走了。"

晁新的声音很低，也尽量说得不带任何情绪。

就是她送向挽回去那天，回来的路上还在想要不要给向挽和牌牌新买两个书桌，现在有那种智能的，可以调节高度，好像对长期写作业或者伏案工作的人来说会比较能保护颈椎。

到了家里，吴姐在看电视，见她回来了，就要去给她热饭。

晁新看了一眼："牌牌呢？"

这么自觉吗？竟然没有出来看《贫穷小姐妹》。

吴姐往厨房走："她爸说今天接她放学，带她去吃饭，晚点送回来。"

"她爸？"晁新眯起眼，几乎要怀疑自己的耳朵。

吴姐看她脸色不对，立在当场，手在围裙上一攥："孙老二嘛，他说他要自己给你说的。"

晁新没有再说话，只是反手叉着腰站在门口，皱着眉头给牌牌打电话。

心头巨跳，果然，关机了。

她舔舔嘴唇，再打一遍。

明明知道结果，但紧张的时候总是这样，要一遍一遍机械性地重复动作，好让自己几欲失控的情绪迅速平静下来。

向挽听完她说的话，一时没有出声。

这孙齐从来没有听晁新提起过，而此刻哪怕晁新的语气还算平稳，但她立时跑过去找牌牌的举动，暗示了这个所谓牌牌的父亲并不是什么善茬。

向挽几乎是本能地就想去找晁新，但她知道以晁新的性格恐怕不愿意，所以她迟疑了一下，在想如何措辞。

然而，晁新的下一句是："挽挽，我本来没有预料到要耽搁这么久，因为他不在老家，我在村里找了一阵，信号不太好，所以跟你联系的没有那么及时。"

她知道向挽很聪明，她这么一说，向挽就明白了。

"我今天回镇上住，所以想打电话跟你说一声。"

向挽提了一口气，想要说话。

却听晁新说："你想要过来吗？"

她有一点愣怔，一时没反应过来。

"想，我想。"向挽点点头，哪怕晁新看不见。

"比赛没有关系吗？"晁新又问，但她问的不是向挽，而是顿了顿，说，"苏唱。"

苏唱轻轻笑了笑："交换导师的合作舞台不涉及分班，只要能及时赶回来，应该还好。"

"嗯，"晁新在那头叹了口气，安抚道，"挽挽，我让你开免提，就是在想，如果你要过来，让苏唱安排人送你。"

她其实不想让向挽过去，但她收到向挽发的信息，知道如果自己一个人在这里，她一定会担心，会很担心。

"我现在在湖东宁县，你们可能没有听说过这个地方，等下我把地址发给你。"

晁新没有说太多，因为她很累，眼睛都快睁不开了。

"挽挽，我答应你可以过来，你也答应我，不要连夜赶路，明天再来，好不好？"她带着鼻音，也带着微弱的笑意，这么跟向挽说。

挂断电话，向挽总算平静下来。

苏唱跷着二郎腿，把前倾的身子收回来，手机"哞"的一声振动，她拿起来，收到晁新的消息："添麻烦了，多谢。"

苏唱笑笑回了个"别客气"，然后跟向挽说："不找别人了，明天我开车送你过去吧。"

湖东就在邻省，开车大概五个小时。

本来可以坐高铁过去，但听刚刚晁新又说镇又说村的，苏唱觉得开车会方便一点，不然人生地不熟的，如果要转车什么的，会很麻烦。

向挽蹙眉，觉得太折腾了，想要拒绝，但苏唱用清贵的嗓音轻轻说："我要确保你能安全回来吧，不然影响节目录制，我得赔钱。"

义正词严的理由，向挽也不好说什么了，于舟说："我也去，你要腰疼了，我跟你换着开。

"而且晁老师那边的情况好像挺不好的。"

人多有个照应。

而且她很不好意思说，她的中二魂又起来了，这种时候就应该组队啊，甚至想拉上彭姁之。

于是第二天一早，向挽拎着行李箱打车到苏唱家会合时，果然在车旁看到了彭婉之。

大早上吃着一根冰棍儿，穿着小皮衣外套和超短裙小皮靴，大红唇大波浪，嗦冰棍儿嗦得吊儿郎当的。

"大早上吃冰棍儿？"于舟缩着脖子扒拉着车窗，坐在车里看着她。

彭婉之守着垃圾箱叹一口气："昨天问你的时候，我还在开夜场，开到了四点，四点你知道吗？"

要没有冰棍儿醒神，她怕是能晕过去。不过正好，这场开完她可以休三天，所以当机立断去看热闹。

看到向挽，她觉得很可怜："几个月没见，小姑娘怎么瘦成这样了？"

没人理她，上了车就沉默，于是彭婉之也不多嘴了，靠着车窗沉沉睡过去。

下了高速再开了一小时省道，没有想象中七拐八拐、坑坑洼洼的土路，不过看得出来地方是越来越偏了，好几次导航都导到相反的地方，苏唱兜了两三回圈子，终于到了宁县。

宁县在山上，中等海拔，气温比江城略低，路上的行人都穿着小两件套。县城小，就一条主道，本就不大宽，两旁还有摆摊儿卖菜的小贩，苏唱开得很慢，扫一眼导航，又觉得不太对，于是让于舟问路。

"你好，请问茅云镇怎么走？"于舟按下车窗，等苏唱停下后，问一个牵着小孩儿的妇女。

"嘟个也？"妇女没听清楚，反问。

"茅……"于舟转头又确认了一下，一字一顿地说，"茅云镇。"

"哦——"妇女拉长嗓音，握着小孩儿的手往前一指，"前头嘛，从三岔路边边绕过去，跟到那个路走就到了。"

于舟听得有一点吃力，妇人又用蹩脚的普通话重复一遍。

"好的好的，谢谢啊。"于舟还在想"三岔路边边"究竟是哪一边。

很显然苏唱也不明白，结合导航连猜带蒙，好歹是对了。

向挽这才知道，为什么晁新一定要让苏唱安排人送自己，如果光靠她，肯定是找不到的。

所幸有朋友在，路上没有耽搁太多时间，不到一点，她们就到了镇上。晁新住在一个叫作"迎朋宾馆"的地方，说在门口等她们。

车子绕过一个转盘，下坡，走进一条窄窄的小路，路上没什么行人，卷帘门也半开半关的，唯独路口的麻将馆热闹些，吵得震天响。

向挽就在"四筒""八万"的叫牌声中，看到了站在宾馆门口的晁新。

她穿着薄薄的风衣外套，在小镇的街边气质好得格格不入，笔直的脊背和没有一丝赘肉的小腿，细高跟把她的脚踝衬得尤其漂亮，她微垂着头，卷发散落下来，手插在兜里，好像在看地下的影子。

向挽从车窗里探出头看她，因为车子行驶而扑面袭来的微风带得她的刘海轻轻拂动。

向挽突然觉得，女人在等待的时候最为好看。

无论周边的环境多么乌烟瘴气，无论两旁的绿化是不是因为无人看顾而杂草丛生，无论街边是不是有光屁股的小男孩正在无所顾忌地撒尿，她带着希望等在那里，就像是站在云里。

因为心里装了一个等待，她就变得不一样。

听见车的声音，晁新抬起头来，脸上一秒都没有耽搁，就很纯粹地笑了，然后退了两步让出路旁来，让苏唱停车。

等车停稳，她要上去帮忙拿行李箱，但是向挽先下了车，扶着车框叫她："晁老师。"

于舟抿嘴笑笑，和苏唱一起去开后备厢，彭婉之抱着手看看四周的环境，考虑要不要呵斥一下路边尿尿的小男孩。

他看起来还要拉屎。

还没等她盘算完，晁新走过来跟她们打招呼，然后帮忙把行李箱提进宾馆里。

很小的一个门脸，闪着劣质的霓虹灯，前台的小妹追剧正入迷，脸也没抬。

晁新靠到前台，问她们："之前不知道你们要来，所以没有定多的房间，你们要在这里住吗？这是镇上最好的一家了，不过也很一般。"

当着前台的面，她说得比较委婉，但大家从她的眼神里看出来了，条件很差。

"要不你们先跟我上去看一眼，如果不行，一会儿开车回县里住吧，那儿有三星级的，还算干净。"

主要是，她不确定苏唱能不能住。

她不担心向挽，晁新昨天让向挽带上了一次性被套，把床弄干净一点。

"直接开吧，"苏唱说，"没什么不能住的。"

既然来了，当然能想到各种状况，现在也不是矫情的时候。

前台小妹没舍得按暂停，一边摆二维码一边瞟剧情，然后扔了两把钥匙出来。

看到这把钥匙，彭婉之就觉得不太妙，果然，房间说简陋都算有点抬举，窗帘都不敢拉开，怕一拉就是一层灰。墙上的开关掉了一些，有的露出电路来，好在基本还能用，灯带着电流声闪两下，就亮了。

房间角落有渗透的水渍，床头柜旁边是红绿色两个开水壶，没再去看卫生间，彭婉之怕自己心梗。

不过她们也顾不上太多了，早点解决早走，放好行李箱后下楼找了个苍蝇馆子吃饭，晁新给她们打来豆花的调料，开始说目前的状况。

“找到孙齐了，他吃了三天的酒席，说是今天下午回村，牌牌在镇上的姑姑家，但我打听了一下，不知道她姑姑住哪儿。”

她抽了下鼻子，好像有点感冒，但晁新很神奇，几乎没有黑眼圈也没有眼袋，无论休息得好与不好，无论实际有没有精神，看起来总是神采奕奕。

“他们不让你见牌牌？”彭婔之问。

“嗯。”

“想要牌牌的抚养权？这么多年，突然想起来了？”彭婔之饭都不想吃，只想八卦。

晁新嘲讽地笑一声：“多半是没钱了。”

可能是看到她上综艺了吧，她猜。

“那么，我们下午找孙齐去，是不是？”向挽递一杯茶水给晁新，柔声问道。

“是。”

“那个，”于舟夹一口米饭，“要打架不？”

实话说，她有点慌。

苏唱安抚性地拍了拍她。

晁新嗤笑：“他不敢。除了撒泼耍赖，他老孙家一点别的本事都没有。”

她再了解不过了，因此他也只敢把牌牌藏起来。

听到晁新这么说，于舟稍微放心。

吃过饭，几人没有再耽搁，开车往村里去。

晁新领头，苏唱开车跟在后面，向挽自然是换了个车，坐到晁新的副驾驶。知道晁新心里紧张，所以向挽没有多说话，只时不时拧一瓶水递给她。

回去之后，她真的要抽空学开车了，她暗暗对自己说。

村里是真正的泥路，凹凸不平，路又窄，偶尔路中间还有大颗石头，晁新和苏唱要非常小心地沿着石头码过去，防止被刮底盘，再绕了几圈盘山路，晁新嘱咐向挽给苏唱发个语音，让转弯的时候小心一点，很容易出事故。

于舟被抖得要吐了，于是开窗吹吹风，看着这么窄的路心里直犯嘀咕，要是对面来一辆车，这该怎么会车啊？

好在她的担心是多余的，开了两个来小时，对面一辆车都没过来。

于舟望着绿油油的山脉，原生态的气息愈加浓郁，但也愈加隐忧。没有一辆车意味着这里真的很偏，偏僻落后之地不一定意味着愚昧，但加上之前晁新的描述，她对这次的谈判捏了一把汗，同时又有些后怕，幸好跟着向挽来了，否则她能担心死。

到了村口，才路过了两三辆摩托车，篓子里兜着一两只鸡，过了会儿，遇到一个村民赶着马队经过。

“哇，他在骑马欸。”于舟的注意力很快被转移了。

"这里靠近高原，应该有马队。"苏唱说。

"哇，那晁老师会不会骑啊？"感觉很帅。

"是哈，你说她以前怎么从这里走出来的啊？"彭婤之也靠近椅背，好奇道。

惹得苏唱也分神想了想晁新纵马山林的样子，嗯，好像的确有点帅。

这个看似平静如深潭的前辈，却是给她们带来最多意外的人，从一开始问向挽帮忙追回打赏，到如今机缘巧合地，带着她们进入大山。

好像也有意无意地，让她们进入了她的过去。

她像一个环环相扣、层层深入的谜题，翻到这一页终于要解开了。

村里不像城镇有主干道，各个住宅区和商铺沿着柏油路依次分布，村落里整齐的是田地，各户人家倒是很分散，也很杂乱，中间穿插着阡陌，像棋盘上星星点点的棋子。

竹林和树影掩映着泥土墙和黑砖瓦，农村的炊烟是永不落幕的，和泥地的腥味混在一起，是乡野特有的味道。

这一户人家院子前的路还算平整，但车子开不下去，因为下面没地方倒车，只能停在上方的平地。

车轮碾过来，散步的鸡咯咯咯直叫着飞开，晁新停稳后下车，等苏唱停到旁边。

前几天可能下过雨，两人的车身上已经有几道泥痕了。

向挽看着晁新的小腿，问她："要换成平底鞋吗？"

"不用。"走不了多少路。

苏唱她们下车走过来，晁新想了想，说："你们在这里等我吧，我去谈。"

她还是不太想让向挽她们看到那些人。

"来都来了，一起去呗。"彭婤之嚼着口香糖。

"对对对，一起吧。"于舟也说。

晁新捏了一把自己胳膊肘的内侧，看一眼向挽。

向挽偏头轻声道："你又害怕了。

"昨儿你让我来，我十分高兴，朋友之间不应当是单方面的照顾和庇护。"

向挽仰脸看着她，明眸皓齿，灵气逼人。

彭婤之靠着苏唱："这种话说出来真还挺肉麻的。"

"你看我这鸡皮疙瘩。"她捋一把袖子。

晁新笑出声，向挽恼彭婤之一眼，彭婤之给自己的嘴上拉链，噤声。

一行人沿着小径往坡下去，孙家就在半坡的左手边。

从路边铺了几块石板开了个路，穿过稀稀拉拉的竹林，是一块堆着几捆草跑着鸡的后院，再往前走是水泥地浇的前院，三层自建房，肉粉色的砖墙，在农村还算显眼。

前院下面是泥坎，然后是一片承包的鱼塘，看起来还是有模有样的。

几人在院子里站定，大黄狗汪汪叫起来。

一个三十岁上下的男人从屋里钻出来，笑得很热情："哎呀！到了呀？"

一边说着一边弯腰搬两个长板凳过来，请她们坐。

晁新没有入座的意思，只站着叫了他一声："孙二。"

于舟倒吸一口凉气，这就是晁新的姐夫？

头发一簇一簇的，支棱的样子像有几天没洗了，西裤松松垮垮地穿着，腰上别着一串钥匙，里面一件汗衫似的 T 恤，外套挂在肩上，刻意不穿规整，耳朵上别着一根烟。

"哎呀小姨妹，是好久没见了哟。"孙二用胳膊肘别着外套的下摆，手抄进裤兜里，打招呼。

"妈死了，你也不回来。"他的膝盖一悠一悠的，这声埋怨也显得很轻佻。

彭婉之看到他这副不好好穿衣服的样子就恶心，看一眼晁新，晁新的眼神很冷淡，用舌尖顶顶口腔，在里面稍微转了转，然后恢复了正常的表情。

眼皮一掀问他："牌牌呢？"

"哦哟，还说普通话。"孙二笑着堆起双下巴，"搞配音了是不一样，还会不会宁县话哦？"

说着话，里面走出来一个端碗的妇人，在扒着饭，旁边的小男孩啃着骨头跨过门槛，一张黑乎乎的脸，盯着晁新。

"喊小姨。"孙二拍一把小男孩的背。

他的新老婆，生了大胖小子。

"你要是不谈牌牌，我就走了，然后回镇上报警。"晁新耐着性子说。

孙二放开男孩，在对面的板凳坐下："哎呀报警，哪里有恁严重吗？而且你报啥子警嘛？我是她老汉，她是我姑娘，你报啥子警嘛？哪个警察管这个嘛？"

"老汉啥意思？"彭婉之问于舟。

"应该就是爹。"

"哟，"彭婉之和于舟也坐到板凳上，对着孙二笑了，"你也好意思说你是爹，你养过吗？现在想起来了。"

"妹子你说话注意点哈，当年不是我不要哟，是盼盼非要带走的嘛，恁多年了，我想她了，血浓于水的嘛。"孙二瞪她一眼。

盼盼又是……

彭婉之不管三七二十一，就要开骂，向挽蹙眉，曼声开口。

"凡事要讲个理，牌牌由晁老师照料着长大，你即便是亲生父亲，又怎可不置一言，私藏牌牌？更何况牌牌正在上学，你如此耽误她的学业，岂是慈父作为？再则，牌牌如今怎样了，你为何不让我们通话？若是伤了她，即便是亲父，也当入狱。"

她说一句，孙二的脸就皱一寸，小拇指掏掏耳朵，愣是听不明白。

过了一会儿，他才说："你说上学哈，就是因为要上学的嘛，要钱嘛，娃儿就是烧钱包，你看你侄儿，要去镇上读书。"

小男孩蹲在田坎边，用瓦片打鸭子。

"我说，牌牌也十多岁了，读到现在也可以了，接她回来住两年，找个人户定个亲家，我拿点彩礼给钱钱上学嘛，也不枉费生她一回。"孙二说。

"你放心，我肯定是找很好的人户。"

"你说什么？"太荒谬了，于舟都忍不住出声，"牌牌才十岁！"

定什么亲，什么彩礼，什么人家，她看着面前坐着的这个男人，和门槛上蹲着吃饭的妇女，觉得头皮发麻。

"我要吐了。"彭婳之说。

"十岁咋了嘛！"孙二也急了，脸一歪扯赖皮了，"你问盼盼，当时她姐也是十几岁跟我定的亲哈，她家里头收了好多钱你问——"

话没说完，"啪"一声脆响，晁新站起来抽了他一巴掌。

众人都愣了，孙二仰着火辣辣的脸看着她，晁新一把揪住他的衣领，把他拎起来推到墙边，膝盖一抬，狠狠地顶了一下他的胯下。

杀猪般的叫声快要掀翻瓦房。

门槛上的妇人惊诧地叫起来，抱住小男孩，扯着嗓子喊："打人了啊！打人了啊！"

苏唱和于舟忙站起来，但一时没有动作。

晁新又抬腿，给了孙二的小腹一下。

"牌牌在哪儿？"

她一句话都不想跟这个杂碎多说。

孙二疼得满头冒汗："我要告你，我要跟你打官司。"

"打。"晁新第三次抬腿，又狠狠往他的小腹撞去。

向挽从没见过这样的晁新，冷淡又平静，连泪痣都没有减色半点，但她一下一下地打孙二，卷发拂在她的脸上，也像是被冻住了，不敢动弹分毫。

孙二怕了，虾一样蜷起身子，晁新的下颌一突，揪住他领子的手用力得发抖。

有看热闹的人围到路口，在妇人撕心裂肺的哭声中指指点点。向挽上前，拉住晁新。

然后对孙二说："你想要什么，你讲出来，我们想想法子，若能谈，凡事好商量。"

"否则，我带了刀。"她温声说，"晁老师什么都不怕，我也什么都不怕的。"

说完淡淡笑了笑。

孙二粗鄙的见得多，哪见过这种文明的腔调和架势，生生愣住，眼神仓皇地想要找她的刀。

苏唱适时上前，道：“如果要钱，好说。

“去镇上，谈完让我们见见牌牌。”

晁新把长卷发拨到一边，率先穿过围观的乡民，往坡上走。

孙二整了整衣服，从墙上爬起来，对着指指点点的老乡吼两声，骂几句脏话，完全一副色厉内荏的小人模样。他在田坎边蹭了蹭鞋底的泥，就要跟着往上坡去。

“老汉，我也要去镇上。”小男孩一边说话一边用竹竿打鹅。

“哦，”孙二扬一个尾音，“走嘛，走嘛，赶场去。”

又在空气中薅一把他的媳妇，让换了衣服赶紧走。

彭姠之瞥一眼，跟于舟小声说：“小兔崽子挺逗，他爸被打够呛，他在旁边打鹅。”然后又嘀咕，“我们要不把这小兔崽子扣了，一换一。”

“不好吧，”于舟苦着脸，“犯法。”

“那你说咋办？真给钱啊？”彭姠之坐上车了还在跟苏唱说悄悄话，“这可是无底洞啊，我告诉你，有一就有二，你苏大小姐财大气粗，晁老师可不是，再说了你懂什么叫欲壑难填，真让他知道这招好使了，缠死咱们。”

她用了“咱们”，已然把晁新当自己人了，于舟忍不住看她一眼。

“只是想先去镇上，比村里方便，想办法见到牌牌。”苏唱一边开车一边轻声说。

“所以你其实也没计划。”彭姠之有点头疼。

苏唱笑了：“这种事，我能有什么计划？”

彭姠之忧心忡忡的，又低头一直给向挽发信息，确保她们那一车里还算安全，万一再打起来，抢方向盘啥的。

好在孙二虽然无赖，也算惜命，到了车上先是用屁股蹭了蹭真皮座椅，转着眼珠子环顾一圈，坐得安安生生的，一副老实人的样子。

晁新从后视镜里看了他一眼，捏着方向盘的手就收紧了些。

就是这副样子，就是这副老实巴交的样子，在晁望怀牌牌的时候，他陪晁望回过一次门，那时候他耳朵上夹着烟，搓着手缩着肩膀，不怎么说话，就“哎哎哎，是是是”，晁望还说，他对她还可以。

还可以……

向挽敏锐地发现了晁新的脸色不太对劲，立马缓声叫了一句：“晁新。”

晁新看她一眼，“嗯”一声，专心开车。

除了孙二的儿子孙龙一直闹腾，一路上还算顺利，到了迎朋宾馆正好是饭点，夕阳从街头漫上来，陷在小镇的枯藤里，终于有了点洋气的色彩。

孙二说在宾馆旁边的酒楼开一桌，边吃边聊，几人耐着性子等他点菜，要了一瓶五粮液，用小酒杯一咂，就着拍黄瓜和花生米，又给他亲儿子点了几盘鱼香肉丝和口水鸡之类的，苏唱她们没有动筷的心思，看他放下酒杯，才单刀直入地问他：“你打算要多少彩礼？”

孙二回味一口酒，眼皮耷拉得老长，过了会儿才拿眼在晁新和苏唱身上来回扫。

伸出右手比了个“五”。

“五……”彭姠之有点不确定。五十万？

“起码也要五万嘛，”孙二看她有点嫌多的样子，一拍桌子嚷起来，“现在都是这个价了哈，你可以去打听。”

彭姠之没忍住笑了一下，然后清清嗓子，用手抵住下半边脸，转过头，给苏唱回了一个难以置信的表情。

苏唱微微合拢眼帘，觉得很悲哀，就五万块，在孙二的眼里，就五万块。

晁新没开口，她瞟到了彭姠之意外的表情，也瞥到了苏唱略微悲悯的神色，她们不理解，在这个山清水秀的地方，什么都很便宜，连人也是。

比如说，到了结账的时候她们就会知道，这个“五粮液”才九十九一瓶。

“是否我们给了你五万元，你便让我们将牌牌接走？”向挽问他。

“你们要给彩礼？那也可以嘛，我拿到了彩礼，就当她嫁了嘛，你们以后要是在城里给她找更好的，很有钱的，我也就是去喝杯酒嘛。”孙二说。

“你还要来喝酒？”彭姠之柳眉倒竖。

“我是她亲爹，我还不能去喝喜酒？”孙二又倒一杯酒。

“给五万，立字据，写断绝父女关系的协议。”向挽想了想，说。

“那不得，”孙二头直摇，“我还指望她给我养老，城里人嘛，我还是要享受。”

于舟受不了了：“你这不是有个男孩儿了吗？他不能给你养老？”

“多个娃儿多个屋。”孙二赖笑道，往旁边一看，“哎，大钱哪？”

孙二的老婆指指玻璃窗外面：“不吃喽，在外头耍。”

“你盯起点。”孙二说。

“晓得。”

于舟气得心里有点发慌，跟苏唱说要去上厕所，两人从烟味浓郁的酒楼里出来，揣着手站在路边。

“烦死了，怎么办啊？”于舟咬着嘴上的死皮。

苏唱正要说点什么，却见晁新也出来了，裹着风衣踏着高跟鞋站到旁边。

“晁老师怎么也出来了？”于舟问。

“突然想抽烟。”晁新的手在风衣的口袋里一捻，疲惫地合了合眼睛，“他在里面喝得正高兴。"

"要不我们打官司，"于舟出主意，"之前有办监护权转移吗？"

"没有，"晁新摇头，"那时候我哪知道这些东西，我们都不懂。当时晁望去世，他们家说不要牌牌了，嫌弃是个累赘，二话没说就配合我把牌牌的户口迁到我的户口上，所以牌牌才能跟着我上学。"

但监护权，他们从来没有谈论过。

那时孙家不想要这个"赔钱货"，所以晁新也没想过有一天孙二会找上门来。

"要不等下你跟认识的律师打个电话，问问情况？"于舟一边跟苏唱说，一边往路的那头看去，突然提高了声音，"哎哎哎，你干吗？"

苏唱和晁新循声望去，愣了一秒。

停在街边的两辆豪车跟小镇的劣质灯光格格不入，但颜色被映衬得很漂亮，尤其是晁新那辆水光银的车，而旁边站着一个黑不溜秋的小男孩儿，也就是孙二家的好大儿，显然被这新奇的庞然大物吸引，蹲下身拣了一块石头，在车身上写写画画。

"刺啦——"一声尖锐的轻响，车身上留下可怖的划痕。

小男孩显然被这漂亮的"黑板"激发出了兴奋劲儿，从兜里掏出砸鹅的瓦片，以尖锐的一角继续在上面划。

于舟立马就要上前，但被苏唱拉住了手腕。她轻轻摇了摇头，然后掏出手机，对准车身和小男孩，把这一幕原原本本地拍了下来。

于舟看着她微微扇动的睫毛，突然心头巨跳，柳暗花明一般在脑子里炸了个烟花。

"最好再划划我的。"苏唱眨了眨眼，轻轻说。

晁新对上她的眼神，猛然明白过来，急匆匆走到前台，问还在看电视的小妹拿了纸和笔。

"再给我一个印泥。"她说。

前台小妹收了钱，拍在桌上，晁新收起来，走出宾馆的门。

然后发微信把彭妁之叫出来，不用提前给剧本，她看到这一幕就夸张地嚷起来："×！这小兔崽子在划我们的车！"

声音工作者声音的穿透力不言而喻，惹得整个酒楼的人都看过来，连里头没精打采的前台小妹都哆嗦了一下。

孙二三步并作两步地跑出来，看到小兔崽子吸溜着鼻涕站在车旁，手里的作案工具还没扔掉。

他有点慌，但也没有很慌，仍旧懒着身子站着："哎呀，划几个道道，多大回事吗？"

"恐怕是很大一回事。"苏唱说。

将手机递给他，手机界面是晁新那辆车的最低售价及她的车的最低售价。

"不好意思，忘了问，你识字吗？"她轻声说。

"噗。"彭婉之没忍住笑出声。

站到晁新旁边的向挽也掩唇，抿嘴一笑。

"你啥意思啊？哪个不识字啊？"这么多人看着，孙二的脸飞快地涨红了。

"嗯。"苏唱低头，翻了事先查好的熊孩子划豪车赔偿的新闻，又摆到他面前让他看了看标题上写的金额，然后示意他进去。

"现在，我们重新谈。"

"晁老师的车，前引擎盖，侧门两处，我的车，侧边门三道划痕，我估算了一下，维修费用大概要十八万。"

重新开了一个包间，苏唱坐在孙二对面，用清贵的嗓音轻轻说。

孙龙站在墙根儿旁搓着手上的黑泥，妇人张大了嘴，本能地就伸手扯孙二的衣领，孙二被她扯烦了，反手甩开，此刻心里已经隐隐有惹上事的预感，但仍旧嘴硬："几……几个道道嘛，要恁多钱，我……我是可以告你诈骗的哟。"

说完迅速地嗦了一口茶，和着滚烫的热气吞下去。

"这是刚刚给你看的新闻，新闻里那辆车的价格是一百五十万，划痕维修费用十二万，这是车辆的受损状况，你可以跟外面的车对比一下。"苏唱不紧不慢地把消息截图给他看。

"卫视频道的新闻。"于舟忍不住伸手戳了戳标题下面，提醒他看。

孙二睁眼，仔仔细细地够着头去看。

"嘟个，哪个要恁多？"不知是难以置信，还是天价的维修费用让他脑子成了糨糊，总之只是用蚊蝇一样的声音，问了这一句。

晁新在一旁讽刺性地一笑，从进门就没说话。

而向挽在旁边安抚她，也没有多言。

幸亏有苏唱她们帮忙。因着晁望的前情和牌牌，晁新不可能这样心平气和地同孙家谈判，而自己又从未和这样的泼皮打过交道，若果真交由她们两人处理，怕并不能如此镇定自若。

而陌生的第三方的加入，带着无关痛痒的态度，总是更能令孙二心生忌惮些。

"这是我给你看过的，晁老师的车和我的车的价格，不比刚刚那一辆低。"苏唱淡淡一笑，"你可以简单地换算一下，想一想我有没有危言耸听。"

"危言耸听的意思是，你想一下我们是不是故意吓唬你，有没有资格让你赔这么多钱。"彭婉之适时递一句话，怕他没文化听不懂。

"不可能哟，"孙二把身子往后一撤，"那就画了两道，又不是故意的。"

"这话你能跟修理厂说吗？我不是故意的，你把修理费给我免了吧？"彭婉之乐了。

"你们……你们，"孙二半天说不出来，飞快地眨了几下眼睛，说，"你们要去大城市修，那肯定收费贵嘛，在我们这边没得恁贵。"

孙二支支吾吾的，额头冒出了冷汗。

十八万……十八万，他的舌头都要直了。

"不是我们要去江城修，是只有4S店能够修复车身的划痕，车漆看似薄，其实有好几层，甚至有的是不能修理的，只能换门，具体要到什么样的程度，还需要保险公司来定损，维修方出具维修报价，保险公司赔付之后，会问你们要赔偿。

"所以并不是我们说多少就是多少，十八万恐怕只是一个底价，你最好做好心理准备。

"还有，走划痕险之后，我明年的保费会提高，车辆补过漆会大幅贬值，车辆的折旧费用也值得一提。以及因为处理这类事故以及配合送修提车因此产生的误工费用，我和晁老师的，你应该不太知道我们每个小时的报价。"苏唱不紧不慢地说，也说得颇有技巧。

晁新敏锐地发现她用了声音工作室的表演技巧，层层加声压，逐字逐句加快速度，用一个配音演员拿捏节奏和渲染情绪的功底，驾轻就熟地营造了一个逐渐紧张的氛围。

苏唱话音一落，妇人"哇"地一下就哭了，哭得很伤心，一边哭一边用力打孙龙。

孙龙"呜啦啦"地哭喊起来，手在脸上抹出一道黑一道黄的泥印。

孙二抹一把汗，转头大声斥道："哭！哭你个锤子哭！"

他气急败坏地骂骂咧咧，向挽听得蹙起眉头，又有点好奇，睁着澄澈的眼看向晁新，好似在问——"锤子"在此处是什么意思？

晁新抬手在她的左耳处稍稍一捂，又不动声色地放下来。

不想让这些话脏了她的耳朵。妇人不敢再号了，抱着孙龙抹泪，孙龙被一吼也只敢啜泣。

孙二喘着没平息的粗气，往桌子上一拍："那又咋样吗！老子没的钱！一分钱都没的！你也不过是把我瞪起。"

他梗着脖子，像引颈就戮的老鹅。泼皮的惯用套路，赖着，要钱一分没有。

"猜到了。"苏唱叹气。

"所以我本来是想，直接报案就好。现在我一个电话，可以同时通知镇上的派出所和最近的保险公司，保险公司来确定事故和定损，根据赔付金额向你追偿，如果你无法赔偿，会面临起诉，也就是打官司，官司判决之后，即便你说你没有财产，我们也可以申请强制执行，到时候你名下的所有财产，包括你的房子、摩托车、鱼塘里的鱼，还有你的庄稼，可能都会面临转手拍卖。

"我猜，还不够，那么你会被列为失信行为人，嗯，也就是上黑名单，你赚取的每一笔钱都要优先偿还债务，直到还清，你可以想一想你们家会过什么样的日子。"

"这还只是一方面。"苏唱笑了笑。

"打电话给派出所报案，是因为我要取证，我会以故意损害财物罪把孙龙告上法庭，我刚刚咨询过我的法务，这类损坏属于'数额巨大'，除去民事赔偿以外，会涉嫌刑事责任，也就是最高三年以上七年以下的有期徒刑。"

苏唱说着，把法务发来的录音，转文字摆到孙二面前。

他已经完全蔫儿了，愣愣地盯着屏幕，也不知道看进去没有。

苏唱说得很通俗，甚至"添油加醋"了不止一点，但对孙二这样没经过什么大事的人来说，这些足够令他晕头转向了。

"当然，孙龙是未成年人，假如构成犯罪，也会从轻处罚。"

"但是……大钱还要读书，要有好前途，你们望子成龙，对吗？"

苏唱点到即止。她的手指在手机旁一下一下地轻轻敲击，仿佛在说，她随时都可以打这两个电话。

然后就可以让孙二家鸡犬不宁。

"不过。"等孙二已经开始哆嗦了，她适时递上台阶，"我们来这里的目的你也很清楚，我们只要牌牌，如果我们能带走牌牌，而且你保证以后都跟她没有瓜葛，那其他的都好说。"

孙二一听说"牌牌"，想起来手上还有这张牌，瞬间抖了抖眉毛，想要硬气一点说话。

但苏唱摇了摇头："其实带走牌牌并且拿回监护权是迟早的事。

"如果你坚持不放，回去之后你可能会面临第二个诉讼，晁老师会以实际抚养人的名义对你提出起诉，出具这些年的流水和晁北的抚养教育情况细则，可以轻而易举地告你抚养义务缺失，未尽到监护责任。

"尤其是，你还有中断她学业的举动。

"而你接下来将面临巨额赔付，以及需要处理民事和刑事诉讼，这些又刚好可以佐证你之后并没有较好的监护条件，结合牌牌的证词，晁老师可以申请法院判决变更监护人。

"你可以去问律师，我们能不能做到。"

苏唱跷着二郎腿，收回手。

于舟望着她的侧脸，惊讶极了，她是怎么在这么短的时间内就咨询好了这些的？好像她们是有备而来一样。

苏唱撇了撇嘴角，其实她也不懂，只是刚刚她们谈话时，她闲着没事上网搜了一下关于变更监护权的回答。

有没有可行性，她也不清楚。但她可以表现出百分之百的把握。

更何况，孙二请不到什么像样的律师。

孙二又蔫儿下去了，怎么也想不明白，怎么一会儿身上好像就三四个官司了呢？

"之所以没有选择直接诉讼，是因为人都怕麻烦，一场官司下来，耗上双方大半年，是很常见的事。所以我们当然是希望可以协商解决，你觉得呢？"

她的嗓子又轻下来，望着孙二。

孙二半天没说话，围在几个女人面前，像是坐在了审讯室。

"那……那你说要咋样吗？"

苏唱没说话，看向晁新。

晁新把问前台要的纸和笔拿出来，面无表情地说："五万我照给，不过从维修费里扣掉，这样你还欠我们十五万，你写一个欠条，我把牌牌带走，只要你今后不再找上门，我也不会再问你要钱，维修费自己出了，苏唱的我也替你出，不会有任何后续。"

又打开印泥，摆上去。

"再写一个断绝父女关系的声明，签字，按手印。"

她知道这个并没有什么法律效力，但她了解孙二这类人，对他这样的法盲来说，按下手印恐怕比白纸黑字的判决书更有约束力。

孙二没作声，只掏出烟开始抽。

但晁新看他的反应，知道谈到这里就差不多了，孙二本来就对牌牌没什么感情，当初像丢垃圾一样扔了，现在动了点歪心思，也无非就是竹篮打水一场空，对他来说谈不上什么损失，也没有心头剜肉那样过不去。

毕竟，他的好大儿才是心头那块肉。

晁新一边写着字，一边在心里冷笑。

写完摊到他面前。

孙二定定看着，夹着烟在桌子边缘弹两下，又吸一口，最后抽抽鼻子，把烟怼在茶杯里。

"以后肯定不得喊我赔了哈？"他沙哑着烟嗓眯着眼看着欠条。

"你应该知道，我有多不想跟你有任何瓜葛。"晁新看着他，缓慢地说。

孙二吊儿郎当地点点头，随即按下手印。

按完在衣服上迅速地擦了两下，狠狠吐出一口老痰。

"走，接牌牌。"

晁新站起身来，在背对着孙二的地方，长长地舒了一口气。

喉头咽了又咽，里面的酸涩却怎么也咽不完，向挽和她一起慢慢往外走。

打开车门，向挽坐到副驾驶，系好安全带，孙二他们还没上车，于是她能有空跟晁新说两句话。

"方才上车，看到这划痕，还是有些心疼。"向挽柔声道。

晁新一手扶着方向盘，另一手撩了一把头发。

"不过，只要能换回牌牌，钱财什么的不过是身外之物，我可以将我的小金库交给你，咱们凑一凑，再赔给苏唱。"向挽认真地说。

晁新看她一眼："小金库？"

眼里终于有了零星的笑意。

她其实有一点抱歉和难堪，把自己的原生家庭就这样展现给向挽她们。她想，向挽现在也应该明白了，为什么她之前没有说自己家庭的事情。

太难启齿，难到不知道从何说起。

向挽笑着安抚她："都会好的。

"都会好的，晁新。"

车子开到小镇的边缘，其实离宾馆也没有几条街，孙二够着身子指来指去，然后说："到了，到了。"

是一栋以前信用社家属分的老房子，五六层高的样子，青灰色的瓷砖。

到了楼下，晁新才后知后觉地开始紧张，这几天她一直不敢想牌牌的状态，在向挽她们面前也尽量故作轻松，但现在牌牌就在楼上，她开始胆怯。

站在黑漆漆的卷帘门入口处，她仰头往上望："几楼？"

"四楼。"孙二说。

就两条街，就两条街。

晁新反反复复地想这个距离，没有太自责，也没有太愧疚，只是站着不想动，脑子里很机械地回荡这两句。

然后她低下头，说："走吧。"

吸了吸鼻子，把散乱的头发别到耳后去。

老式的房子没有电梯，他们走在阴暗的有着铁锈味的水泥楼梯上，一步步地往上爬，到了一处暗红的铁门前，孙二说："到了。"

上去猛拍两下门，里面有妇女拉长嗓子问："哪个？"

"我。"孙二清一口痰。

门从里面拉开，孙三妹在做饭，还穿着围裙，看一眼他，又看一眼身后时髦的姑娘们。

孙二大摇大摆地进去，鞋也没换，在沙发上坐着摇腿："晁北她姨妈，要带她回去上学，喊她出来。"

话音刚落，里面的门就拍响了。

"小姨！小姨！"牌牌的声音。

晁新心里一抽，顿了两秒才应了一声："牌牌。"

孙三妹从腰上掏出钥匙，把门打开，牌牌冲出来，看到晁新，愣了。

突然就站在原地，歪着头，怯生生地又喊了一声："小姨。"

牌牌发现晁新的眼眶湿了，微张嘴吸了一口气，又合拢嘴唇，缓慢地把它呼出来。

这个放大的呼吸的动作牌牌很熟悉，在她有一次烧得迷迷糊糊又醒来的时候，晁新也是这样，然后眨眨眼睛，跟她说："醒了。"

"小姨，你不要生气，"牌牌的眼泪突然就漫上来了，她不敢过去，只站在几步远的地方揉着眼睛，"我想要给你打电话来着，他们不让我打。"

孙二骗她，说要带她和晁新回家看外婆，说外婆想她了，她想起外婆说自己活不长了，就有一点犹豫，孙二又说跟晁新说过了，吃了饭就一起去接上晁新，还让她先不要打电话，会影响晁新录节目。

孙二带她吃了饭，说亏欠了她，看到她都这么大了，问她记不记得小时候和妈妈一起带她飞飞机。直到坐上老乡的车，他还在和老乡说牌牌小时候有多懂事，所以等意识到不是去电视台的路时，牌牌已经下不了车了。

"小姨，对不起。"牌牌哭着说。

晁新摇头，她只是盯着牌牌骨头凸出的手腕，细得仿佛一根手指就能圈住，这才几天。

"你没有好好吃饭吗？"

又看一眼她身上宽宽大大的卡通 T 恤，一看就是小男孩的款式，上面还有油点子，身上的裤子还是她的校服裤子，头发没梳，被孙三妹随便绑在脑后，脚下穿着大人的拖鞋，是男士的，深蓝色，看起来像两艘小小的船。

"衣服谁的？谁给你换的？"

"自己换的，衣服是她给我的。"牌牌指了指孙三妹。

晁新蹲下，伸了伸手，牌牌就趿拉着拖鞋自觉地靠过去，软软地依偎在她怀里。牌牌闻到熟悉的香味，才抱住晁新的脖子，放出声音号啕大哭。

晁新摸着她的背部和后腰，小声问她："做什么了这几天？身上痛不痛？"

"你说的啥子话哟，我们是不得打人的哈，"孙三妹在围裙上擦了两下手，"她一开始不吃饭，我还去菜市场割了半斤肉。"

"她又说，她不吃猪肉，哎呀，真的是好大个千金小姐。"

她也很气，跟孙二一顿抱怨。

"我还喊哥哥带她耍，耍游戏机，她说那个啥子魂的游戏是弱智耍的，两个人就打起了，我说不要打架，她一脚就给我这里踢过来了，才把她关屋头的。"

"本来就是弱智玩的。"牌牌一边哭，一边抽空反驳她。

"你看嘛！你看她。"孙三妹气够呛，不想再说了。

晁新也不想多说，抱起牌牌就出门，孙三妹看孙二坐在沙发上没动，给他使眼色："欸？"

孙二就坐在沙发上抽烟。

"砰"一声门关了，他也没再说第二句。

第十一章
永远

晁新穿着高跟鞋抱着十岁的大姑娘，一路走下了楼，于舟和彭娴之都啧啧称赞。到了楼下，几人不想耽搁，本来商量要不要直接回县里，但今天苏唱她们实在太折腾，天也已经完全黑了，于是决定再在宾馆里住一晚。

到了房间，晁新给牌牌调好水温，让她好好洗个澡，再从行李箱里把给她带的衣服找出来，翻了件材质比较舒适的当作睡衣。

又亲手给她仔仔细细地洗了一个头，吹干，把她抱到床上让她好好睡一觉。

"晁新。"牌牌一直盯着她的动作，舍不得闭眼睛。

躺了一会儿，她说："我其实努力好好吃饭了，我知道你会来救我的。

"她炒的猪肉太肥了，我吃着直反胃，才不吃的。

"跟那个堂哥打架，是因为他乱说话，他说你不要我了，我说你再说我抽你。"

"他不是你堂哥。"晁新打断她。

"哦。"牌牌从善如流地纠正，"那个胖子。"

"抽他这种话，你跟谁学的？"

牌牌睁着大眼，左右瞟瞟，没说话。

晁新笑一声："睡吧，明天我们就回去了。"

牌牌还是不放心："你跟我老师请假了吗？我的作业怎么办呢？老师会不会以为我贪玩，你记得要帮我解释一下呀。"

还有她的好朋友会不会担心……

有没有可能不和她玩了。

她的手机被孙二卖了，回去以后有了新手机还要再一个一个加好友，她觉得好累呀，想着想着，就睡过去了。

好几天没安眠的小朋友打起了小小的呼噜，晁新望着她，她脸的轮廓其实和晁望很像，苍白的、孱弱的，好像稍微不注意，就再也醒不过来了。

晁新守着她，像守着一个尘封了很久的遗憾。

但这一次牌牌的好眠，也清楚明白地告诉她，有的东西再也回不来了。

她当时是真的没有能力挽救。

门被轻轻敲响，向挽站在门口问她："睡了吗？"

"嗯。"

晁新把门关上，走到走廊，说："陪我站一会儿吧。"

她想起那次和向挽在天台，她第一次和向挽回忆自己的过去，那时候她站在城市的顶端，和向挽肩并肩，吹着几十层高楼难以企及的风，望着城市华丽的天际线。

那时候她以为，自由触手可及。

现在她依然和向挽站在一起，站在离她出生地不远的小镇的宾馆里，前面是水泥墙面的走廊，是一个简陋的天井，四四方方，一眼能望到头。

"累不累？"她低声问向挽。

向挽摇头。

原来这里是生养晁新的地方，她的面庞和心脏都从乡村的泥土里诞生，然后生出了蓬勃的叛逆的灵魂。

她厌世，又笨拙地爱人，她在罪恶和丑陋里挣扎，一点一点探出指尖和手臂，她有一颗敏感的心脏，可她把这颗心脏粗粝地磨在泥堆里，然后收拾干净了，无比温柔地对待这个世界。

她忽然就理解了晁新回避过去的根源。

"白天你说你带了刀，是真的吗？"晁新看着她，笑了笑。

"是真的，水果刀，车上的，我放兜里了。"

晁新眼下的泪痣一动，笑出声。

向挽正要说话，背后的门开了，彭婉之一边擦头一边说："你俩在门口说什么呢？"

隔音有这么差吗？

向挽问："你能听见？"

"不光我，我估计隔壁的也能。"这门板一看就很薄。

"牌牌睡了？"她又问。

"嗯。"

"那要不把她抱我房间睡吧，你俩回房里聊？"她看出来了，晁新和向挽有很多话想说。

向挽心里有点感动，其实今儿她一直在感动，感动苏唱的出手相助，也感动此刻彭婉之不再排斥晁新，开始体谅她的不容易。

"放心吧，要是她醒了，我去拍你俩门。"

彭婉之跟她俩说好，三人进屋轻手轻脚地把牌牌抱起来，换了房间。

再关上门，已经觉得骨头缝里都在发酸了，但晁新还是不想睡，向挽看出来了，于是只坐到她旁边。

她的话语很温柔："洗个澡，好好睡一觉，明儿还要开车呢。"

晁新睁着疲惫的眼，说："我不敢睡。"

考虑到苏唱她们舟车劳顿，没有赶去县上，晁新心里还是不踏实，她对这个地方的不信任根深蒂固，以至于她根本不敢合眼。

向挽说："那你跟我说说话。"

聊一聊，黑夜就过去了。

晁新问："你想听我家里的故事吗？

"可能会让你不太舒服。"

"你说。"

年轻的嗓音久久地停留在颈边，像在守护一个梦。

而晁新要开启一场噩梦，但现在她不再是一个人去面对，她就觉得总能醒来。

"你可能听到了，他叫我盼盼，其实我本来的名字叫晁盼。晁望，晁盼。"

听起来好像很有希望。

"是盼望儿子的意思。"但晁新这么说。

晁新是自己改的，忘掉过去，开始新生活。

"我爸一直想要个儿子，但我妈生了两个女儿，后来又怀了一次，但流了，流产的时候大概没清干净，后面身体就一直不好，再怀也困难。

"没生儿子，我爸就老打我妈，也打我和我姐，不是我今天打孙二那样，是往死里打的那种，我记得有一次拽着我妈的头发往灶台上撞，你可能不知道灶台的角有多尖，我妈头上当场就出现了一个血窟窿。

"我那时候多大呢？大概也就四五岁吧，很害怕，怕我妈死了，大晚上和我姐两个人哭着走了二里地去找我奶，我说奶你救救我妈，我奶领着我们回去，也没说什么。"

晁新停了一下，舌尖在下牙齿内侧顶了顶。

"等大了一点，我就让我妈离婚，我妈不离，一开始说是为了我和晁望，她离了谁带我们，后来又说，离了又找不到好的。

"我从小就习惯在她被打的每一次跑出去找人，找过村委会，找过不理我的亲戚，十几岁的时候，自己坐牛车跑到镇上找派出所，那个警察挺好的，是个小年轻，跟着我回了村里，我当时觉得有救了。"

晁新的眼底掀起波澜，好像藏了一个年轻而天真的少女，那个少女气喘吁吁地回到家，觉得有救了。

"但我妈看到穿警服的就怕了，说哪里是被打的，是自己干活摔的。"

晁新眼里的光亮渐渐熄灭，那个天真的少女死亡了。

"后来我就想，我一定要出去，我一定要出去。我要读书，要考大学，我要走出这个地方，我受够了。

"当时我们家里供不起两个读书，我爸想让我和晁望都辍学，晁望跪着求他，说她不读了，帮家里做活，让盼盼读，盼盼成绩很好，肯定能上大学。"

上了大学会孝敬你，上了大学还有喇叭在全村通报，晁望说。

"我爸答应了，晁望初中毕业以后就没有再读书。她跟我说，她反正也学不进去，家里农活又要有人帮，等以后有了钱，她也买一辆摩托，去镇上卖菜，勤一点，家里就能好起来了。"

她后来惦记的，是晁望到死都没有买上她想要的摩托——红色的，后面能挎两个笼子，能装下四只鸡。

到了高中，晁新到镇上住校，寒暑假就给人洗盘子攒钱，那时候家里条件稍微好一点，她妈也偶尔来看她，给她带腌的榨菜。

"那个榨菜的味道我现在都能想起来，"晁新笑了笑，"还有豆豉，有时候我就打一两米饭和一勺豆豉，一身豆豉味儿，同学都笑我。"

不过那段时间，是晁新觉得最无忧无虑、最有希望的一段时间。

备战高考的时候，家里给晁望定了亲。

"那时晁望还不到法定婚龄，但是说先到男方家里，摆了酒就算数，等生了孩子再领证。"

晁新高考完回去的时候，晁望已经是孙家的媳妇了，在孙家一边干活一边听她说学校里的见闻，然后她说："好羡慕你哟。"

好羡慕你哦，盼盼。

大概那时候晁望就有预感，她将和晁新过截然不同的人生。

"那时候孙二没有现在这么无赖，但还是一样尿，他家都他那个厉害的爹做主，他就更不敢吭声了，所以看着也只是个老实巴交的年轻男人。

"从晁望嫁过去，他家里就一直想让她生儿子，几年后有了牌牌，我那时候在江城很忙，偶尔回去看她一次，有一次牌牌还很小，我抱着她，软软的，都不敢相信，晁望就做妈妈了。"

晁新的手在自己的膝盖上略微一比画，好像牌牌就那么小，就那么小。

"晁望那时的身体就已经很不好了，但我当时没有发现。"

晁新向来控制良好的声线抖起来，鼻翼也微微翕动，但她的眼睛很干，没有眼泪，什么也没有。

终于要说到她最过不去的一段，但她的声音没有任何变化，甚至没有深呼吸一下，就直接地、干脆地说了出来。

"晁望太瘦了，一直营养不良，怀二胎的时候难产，孙家不知道哪里听说她肚子尖还爱吃酸的，一定是儿子，签手术同意书的时候缠着医生，非说要保小，医生说现在没有什么保大保小了，都是尽力救人。

"我后来听说，他们家觉得医生不肯保他的儿子，在走廊里扯着又哭又闹，又是磕头又是红脸。

"我不知道他们这些举动有没有耽误救治时机，我不知道，我到现在都不知道，但当时孩子没保住，晃望救回来了，在病房里休养。

"孙家怪她'底子不好'，没保住孩子，还天天住病房里'烧钱'，不想让她住，就把她接了回去，还总骂她躺床上不干活，晃望那时候油尽灯枯，就……"

就……就没撑过去。

她握住向挽的手一抖像是抽了一下筋，瞬间手就变得冰凉，向挽一句话也说不出来，只能用力地、反反复复地搓揉她的上臂。

"晃新，晃新。"向挽小声地、无助地叫她。

晃新很多时候总在想，晃望这一辈子图什么呢？吃一辈子的苦，她是上辈子做了多少伤天害理的事吗？要这样无休无止地折磨她。

但怎么可能呢？晃望是会坐在田坎边抱着小黄狗说心事的小姑娘，她从来就不会做伤天害理的事。

后来孙家去晃家闹，说花了几万彩礼买了个"荒地"，生不出儿子媳妇也没了，让晃家把彩礼钱退了，还要把牌牌送回晃家，说莫耽搁他儿子找新媳妇。

晃新当时赶回去，还不太清楚晃望死亡的真相，但她觉得必须带走牌牌。于是忍着孙家恶心的嘴脸给了几万块钱，条件是配合办理户口迁移，之后她把牌牌带到了江城。

"那后来，你和牌牌就再也没有回去过？"向挽问她。

"后来我爸跟人打架，打得挺厉害，人家要他赔钱，我妈找我，我不愿意掏钱，我爸就坐牢了，我以为我可以带我妈出来，她终于可以过上好日子了，但是她恨上了我，逢人就说我不是个东西。

"我爸在牢里折腾了一遭，出来时已经瘦得跟被掏空了似的，刚出来的时候高兴，连喝几天酒，那个冬天又冷，他脑中风死了。我妈那之后就有点不记事，脑子清楚的时候，见到我就骂我，说我害死了我爸，不清醒的时候，又说我爸打她，快把她打死了。

"她宁愿住我姨妈家，也不想再见到我。

"后来，我也就只偶尔给姨妈一点生活费。"

向挽的心像被压了一块又一块石头，光是听着都喘不过气了，而晃新还能平静地说，语气还能温柔得像从未经历过那些事。

"我说完了，挽挽。"晃新的脸上浮起一抹虚虚的笑。

"所以你应该知道了，我为什么觉得你可能瞧不起我，也为什么不想说起从前那些事……

"你这次来了，也真的可以好好再想一想，跟我做朋友，很麻烦的，还随时都可能有这些泼皮无赖缠上来——"

她的话没说完，就被向挽打断了。

"你从来没有对人说过，对吗？"向挽轻声问她。

"没有。"

"晁新，我是你第一个，真正意义上的，好朋友。"向挽微笑望着她。

"我会陪着你，一直陪着你。"

"向挽。"晁新的眼圈儿迅速红了。

"这几天，像一场梦一样。我有些抱歉，"向挽软声道，"我只是听着，只是心疼着，没法子对你所有的过往全然感同身受，我也知道，你并不想让我感同身受，你不想我为你难过。"

"你如今同我说，是想对我敞开心扉，也告诉我，你想要依靠我。"

向挽抬起头说："你可以依靠我，以后若有什么事，咱们一起想法子。"

晁新觉得眼里的水雾又漫上来了，从前的沙漠好似变作了绿洲，如此充盈，如此丰盛，如此能够容纳向挽带来的一把春风又一把春雨。

"晁新，"向挽又慢悠悠地说，"我十分喜欢你这个名字。"

往后的每一天都是崭新的。

"挽挽。"晁新鼻腔酸涩。

她之前偶尔讨厌这个世界，因为它一点都不仁慈，它让无数个姑娘不被期待地来到这个世界，又给了她们最敏感最柔情的心脏，让她们比任何人都更要迅速地察觉到自己的不被欢迎。

有时候晁新觉得山里的女人像田地，被践踏，被挖掘，用自己的身体牺牲和孕育，但有一些庄稼人只在意从田地里榨取的果实和收成，如果它不等同于利益，他们不会再看可怜的田地一眼。

所以她有时厌恶，厌恶这个环境，一段时间里，想到过去甚至让她反胃。

然而，在她三十三岁的时候，她遇到了向挽。

向挽纯粹得好像天外来物，温软得又似刚接触尘器的幼兽。

她用眼神坚定地告诉她，女孩儿是水源，干净而澄澈，从来都不是水源的错，而是试图污染她们、从不正视她们的人的错。

向挽告诉她，这个世界也有偏爱她的时候。

"晁老师，"向挽知道她不想睡，所以即便很困，还是在和她讲话，"等回去，我们买一只猫，好吗？"

"想要养猫吗？"

"嗯，很想。从前在于舟家里有一只，一开始我不喜欢它，我害怕，后来我们

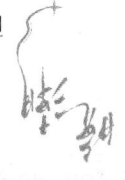

两个相处得很好，它晚上会睡在我的枕边，它叫作碗碗。"

"挽挽？"

"碗筷的碗。后来我一个人住时，也总想有一只猫，但我不敢养，因为怕搬家不稳定，许多房东都不让养宠物。"

但现在向挽想要养了。

"那你想要什么样的猫？黑色的，白色的？"

晁新对猫的品种不太有研究，所以只说了个颜色。

向挽"扑哧"一声笑了："什么都好，投缘逗趣的就好，等得了空，咱们一块去挑，让牌牌选一只她也喜欢的。"

"好。"

"我白日里说小金库，不是哄你，我这回上节目有一些通告费，还有平日里攒的一些钱，原本想过年给干娘添置一些东西，但先紧着你这头吧，不晓得苏唱修车要多少钱，听她同孙二言语，恐怕不会少。"

"不要担心，我可以付。"晁新哑着嗓子说。

"那若是不够，你同我说。"

"好。"

"这回虽然接到牌牌，我心里究竟放心不下，待回了江城，再与牌牌好生说一说，晚间千万等着大人接，最好同老师也说道说道，她五年级了，如今转学怕是不好，咱们盯紧一些，过了这两年，她便升学了，换了学校，那人再也找不着她了。"

向挽咳嗽两声。

晁新怕她着凉，忙把被子递给她。

然后看着她，笑了。

"笑什么？"

"笑你刚刚说的话老气横秋的，你才二十出头，挽挽，不要操心这些，好不好？"

这些事晁新就可以，她真的可以。

"二十出头，放在古代，若是我得力些，能做府里头掌事当家的了。"

向挽不认同，想要说话，没开口又咳嗽几声。

"怎么回事？冷吗？"晁新拍拍她的背，想要起身去给她倒水。

向挽摇头，清了清嗓子："只是嗓子有些痒。"

说话间听见了外头的狗叫，又听到了鸡鸣声，向挽探了探身子，觉得新鲜。

晁新看出来了，笑："其实乡下也有挺多好玩的，等有时间我带你去别的乡村，住吊脚楼，吃烤得外焦里嫩的瓦片豆腐，还有糍粑，那个黄豆粉很香，城里吃不到的。"

向挽突然想到了什么，问她："你会骑马吗？"

"会。"

"你说会，脸红什么？"

"怕你让我骑给你看。"

"这又有什么不好意思的？"

"我觉得我骑马不太好看。"

"你总觉得你这不好，那不好，可我瞧着都很好。"

向挽笑吟吟地对着她，明眸皓齿，清透动人。

"你连打架都很好看。"向挽又说——虽然打架不好。

"你……"

"怎么？"

"不要再夸我了。"

"哦。"

两人你一言我一语，明明是毫无营养的话，偏偏聊到天亮也毫无困意，索性起来收拾东西，等彭婠之、牌牌、苏唱和于舟她们都醒来，几人下楼退了房，只买了几个饼子，没有再在镇上耽搁，就驱车回城。

彭婠之怕晁新疲劳驾驶，提出开她的车，于是晁新和向挽、牌牌一起坐到了后座。

彭婠之简单熟悉了一下车内的情况，就打灯起步。

晁新转头看着还没完全苏醒的小镇，它在沉睡时最为温顺，好似从不欺负人。她又一次离开了这个地方，上一次带着满心的伤痕，这一次带着满车身的伤痕。

牌牌趴在她的腿上继续睡，她抚摸着小姑娘细软的头发，其实很想说，在某种意义上，这一次救回了牌牌，也或多或少地救赎了几年前那个没来得及赶回来的自己。

她这次不再是一个人了，她有不离不弃的向挽，有自告奋勇开车的彭婠之，有帮忙谈判的于舟和苏唱。

其实在心里仔细盘算过回去要怎么感谢她们，尤其是苏唱，如果没有她，自己或许也能应付孙二，但不会这么快速。

苏唱谈判的时候，晁新很配合地冷眼旁观，因为苏唱毕竟是第三方，和孙二没有任何瓜葛，她的车受损，对于追偿的底气十足，也不需要留任何情面，自然对孙二的威慑力要大很多。

如果是晁新，恐怕孙二还要上演一出"亲里亲戚"的闹剧，或许会有意无意提起晁望，那么晁新就不一定能控制住自己。

因为她还从来没有跟孙家清算过。

她所做的所有努力——花大价钱买学区房，让牌牌上最好的学校，都是为了不

再重蹈覆辙，希望牌牌能够走到更自由的地方，无忧无虑地生活，她不想带着牌牌再回到泥地里扭打。

快要到城里了，晁新一路都没睡，也不知在想些什么。

牌牌的呼吸声一直很均匀，难得的是，向挽也是。

向挽坐车的时候通常很少睡觉，因为不习惯，可能昨晚累了，今天上车后没说几句话，路程到一半就靠到车窗上，闭眼休憩。

晁新见她这个姿势趴得有点久了，怕她脖子酸，便想让她靠着自己。刚触到她的颈间，晁新便皱起了眉头。

再看一眼她一路垂着的脸庞，两颊有淡淡的红晕，嘴唇起了皮，胸部一起一伏，呼吸声很重。

下了高速转入绕城路，前方是车辆排队的收费口。本该直接通行，但苏唱看见前面的银色车辆打了转向灯，缓缓靠在了路边。

苏唱便也跟着停下来。二人下车，往晁新的车辆走去，见晁新和彭婉之打开车门，躬身在查看后座的向挽。

"怎么了？"于舟三步并作两步地跑过去，惴惴不安。

晁新没说话，伸手摸一摸向挽的额头，还是烫，烫得有点吓人。

"怎么办啊，要不要去医院啊？"彭婉之停车就是等着于舟看看，她拿不准主意。

"挽挽，你发烧了，"晁新蹲下来，轻轻摸她的脸，"你觉得你还可以吗？我们是回家吃点药，还是送你去医院？"

向挽艰难地呼吸着，十来秒都没有回应。眼皮子掀了掀，虚弱地带着歉意地说："晁老师，我恐怕，要大病一场了。"

不想在这个时候病，晁老师才刚刚接到牌牌，苏唱工作室还参加着比赛，不能病。

向挽觉得很抱歉，不想给任何人带来麻烦，但她无法控制自己。

她感到自己的意识和力气都在流失，太阳穴突突突的，比她的心脏跳得还要有力。

鼻腔像被热水烫过，灼得呼吸像是铁棍子，心口开始疼，一抽一抽地疼，她说不出话来了，四肢也软绵绵的，像筋骨化成了泥。

晁新蹲在路边，喉咙里的酸涩快要咽不下去，她伸手用掌根抵着额头，揉了两下，重重一抵，然后站起身来，说："去医院吧。"

"我开车。"

她打开驾驶位，调整座椅，系好安全带。

于舟她们没有再说，跟着进了收费站，然后导航直接去了江医三院。

急诊的挂号处节奏不紧不慢，排队交费的家属好像也看不出有焦急的神色，于舟她们坐在长凳上抱着向挽，彭婳之牵着牌牌，晁新到窗口处挂号。

"挂什么？"

"发烧，烧得有点没意识了。"晁新尽量平静。

"量体温，然后先去抽血，做一个传染病检测。"护士熟练地打单子，让她扫码。

"但她真的烧得很厉害。"晁新一边扫码一边说。

护士瞥她一眼："那也要做，传染病要单独收治的。"

"知道了。"她小声地说，抽抽鼻子，片刻不敢耽搁地问了抽血的地方，然后和大伙一起把向挽带过去。

扫了单子拿了管子，没排多久就叫到了她们，晁新把向挽的胳膊抽出来，于舟蹲下来给她捋袖子，晁新低头望着橡皮圈儿在她的胳膊上一绕，针刺进去，向挽本能地缩了一下。

"不疼，没事。"晁新轻声安慰。

等抽完血，体温计也可以拿出来了，39.4℃。

于舟倒吸一口凉气，彭婳之把手抄起来了，问了分诊台的医生，但结果是等。

又在长凳上坐了小半个小时，才有护士叫着"向挽"的名字跑过来，说让赶紧办理住院手续。

"有检查结果了吗？"于舟问。

"白细胞和中性粒细胞超标挺多的，应该是细菌感染。"

护士把血常规的单子给她们，WBC 和 GRAN 一栏异常提示非常明显。

细菌感染……

晁新有点恍惚，是因为去了乡下吗？

她早该想到的，那里环境那么差，宾馆也很脏，向挽怎么受得了呢？晁新不敢耽搁，立马去交费办理住院，护士见向挽像是走不了了，让护工推了手术床过来，扶着让她躺上去，向挽昏昏沉沉的，刚有点精神睁开眼，迷迷糊糊地看了一圈，就望着朝她走过来的晁新，手没力气抬了。

病情来势汹汹，她甚至都没有负隅抵抗一下。她的身体真的太差了，有一点懊恼，当初军训后没想着增强体魄，总是心存侥幸，如今吃苦头了。

向挽想，等出院以后，她一定要日日去跑步。

她这样想着，感觉自己在断断续续的人声中被推过人声嘈杂的走廊，推到满是消毒水味儿的病房，"咯噔"一声卡住，又将她搬运了下来。

医院的床并不软，但向挽觉得好像睡在了棉花里，轻飘飘的，连手指头都找不到了。

略一动，前庭的眩晕便袭来，眼眶好似也被烫进去了，眼皮深深地附着，像是挨着两个干枯的洞。

每一寸都难受极了，甚至呼吸也开始成了负担。

手背被刺破，有冰凉的液体灌进她的筋脉，好似是唯一舒服一点的东西，甚至想要令针头游进四面八方，游进整个身体里。

向挽贪恋这一点点舒适，沉沉地睡了过去。

晁新掖被子的手一顿，小心地看了看她偏垂过去的头，又看一眼她起伏的胸腔，这才把喉头一咽，垂眸继续收拾，然后坐到床边，把她的手顺一顺，免得蜷着不舒服。

然后又抬头看一眼吊瓶，问正在登记信息的护士："这个大概要输多久？"

"这个快，四十分钟，你不用盯着，输完了会有提醒。"

"嗯。"晁新应了，但还是低头在自己的手机上设了一个三十五分钟的闹钟。

彭婋之撑着病床床尾的栏杆，疲惫得要命，也焦虑得要命。

"你睡会儿吧，昨晚上就没睡。"她看了一眼，这个双人病房旁边没有人，不知道另一个病床能不能当作陪护床使，不行就只能睡折叠床了。

晁新坐在床边，又看了一会儿向挽，然后跟其余三人说："你们先回去吧，休息休息，我陪着挽挽就行。"

晁新说完，又看一眼倚在床边的牌牌，想计划一下自己怎么抽空先把牌牌送回家，拿上换洗衣物再回来。

但于舟说："要不，牌牌跟我们走吧？

"不知道挽挽什么时候能好，但看她的状况估计也要住几天院，这几天你肯定不能好好照顾牌牌，让她跟我们回家住吧，我接送她上下学。"

反正她目前没有工作，接送牌牌没有问题。

晁新想说什么，又听于舟补充道："住我那儿，至少能吃好睡好按时上课，你不用担心太多。

"一会儿我把牌牌送家里，吃完饭给你俩带点东西吃，你就别订医院的饭了，我刚看了隔壁病房的，很不怎么样。"

于舟招招手，把牌牌牵过来。

晁新转头望着牌牌，牌牌立马说："我可以。"

"我可以的，小姨，我很乖的。"她可以去苏唱和于舟家住，不给晁新添麻烦。

于是晁新也没有再说什么。

于舟紧了紧牌牌的手，又跟晁新说："下午我来换你，然后苏唱跟你开车回家，你收拾一点换洗衣物，也把牌牌的东西带上，晚上我们就一块儿带回去了。"

"好。"

于舟叹一口气，尽管很担心向挽，但她现在睡了，有晁新守着，他们也帮不上什么忙，还是赶紧回去安排一下别的。

"那……我们先走了,有事随时给我打电话。"

她说着,让苏唱掏出手机,把晁新拉入"四季如春"的小群。

再看一眼向挽,苍白的脸陷入枕头里,毫无生气的样子。于舟偏过头,眼圈儿又红了。

向挽烧了整整三天。

一度烧上了40度,呼吸开始不畅,医院给上了呼吸机。

于舟听说细菌感染体温会忽高忽低,但总要降下来一点,却没见过向挽这样,体温一直慢慢攀爬,像在试探她身体的极限。

晁新没怎么敢睡觉,要么就坐在病床前趴一会儿,于舟不放心,和牌牌苏唱一起来接她,让她回去休息一个下午。晁新把今天的检查单收好,问苏唱:"节目组那边怎么说?"

"我跟她们聊过了,纪老师再代你一期,挽挽我申请退赛。"

向挽这个样子没办法继续参加比赛了。

"但节目组说,既然听潮和SC两边都受了影响,PD去找其他工作室商量,能不能停录一期,下周能够全员归队了再连着录,毕竟是提前录的,节目也不会断档。

"制片人的意思是,还是希望尽量协调,让原班人马能够参加到最后。"

毕竟晁新先缺席,如果向挽再因病退赛,对整个节目的冲击不可谓不大,在网上也会掀起可以预见的舆论波澜。

但苏唱说下周,其实她和晁新都没有把握,下周向挽能够醒过来。

傍晚医生照例查房,这回来了主任医师,穿着白大褂和几位大夫一起过来,看了看向挽的状态,主治医生汇报了一下向挽今天的体温和指标,然后说:"CT拍了,全身检查也做了,肿瘤标志物检测也查了,目前没有发现其他病变,但就是退不下来。

"前两天还可以自主进食,护工说前天一共吃了150毫升流食、100毫升左右的水,到晚上就没有再进食了,一直在补液,但如果不恢复饮食,光补液也不行。"

当着家属的面,她没有说太多,但大家心里都有数,向挽的情况太反常了,按理说这些药下去,如果是普通的细菌感染,早就有降温的趋势了,一直高烧不退,体温越来越高,基本不会是单一的发热,很可能有其他病变。

但她没有。

体内暂时还没有实质性的病变,但她如果这么烧下去,一定会有生命危险,即使抢救过来,也可能造成难以逆转的脑损伤。

尤其是她不能饮食,那身体机能的衰竭也是迟早的事。

很棘手,她们遇到了一个药石无效的病人,而且她的抵抗力极弱,身体各项指标都一降再降,仿佛这些针剂仅仅能延缓一点。

"抽筋了吗?"主任医师问。

"有，今天早上九点十分抽过一次，持续时间两分三十秒，停下来之后我帮她按了按。"晁新说。

"上重症监护吧，准备做腰穿。"

晁新的脸发白，望着医生，轻声问："重症监护室，我能陪护吗？"

怎么就到要去ICU的份上了呢？她恍惚得根本反应不过来。

"家属不能陪护的，你放心，我们的医护人员都很有经验。"

晁新顿了顿，过了会儿说："她会害怕的。"

主治医生安慰她："她现在没有意识，不会害怕的，而且重症监护室也是病房，没什么好怕的。"

晁新低着头，望着因为输液将手都输肿了的向挽，没作声。

别人当然不觉得一个二十多岁的成年人有什么好怕的，但向挽不一样，她从来没有来过医院，她没见过这些冰冷的器材和仪器，如果没有人待在她身边，等她醒来，听见嘀嘀的监控声，看见身上的管子和针头，一定会很害怕很害怕的。

"抛开规定来说，她这个情况，本来就是细菌感染，目前还没有查出确切的病因，陪护很容易二次感染，我建议连探视也不要，不过如果你不放心的话，每天下午三点之后，可以探视半小时。"医生说。

过了会儿，晁新肩头一动，垂着头说："好。"

她的声音在抖，带着难以抑制的哭腔，说完狠狠抽了一下鼻子，握着向挽的手没回头。

主任医师叹一口气："那一会儿你收拾好，去把费交了，我现在就让他们排上，尽量不耽搁。"

门被轻轻关上，晁新的抽泣声逐渐明晰。她捂住眼睛，无助地痛哭出声。

为什么呢？自己当时为什么要让向挽去找她？明知道那里的环境很脏，明知道向挽体质不好又没有打疫苗，还带着向挽去了乡下，还让她在那个宾馆里住了一晚。

那晚她不敢睡觉，向挽就陪着她聊天，她竟然没有很在意向挽在咳嗽，连向挽在车上发了烧，她还以为是在休息。

从来没有这么多眼泪，像是流不完一样，争先恐后地跑出来，晁新哭到嘴唇都哆嗦起来，一下一下地尽力咽下酸楚的啜泣声，呜咽从挤压的喉咙里泄露，最后再也控制不住。

自责和愧疚终于全盘释放。

晁新又想起晁望跟她打最后一次电话的时候，晁望已经心力衰竭，但仍耐着性子嘱咐她："小妹，慢一点，不着急，我等你回来。"

收到她爸死讯的时候，哪怕真的恨极了他，好几个夜晚，她还是会忍不住到楼道里抽烟，想象他脑中风冻死在外面是什么感受。

那年她接到她妈的电话，哭着说晁盼你好狠的心，亲外孙都不让说两句话，我又活不了多久了，我坟地都找好了，我死了你记得把我跟你爸埋在一起，我们两个老来伴，反正不指望你回来烧香。

牌牌刚到江城的时候，脑炎，那时候晁新还不懂医院的住院流程，护士说让她等着，她就抱着牌牌坐在医院的走廊，足足坐了四个小时没敢动弹。

晁新从来不哭，每一次她都没有哭。

而此刻，晁新泪流满面，双手绝望地捂住脸："向挽。"

求你了。

别害怕，再坚持一下吧。

向挽是很多人心里的小天使，假如真的是，晁新很贪心，想要她再解救一次摇摇欲坠的自己。

清澈的水流环抱热闹的京城，一座城池的苏醒从岸边开始。

砸着浆洗衣物的咚咚棒槌声此起彼伏，皂角香融进水里，带着懒起梳妆时散播的花脂，追逐夜宴后倾倒的残酒。

杨柳是古道的帷幕，被晨风一吹，撩拨熙熙攘攘的集市。包子味儿总和糖三角的香甜"打架"，垂髫总角骑着竹马绕天井，束发妇人挎着竹篮挑选新鲜的蔬菜，偶有泼辣的争执起来，猪肉陈是个坏脾气的，刀往厚实的案板上一剁，便要同人理论。说书的不太勤快，总要到日上三竿才起来，懒筋被惊堂木一吓唬，眉峰便立起来，故事也有了精神。

那都是经年累月的老故事，比高座庙堂的老太傅年纪还要大。

青墙的街角处，裙摆翩跹，粉白面的绣鞋行了几步，跨过磕在石板路上的横棍，款款入座轿子内部，对轿夫道："有劳。"

颠颠的小轿沿着城南的主路往北去，素手掀起帘子，里头的小姐望着熟悉又不熟悉的街道。

公孙府的石狮子是新垒的，从前他们家排场大，用金镶玉做石狮子的眼珠子，奢靡之风为上所闻，以贪腐的由头抄了家，如今宅子也盘出去了。

抄家时公孙家的二姑娘在向府做客，刚绣好了半只鸳鸯，便吓得丢了魂儿。

二姑娘原本要同向家二公子定亲，横遭变故后便没了下文，府外秋风扫着落叶，嬉笑的孩童大声喊着跳过："向小将军打胜仗喽！

"向小将军打胜仗喽！

"向小将军要回朝喽！"

轿子里的姑娘轻悠一笑，心里默默喊了一声："二哥。"

再走过一条街，是贵女们最爱的牵玉阁，胭脂水粉、珠翠首饰、绫罗绸缎，将

整条街的商铺塞满，暗香浮动，衬得连日头都缱绻氤氲了起来。

一个华美妇人穿着蜀锦制的褙子，自台阶上下来，后头跟着腼腆的新妇，奶娘抱着雪团子似的幼儿，两人一面议论里头时兴的款式，一面回头嘱咐奶娘将风兜给稚子披上，免得着了凉。

小轿一顿，里头的姑娘又点了点精巧的下巴，矜持地打招呼："二娘，大嫂。"

贵妇们眼风也未朝这处来，偕着仆役又往下一个铺子去。

最后停在一座高门大户前，黑檀色的牌匾上书"丞相府"三个字，是当朝圣上亲笔题书，朱门大开，跨过小腿高的门槛，轿夫径直往后院去。

花红柳绿的江南庭院，叠石理水，亭台楼阁，假山湖泊高低错落，精致得与皇家御用相比也不遑多让，面熟的仆妇脚下生风，抹一把头发上的桂花油便要往厨房去，一时又跑过几个小丫头，拿着花样，问前头的大丫鬟，二小姐今儿是描花样呢还是放风筝呢？

轿里姑娘抿唇一笑，待到了挽月阁，她从轿子里出来，环顾空无一人的院落，已经有尘封的味道了。

"吱呀"一声推开闺门，她坐到书桌前，拢袖研墨，对着晓窗里透进来的阳光，拂过桌面层层浮灰，展纸提笔，开始写信。

　　父亲母亲大人在上，小女向氏阿夕拜别。

　　母亲大人，我总是不敢忘，我叫作向阿夕。

　　幼时我习字，说"夕"字不好，黄昏夕阳，枯藤老树，总是消逝，总是留不住。

　　母亲大人却说，"夕"是"新月初升"，出现时太阳通常还挂在天上，故这月亮不需要太亮堂，嫩芽儿似的，蜷缩在天边。

　　它最是纯净，最是无杂质，最是幼小可爱。

　　因此每一回被唤作阿夕，我便似被爹娘念着，无论在哪里。

　　你们怎样也想不到，我去了一个和这里截然不同的地方，那里的楼足有二三十人高，人能日行八百里，声能片刻万人闻。

　　我试过回来，在大雨滂沱的雷雨天站在树下，我不知道究竟有没有机会回来，但我抬头看到了一位姑娘。

　　她站在玻璃的门厅里，一刻钟之前，同我说，你快走吧，向挽，你快走吧，但她的眼神告诉我，她舍不得。

　　她当时窘迫极了，早上两个白水蛋，她一个，我一个，舍不得再煮第三个，夜间两碗方便面，她一碗，我一碗，便算作难得的加餐。

　　于是我想，她如此困难，我便日后再回吧，先赚一些钱偿还给她。

　　这一还，便不止还了钱。

两年的时间里，我经历了许多，也最终和她成了家人，还认了她的娘做干娘。

所以我在那里，也有人疼，有人爱，虽不似父母有生养之恩，却是萍水相逢中至诚至情的羁绊，令我铭感五内，没齿不忘。

接下来的话，我想同二哥说。

二哥，与你说这一句，是因为我坐在秋千架上与你拉过勾，你曾说，我性子孤僻，你要去打仗，总是不放心。我那时说，若我有了好姐妹，一定头一个让二哥知道。

所以你应当晓得，我要对你说什么。

我交了一位知己，叫作晁新。

她与你想的，与我从前想的，都不一样，她从山野里来，会骑马，会打架，听她说，她从前还会说脏话，她那里的脏话十分奇怪，骂人好像叫"仙人"，可我们这里，仙人是要供奉的，是不是？

我听不懂，可她不嫌弃我，她总是尽心尽力帮我，让我住她家，带我去玩耍，我说什么，她都说好。她做的西红柿丸子汤特别好吃，比御膳房的还要好，对不住，我忘了，我们这里还没有西红柿。若我能带一两个便好了，它红彤彤的、酸酸的，可是不倒牙，煮汤十分香甜。

她的厉害倒远不止于此，她是配音界的大前辈，若是谁得了她的点拨，便很牛了。牛不是咱们庄子上的牛，而是极顶尖极优异的意思，若是你想再说得有气势一些，可以说"牛批"。

她还会抽烟，你见过一个姑娘抽烟吗？不是咱们这样的水烟。我头一回见到，是在一个昏暗的楼道里，她夹着细细的烟管儿，我却觉得，她比你拎着长枪还要威风。我说这话你别恼，你现在是将军了，觉得你威风的不止我一个，我便把我的赞叹给她了。

她唱歌也十分好听，尤其是洋文，二哥，其实蛮子不吃人，鸟语若是会了，也抑扬顿挫的，十分动听。很遗憾，我这封信上不能附着声音，否则我可以念一段给你听。

说到这里，你一定想让我把她带回来给你瞧一瞧，究竟是什么样的人物，令我赞不绝口。但很遗憾，这便是我要给你写信的原因——

她在世界的那一头，我要去找她了。

来不及见你和爹娘一面，因为我十分着急。

我能听见她低声叫我"挠挠"，能感觉到她握着我的手，她好像在发抖，她好像很害怕，她好像……哭了。

你知道吗？她从来都不哭，仅有的两次，都是因为我。

怎么会有这样的姑娘呢？上天从未善待过她，连追求安稳都要拼尽全力。我原本想此后与她互相扶持，慢慢过着日子，总能把往日磨难补回来。

但我病了，病得很重，她一定担心极了。她这么辛苦，从一周前，紧绷的神经便没有歇过一天，我不忍心，我不舍得。

所以我只能与你们说到这里了，二哥，我们恐怕再也见不着了。

替我给爹娘磕个头，愿爹娘身体康健，百岁无忧。

向氏阿夕敬上。

向挽放下笔，望着一纸信笺，迟迟没有动弹。

其实这封信送不出去了，因为，早在两年多前，她就被葬了。

落灰的屋子明明白白地告诉她，缠绵病榻的闺阁少女，在一个惊雷天下葬，棺木封得死死的，是上好的金丝楠木。

在回避了近三年后，她才填补了这一段记忆的空白。

通常的贵女，在十三四便能过定，而丞相家的名门闺秀，若是十七八岁还没有出嫁，那便是另有打算。

父亲大人是主战派，最想笼络的是伐西大将军镇远侯，征战十余年，威风凛凛，蛮子闻风丧胆。

驻守边关近五载，年近四十仍未娶妻。

丞相大人想要结亲，掌上之珠不得悖逆，但她抱膝望着星辰，在四方天里等待素未谋面的"未婚夫"归来。

心有不甘，心有余怨，天长日久，辗转成疾。

若不是和晁新去了一趟家乡，听了晁望被迫出嫁的故事，她真的就忘得一干二净。

她曾是万千宠爱于一身的向挽，但也是宠爱和束缚对等的向挽。

向挽站起身来，扫去身上的灰尘。

ICU涉及的检查项目和仪器较多，晁新又刷了十万的押金以做准备，之后等着ICU走完会诊流程，确认接收后家属签同意书。而向挽情况危急又没有亲属在场，只能由晁新代签。

路过医生办公室，听见里面护士在小声聊天。

"又要转过去一个啊？"

"嗯，烧三四天了，完全没有意识。"

"其实烧三四天不罕见哈，但她晕那么久有点奇怪。"

"是细菌感染吗？"

"是。"

"我上个月接触的一个死亡的，也是细菌感染导致的菌血症，一个老爷子，呼吸衰竭、心衰、脑梗，还有一大堆毛病，常年卧病在床那种。"

"小姑娘呢二十多岁，身体不能那么差。"

晁新揉揉鼻子，靠在病房外面的墙上，在群里发信息，说可能要转去 ICU 了。

于舟回得很快："马上过来。"

晁新没再回复，关掉微信，打开浏览器，开始查询 ICU 里面是什么样子。网友形容得很可怕，甚至有人说是地狱一般，要将患者四肢绑在病床，有不能自主呼吸的甚至要插管，或者做气管切开术。

晁新看着这几个字，又搜了一下，网上说有的会稍微损伤声带，大部分能慢慢恢复到原来的声音。

慢慢恢复……

向挽是个配音演员，她还想要参加比赛。

晁新叹一口气，尽量让自己不太焦虑，努力呼吸十几下，才开门进去，看一眼向挽，她仍旧睡得很安宁。

她的手背还在发烫，不过晁新哭过一场之后，已经镇定很多了，她不知道向挽还能不能听到或者感觉到什么，但假如情绪能传染，她不想让向挽察觉到一点低气压。

把于舟她们送来的瓜果在袋子里装好，保温杯里的水倒了，将给向挽擦身子的毛巾用塑料袋裹上，都装进书包里。

又蹲下去够床底下的两个塑料盆。

碰撞的响声很微弱，更微弱的是，她听见了一声："晁老师。"

怀疑是幻觉。

晁新抬起头来，保持着蹲着的姿势，看见向挽眼皮下的凸起缓慢地一转，双眼开了个缝，又闭上，好像很重似的。

果然是幻觉，向挽戴着呼吸机，不太可能说话，嘴唇也是没有动过的样子。

但晁新的心怦怦跳起来。

向挽没有让她等太久，浅浅眨了两下，就睁开眼，不太适应病房的灯光，她受伤一样缩起眉头眯起眼，晁新忙将自己的手覆上去，不触碰地隔绝她的视线。

"挽挽，醒了吗？"晁新帮她捂着眼睛，声音比动作更轻柔。

晁新咽了一口口水，然后本能地抿住嘴，下巴绷得紧紧的。

"有力气吗？能抬手吗？"

向挽的双手没有动，睫毛又扫了她两下。

"那我挪开手，慢慢地，你适应一下，好不好？"

晁新说着话，另一手摸上墙壁，按铃通知医护人员。

话音落下，她的五指微微分开，然后向挽就在指缝投进的光亮里看到了晁新。

一个模糊的人影，她拼命眨了两下眼，就清晰了，晁新撑在床边，认真地低头望着她。

向挽也看着她，只是看着，什么也没说。

原来她之前以为，晁新无论多么疲惫都神采奕奕是错的，她有黑眼圈了，有红血丝了，下唇有一点死皮了，不那么漂亮了。

晁新只是对她点了点头，抿嘴笑了。

向挽也想笑一下，但只堆起来眼下的卧蚕，嘴角的肌肉不是很听使唤，好像在抽筋。

晁新看着她，又摇了摇头。

向挽眨两下眼，表示知道了，她会乖乖地等医生，不乱动了。

很快护士过来，问晁新怎么了。

"她醒了。"晁新撒开身子，哑着嗓子说。

"啊？我看看，"护士过来，"哎真是，睁眼了哈小姑娘？"

她笑着感叹，好像也是松了一口气，然后说："行，你们先待会儿，我去叫杜医生过来。"

晁新把凳子拉开，坐在床边又给向挽理了理衣袖。

没等一两分钟，医生带着两个实习生和一个护士过来了。

"醒啦？"

"嗯，刚醒，大概五分钟前。"

"看着精神还挺好的，饿不饿啊？"医生随口问一句，看一眼她输液和仪器的情况。

"还没什么力气吧？呼吸有问题吗？要是感觉还行，我等下就给你撤一会儿，今天上了六小时，差不多了。"

向挽看着她，幅度微小地点了点头。

"哎，真棒。"医生又笑起来，语气跟对小朋友似的。

"你还挺厉害的，自己就醒了，咱们先测个体温啊，"她回头跟护士说，"一会儿再查个血常规。"

晁新看医生的样子，心里松快了一点，问她："那还转去 ICU 吗？"

医生把温度计递给晁新："看她情况吧，如果稳下来了就不转了，只要她有意识，指标也不再往下降，咱们倒也不会过度治疗。"

晁新心头大石落地，起身把手探进向挽衣服里，将温度计放置到她的腋下。

感到向挽有夹紧的动作，晁新笑了笑，温柔地看她一眼。

医生们出了门，过了两三分钟，护士推着车又进来。

熟练地给向挽拔针、换液，一面动作一面开玩笑："小姑娘真有意思，前几天怎么喊都不醒，是不是听说要去 ICU 吓醒了啊？"

收拾着输完的袋子，她感叹："可快点好吧，你这朋友都要急死了。"

病床上发出熟悉的嘀嘀声，晁新把温度计拿出来，自己先看了一眼。

"38.4℃。"她递给护士，说。

"哎，降了。"护士掏出本子来登记。

"嗯。"

晁新当然知道降了，但她看到的那一眼没敢高兴，要等护士再看一遍，告诉她降了，她才终于有了真实感。

门关上，屋里又恢复了安静。

晁新坐在一旁，十指交叉放在床上，望着向挽。

她设想过无数次假如向挽醒来，自己会是什么样子，甚至还梦到过，以为会激动，会欣喜或者是热泪盈眶，但竟然都没有。

只有很突然的，挺感谢向挽的。

"你知道吗？"看了她一会儿，晁新才说，"你刚刚要是再不醒，就要去一个很可怕的地方了，很多管子，还可能要进入你的身体里。"

"医生说，等状况稍微好一点，还要给你做穿刺。"

"我要签自动出院知情同意书、气管插管、深静脉置管，还有……"她哽咽了一下，"抢救同意书。"

"签之前医生会跟我提前宣讲可能会有的后果，包括死亡。"

晁新的眼泪涌上来，但她只将它禁锢在眼底，很平静地没有再令情绪扩散。

"我听说的时候，就在想，向挽那么懂事，那么心疼我，怎么会舍得我签那些东西呢？

"所以如果我说我猜到你会努力醒过来，你说，我厉害不厉害？"

她笑了一下，吸了吸酸涩的鼻子。

晁老师一直都很厉害，向挽当然知道。

她伸手，轻轻地勾了勾晁新的小拇指，用微弱的动作告诉她，自己不会再睡过去了。

向挽的精神状态果然越来越好，到了下午，血常规的结果出来了，两个重要指标都开始往正常方向靠近，所有人都松了一口气。

医生把向挽的呼吸机撤了，她一时有点不适应，狠狠吸了两口，又张开嘴用力咳嗽起来。

晁新忙帮她顺着胸口，等她的喘息声渐渐平息，听见了一声很嘶哑的："晁老师。"

很难听，难听得向挽瞬间就皱了眉头。

295

站在床尾的于舟赶紧说："你先别说话，几天没说了，嘴干，休息会儿喝口水润润嗓子再说啊。"

苏唱正好从外面倒了热水进来，递给晁新，往里面加了一点凉的矿泉水，估摸着等水温合适了再递给向挽。

彭姁之把向挽的床摇起来，扶她坐着。

向挽的头还很晕，像是睡过了头的那种，眼睛也烫烫的，不过倒没有之前那么难受了。

她抿一口温水，听晁新问她："烫不烫？"

向挽用力清清嗓子，先是试了两个音，发觉不那么难听了，便弱弱开口："你怎么问我？"

还是哑，像玻璃珠子被砂纸磨过。

"嗯？"

"你怎么不自个儿尝一尝，再递给我？"向挽苍白着小脸，睁着黑葡萄一样的眼，望着她。

"我，"晁新有一点意外，"你不是细菌感染吗，我怕……"

于舟要笑死，和苏唱对视一眼，大病未愈，醒来居然问怎么不试试水温再递给她。

"你怎么会感染我？"向挽眨眨眼，还在问。

"我不确定。"晁新有点蒙，理了理头发。

"你怎么不确定？"向挽摇头，"往日我们同吃同住，我也不曾感染。"

"小没良心的，知不知道我们守你多久啊？醒来招呼都不打一个。笑，还笑。"彭姁之觉得她需要再去照个 CT，看看心肺还完好吗，有没有缺斤少两的。

"对不住，等我同她说完，再与你们说话，可以吗？"

从来没见过这样的姑娘，头发还散乱得很，神色也没有整理好，手腕瘦得衣袖空荡荡的，说话也还吃力，但是她醒来第一件事是对朋友们道歉。

于舟的心都软了，软得跟搅拌好的饺子馅儿似的。

说话间医院送餐来了，哪怕向挽没办法进食，晁新还是每天按时给她订粥，这回终于不用浪费。

她接过来先放到床头柜上，把盖子打开，等稍稍凉一点，再喂给向挽吃。

"刚醒，可能胃不太舒服，先慢慢喝，我们喝一点就好。"

彭姁之有些感慨，本来是收到通知说可能要去 ICU，她在家里伤心地大哭了一场，妆都没化就来了，半道上又听说向挽醒了，她推门时做好了喜极而泣抱头痛哭的准备，但是向挽这么平淡这么日常，好像根本没有病过。

但嫌弃了一会儿，她似乎有点回过味来了，向挽鬼精鬼精的，最知道怎么让所有人放松。

几人坐着聊了一会儿，向挽说头不大疼了，于是又量了一次体温，37.8℃。

真好，又降了，晁新抬手摸摸向挽的头，像一个无须明言的鼓励。

"看起来是没什么问题了吧？"于舟把保温杯递给向挽，"再多喝点热水，发发汗。"

"我昏了几天？"向挽这才看向苏唱，"节目录制如何了？"

"停了，没继续录，还是之前的进度，录完了交换导师，等你和晁老师回去，再继续录个人竞演和最终舞台。"

向挽"嗯"一声，又说："我怕是拿不到最强个人了。"

她的状态自己清楚，苏唱跟她说过，如果觉得自己不行，要趁早跟她说，早做打算。

但苏唱笑了，轻声说："挺好的。"

"嗯？"

"至少你还没有跟我说，想要退赛。"

"我自然会比到最后。"向挽又咳嗽一声。

"嗯。"

"苏唱。"向挽没有结束对话，又低低地叫了她一声。

"嗯？"苏唱掀了掀眼皮子。

向挽沉吟了一会儿，说："从找晁老师到接回牌牌，再到影响工作室的比赛，我十分想同你说对不住，但这会子人有点多，我脸皮薄，不好太郑重，却又觉得，若此刻不说，转过头来，未见得很恳切了。"

于舟笑出声："你怎么还这么逗啊？刚醒就开始致辞。"

苏唱也勾了勾嘴角。

向挽说完动了动输液的手，很麻，低头一看，同大白萝卜似的，她蹙起眉头，问："晁老师，我这是受什么伤了？"

"没事，输液太多，手肿了。"

向挽沉默了一会儿，问："还能恢复吗？"

晁新笑了："当然可以，只要你不再乱动。"故意吓唬了她一小下，向挽果然正襟危坐，另一手伸过来，将肿了的五指捋平，放好。

晁新看着她的小动作，眼里盛满了笑意，抬头看着她，向挽也抬眼，眨了两下，垂下眼帘。

晁新看出来她有一点失落了，说："其他什么都不要想，想想出院以后想吃什么，既然还要参加比赛，也想想怎么调整状态。"

向挽恢复得很快，又住院两天，医院就让晁新去办理出院手续了。

"我说你这小姑娘真够神的啊，病来得快去得也快，挺好，还是福大命大，"医生把手揣在白大褂的兜里，跟她开玩笑，"回去多锻炼身体，增强体质，要是再发烧还得注意下，赶紧上医院来。每年体检要按时，别偷懒。"

"知道了，多谢大夫。"向挽应承得很乖巧。

然后慢腾腾地挪着目光看晁新收拾东西，这个她喜欢极了的人，规整妥帖地把自个儿的东西一样一样放好，准备接她回家。

幸福得不得了。

离开满是消毒水味儿的环境，回到熟悉的家里，晁新特意在茶几上插了一束花，白玫瑰和粉玫瑰交错，在流淌的阳光里好似是活的。

见向挽盯着那束花看，晁新问："喜欢吗？"

从没听向挽说过喜欢什么花，但莫名觉得粉白适合她。

"喜欢花，更喜欢晁老师在家里摆花。"向挽莞尔一笑，盈盈望着她。

因为这意味着，晁新在生存以外，有了一点生活的小情趣，有了一点小欢喜，有了一点小希望。

向挽希望晁新的生活，每天都更好一些。

"你要是喜欢，我们以后每天订一束，好不好？我看到有那种每日鲜花什么的。"晁新温言问她。

"好。"

"那先去洗个澡，我给你放水，几天没洗了。"

"多谢晁老师。"

一天后正式进入录制，瘦了一圈儿的向挽重返舞台，声音状态和身体状态都不太好，一如最初自由声展的样子，但她觉得恍如隔世。

同样是照得让她恍惚的大灯，同样是一个人孤零零地站在台上，世间只剩她和一竿黑色麦克风。

明明只缺席了一周的录制，却好像过了很长很长的时间。

这次的竞演，她让于舟帮她扩写了剧本，但用了她第一次配音的台词。

穿着白色长裙的姑娘，站在静谧的光影中，温柔而坚定地开口。

我从前尘往事里来，从千秋万代中来，穿过时间的刻度，打乱言语的排列，只为了，找到那个人。

没有什么惊天动地，也不求轰轰烈烈，最高兴的时候，是对方回到家给我煮一碗小面，我在一旁卧鸡蛋，最痛的时候，是在病床发一场41度的高烧。

我想留在这里，做一个普通人，收获一场普通的……

爱情。

三年前的夏天，她第一次走进录音棚，青涩而又充满激情地说了这段话，那时她刚来到这里，头一次感受到声音表演与文字结合的魅力，说完之后，她有一点难过，因为这段文字恰如其分地击中了她的心事，让她恍惚地觉得，好似是专为她准备的。

向挽曾经想，自己真的要按照于舟的安排，走上配音这条路吗？

她有一点喜欢，但彼时也完全谈不上热爱。

但今天，她大病初愈，站到如时空剪影的追光之中，在远道而来只为听她开口的听众的期待下，在于舟、苏唱、彭婉之，以及晁新的关心下，再次站在了这里，重述一遍当时的话语，忽然觉得冥冥之中，一切都有交代。

或许在今天，或许在明天，或许在今年，或许在明年。

时间会给所有的未知一个答案，也终于告诉她，那段开启她配音旅程的话语的意义。

这一场表演，向挽的声音技巧不太完美，甚至没有控制好略微飘浮的尾音，但她的感情充沛而真挚，几位评委还是给了不低的分数。

话筒递给晁新，她看着灯光大亮时站在舞台上的向挽，许久没有说话。

再等了一会儿，晁新说："向挽，我不太专业了。"

观众席的窃窃私语声起来，苏唱转头看了她一眼，主持人也蒙了，要开口圆场。

只有向挽看着她，眼睛稍稍弯起。

晁新笑了："因为，我上一场没来。"

观众们笑起来，气氛乍然松弛，没想到晁老师竟然开了个玩笑。

"嗯？"晁新稍稍蹙眉，转身和观众互动，"很好笑吗？"

前排的女生笑得更大声了，有个短发的姑娘大着胆子喊一声："晁老师，你好可爱啊！"

轻易不开玩笑的人，乍然一说，就显得尤为有趣。

晁新偏头，笑着叹了一口气。

"很不错。里面的感情，我都听到了。"她含笑对向挽说。

向挽抿唇，清甜一笑。

然后她歪头凑近主持人话筒，竟然自己走流程："晁老师，没有一点指点吗？"

主持人笑着"欸"了一声："我们的选手好谦虚啊。"

前排的 i 挽（向挽的粉丝名）摇了摇手幅，心都化了："我女儿这一场好可爱，心情很好欸。"

在观众的交头接耳中，晁新又拿起话筒，想了想，问："嗓子有点哑，是身体不太好吗？"

"是，前几天感冒了。"

"嗯，多喝水。"

全场哗然，吴风正喝水，咳了一声，差点呛到。

苏唱抬手掩住嘴，没发表意见。

主持人干笑两声，说："那看来这个表演晁老师确实很满意，没有什么要指点的了，只是提醒我们各位选手一定要注意身体，毕竟身体才是革命的本钱，尤其是我们的配音演员，保护嗓子也是保护我们最好的表演状态，对吧晁老师？"

"嗯。"

"谢谢晁老师。"向挽也说。

原本该结束对话，但晁新又说了一句："不客气。"

夜深沉，人寂静，向挽从被窝里起来，披上睡袍，走到书桌前坐下，开了一盏小台灯，拿起酒店的纸和笔，开始写信。

晁老师，我写这封信的时候，很平静，只在写称呼时，笔尖顿了顿。

因为我仔细想来，叫了你晁老师这些时日，你并未同我讲过太多配音上的技巧。

但我又想一想，你实在教导我许多。你让我住在你家，给我调养身体，为我指点迷津，令我从孤独变得不孤独。更重要的是，你让我知道，其实我们都不该羞于说出想要让别人依靠这件事。

我是如此的需要你，需要你们——于舟、苏唱、彭导，也希望，我所有的朋友，在困难时，都能够第一时间想到我，求助于我。

我们在这个世界行走，也唯有这一些牵绊，是我们同世界小小的联结，亦是我们感受爱与被爱的意义。

因此，我给你写下这封信，想要同你说，你对我而言，十分十分重要。

以及，还有许多事情想要同你一起做，我记性不大好，需得一一记下来。

秋天，我们去江大看银杏。

冬天，我们领着牌牌回干娘家过年，这回我们多住几天。

学车就在寒假好了，那时候我身体应当已经大好了，并且，不太晒。

还有你答应过我的小镇和骑马，我想安排在春天和夏天。

明年，你大概要准备牌牌的升学了，我此前也盘算过，若她能考上江大附中，便是最好，江大附中是封闭式管理，往后那些不太好的人，便不能再打扰她了。

还有工作室，你什么时候带我去看一看呢？有了工作室，家里的录音棚便用不着这么专业了，或许，咱们可以开发别的用途。

等我大三，要去探方做考古实践，你会不会想我呢？

我想我一定会，一定会十分舍不得你和朋友们，所以等我毕业后，我便不去考古方向了，我试试能不能去博物馆做研究，不大好进去，但我努力努力。

等我在博物馆工作了，我便请朋友们都来，我带着她们，在打着灯光的玻璃罩外介绍古物，你说，可有比我更合适的？

晁老师，我忽然想起来，在咱们初遇的时候，我觉得你很酷，因着你总是说ABAB的。

我那时想，等我英文补好了，我也要这样很酷地对你出一个选择题。

此刻我想好了——

一生之约：接受，A；欣然接受，B。

你选哪一个？

Tips：选B，我会对你在好一点的基础上，再好一点。

晁老师，我想做的太多太多了，多到，假如我们在一篇文里的话，我希望它永远不要完结。

但我也如此想要走到生命的尽头，瞧一瞧我们几个人白发斑斑的模样。

咱们一起，慢慢来。

我的信写完了。

明天见，晁新。

彩蛋

《演绎吧！好声音》落下帷幕，由于综艺火热立意又好，卫视争取到了直播牌照，最后一场以现场直播的方式全程放送。

最强战队毫无悬念地由听潮工作室收入囊中，个人赛也由听潮工作室的冯果以稳定的发挥摘得桂冠，赛前大热门向挽排名第二，黑马舒秦排名第三。

听潮工作室无疑成为本次比赛的最大赢家。

因此庆功宴上，原本就气场全开的晁新更加神采奕奕。香槟摇晃，觥筹交错，各路投资人、参赛选手和导师拿着冷餐碰杯聊天。

晁新刚和一位投资人聊完，这回是真正的推过很多爆火短剧的出品方，提出延续节目的热度，跟她的听潮工作室及 SC 工作室合作，一起制作短剧。

苏唱自然乐见其成，接过晁新的话和投资人继续聊方案。

晁新原本想找一找向挽，但抬头却见角落里一个熟悉的人影正在浅啜美酒，离热闹远远的。

是晁新请来帮她代班的纪鸣橙，节目组很会做人，庆功宴也邀请了只参加了一期的她。

晁新在圈里朋友不多，和纪鸣橙算说得上几句话，见她一个人站在那里，便径直走过去，跟她打招呼。

纪鸣橙长得很素净，戴着一副细框眼镜，头发束了一半，看上去严肃又有书卷气，经常有人说她看起来像一个老师。

这个评价还是很保守的，应该是不苟言笑的那种老师。

晁新刚跟她聊了两句，向挽过来了，晁新朝她伸伸手，跟纪鸣橙介绍："向挽。"

"挽挽，纪老师。"

"见过。"纪鸣橙说。交换导师的舞台虽然没有合作，但也看过她的表演。

向挽清甜地打了招呼，又问晁新："这里要怎样出去呢？我要去门口。"

"去门口干吗？"晁新抿一口酒。

"婠之说她要来，觉得热闹，我去接她。"

晁新还没开口，却见纪鸣橙皱了皱眉："彭婠之？"

"是。"向挽颔首，都一个圈子里的，认识不奇怪。

但纪鸣橙有点奇怪，她把酒杯放下，只说了"失陪"，转头消失在大厅里。

"怎么了？"向挽探头看。

晁新摇头。

谁知道呢？

番外一
露营

● REC

几天后，是劳动节。

作为配音演员，对节假日什么的不太敏感，毕竟连春节都要赶工——但牌牌敏感。

因此世界上最称职的小姨晁新拉着向挽为牌牌精心策划了一场露营。

虽然牌牌根本就不喜欢露营。

牌牌眼睁睁地看着两个人精心选了近一万块的装备，然后她的小姨用一副痛心疾首的表情下单，再对牌牌露出一副"你真是全天下最幸福的小孩儿"及"我真是全天下最懂得付出的家长"的神态。

牌牌给小乌龟撒着粮食，觉得大人很虚伪。

但临近出发时，她又觉得有那么点意思了，因为跟班上的同学分享五一假期的安排时，仇珊珊用了那种很羡慕的眼神看着她，不亚于听说她要去游乐园，也不亚于听见她说她妈喝假酒了。

虚荣心把小朋友未足年的心脏撑得满满的，牌牌开心极了。

就好比她有天在班上听同学说起了向挽，说最近认识的这个新配音演员，还挺喜欢的。牌牌一下子就嗫嚅起来，花了很大力气才把"她就住在我家"这句话咽下去。

但从此以后，她就更加喜欢向挽了。

因为向挽让她觉得，自己在同学里面很高贵。

露营是约着和苏唱、于舟一起的，彭婳之去海边了，不参与对她来说这么健康的活动。为了搬露营的设备，苏唱和于舟早早地就来了晁新家，正好晁新在熬小米粥，于是邀请她们坐下一起吃早餐。

二人也不见外，坐下就开吃。

于舟夹了一筷子腌萝卜，入口很脆，又不像外面买的那么甜，很清香，还带点

泡椒味，被这个口感惊艳了，问晁新："晁老师这个在哪儿买的？"

"她自个儿做的。"向挽莞尔一笑。

"哇，"于舟啧啧赞叹，"了不起！"

又喝一口粥，看着是普通的小米粥，但香味很浓，汁液绵绸，又有一点回甘，晁新见她仔细抿了两口，主动介绍："里面加了一点点牛奶，挽挽喜欢喝这样的。"

不知道她们会不会吃得惯。

于舟"嘿嘿"笑两声，弯着眼角低下头："挺好喝的。"

"我也喜欢啊，晁新，我也喜欢。"牌牌支着脑袋，抢话。

"嗯。"晁新应她，"小包包装好了吗？"

牌牌把书包拎起来抱着，头一偏，很为难地盯着苏唱和于舟："我家里只有三瓶 AD 钙奶了，如果你们要喝的话，让小姨让你们一瓶，好吗？"

牌牌心里盘算着，这样一来，晁新和向挽喝一瓶，苏唱和于舟喝一瓶，晁牌牌和晁北喝一瓶。

于舟笑出声，起来帮忙收拾碗筷："三瓶好像有点不够分欸。"

"大人不好喝那么多甜的吧，我听说长大了就不爱吃糖了。"牌牌的手在拉链上划拉。

东西实在多，还好她们开了两辆车，路上堵了很久，到了营地已经是一点多了。

幸好早上喝了粥垫垫肚子，安营扎寨时也不算很饿。

露营地选在江城近郊的一个天然湖泊旁边，水源回抱，把一片绿茵冲刷成小小的三角形，湖面波光粼粼，映照着对岸的山色，草地茂密而湿润，毕竟进入五月，雨水就渐渐充足了起来。

苏唱停好车，蹬着平底短靴从高高的 SUV 上下来，摘下开车时防止光照的墨镜，看了一会儿营地上各色的帐篷，然后扶着车门跟打开后备厢的晁新说："你们先去找个地方吧，平坦一点、景色好一点的地方，我和舟舟把东西搬下去。"

几人分头行动，很快架好了休闲的桌椅，然后铺开帐篷准备搭建。

晁新穿着向挽给她新买的运动装，长卷发扎了个高马尾，蹲在地上打地钉。她干活儿总是很利索，有条理又有力气，向挽很难得见她这个妆扮，望着她的侧脸，就有那么一点恍惚。

好像看到了二十来岁的晁新。

青春、倔强、有活力、不服输。

"晁老师。"向挽在旁边帮她递钉子，突然叫了她一声。

"嗯？"晁新仍然低着头。

"你真好看。"向挽悄悄说。

晁新笑了。

"牌牌呢？"

帐篷里传来一个闷闷的小孩儿音："我在这里。"

她从鼓鼓囊囊的布料中钻出来，大口大口喘着气："我都听到了。"

"进里面去干什么？"晁新笑着挤了挤眉尖。

"想帮你找找门口来，看看正反方向对不对。"

"那对吗？"

"爬进来了才发现，"牌牌有点委屈，"我进来的地方不就是门口吗？"

无语了。不过她还小，智商还在发展中，是可以原谅的。

牌牌瘫坐在椅子上，插吸管喝了一大口 AD 钙奶。她晃着小脚看了一会儿苏唱和于舟生火摆串儿，等肉串滋滋作响的时候，向挽坐到了她的身边，也拿了一瓶 AD 钙奶，小口小口地饮起来。

"向老师，你怎么不去帮我小姨啦？"牌牌看一眼，晁新还在串帐篷的杆儿。

"手酸。"向挽叹气，矜持地动了动手腕。

牌牌又有点无语，心里暗道向挽跟千金大小姐一样，每次出门肩不能扛手不能提的，看一会儿都能把她累着了。

啧。

烤串的火生起来了，肉串烤起来，苏唱便过去帮晁新拉帐篷。

于舟把可乐拿出来摆上，起身时往后瞟一眼，问向挽："怎么这个大叔一直在后面转啊？总往咱们这儿看，几个意思啊？"

向挽也向后一瞥，转过来，摇头。

"可能是想拐我吧？"牌牌把手一抄，俯身跟她们递话。毕竟这里就她一个小孩儿，不是吗？

"不会吧。"于舟很警惕，又看他一眼。

"咋办啊？"于舟问向挽。她越看越觉得对方鬼鬼祟祟的。

向挽眨眨眼，默了默，曼声对牌牌道："我没有许多户外带孩童的经验，怕看不住你，不如你将腰带解了，把自个儿系于一旁的树上，待晁老师搭好帐篷回来，便能看顾你了。"

牌牌要气笑了，这说的是人话吗？

正要瘪嘴喊晁新，却听那大叔上前，背着手看了一眼她们的炉子，说："这里不让烧炭啊，禁止明火烧烤。"

是炭吧？他看了老半天。

于舟松一口气，又傻了："不让用这个，那我们中午吃什么啊？只带了生肉串儿。"

"那边可以租卡式炉，你去租一个吧，反正炭肯定是不能用的。"大叔背着手，又继续在一旁转悠，紧盯着她们。

于舟对向挽示意，向挽起身将AD钙奶放下，伸手牵过牌牌，二人一起去租炉子。

等捧着炉子回来，晁新和苏唱已经把帐篷搭好了，很宽敞，容纳六七个人没问题。

里面只有一张气垫床，毕竟她们不打算在这里过夜，也就打算轮流小憩一下。

防风绳一拉，再点上营地灯，露营的氛围感十足，几人围坐在热气腾腾的烤炉前，开着可乐吃着新鲜的冒着肥油的牛羊肉串，湖面很湿，草地也是，所以眼睛里也是，心里也是。

野外与城市最大的不同，大概就是这份湿意，它像看不见摸不着的细胞，钻进泥土里，钻进春风里，把所有物质的分子结构稀释，不像钢筋铁骨那么紧绷，有了一些能容纳惬意的松散余地。

如果这时身边都是知心人，湿意就很容易变成诗意。

湖光山色是诗，举杯把酒是诗，笑意融融是诗，炉火噼里啪啦的间隙里，几人的把酒言欢、欢声笑语，也是诗。

吃过饭，于舟和苏唱坐在湖边聊天，看着牌牌在距离她们两三步远的地方逗另一家露营爱好者带来的萨摩耶。

向挽和晁新沿着水源往下走，看看远处的岛屿，又看看休息了的船家。

番外二
老师

● REC

"晁新，你没有原则。"晁牌牌第一百八十二次这么说。

"嗯？"晁新当时正在帮向挽抢课，一边思考网上说的用筋膜枪抢课是不是管用，一边应付牌牌的质问。

"首先，巧克力是不能随便乱吃的。为了让我明白这个道理，你没收了三本动画书外加两天不准看电视，"牌牌坐在她对面，胳膊叠得像衣架子那么整齐，"而上个月，我听见你在卧室哄向挽，让她别生气了，你陪她去买牛奶巧克力。"

"向老师。"晁新纠正。

牌牌从善如流："哦，向老师。"

"可是我现在不想尊敬她欸。"牌牌很委屈。

"然后呢？"晁新冷淡的睫毛一扇，眼珠子跟着鼠标上下滑动，懒声也从喉咙里滑出来。

牌牌一愣："然后？"

"你刚说了'首先'。"晁新提醒她。

"哦，哦，我想想，"牌牌下牙包着上嘴皮，从脑子里往外掏，"然后，你还跟我说过不准熬夜，对吗？"

"嗯。"

牌牌怒从胆边生："但昨天，你俩三点钟才从隔壁房间里出来。"

"哦，"晁新眉尾一动，"探讨配音技巧。"那是录音室。

"我看是偷吃巧克力。"牌牌怀疑地斜眼看她。

晁新懒懒一笑，不置可否。

牌牌受不了了，单薄的脊背软嘟嘟地往椅子上一靠，老神在在地在桌子上点了点食指："你跟我说，那只黑猫，必须叫白玉，我真受不了了，晁新。"

307

"我真受不了了。"牌牌哽咽。

晁新眉头一皱，望着她放轻了声音："怎么了？"

叫白玉，怎么就哭了？

"我半个月前就放话出去，我们家要有猫了，"牌牌一边抹泪一边说，"我说得比仇珊珊的布偶可爱，也得比骆玉的可爱，她家那只猫是扁脸加菲你知道吗？可是长可丑了。"

可是现在在厨房大吃特吃的"小煤球"，比扁脸加菲还要丑。

晚上滚过来，吓得她还以为谁的头掉了，黑不溜秋的一团。

"这也不算什么，"她抽了抽鼻子，"我也可以勉强说，黑猫很酷，月野兔的猫就是黑猫，黑猫警长也是，可是，它怎么可以，叫、白、玉。"

牌牌伤心得不能自持。

"如果我拿着它的照片去班里，说它叫白玉，那个谁还能喜欢我吗？"不会觉得她脑子有问题？

牌牌可怜巴巴地望着晁新。

屋里传来喵呜喵呜的轻叫，晁新看一眼手机，晚上八点，向挽还没回来。

"我不觉得它叫白玉有什么问题。"晁新温声道。

"理由呢？"

晁新望着泪眼蒙眬的牌牌，笑了笑。

她和向挽是上周五在一个花坛边捡到白玉的。

那时两人刚去吃完向挽想了很久的芝士玉米，在商场的侧门遇到了几个向挽的粉丝，向挽大概是看着眼熟，眉眼弯弯地走过去，寒暄几句，就给她们签名。

晁新穿着高跟鞋站在一旁，臂弯里搭着向挽的外套，低头看花坛里七零八落的花。

忽然听到那边有个小姑娘叫她："晁老师。"

晁新抬眼，捋了捋长卷发，落落大方地打招呼："嗨。"

"真的是晁老师啊？"几个小姑娘高兴了，不冒犯地偷眼打量晁新，又看看向挽，试探问，"晁老师和挽挽出来逛街吗？"

最近网上关于晁新和向挽的路透很多，毕竟综艺的关注度不小，有时拍到她们一起去学校接晁新的女儿放学，有时拍到她们在超市里买菜，视频里晁新懒懒地掂着一颗西红柿，回身问向挽，口型似乎是："A还是B？"

向挽探手，食指往左一划，晁新挑眉："A？"

向挽笑意盈盈，又往右指，晁新也笑了，放下西红柿，无奈轻声道："又吃西红柿丸子汤啊？"

向挽雪白的指头搭到推车扶手上，故作矜持地敲了敲，偏头直视晁新："不行吗？"

"可以，"晁新将上扬的嘴角往下压了压，头也点了点，哑声说，"不腻就行。"

视频到这里戛然而止，却在网上引起了不小的讨论度，网友纷纷说，没想到向挽和晁新这么熟，另一些回复说，看起来参加节目之后玩得很好，还有人说，向挽之前直播说过跟朋友合租，原来是晁老师。

无论怎样，两边的粉丝还算开心，因为晁新向来独来独往，向挽也一副遗世独立的模样，如果能互相有个照应，也不错。

只是坊间隐隐有传闻，向挽恐怕要跳槽去听潮了。

网上的风波自然不会影响到现实生活，再被偷拍几次后，大家对向挽和晁新关系好这件事，已经全盘接受。

所以此刻，逛街偶遇粉丝们，向挽也不打算隐瞒，颔首道："是，方才吃了晚饭，出来消消食儿，这便回去了。"

"啊，好的好的，挽挽、晁老师，你们慢走啊，注意安全。"

小姑娘们不好意思耽搁她俩，抢先告别。

向挽侧过身子，等晁新上前，二人并排离去，等走远一些，向挽抬手，轻轻地拉住了晁新臂弯里的衣服袖子，摇了一摇，又摇一摇。

商场的热闹渐渐隐去，远处的灯光像被抛在身后的窥探之眼。

向挽和晁新拐入一条偏僻的小巷，刚才地下车库没位置了，只能将车停在路边。

小巷里路灯年久失修，斑斑驳驳地把灯光分成好几块，勉强能照出脚下的路，向挽一面走，一面思索着白天的课程，忽然见远远地滚来一团黑影，到五六步的距离停住，直起身子，亮晶晶的双眼望着她。

"这是……"向挽停下脚步，轻轻吸了一口气。

"猫。"晁新小声说。

想了想又补充："流浪猫。"

身上很脏，所以反而在黑影上显出了些颜色，泥点子让毛打结了，胡须上还有两片特别小的枯叶。

眼睛像是有感染，右眼被糊着睁不大开了。

但它就乖巧地坐在那儿，勉力睁着左眼，目不转睛地望着向挽。

向挽心里一荡，缓慢地蹲下来，与它对视，很突然地，就想起了很多——

想起刚来到这个世界时，她六神无主地坐在沙发上，一旁的碗碗也是这么盯着她，像打量一个入侵者，像打量一个天外来物。

那时向挽在一双不属于人类的眼睛里看到了自己，还有身后荒诞不经的世界。

几年后，她再次与一只猫对视，不同的是，这只小黑猫是闯入灯影的外来者，是无家可归的流浪者。

"晁老师。"向挽缓慢地呼吸着，抿了抿嘴唇。

"嗯。"晁新站在她旁边，视线落在小猫上，她知道向挽想说什么，她想要收留这只小流浪汉，像当初，自己被收留一样。

向挽小心翼翼地伸出手，指尖略微一蜷，小黑猫警惕性地缩了缩身子，然后又是漫长的打量，从向挽温软的唇鼻，到她微暖的指腹。

然后它缓慢却郑重地走过来，鼻尖碰到向挽的掌心，轻轻嗅了嗅。

很痒，向挽轻笑起来，但没有发出声音，怕吓到小家伙。

轻轻翻转手背，揉了揉小猫的头，意外又不意外地听到了几声舒服的呼噜，向挽挠它的下巴，轻声问："你愿意跟我回家吗？"

诚挚而温柔，像一个一生一世的承诺。

小猫到底懵懂，头也没抬，继续在她指尖闻来闻去，想要找食物充饥。

向挽抬脸看晁新，晁新想了想："它恐怕不好抱回去，我去那边小卖部借个箱子。"

"好。"

"你到路灯下面逗它，这巷子偏，我去小卖部，也能够看见你。"

向挽又笑了："好。"

晁新回来得很快，也就五六分钟，就拿来了一个装酸奶的废旧纸箱，上面细心地戳了几个洞，小猫很温顺，跟向挽玩了一会儿，便放下戒心，在她的手背上蹭。

向挽将小猫引进去，沉甸甸的，让晁新抱着，自己伸手逗弄小猫，想要给它些安全感。

晁新感受着箱子里暖暖的小生命，问："它叫什么？"

"白玉。"

晁新失笑："它是黑猫。"

"黑猫，便不能叫白玉吗？"

"好像不是太好。"

"为什么？"

"它不是白的。"

"可是……"向挽停下脚步，在路灯下看了一眼晁新，"我叫你晁老师，然而，你也并不是我的老师。"

她将眼神悠悠收回来，继续曼步往前走。

晁新愣了愣，高跟鞋一踏，又跟上去："我不是你老师吗？"

"不是。"

"我综艺上教过你。"

"那是节目，作不得真。"

晁新笑了："那我是什么？"

"朋友，伙伴，知己，姐姐。"向挽噙着笑意，踩着灯影，"选一个。"

"选'姐姐'。"

"姐姐。"

"嗯。"

"姐姐，我们有白玉了。"

"嗯，我们有白玉了。"

光影被踩碎，镶嵌在影子两侧。